AF139580

Ein Zeitzeuge
Viermal Deutschland

Widmung

Diese Seiten sind gewidmet:

Kerstin
Katja
Marco
Dennis
Janine

(Namensnennung in der Reihenfolge der Geburt)

Es fanden zu wenige Gespräche statt.
Ihr hattet keine Fragen.
Wir sahen uns nicht oft genug.

Euer Paps, Papa und Opa

2014

Impressum

© 2014 Arno E. Müller
Herstellung und Verlag: BoD-Books on Demand, Norderstedt

ISBN 9 783 734 745 874

Umschlag: Arno Müller, layout@web.de

Vorwort

Wenn ein Leben bereits einige Jahrzehnte andauerte, lohnt es sich darüber nachzudenken. Oder darüber zu schreiben?

Ich hatte mich entschlossen einzelne Episoden zu notieren. Es sind meist Erinnerungen, die als Bilder seit langer Zeit in meinem Gedächtnis liegen.

Wenn sich Erwachsene in meiner Gegenwart unterhielten, war ich natürlich ein aufmerksamer Zuhörer. So bekamen die wortlosen Kopfbilder doch noch Texte.

Es stand irgendwo, irgendwann geschrieben, dass der Mensch nur Ereignisse im Gedächtnis behalten kann, die ein besonders einschneidendes Ereignis betrafen. Durch Aneinanderreihen dieser gespeicherten Ereignisse kam dann meine Lebensgeschichte zusammen.

Sind diese Kurzgeschichten auch nicht spannend, so schildern sie eine Zeit, die geprägt war vom Nachkrieg in Deutschland, vom Herrschaftsanspruch der Besatzungsmächte, von der willkürlichen Trennung der Familien durch die Politik und der Versuch der Deutschen wieder ihr Leben zu normalisieren.

Nach 50 Jahren Einpeitschen von Regeln und Geschichtsfälschungen deutscher und ausländischer Regierungen, hat es meine Generation nicht geschafft die Trennung Deutschlands in den Köpfen zu überwinden. Aber diese Generation hat versucht, die persönlichen Erlebnisse nicht in eine erneute Trennung münden zu lassen.

Aus meiner Sicht wird es noch zwei neue Generationen geben, ehe die Handlungen meiner Generation richtig eingeordnet sind.

Diese Geschichten wurden in den Jahren 2009 bis 2014 geschrieben.

Inhalt I

In Kurzfassung

Eltern haben uns gute Wünsche gegeben
Das sollte reichen für ein langes Leben
Es gab nichts zu erben,
außer Trümmer und Scherben.

Wir haben weggeräumt und aufgebaut
Die Zukunft war uns schon geraubt
Bevor wir richtig angefangen
Sind Viele ohne uns gegangen.

Westwärts rollte der Treck
Für den Rest baute man ein Versteck
Hinter Beton und Gräben
Ohne Weg ins neue Leben.

Wir haben unseren Nachwuchs versorgt
Dafür haben wir gespart und geborgt
Wir wollten besser Leben als unsere Ahnen
Doch lebten wir unter vielen Fahnen

Fahnen mit Runenkreuz haben wir verbannt
Hammer und Sichel herrschte im Land
Schwarz-Rot-Gold war ererbt
Leider nutzten wir es verkehrt.

Mit Hammer, Zirkel und Ährenkranz
Strahlte der Stoff nie im vollen Glanz
Die schlichten drei Streifen
Danach konnten wir greifen

Was wir erschaffen im Leben
Werden wir den Enkeln geben
Nur die Waffen müssen wir zerstören
Das Leben muss allen gehören.

Sind diese Geschichten historisch genau?

Jeder Leser erwartet genaue Informationen, wenn er Geschichten aus der Vergangenheit in die Hand bekommt. Zu welcher Zeit handelt die Erzählung? Haben die handelnden Personen wirklich gelebt? Sind die geschilderten Erlebnisse genauso verlaufen? Vor allem will der Leser aber wissen, ob die geschilderten Gefühle auch echt sind.

Geht das, so präzise über etwas zu berichten das schon Jahrzehnte zurückliegt? Unser Gedächtnis wird uns wohl einen Streich spielen. Waren die Ereignisse nicht einschneidend, dass sie wie eingebrannt sind, so werden die Erinnerungen geglättet. Sie sind nicht mehr so brutal, wie sie damals empfunden wurden. Die ganzen Emotionen des Augenblicks sind fast nicht mehr nachzufühlen. Haben wir uns nur erschreckt oder sogar geweint? Oder hat ein Ereignis den weiteren Lebenslauf bestimmt?

Es sind fast immer die Geschichten, die uns besonders erfreut oder geärgert haben. Mit diesen Geschichten sind Personen verbunden, deren Namen man gar nicht nennen will oder darf. Ist das bereits ein Abweichen vom historischen Ereignis?

Die Jahreszahl? Wer kennt sie noch so genau? Eher erinnern wir uns an die Jahreszeit oder welche Mode wir gerade getragen haben. Lassen wir die Geschichte Geschichten werden. Sie sollen erzählen aus einer vergangenen Zeit. Aus einer Zeit, als das Leben noch so anders war. Ob es besser war kann nur der Betroffene berichten. Der Leser versucht nur in den Zeilen die Gefühle dieser Zeit zu erfahren. Er vergleicht sie mit der Gegenwart und bildet sich sein Urteil zu dieser Erzählung.

Wenn wir die reinen Fakten aus der Vergangenheit erzählen ist es wohl mehr ein Nachschlagewerk, aber niemals eine unterhaltsame Erzählung. So sind manche Geschichten etwas ausgeschmückt mit zusätzlichen Wörtern, die nicht unbedingt historisch genau etwas wiedergeben, sondern Erlebtes in unterhaltsamer Form darstellen. So sind wir bei der Antwort, die die Fragen am Beginn beantwortet. Nicht historisch genau wird erzählt, sondern unterhaltsam Geschichte weiter gegeben. Lassen wir uns gefangen nehmen von den kleinen Schilderungen aus einer gelebten Zeit. War damals die Zukunft wirklich besser? Versuchen wir hier die Antwort zu finden.

&

Befreit, in Etappen
1. Etappe

Ich schreckte hoch. Ein lang gezogenes Heulen in der Luft. Als ich die Augen öffnete, war es stockdunkel. Ich versuchte mich aufzurappeln, aber ich klebte fast am Bettlaken. Und das Atmen viel mir schwer. Der Brustkorb war wie eingeschnürt. Wum! Ein greller Blitz und Glas schepperte. Mutti schrie: „Junge nu' mach doch mal – wir müssen in den Keller".

Rasch die gewohnten Bewegungen, rein in die Sachen, ab durch den Korridor, über den 1. Hinterhof und flink durch die eiserne Tür in den Luftschutzkeller. Mutti hechelte mir hinterher mit dem kleinen Koffer in der Hand. „In dem sind die wichtigsten Papiere" sagte sie immer. Im Keller, an der Decke baumelte eine blaue Glühlampe. In deren Licht konnte ich gerade noch erkennen, ob alle aus den anderen Wohnungen wieder hier waren. Immer dieselbe Runde. Nacht für Nacht. Ich wusste nicht, wie lange das schon ging, aber ich hatte wirklich genug. Nie richtig ausschlafen. Entweder weckte mich das Heulen der Sirenen oder das Pfeifen der Luftminen.
Der Luftschutzwart mit seinem Stahlhelm und der umgehängten Gasmaske knurrte. „Mal sehen ob sie uns heute schaffen". Der Keller zitterte öfter und das Licht ging nun auch noch aus. Stockdunkel um mich. Ich rutschte dicht an Mutti. Ihre Hand erwischte ich nicht, die hielt fest den kleinen Koffer.

Wenn ich heute beschreiben soll, wie lange eine Ewigkeit dauert, so könnte ich das beschreiben.
Dreimal heulte die Luftschutzsirene. Allgemeines Seufzen. Einige fanden sogar ihre Sprache wieder. Der Luftschutzwart öffnete die Riegel der schweren Stahltür und wir tasteten uns die Kellertreppe hoch.
Im Hof nichts Besonderes. Nur über den Dächern helles Leuchten. Wir gingen auf die Straße, um zu sehen, woher der helle Lichtschein kam. Die Leute rannten zur Christburger Straße. Ich wollte auch, aber Mutti umklammerte meinen Arm. Ein alter Mann sagte laut: „Gott sei Dank, sie haben nichts getroffen" stimmte jetzt wirklich nicht. Jeder wusste aber was er meinte. Das Gaswerk in der Greifswalder Straße stand noch.

Ich kannte diesen Mann – es war unser „Milchmann". Bei ihm holte ich immer eine Kanne Milch für meine tägliche Suppe. Er hatte auf dem 3. Hinterhof einen Kuhstall. So musste ich nicht im Laden anstehen und bei jedem Fliegeralarm in einen Keller in der Nähe flitzen.
In der Wohnung machte Mutti schnell den Gaskocher an und wärmte meine Suppe. Wie täglich. Beim ersten „Happs" knirschte es fürchterlich zwischen den Zähnen – Glas! Ich spuckte in den „Ausguss". Mutti siebte die Suppe und ich konnte weiter essen. Eine Scheibe im Küchenfenster hatte dem Luftdruck nicht standgehalten.
Heute weiß ich – dieser Lebensrhythmus dauerte etwa 3 Monate.
Kinder fragen immer wieder die Erwachsenen aus um sich zu erklären was sie nur als Bilder behalten haben.

Ich stand gerade an der Ecke Winsstraße/Michaelkirchstraße nach Lebensmittel an, als ein Tiefflieger aus Richtung Alexanderplatz kam und die gesamte Winsstraße entlang feuerte. Blitzartig waren wir alle im Luftschutzkeller. Als wieder Stille war, rannte ich nachhause.

Wir hörten ununterbrochen die Geschütze von der Frankfurter Allee. Der Drahtfunk plärrte einen Marsch und verkündete: „schwere Gegenangriffe unser tapferen Soldaten ...". Mutti schaltete das Radio ein. Bum, bum, bum – ich musste mit unter die Wolldecke, weil ich den verbotenen Sender hören wollte. In unserer Gegend wurde es still. Erst unmerklich. Dann merkte es auch der Letzte. Der Luftschutzwart stand jetzt öfter in der Toreinfahrt und lugte durch einen Türspalt. Alle warteten gespannt, aber niemand ging weiter, als bis zur Pumpe um Wasser zu holen.

Ich spielte im Hof, als wir Marschschritte hörten: unsere? Die Russen? Es ratterte auf dem Kopfsteinpflaster. Ich guckte jetzt auch durch den Torspalt. Da marschierte eine Maschinengewehr-Einheit der Russen vorbei. Es hörte sich wohl eher wie ein Schlurfen an würde ich genauer sagen. Die „Maxims" mit ihren Stahlrädern verursachten Lärm. Die Soldatenstiefel weniger. Sie waren nicht „genagelt" wie die Stiefel der Wehrmacht. Und die Stiefelschäfte waren aus grauem Filz. Die ganze Einheit sah grau aus. Mäntel, Gesichter. So hat sich mir das Bild eingeprägt. Ein Soldat stolperte auf dem Kopfsteinpflaster. „Die Russen sind da!" krähte ich laut in den Hof zurück. Der Luftschutzwart riss mich gewaltsam in den Hausflur zurück: „Halt die Klappe, Junge, sonst kommen die hier rein!"

„Der Krieg ist zu Ende" meinten Einige. „Nee, die kämpfen doch noch!" Die Meinungen waren unterschiedlich. Es waren aber noch Panzerabschüsse zu hören.

Ich ging zu Mutti. Es war Mittag. Ich bekam meine Milchsuppe.

Heute ging keine Sirene. Ich atmete befreit auf.

2. Etappe

Wir wohnten immer noch im Prenzlauer Berg. Aus allen Himmelsrichtungen trafen jetzt unsere Familienangehörigen ein. Mein Bruder Gerold aus Karlshorst. Er hatte dort als 16jähriger Flakhelfer stationiert. Meine älteste Schwester, Edith, aus Frankfurt/Oder. Die anderen Geschwister kamen aus Weißensee. Alle unversehrt. Diejenige, die aus Frankfurt, kam zu Fuß von dort. Meine Mutti zuckte zusammen, als sie Edith erblickte. „Mädel! Bist du bescheuert? Wie kannst du so angezogen 'rumlaufen?" Das war eine Begrüßung. Edith fing an zu heulen. „Na komm, iss mal erst was" lenkte Mutti ein. „Dann ziehst du aber das BDM-Zeugs aus!" Gerold war fixer gewesen. Er war schon in Zivil. Woher die Sachen waren, weiß ich bis heute nicht. Er hatte nie zuhause gewohnt.

Das Leben wurde schnell organisiert. Lebensmittel hatten wir aus den Depots der Wehrmacht „besorgt" ehe die Russen sie fanden. Die Großen gingen arbeiten. Die Kleinen gingen „besorgen". Abends trafen sich alle am Tisch und schütteten ihre Beute aus. Eine Mahlzeit sprang immer heraus.
Eine Schwester hatte ein Riesentalent zum Handeln. Sie nahm mich immer mit zum „Schwarzen Markt". Sie stand in den Ruinen verborgen und ich bot ein Teil der Waren an. Niemand zeigte seine ganzen Schätze. Bei Razzien kümmerte sich auch niemand um mich „Rotzbengel", während meine Schwester schon „die Socken scharfmachte".

Das ging einige Monate so. Langsam gingen die Älteren wieder aus dem Haus. Es war einfach zu eng für so viele Personen.

Nur noch zu zweit zogen wir nach Pankow. Mutti hatte dort schon vor dem Kriegsbeginn eine Neubauwohnung bekommen. Mit der Linie 74 fuhren wir nach Heinersdorf. Ich staunte. Hunderte Kleingärten. Niedrige Neubauten. Nur ein Haus hatte ein Loch von einem Granateinschlag. Hier war es schön. Warum nur waren wir bis Kriegsende im Zentrum geblieben? Und dann noch fast am Alexanderplatz.
Jeden Tag fuhren Mutti und ich nun zum Prenzlauer Berg. Sie arbeitete dort. Abends ging es wieder mit der Straßenbahn zurück. Wenn diese fuhr. Eines Abends liefen wir wieder einmal von der Danziger Straße nach Heinersdorf. Dunkel war es. Trotz einzelner Gaslaternen. In der Prenzlauer Allee waren viele Kleingärten auf der linken Seite. Rechts ein Haus und eine Gärtnerei. Hier gingen wir immer sehr schnell. Ich schleppte Holzscheite. Mutti trug Essen im Topf.
Plötzlich sprangen zwei sowjetische Offiziere aus dem Gebüsch und stürzten sich auf meine Mutti. Sie schrie laut. Ich rannte. Ich bekam keinen Ton heraus. Die Beiden zerrten eine Weile an meiner Mutti, bis aus dem alleinstehenden Haus ein Mann herausrannte. In der hoch erhobenen Hand hielt er eine Axt.

Auch er brüllte. Ich guckte dieser ganzen Szenerie stocksteif und stumm zu. Die Soldaten verschwanden. Zu unserem Glück hatten sie nicht zur Waffe gegriffen. Meine Mutter hob noch lange zwei Ausschnitte aus der „Berliner Zeitung" auf. Diese Meldungen berichteten von einer vollendeten und einer versuchten Vergewaltigung durch sowjetische Offiziere.
Wir waren wieder einmal befreit worden.

3. Etappe

Schule macht ja viel Spaß, aber jeder Spaß geht einmal zu Ende. Die Berufswahl stand an. Wer die Wahl hat, hat die Qual. „Was willst du denn lernen?" „Feinmechaniker!" Ich wusste, was ich wollte. Also Bewerbung schreiben. Kurze Zeit später kam die Antwort von der „Berufslenkung". „Wir müssen Ihnen leider mitteilen, dass Ihr Berufswunsch nicht den gesellschaftlichen Bedürfnissen entspricht. Für diesen Beruf sind überwiegend Mädchen vorgesehen". Dass saß! Neuer Berufswunsch: Fotograf! „Wir müssen Ihnen leider mitteilen, dass Ihr Berufswunsch nicht den gesellschaftlichen Bedürfnissen entspricht. Für diesen Beruf sind überwiegend Mädchen vorgesehen". Hatte die „Berufslenkung" nur einen Schriftsatz? Lehrer! Schrieb ich zurück. „Sie können Ihr Studium am 1. September beginnen. Wir beglückwünschen Sie zu Ihrer Berufswahl".
Ich atmete befreit auf.

4. Etappe

Das Leben läuft. Ich lief hinterher. Studium war nicht so mein Fall. Abbruch. Also etwas Praktisches lernen. Geschafft. Kind, Ehe, Wehrdienst. Die Reihenfolge stimmt. Nur vom Letzten war ich befreit. Das Leben und ich hielten Gleichschritt. Ich hatte Wichtiges zu tun in meinem Beruf. Meine Geschwister konnte ich nicht sehen. Ich lebte im falschen Land. Briefverkehr ersetzt kein Lächeln beim Wiedersehen.
Die Grenze von Deutschland zu Deutschland wird dicht gemacht. Ich wurde von den „Imperialistischen Machthabern" und ihr Streben nach Unterjochung befreit.

5. Etappe

Es macht langsam unzufrieden, wenn nichts so richtig nach Wunsch geht. Geld verdient. 13 Jahre zelten im Betriebsferienlager mangels Reiseangebote. Wo blieben meine Träume? Im Geografie Unterricht und im Geschichtsunterricht hatte ich viel erklärt bekommen. Nichts davon hatte ich bisher gesehen. Ein Betriebswechsel musste die Lösung bringen. Ich hätte nach einer Sperrfrist meine Geschwister besuchen können. Vielleicht auch mal eine Reise ins „sozialistische Ausland"?
„Hier kannst du nicht aufhören, wann du willst, Kollege, wir erfüllen volkswirtschaftlich wichtige Aufgaben. Wenn du auf dein Recht auf Kündigung bestehst, schreibe ich dir eine Beurteilung, mit der du dich nirgends wieder in deinem Beruf bewerben kannst".

Ich kündigte. Ich war vogelfrei.

6. Etappe

Wer jemand kennt, der einen kennt lernt auch mal den Richtigen kennen. Seilschaften hatten mir geholfen. Mein Wunsch nach einer neuen Arbeitsstelle wurde erfüllt. Ein Vier-Augen-Gespräch zwischen denen, die das Sagen hatten und dem, der auch nur gehorchen musste, löste nun den Knoten in meiner Beurteilung auf. Der berufliche Aufstieg war gesichert. Auch Reisen waren möglich. Nicht dahin wohin ich wollte, aber etwas weiter als vorher. Nach Jahren geschah endlich das erwartete Wunder. Ich reiste zu meiner Schwester in das Ruhrgebiet. Es lag eine Einladung mit einem wichtigen Grund vor: Silberhochzeit und ein Geburtstag mit einer Null.

„Ob der wiederkommt?" unkte Frau Nachbarin. „Meiner blieb auch weg". Ich kam zurück. Acht Wochen später fiel die Grenze innerhalb Deutschlands. Jetzt atmeten mit mir Viele freier.

PS: Wie lange dauert es, bis jedermann frei ist? Gibt es überhaupt diese Freiheit, die alle haben möchten?

ଔ

Der rote Ziegelsplitter

Ich muss noch nicht tief geschlafen haben. Jedenfalls war ich sofort wach, als Mutti mich rüttelte.
Da hörte ich auch schon die Sirene des Luftschutzes. Durchdringend war ihr Ton. Dieser Ton machte mir immer Angst. Er bedeutete Gefahr. Das wurde mir täglich eingeschärft. Dann sollte es immer ganz schnell gehen.

Schnell bedeutete für mich: im Dunkeln schnell in die Hose und Jacke. Dann nach den Schuhen gefühlt und ab zur Wohnungstür.
Draußen flackerten schon wieder die ersten Brände. Die Fensterscheiben klirrten vom Luftdruck, wenn in der Nähe eine Bombe explodierte. Die Fenster hatten schon viele Druckwellen ausgehalten. Mit Klebebändern und schwarzem Papier waren sie beklebt. Trotzdem sah ich immer noch, wenn es von den Einschlägen grell aufblitzte.

„Komm, Junge!" zerrte Mutti an mir. Ich flitzte durch den Korridor und war als erster draußen. Mutti hatte den Koffer mit den nötigsten Papieren in der Hand. So ein kleiner Schwarzer war das. Er hatte blanke Ecken und stand immer unter dem Gaszähler.
„Wenn ich mal nicht da bin musst du unbedingt den Koffer mit in den Luftschutzkeller nehmen!" Das war mein ständiger Auftrag. Ich hörte ihn täglich.

Die Abstände von einem Luftangriff zum Nächsten betrugen nur noch Stunden. Es gab keinen Tag Pause.
Ob die Russen bombardierten oder die Amerikaner machten nur einen geringen Unterschied.
Russen kamen immer im Tiefflug mit wenigen Bombenflugzeugen. Die Amerikaner flogen höher und es war immer ein riesiger Pulk. Sie bombardierten ganze Stadtteile.

Alle Angriffe, die meine Wohngegend, in Berlin-Prenzlauer Berg, betrafen hatten immer die riesige Gasanstalt an der „Greifswalder Straße" zum Ziel.
Zwei große Gasometer waren nicht zu übersehen.
Die Kokerei blies riesige Schmutzwolken aus. Das war ein perfektes Ziel.
Bis auf geringe Schäden blieb uns das Gaswerk erhalten. Und so auch eine Alternative zum ständigen Stromausfall. Mit Petroleum- oder Karbidlampen konnte man etwas Licht in die Wohnung bringen. Der Gasherd war aber wichtig für die Zubereitung von Speisen.

Heute lagen die Einschläge wieder sehr dicht.
„Das Gaswerk" tippten wir.

Mutter rannte über den Hof zum Vorderhaus. Dort war ein Teil der Keller zu einem Luftschutzkeller ausgebaut. Hier trafen sich alle, die es wollten oder noch konnten bei einer blau gefärbten Glühlampe. „Funzel" hieß sie bei uns.
Vielleicht waren wir etwas spät dran oder der Luftschutzwart ahnte Schlimmes. Jedenfalls machte er sofort hinter meiner Mutter die Stahltür zu. Ich war noch auf dem Hof.

In diesem Moment hörte ich es anschwellend Pfeifen. „Luftmine" durchzuckte es mich.
Plötzlich Stille. Ich hatte gerade die oberste Stufe der Kellertreppe erreicht als ich keinen Boden mehr unter den Füssen hatte. Bruchteile von Sekunden verlor ich jede Orientierung. Oben oder Unten konnte ich nicht ausmachen.
Ein Schmerz in der Schulter brachte mich wieder in die Wirklichkeit zurück.
Der Luftschutzwart zerrte mich an meinem Arm in den Luftschutzkeller.
Draußen schien die Hölle los. Das Licht ging öfter aus und das Haus wackelte bis in den Keller. Niemand sagte ein Wort.
Die Frau, aus dem Vorderhaus, die uns Seife und die Haushaltsbedarf verkaufte bekreuzigte sich.
Meine Hände zitterten. Damit es niemand merkte setzte ich mich darauf.

„Wo hast du Richard gelassen?" Mutter flüsterte.
„Der wollte noch den anderen Koffer mitnehmen" sagte ich leise zurück.
„Dummkopf! Wenn er tot ist hat er auch nichts mehr von den Wertsachen."
Wieder Stille.

Heute warteten alle bis sich Draußen nichts mehr rührte.
„Ich geh' mal nachsehen" sagte der Luftschutzwart leise.
Keine Reaktion aus unserer Mitte.
Er schob die Riegel der Stahltür nach oben und steckte vorsichtig den Kopf aus dem Luftschutzraum. Dann verschwand er für lange Zeit.
„Hinten hat's welche erwischt, aber wir können jetzt raus".

Immer noch wortlos erhoben wir uns und gingen vorsichtig die Kellertreppe hinauf.
Im Hof war nichts zu sehen. Nur der Himmel flackerte hell.
Jeder schlurfte in seine Wohnung.
Wir wohnten im 1. Hinterhof. Quergebäude nannte man das vornehm.
Jetzt kam uns auch Richard entgegen.
Meine Mutter schimpfte sofort los.
„Hinten ist das Haus weg" meinte er nur.
„Wo hinten?"
„Na, dort wo die Werners wohnen."
Wir gingen schneller durch unseren Hausflur.
Ich zog mit aller Kraft die schwere Tür zum 2. Hinterhof auf.

Wir guckten stumm.
„Nichts mehr zu machen" meinte Richard. „Das muss jetzt ausbrennen."

Wir gingen in unsere Wohnung.
Jetzt schrie Mutti wieder los: „Du Dussel! Du hättest tot sein können. Das hätte wirklich schief gehen können."
Richard erwiderte ganz ruhig: „Ich hatte mich in den Türrahmen gestellt als unser Haus schwankte."
Ich hörte nur mit einem halben Ohr zu.

Bisher hatte es immer Menschen in den anderen Straßen getroffen. Ich hatte schon viele Häuser gesehen, die niemand mehr löschte, weil es täglich neue Brände gab.

Ich sah mir jetzt den Schaden in unserer Wohnung an.
Das Wohnzimmer war halbvoll mit Schutt. Er reichte bis zur Oberkante des guten Buffets. Nur der Aufsatz guckte unversehrt heraus.
Wir rissen jetzt das Fenster auf, obwohl das Haus uns gegenüber noch lichterloh brannte.
Der Schutt in unserem Zimmer stammte vom 2. Hinterhaus und vom Seitenflügel. Eine Hausfront war einfach nach vorn gekippt, als die Balken verbrannt waren. Nun bedeckte er unsere Betten, sowie Tisch und Stühle.
Wir drei machten uns sofort an die Arbeit. Mit unseren Händen warfen wir die Mauersteine aus dem weit geöffneten Fenster. Licht hatten wir ja genügend.
Das Hinterhaus brannte noch bis den Vormittag hinein.

Dort starben in dieser Bombennacht 6 Menschen. Drei Ehepaare.
Während zwei ältere Ehepaare schon lange nicht mehr in den Luftschutzkeller gingen, weil sie es zeitlich nicht mehr schafften, war ein jüngeres Ehepaar gerade erst zuhause angekommen. Sie taten Dienst bei der Straßenbahn. Müde wie sie waren hatten sie wohl den Fliegeralarm nicht gehört.

Augenzeugen des Bombeneinschlags erzählten Einzelheiten, die mich noch lange in meinen Träumen verfolgten.

Noch Jahrzehnte später gab es im Familienkreis Erzählungen über diese Bombennacht.
Mutter wiederholte jedes Mal die Szenen wie sie mit Richard schimpfte.
Auslöser für diese Rückbesinnungen war ein großer Ziegelsteinsplitter im Nussholzfurnier des Kleiderschrankes. So lange ich mich erinnere steckte dieser rote Stein in der Schranktür. Niemand machte sich die Mühe ihn zu entfernen.

Frau Pastor Lindemuth
Ich habe heute wieder im Bücherregal nach Büchern gesucht, die ich verschenken oder wegwerfen kann. Meine Sammelwut hat sich etwas gelegt. Heute kann ich schon mal ein Buch weiter geben. Anders ausgedrückt: ich will keinen weiteren Bücherschrank.
Immer ein Buch in die Hand nehmen und darin blättern und wieder zurück. Besonders Widmungen und Exlibris erzählen viel über das Buch und den Vorbesitzer.
Ein kleines schwarzes Buch fällt mir in die Hände. Leder mit einer Goldprägung.
Kein Titel; nur ein Kreuz auf dem Deckel. Gleich innen auf dem Frontipiz eine schnörkelhafte Handschrift in Sütterlin: „Dieses Buch gehört Frau Pastor Lindemuth".
Ich erinnere mich an Frau Pastor. Meine Mutter war dort ab etwa 1942 als Dienstmädchen angestellt. Wir wohnten bei Frau Pastor. Sie hatte eine Etagenwohnung in Halle/Saale, Am Reileck Nr 4 (wenn ich mich recht erinnere). Hübsch sah meine Mutter mit ihrem weißen Schürzchen.aus. Immer beschäftigt flitzte sie durch die riesige Wohnung. Ständig musste ich sie suchen wenn ich sie sehen wollte.

Im langen Flur der Wohnung spielte ich sehr oft. Dort lag ein langer Läufer, der links und rechts blaue Streifen hatte. Viele Meter lang. Mit meiner Holzeisenbahn rutschte ich immer die Streifen entlang. Husch, Husch, husch, tuuuut, tuuuut. Das machte Spaß.
„Junge sei leise, Frau Pastor braucht Ruhe!"
Den Satz hörte ich oft am Tag. Trieb ich es zu toll kam Frau Pastor höchst selbst aus ihrem Salon.
„Knabe, Du siehst derangiert aus. Willst Du nicht endlich zur Ruhe gehen?"
Ich wollte nicht, aber ich musste.
In meinem Zimmer war es immer blitzblank. Ich hatte auch einen Spieltisch – zum aufklappen – nur spielen durfte ich darauf nicht.
„Echt Nussbaum, Junge mach keine Kratzer rein."
Wie immer, wenn ich einige Minuten auf dem Bett lag, bekam ich Lust auf das Obst, das unter meinem Bett lag. Äpfel und Birnen. Bestes, reifes Obst. Brachten nette Leute aus der Nachbarschaft für Frau Pastor. Mir war es strikt untersagt das Obst auch nur anzusehen. Nur Mutti merkte immer etwas. Die „Griebsche"! Wohin damit, wenn man an die Fenster nicht herankommt?
So ging das nicht mehr. Frau Pastor wurde unwirsch. Ich musste in den Kindergarten. Der war gleich in der nächsten Querstraße. Die katholischen Schwestern nahmen mich in Empfang und setzten mich an einen Tisch. Ich guckte ihnen Ewigkeiten hinterher bis mich Mutti abholte.
„Na, was habt ihr denn Schönes gemacht?"

Wahrheitsgemäß antwortete ich: „Die eine Nonne hat mir ein Glas Tee gegeben."

Der nächste Tag brachte das Aus. Ich wollte um die Ecke gehen, als plötzlich etwas Großes, Lautes vor mir war. Ich schrie. Eine Frau riss mich vor dem LKW weg und ich rannte heulend nach Hause.

Nun war ich wieder bei Frau Pastor. Später bekam meine Mutter eine Stelle in Berlin.

Die Stadt Halle wurde im Krieg fast völlig zerstört. Am Reileck blieb fast nichts stehen.

Ich weiß nicht, was aus Frau Pastor Lindemuth wurde.

Gott hat sie selig?

ဢ

Die Russen sind da

Ich schreckte hoch. Ein lang gezogenes Heulen in der Luft. Als ich die Augen öffnete war es stockdunkel. Ich versuchte mich aufzurappeln, aber ich klebte fast am Bettlaken. Und das Atmen viel mir schwer. Der Brustkorb war wie eingeschnürt. Wum! Ein greller Blitz und Glas schepperte. Mutti schrie: „Junge nu' mach doch mal – wir müssen in den Keller".

Rasch die gewohnten Bewegungen, rein in die Sachen, ab durch den Korridor, über den 1. Hinterhof und flink durch die eiserne Öffnung in den Luftschutzkeller. Mutti hechelte hinterher mit dem kleinen Koffer in der Hand. „In dem sind die wichtigsten Papiere" sagte sie immer. Im Keller, an der Decke baumelte eine blaue Glühlampe. In deren Licht konnte ich gerade noch erkennen ob alle aus den anderen Wohnungen wieder hier waren. Immer dieselbe Runde. Nacht für Nacht. Ich wusste nicht wie lange das schon ging, aber ich hatte wirklich genug. Nie richtig ausschlafen. Entweder weckte mich das Heulen der Sirenen oder das Pfeifen der Luftminen.

Der Luftschutzwart mit seinem Stahlhelm und der umgehängten Gasmaske knurrte: „Mal sehen ob sie es heute schaffen". Der Keller zitterte öfter und das Licht ging nun auch noch aus. Stockdunkel um mich. Ich rutschte dicht an Mutti. Ihre Hand erwischte ich nicht, die hielt fest den kleinen Koffer. Wenn ich heute beschreiben soll, wie lange eine Ewigkeit dauert, so könnte ich das beschreiben.

Dreimal heulte die Luftschutzsirene. Allgemeines Seufzen. Einige fanden sogar ihre Sprache wieder. Der Luftschutzwart öffnete die Riegel der schweren Stahltür und wir tasteten uns die Kellertreppe hoch.

Im Hof nicht Besonderes. Nur über den Dächern helles Leuchten. Wir gingen auf die Straße um zu sehen woher der helle Lichtschein kam. Die Leute rannten zur Christburger Straße. Ich wollte auch, aber Mutti umklammerte meinen Arm. Ein alter Mann sagte laut: „Gott sei Dank, sie haben nichts getroffen" Stimmte jetzt wirklich nicht. Jeder wusste aber was er meinte. Das Gaswerk in der Greifswalder Straße stand noch. Ich kannte den Mann – es war unser „Milchmann". Bei ihm holte ich immer meine Kanne Milch für meine tägliche Suppe. Er hatte auf dem 3. Hinterhof einen Kuhstall. So musste ich nicht im Laden anstehen und bei jeden Fliegeralarm in einen Keller in der Nähe flitzen. In der Wohnung machte Mutti schnell den Gaskocher an und wärmte meine Suppe. Wie täglich. Beim ersten „Haps" knirschte es fürchterlich zwischen den Zähnen – Glas! Ich spuckte in den „Ausguss". Mutti siebte die Suppe und ich konnte weiter essen. Eine Scheibe im Küchenfenster hatte dem Luftdruck nicht standgehalten.

Heute weiß ich – dieser Lebensrhythmus dauerte etwa 3 Monate.

Kinder fragen immer wieder die Erwachsenen aus um sich zu erklären was sie nur als Bilder behalten haben.

Ich stand gerade an der Ecke Winsstraße/Michaelkirchstraße nach Lebensmittel an, als ein Tiefflieger aus Richtung Alexanderplatz kam und die gesamte Winsstraße entlang feuerte. Blitzartig waren wir alle im Keller. Als wieder Stille war rannte ich nach Hause.

Wir hörten ununterbrochen die Geschütze von der Frankfurter Allee. Der Drahtfunk plärrte einen Marsch und verkündete: „schwere Gegenangriffe unser tapferen Soldaten...". Mutti schaltete das Radio ein. Bum, bum, bum – ich musste mit unter die Decke weil ich den verbotenen Sender hören wollte. In unserer Gegend wurde es still. Erst unmerklich. Dann merkte es auch der Letzte. Der Luftschutzwart stand jetzt öfter in der Toreinfahrt und lugte durch einen Türspalt. Alle warteten gespannt, aber niemand ging weiter als bis zur Pumpe um Wasser zu holen.

Ich spielte im Hof, als wir Marschschritte hörten: Unsere? die Russen? Es ratterte auf dem Kopfsteinpflaster. Ich guckte jetzt auch durch den Torspalt. Da marschierte eine Maschinengewehr-Einheit der Russen vorbei. Es hörte sich wohl eher wie ein Schlurfen an würde ich genauer sagen. Die „Maxims" mit ihren Stahlrädern verursachten Lärm. Die Soldatenstiefel weniger. Sie waren nicht „genagelt" wie die von der Wehrmacht. Und die Stiefelschäfte waren aus grauem Filz. Die ganze Einheit sah grau aus. Mäntel, Gesichter. So hat sich mir das Bild eingeprägt. Ein Soldat stolperte auf dem Kopfsteinpflaster. „Die Russen sind da!" krähte ich laut in den Hof zurück. Der Luftschutzwart riss mich gewaltsam in den Hausflur zurück: „halt die Klappe, Junge, sonst kommen die hier rein!"

„Der Krieg ist zu Ende" meinten Einige. „Nee, die kämpfen doch noch!" Die Meinungen waren unterschiedlich.
Ich ging zu Mutti. Es war Mittag. Ich bekam, wie immer, meine Milchsuppe.
Heute ging keine Sirene. Ich atmete befreit auf.
ൕ

Ein Tag, der so strahlend begann
Erinnerung und nacherzählt.
Was ich woher habe, ist für mich heute nicht mehr nachvollziehbar. Ich sehe immer wiederkehrende Bilder von diesem Tag, der strahlend begann und mir als tragischer Tag in Erinnerung blieb.
Es war 1944. Frühjahr oder Herbst? Das weiß ich nicht mehr. Ich denke es war wohl das Frühjahr 1944. Jedenfalls war es ein kühler Tag.

Die Sonne stand tief am Himmel über Berlin. So wurde unser Zimmer im Parterre zum 2. Hinterhof bis zur gegenüberliegenden Wand von den Sonnenstrahlen getroffen.

Das schräg einfallende Licht zeigte, dass es viel Staub im Zimmer gab. Er stammte von den Bombenangriffen und den einstürzenden Häusern rings um unsere Wohngegend im Prenzlauer Berg.

Bis jetzt gab es aber mehr Fehlalarme als nahe Bombardements.

Trotzdem durfte ich fast nie im Freien spielen. Umherliegende Brandbomben oder Bombensplitter sind doch sehr gefährlich für mich, mahnte meine Mutter fast täglich.

Aber in der Wohnung gab es nichts, womit ich spielen konnte. Ich hatte kein Spielzeug. Nichts. Ich war hierhergekommen, weil hier der neue Arbeitsplatz meiner Mutter war. Als ihr Kind war ich dann, bei dieser Art ihrer Anstellung, immer eine Last. So war ich meist, während der Dauer ihrer Anstellung als Dienstmädchen, bei Pflegeeltern untergebracht. Eine eigene Wohnung hätte sich nicht gelohnt. Und die Dienstherren, meist Damen, duldeten selten ein Kind um sich.

Unsere vorige Station war Halle/Saale gewesen. Weil dort die Bombenalarme, schon fast ganztags erfolgten, suchte sich Mutti eine Arbeitsstelle in Berlin. Sie erzählte gern, dass sie das Stellenangebot in der Zeitung gefunden hatte.

Jetzt waren wir schon einige Monate in Berlin.

Und heute strahlte der Himmel. Jetzt am Vormittag war es schön ruhig. Ab und an muhte es aus dem Kuhstall des Hinterhofes im Nebenhaus. Diesen Stall kannte ich gut. Er lag im dritten Hinterhof. Hier holte ich nämlich täglich meine Kanne Milch ab.

Es ist heute fast vergessen, aber damals gab es viel Viehzucht mitten in den Wohnkarrees der Arbeiterviertel. Das reichte von der Selbstversorgung bis zum Handel mit den umliegenden Läden.

Mich hielt es nicht mehr in der Wohnung. Ich bettelte Mutti solange, bis sie ihr Einverständnis gab, dass ich auf dem 2. Hof hinaus kann. Bis aber dort ankam, dauerte es, für mich jedenfalls, eine Ewigkeit.

Hätte ich nur nicht gesagt, dass ich meinen blauen Mantel anziehen möchte. Dieser Mantel und dazu meine blauen, knöchelhohen, Schuhe waren meine Lieblings-Kleidungsstücke.

Warum dauerte es nur so lange, bis Mutti den losen Knopf befestigt hatte? Ich trippelte in der Stube auf und ab und nörgelte herum.

„Junge, so kannst du doch nicht gehen!" wies sie auf den hängenden, großen, weißen Knopf an meinem Mantel. Wir sind zwar arm, aber deshalb kann man doch sauber sein. Ein Standardsatz. Ich hörte ihn noch viele Jahre.

Endlich war es soweit. Mein Aussehen genügte den musternden Blicken meiner Mutter. Ich trat durch das schwere, zweiflüglige Tor hinaus auf den 2. Hinterhof. Geblendet von der Sonne blickte ich im Hof umher.

Ah, da war noch ein Junge. Ich kannte ihn nicht. Auch vom Stubenfenster hatte ich ihn noch nie gesehen.

Es gab die übliche Phase des Kennenlernens. Woher? Wie lange wohnst du schon hier? Wo wohnst du? Die Frage nach dem Alter gibt es bei Jungen wohl nicht so oft.

Jedenfalls fanden wir Gemeinsamkeiten, um miteinander spielen zu können. Was Kinder ebenso spielen. Es war schließlich nur ein Hinterhof. Man sollte nicht laut rufen wegen der Schichtarbeiter. Krach im Hinterhof? Das hörten alle in diesem gemauerten Geviert.

Wir hatten jetzt Papier gefunden. Es war wohl ein Stück Zeitungspapier, denn ich erinnere mich, dass es ein Bild von einem Panzer darauf gab. Er trug das Eiserne Kreuz.

Das interessierte uns aber weniger.

Flink hatten wir das Papier geteilt und wir begannen, kleine Schiffchen zu falten.

Hatte ich schon erwähnt, dass es in fast allen Häusern in den Arbeitervierteln auf einem Innenhof einen Löschteich gab?

Bei uns gab es diesen Löschteich genau vor unserem Fenster. Es war ein betoniertes Becken, das ständig mit Wasser gefüllt sein musste. Darüber wachte der Luftschutzwart.

Jetzt ließen wir dort unsere Papierschiffchen über diesen Teich treiben. Angetrieben von unserem ständigen Pusten. Wir pusteten, was die Lunge hergab.

Mir musste wohl die Puste ausgegangen sein. Eines meiner Schiffchen schaffte es nicht bis zum gegenüberliegenden Ufer.

Ich blickte mich nach einem Stock um, damit ich es wieder heranholen konnte.

Endlich fand ich an der Hauswand einen abgebrochenen Zweig vom Baum, der auf dem Nachbarhof stand. Er war wohl von dort zu uns herunter gefallen. Denn eine Mauer trennte die nebeneinanderliegenden Höfe.

Schnell rannte ich wieder zu meinem Papierschiffchen. Es sollte erneut auf weite Fahrt gehen. Dazu musste ich es aber erst noch zurück zum Hafen holen. Ich hockte mich hin und angelte mit dem Stock nach dem Boot. Es war nicht erreichbar. Auch mein Spielgefährte reichte nicht heran. Stock und Arme waren einfach zu kurz.

Noch immer in der Hocke rückte ich vorsichtig an den Beckenrand. Noch nicht! Noch näher an das Wasser. Es nutzte nichts. Mein Schiff war unerreichbar. Nun beugte ich mich noch weiter vor ...

Eiskalt empfing mich der Teich. Meine Atmung verkrampfte s Ein Tag, der so strahlend begann.

ich. Ich gab keinen Laut von mir.

„Hoffentlich schimpft Mutti nicht mit mir" durchfuhr es mich. Es war wohl die Sorge um mein blaues Mäntelchen. Ich sollte ihn schonen. Dann hörte ich eigentlich nichts mehr. Es war kalt und still um mich.

Muttis Stimme drang endlich zu mir durch. Da war sie allerdings schon dabei, mich zu entkleiden.

Aus nachträglichen Erzählungen entstand diese Geschichte meiner Rettung.

Meine Mutter hatte wohl voller Sorge immer wieder meinem Treiben am Löschteich zugesehen.

So konnte sie meinen Unfall sehen. Es war für sie leicht auf den Hof zu kommen.

Schnell öffnete sie das Stubenfenster, ein Schritt, sie war auf dem Hof. Parterre-Wohnungen haben nur diesen Vorteil. Schnell hatte sie mich herausgezogen.

Ein Mann war noch herbeigeeilt. Aber Mutti war schneller.

In der Wohnung wärmte sich mich auf. Ich hatte mir nicht einmal eine Erkältung zugezogen, erzählte sie später immer wieder.

Und mein blaues Lieblingsmäntelchen hat wohl dazu beigetragen, dass ich nicht so schnell unterging bei meinem unfreiwilligen Bad.

Es hatte ausreichend Luft gespeichert, dass es mich lange genug, bis zur Rettung auf der Oberfläche des Löschteiches treiben ließ.

So jedenfalls wurde es wieder und immer wieder bei Zusammenkünften der Familie erzählt.

Und nur so konnte ich dieses Erlebnis aus Bildern und Erzählungen zusammensetzen und aufschreiben.

 જી

2 1 Uhr.
Endlich gibt es etwas zum Essen!

Alleinerziehende Mutter in den Jahren nach dem 2. Weltkrieg war Arbeit ohne Ende. Gab es damals das Wort „Alleinerziehend"? Ich denke man sprach damals von „Allein erziehend". Damit war in den meisten Fällen gemeint, dass der Kindesvater im Krieg gefallen oder noch in der Gefangenschaft war. Auf alle anderen Frauen mit Kind sah man verächtlich herab.

Eine schwere Zeit für die Frauen. Kindererziehung war zur Nebensache geworden. Essen beschaffen war oberstes Gebot. Wer aber keine Arbeit nachweisen konnte bekam „Karte III". Diese Stufe der Lebensmittelkarte bedeutete, dass man nicht verhungerte, aber ständig Hunger hatte.
Mutter ging also arbeiten. Sie war bis 1945 als Hausangestellte (Dienstmädchen) beschäftigt gewesen. Nun suchte sie natürlich eine Arbeit, die sie sofort ausüben konnte.
Sie hatte Glück. Eine Stelle als „Küchenfrau" in einer Schule des „Deutschen Zoll" war frei. Das grenzte schon fast an ein Wunder. Sie wurde als „Schälfrau" eingesetzt. Kartoffeln schälen, Gemüse putzen. Ab 6 Uhr morgens. 6 Tage in der Woche.

Es machte ihr nicht viel aus die unqualifizierten Arbeiten auszuführen. Hauptsache war: „Ich bin an der Quelle". Das war immer der Satz mit dem sie ihre Dienststellung entschuldigte. Später war sie dann als Köchin tätig. Es war eine große Küche, die täglich 3.000 Essen kochte. Eine schwere Arbeit. Der Monatslohn betrug anfänglich 216 Rentenmark. Rentenmark waren die Geldscheine, die als Reichsmark ausgegeben waren und nach 1945 einen Kupon bekamen um weiterhin ihre Gültigkeit zu behalten.
Geld nutzte fast nichts um Lebensmittel zu bekommen.
So bekamen wir fast täglich zuhause das gleiche Essen wie die „Zollschüler". Das war Diebstahl. Das war auch bei der Einstellung im Personalbogen als Verfehlung extra aufgeführt. 'Kein Essen darf das Objekt verlassen!'

Wenn die Kinder zuhause hungern kann keine Mutter Essen in die Abfalltonne werfen.
Mutti kaufte sich eine „Igelit"-Schürze (Plastik). Darin gab sie das gestohlene Essen und steckte es in die große Tasche. Der Pförtner suchte in den Taschen der Angestellten nur nach Gläsern oder anderen Gefäßen. Den Trick mit der Schürze kannte er nicht.
Ich mochte dieses „Mitgebrachte", wie wir dieses Essen nannten, überhaupt nicht. Alle Zutaten waren vermischt. Gemüse, Tunke, Kartoffeln. Nein, der Pudding nicht. Der kam nicht in die Schürze.

Es sah einfach eklig aus, wenn es kein Nudelgericht war. Und es stank fürchterlich. „Igelit" hatte einen schlimmen Eigengeruch. Selbst nach Jahren verlor er sich nicht. Auch unsere Schuhe waren aus diesem Material.
Es stank jedenfalls immer, wenn Mutter die Schürze auf dem Tisch ausbreitete. Unsere Weigerung hatte keinen Zweck. „Iss das oder du bekommst gar nichts" laute der ewige Satz, den Mutter lautstark äußerte.

Sie hatte ja Recht. Seit dem Aufstehen hatte es keinen Happen gegeben. Und jetzt war es schon abends.
Von 1945 bis 1948 ging das so. Wir hatten Essen. Wir waren gesund. Das Wichtigste in dieser Zeit.
Warum es immer erst abends um neun Essen gab? Das ist recht einfach zu erklären.
Auf diese Zeit hatte sich die Familie geeinigt, damit auch jeder etwas zum Essen bekam. Denn jetzt waren erst alle „von der Arbeit" oder „vom Besorgen" zurück. Dann stand auch erst fest, ob das Mitgebrachte noch auf den Tisch kam oder für den nächsten Tag als Mahlzeit diente.

Meinen Freunden in der Straße ging es oft schlechter als mir. Abgeben konnte ich auch nicht, aber ich war wenigstens einmal am Tag
ॐ

Einsegnung 1949

Die Einsegnung meiner Schwester Ingrid stand an. Mutti war katholischen Glaubens, Vater evangelischen Glaubens. Uns Kindern wurde aber immer gesagt: wenn es einen Gott gäbe hätte er diesen Krieg nie zugelassen. Das war auch unsere einzige Erziehung in Glaubensfragen.

Meine Schwester hatte auf ihrem Lyzeum bei ihren Mitschülerinnen gesehen, dass es zur Konfirmation oder Einsegnung Geschenke und neue Kleider gibt. Das wollte sie auch haben. Meist gab es noch ein Festessen in der Familie. Und 1949 interessierte nur ein satter Bauch und Kleidung, die nicht schon vor dem Krieg von älteren Geschwistern oder den Eltern getragen war.

„Warum willst du denn eine Einsegnung? Wir haben doch nichts was du anziehen kannst, Mädel."
„Ich bin doch aber getauft".
„Das war damals so üblich. Erst bei Hitler musste man das nicht mehr".
„Ich war doch aber zum Religionsunterricht".
„Das war doch Pflicht, damals".
„Aber alle Mädchen bekommen eine Einsegnung oder Konfirmation".
„Dann red' mal mit dem Pastor, ob er dich überhaupt noch nimmt. Du warst doch niemals zum Gottesdienst".
„Danke Mutti" jubelte Schwesterlein.

Meine Schwester meldete sich artig beim Pfarrer an.
Wäre für sie damit alles gut gewesen - für mich begann der Ärger erst richtig.
„Du kommst natürlich mit" befahl Ingrid. Was hat ein „kleiner Bruder" da entgegen zu setzen?
Ich trabte also brav jeden Sonntag um 10:00 Uhr mit Ingrid zum Gottesdienst. Kalte Kirche und immer diese extrem langen Predigten. Ich rutschte auf dieser grau gestrichenen Bank hin und her. Ingrid gähnte und versuchte die Augen offen zu halten. Lange Reihen von Frauen. War ein Mann dabei war er uralt oder kriegsversehrt. Vor mir ein Liederbuch. Lesen machte mir Spaß. Also Gehör auf „Durchgang" und alle Liedtexte lesen. Manche gefielen mir, aber mit „Halleluja" und ähnlich hochpreisenden Begriffen konnte ich nichts anfangen. Die hatte ich mir später erklären lassen.
Eine jede Predigt hat einmal ein Ende. Alle standen auf und sangen. Ich bekam plötzlich einen Schubs von Ingrid. Als ich sie erstaunt ansah flüsterte sie; „Du musst erst die Melodie hören und dann nach-singen. Ich glaube in der 24. Strophe hatte ich es fast raus. Vorher kannte ich nur Lieder mit 3 Strophen, außer natürlich Küchenlieder. Die sang Mutti immer. Kannte sie noch aus der Zeit als Dienstmädchen.

Jedenfalls war Gottesdienst nichts für einen quirligen Jungen. Zum Glück war die Gemeinde tolerant. Außer Zischlauten in meine Richtung passierte mir nichts.
Jede Zeit ist einmal zu Ende. Auch verordnete Kirchenbesuche.
Von der eigentlichen Einsegnung bekam ich nichts mit. Ich kann mich jedenfalls an solch wichtiges Ereignis nicht erinnern.
An Ingrids neues Kleid erinnere ich mich.
"Das ist ein Complet" wurde ich berichtigt.

Aber ich war stolz auf meine bildschöne „große Schwester". Erst später fiel mir auf, dass meine „Punktkarte" verbraucht war und ich mindestens ein Jahr nichts Neues zu Anziehen bekam. Der nächste Winter war weit weg.
Niemand in der Familie dachte mehr so richtig an diese Einsegnung. Außer Mutti. Sie erschreckte uns eines Tages mit der Mitteilung, dass am nächsten Tag ein Fotograf kommt und Fotos von uns macht.
„Aber wir haben doch nichts anzuziehen!" Unser gemeinsamer Aufschrei. Mutti ließ keine Gegenargumente zu. „Morgen 9 Uhr kommt er und Schluss".
„Aber wir haben doch kein Geld". Nicht mal dieser Einwand half. „Ich habe mir etwas geborgt von Onkel Richard".
Der Fotograf war pünktlich. Mutti nicht. Wie immer hatte sie nichts anzuziehen und wir waren auch nicht das, was sie auf dem Foto sehen wollte. Ingrid warf noch ein, dass andere Kinder wohl repräsentativer wären. Das brachte Mutti an den Rand des Wahnsinns. Ich kannte solche Fremdwörter nicht, deshalb maulte ich nur vor mich hin und zog 'ne Schnute. Das brachte mir eine Maulschelle ein. Mutti wusste aber Rat und puderte schnell die roten Fingerabdrücke.
Auf dem Hof vor einem Busch postiert machte der Fotograf die ersten Aufnahmen. Unserer Mutti fehlte etwas. „Junge du spielst doch Flöte und Ingrid kann Akkordeon. Holt mal schnell alles her". Ingrid guckte mich an und ich trabte los. Als ich wieder kam erntete ich ein großes Lob vom Fotografen: „Das ist aber schlau von dir, dass du den Hocker noch mit gebracht hast, Kleiner".
Von nun an guckte ich nicht mehr zum Fotografen sondern nur noch in der Gegend 'rum oder auf seine Finger, die die Kamera einstellten.

Der Fotograf zog endlich ab. Mutti war zufrieden und Ingrid und ich vergaßen das alles wieder.
Eine Woche später quietschte meine Mutti auf, als der Fotograf die Bilder ablieferte. „Dieser Idiot! Wie kann der nur so dämlich sein! Nie wieder kommt der mir ins Haus". Wir standen voller Erwartung, auf die Lösung wartend.
Endlich kam sie wieder zu sich. „Dieser Dussel hätte doch sehen müssen, dass Ingrid das Akkordeon falsch herum trägt".

Das war alles? Ingrid und ich guckten uns an und schwiegen grinsend.
Die Bilder kamen in die Schublade an der Nähmaschine. Dorthin wo sie nie wieder hin sah.

Aber so haben sie überlebt und sie erzählen mir eine Geschichte aus meinem Leben.

❧

Flaggenwechsel

Endlich konnte ich wieder in die Sonne blinzeln. Ein herrlicher Sonnentag begann. Ich beeilte mich das morgendliche Ritual mit Katzenwäsche und still sitzen, beim Frühstück hinter mich zu bringen. Unsere Wohnungsfenster lagen etwas ungünstig. Die Sonne erreichte uns nur vormittags für kurze Zeit. Aber ich verfolgte sehr gespannt, wie ihr Schein über den Küchentisch wanderte. Oft rückte ich Wegmarken auf dem Tisch zurecht, um zu verfolgen, wie schnell die Sonne über den Tisch wanderte. Meist war es der Eierbecher, denn ein Frühstücksei gab es fast immer. Die Hühner auf dem Hängeboden machten das möglich.

Die Zwickmühle war für mich die Zeit, die dabei verstrich. Wartete draußen vielleicht schon die ganze Kinderbande unserer Straße auf mich? Wir waren schließlich immer so gut wie verabredet. Oder hatte Mutti doch noch eine kleine Überraschung für mich? Einen kleinen Pudding oder einen Grießbrei? Ich sollte doch groß und stark werden. So sagte sie immer. An meinem Appetit sollte es nicht liegen. Essen konnte ich zu jeder Stunde. Der Krieg war gerade einige Monate beendet. Essen! Das war das wichtigste Wort in diesen Tagen, Monaten, Jahren, die darauf folgten.

Heute wollte ich nicht warten, bis die Sonne auf unserem Küchentisch verschwand. Ich quengelte schon merklich, wie Mutti feststellte.

„Aber geh' noch einmal auf die Toilette!" mahnte sie. „Sonst klingelst du gleich wieder an der Tür."

„Jaaa" seufzte ich.

Andere Kinder bekamen einen Wohnungsschlüssel um den Hals gebunden. Ich war doch auch schon sechs Jahre alt.

Hände waschen, Toilette, Hände waschen. Eine enorme Zeitverschwendung. So empfand ich das jedenfalls.

Trotzdem trabe ich auf die Toilette.

Mit äußerster Anspannung zielte ich in das kurze Eisenrohr, das aus dem Toilettenboden ragte. Ich hatte aber schon ausreichend Übung. So konnte ich den Zinkeimer, der danebenstand unbeachtet lassen.

„Wir haben kein Toilettenbecken mehr!" hatte Mutti vor einiger Zeit ausgerufen, als sie von einem Kontrollgang von Berlin-Pankow nach Berlin Prenzlauer Berg zurückkehrte. Ein siegreicher Sowjetsoldat hatte es mitgenommen. Warum er Mehl und Zucker im Küchenschrank zurückließ, blieb den Erwachsenen immer ein Rätsel.

Jedenfalls bedauerte ich die fehlende Klo-Schüssel nicht so sehr. Nur meine Schwester meckerte täglich mit mir. Sie war für die Toilettenreinigung verantwortlich.

Jeder hatte eine feste Aufgabe bei uns. Ich war zum Einkaufen verdonnert. So erzählte ich es jedenfalls immer meinen Kumpels.

Heute bremste aber etwas meinen Spieltrieb. In der Ecke der Toilette stand ein Stock mit Stoff herum gewickelt. Das fiel mir heute erst auf!

Ich knöpfte schnell meinen Hosenschlitz zu und griff nach dem Stock. Gespannt wickelte ich den Stoff ab.

Da kam eine knallrote Fahne mit rundem, weißem Kreis hervor. In der Mitte war ein komisches Gebilde aus schwarzem Stoff. Das kannte ich nicht.

Ich vergaß das Händewaschen.

Flink ging ich die wenigen Schritte in die Küche und zeigte Mutti meinen Fund. Sie sah mich an, sagte aber keinen Ton.

Dann nahm sie mir den Stock aus der Hand und ermahnte mich leise: „Sag' das nur nicht auf der Straße, was du hier gefunden hast. Das darf niemand wissen. Niemand! Hörst du?"

Sie hatte meine beiden Schultern ergriffen und sah mich streng an.

Ich nickte. Diese Ermahnung kannte ich schon lange. Sie hatte ich immer gehört, wenn wir den „Feinsender" im Radio einschalteten.

„Wir siegen uns noch zu Tode" hörte ich vorher immer sagen, wenn aus dem Radio der Wehrmachtsbericht dröhnte.

Am Abend berieten die Erwachsenen am Tisch, was mit dem schönen roten Stoff geschehen solle, den ich gefunden hatte.

„Ich will keinen Fummel aus dem Zeug!" erklärte meine Schwester kategorisch. Da sieht man doch bestimmt noch, wo der weiße Kreis vorher war!"

"Quatsch! Das Ding hing noch nie aus dem Fenster!"

Jetzt war ich dran!

„Was ist das, Mutti?"

Mutter beugte sich über den Küchentisch, um den wir immer zusammensaßen, wenn alle zuhause waren: „Das war die Hitlerfahne." Flüsterte sie. „Deshalb halt bloß den Mund Junge, sonst holen die uns noch ab."

Dabei zeigte ihre Hand zum Fenster. Dorthin, wo die sowjetischen Soldaten, also die „Russen" einen Stützpunkt hatten.

Von hier aus schwärmten sie jeden Tag aus, um in unserem Viertel die Eisenbahner und Postbeamten aus den Wohnungen zu holen.

„Die kennen den Unterschied zwischen der „SS" und der „Reichsbahn" nicht klagten die

Nachbarsfrauen. Hauptsache dunkle Uniform, die Idioten. Schwarz und Dunkelblau können die doch nicht unterscheiden"

So richtig habe ich nie erfahren, wohin der schöne rote Stoff verschwand. Jedenfalls stand nun der Stock mit der goldenen Spitze ewige Zeiten in der Toilette herum.

Er hatte bestimmt noch erlebt, wie ein gusseisernes Toilettenbecken montiert wurde, das wir aus den Ruinen gezogen hatten.

Ich denke mir heute, dass er in Lebensmittel umgetauscht wurde.

In der Schule lernte ich eine ganz andere Fahne kennen. Drei Streifen. „Schwarz, Rot, Gelb". Das sah besser aus. „Gold" berichtigte mich ständig die Lehrerin. Gold kannte ich nicht, also blieb ich bei Gelb.
Das Lied dazu hatte eine schöne Melodie. Wir lernten das so lange auswendig, bis es jeder fehlerfrei aufsagen und singen konnte.

Dann stieg ich auf. In höhere Klassenstufen. Natürlich nur in der Schule. Zuhause veränderte sich nicht viel. Das wichtigste Wort war dort noch immer „Essen".
Eine Fahne sah ich dort nie wieder.

In der Schule zeigten sie mir aber eine neue Fahne. Und dann ging das auswendig lernen schon wieder los. Die Melodie erschien mir nicht so einschmeichelnd, wie im Lied vorher.
Dieses Lied begleitete mich viele Jahrzehnte im Leben. Es wurde oft gesungen, ich hörte es oft. Aber die Melodie und der Text des zuerst gelernten Liedes blieben trotzdem im Gedächtnis.
Und die Fahne zum neuen Lied?
Die hing, flatterte und wehte an allen Masten zu allen obligaten Terminen. Selbst meine Kinder hatten sie als Papiermodell in der Hand.
Ich wurde nie ihr bekennender Freund. Mir kam sie etwas verkorkst vor. Das Schlichte schwarz-rot-gelb war mit Hammer und Zirkel verziert. Dazu noch ein Ährenkranz. Das war nicht diese Fahne, die ich als Schüler kennengelernt hatte. Dort hatte man mir auch den Ursprung dieser Fahne erklärt. Der erschien mir einleuchtender als die neue Bedeutung. Ich konnte oder wollte nicht umlernen. War ich schon zu alt dafür geworden?

Erst fragten mich meine Kinder, warum wir zu staatlich verordnetem „Flagge zeigen" keine Fahne aus dem Fenster hängten. Dann kamen die Genossen der „Sozialistischen Einheitspartei", die in unserem Haus wohnten und mahnten an, dass eine Fahne schwarz-rot-gold mit Ährenkranz doch schon preiswert sei. „Gerade mal drei Mark kostet die kleine Ausgabe." Und das kann sich doch wohl jeder DDR-Bürger leisten fügte man den dringlichen Mahnungen an. Ich leistete mir das kleine Ding erst, als mein Abteilungsleiter in einem höchst einseitigen Gespräch mit mir feststellte, dass er mir eine Fahne schenkt und mir dann das Geld dafür von der Jahresendprämie abzieht.
Das hatte mich überzeugt.
Jetzt hingen zweimal im Jahr zwei Fähnchen von meinem Balkon. Die schwarz-rot-gelbe mit Ährenkranz und eine Knallrote ohne Insignien.
Viele Jahre blieben nun nicht mehr zum „Flagge zeigen".
Der neue Flaggenzwang galt jetzt nur noch für öffentliche Gebäude.
Ich habe heute keine Fahne mehr. Egal welcher Farbe. Nicht mal im Klo steht noch ein unbenutzter Flaggenstock herum.

Aber es hängen doch schon wieder Fahnen aus den Fenstern, leuchten vom Balkon und flattern an den Autos. Schwarz-Rot-Gelb. So wie sie erfunden wurde. Nur der Anlass hat sich geändert.

Sie wird von der Bevölkerung gezeigt, wenn wichtige Anlässe es erfordern. Besonders aufgefallen sind mir dazu Fußball-Veranstaltungen, überhaupt Sportveranstaltungen und als Ausweis für beginnenden Nationalstolz der Kleingärtner und im Ausland weilenden deutschen Staatsbürgern.

Geh'ste wech – da warste schon!

Heute höre ich diesen Satz fast nie mehr. Es ist ein Satz aus der Vergangenheit. Nur ab und zu taucht er wieder aus der Versenkung auf. Dann, wenn sich ältere Menschen über ihre Kindheit unterhalten.
Sie sind „Zeitzeugen". Genauer Zeugen aus einer Zeit als Brotbelag eher selten war und es nur um das tägliche Brot ging.

Als Kind war er Standardsatz bei uns zuhause. Jahrelang flachste Mutter beim Stullen schmieren: „Geh'ste wech – da warte schon!" Damit war die Margarine oder die Butter gemeint, die sie so dünn auf das Brot strich, dass gerade mal die kleinsten Löcher verschwanden.

Raffiniert waren wir Kinder, wenn es uns darum ging anderen Kindern den blanken Neid ins Gesicht zu zaubern.
„Mutti, kannst mia mal 'ne Stulle schmieren?"
„Junge, aber nich mit deene dreckchen Pfoten!"
„Hab' aber Hunga!"
„Dann wasch' dia und setz dia!"
Der halbe Weg war geschafft. Schnell die Hände unter den Wasserhahn gehalten, den Schmutz ins Handtuch geschmiert und ran an den Tisch.

Mutter schnitt eine Scheibe Brot ab, langte mit dem Messer in die Butter oder Margarine und meinte: „Geh'ste wech – da warste schon!"
Mit ihrer Übung schaffte sie es immer wieder mit minimalem Fettverbrauch die ganze Scheibe Brot zu beschmieren.
Sie legte die Brotscheibe vor mich hin und das Brot und Fett wieder in die Speisekammer.
Ich griff blitzschnell die Stulle und war schon auf dem Weg zur Wohnungstür als ich – wie immer – Mutter rufen hörte: „Junge, iss doch ma in Ruhe. Wenn de rumrennst haste doch nüscht davon! An dir ist doch schon nüscht dran"
Klar hörte ich das noch, aber schnell klappte ich die Tür hinter mir zu.

Stolz betrat ich die Straße und zeigte sehr „unauffällig", dass ich eine beschmierte Stulle in der Hand hatte. Erst wenn die anderen Kinder reagierten biss ich genussvoll hinein.
„Wo habt'n ihr die Butta her? Jeklaut wa? Anjeber! Jibbste mia wat, dann kannste mitspielen!"
Das war nicht so ernst gemeint.
Ich genoss mein Brot und die Aufmerksamkeit. Mitmachen konnte ich immer.
Egal ob es Völkerball, Murmeln oder „Einkriege" war.

Beim nächsten Mal zahlten sie es mir heim. Ich durfte nichts vom Apfel oder der Birne abbeißen, die sie aus ihrem Garten mitgebracht hatten.

∞

Junge, hol' mal'n Brot

„Junge, hol' mal'n Brot. Ich hab' vergess'n wat zu holen!"
Ich hasste diesen Satz. Er war gelogen, aber so wurde mir dieser Satz noch oft wiederholt. Meist abends kurz vor Geschäftsschluss. Das war um 19:00 Uhr. Oder wie der gebildete Berliner sagte: „Mach hinne, sonst kriejste nüscht mehr".

Warum immer abends? Ganz einfach, Mutter hatte nie Geld im Portemonnaie. Eigentlich hatte sie nie Geld. Nur am Zahltag für einige Stunden. Wenn sie von der Arbeit kam bereitete sie das „Warme Essen" vor, das es immer so um 21:00 Uhr gab.
Na ja, um „Sechse" kam der Herr des Hauses. Richard. Der hatte immer Geld in der Tasche. Er war ein Knauser. Und er hatte sparen gelernt. Schließlich hatte er als „Kleiner Mann" die Inflation überstehen müssen. Das erzählte er gerne. Aber für Brot rückte er immer 'ne Mark raus. Es saßen ja genügend hungrige Mäuler um den Tisch.
„Junge, hol' mal'n Brot."
Wann war das eigentlich? Ich bekomme die Jahreszahl nicht mehr heraus. Aber es kann so um 1947 gewesen sein. Es passierte damals einfach zu oft, so konnte ich es mir nicht genau merken.

„Mutti, es regnet aber" klagte ich leise.
„Ja und? Bis doch nich' aus Zucka. Ich hab' den janzen Tach gearbeitet, jetz' kannste ooch mal wat tun!"
Widerrede zwecklos!
„Aber ich habe doch keine Schuhe" versuchte ich es wieder.
„Zeig mal!"
Ich holte meine Klapperlatschen. Die hatte der Hausherr aus einem Stück Holz gefräst und einen Zehenriemen angebracht. Fertig war mein Schuhwerk. Darauf musste ich aber auch Monate warten. Sie wurden mir erst gegeben, als die Lehrerin einen Brief schrieb: „Ihr Junge kommt immer mit schmutzigen Füßen und barfuß in die Klasse. Sorgen Sie dafür, dass er endlich ordentlich bekleidet zum Unterricht erscheint. Wir haben jetzt Oktober und da ist es morgens schon kalt."
Ich mochte diese Lehrerin nicht. Sie war streng militärisch. Kam ich, wie immer, morgens zu spät, gab es mit der Kante eines Lineals eins oder zwei auf die ausgestreckten Finger.
Aber hier hatte sie Recht. Es war wirklich schon saukalt morgens.

„Nee Junge, damit kannste nich jehn. Det rejnet ja. Ingrid, zeig mal deine Schuhe!"
Ingrid war fünf Jahre älter als ich. Schon ganz Dame.
Täglich besserte Mutter an ihr herum:
„In deinem Alter spielt man nicht mehr Hopse!

Als ich so alt war wie du hatte ich nicht mal einen Lippenstift.
Kannst doch zu diesem Kleid keine flachen Schuhe anziehen!"
Und noch viele andere guten Ratschläge.

Aber jetzt ging es ihr an den Kragen. Sie musste ihre „Hackenschuhe" holen.
Hackenschuhe waren Schuhe, die die normale Absatzhöhe von einen oder zwei
Zentimeter überschritten.
„Wat? Der soll meene Schuhe tragen? Der macht doch die Absätze kaputt! Der
hat doch keene Ahnung wie man damit looft!"
Ich hegte Hoffnung, dass ihre Argumente zogen. Taten sie aber nicht. Ingrid
holte ihr einziges Paar Schuhe. Das hatte Tante Leni abgelegt, weil die Tante
Hühneraugen hatte. Und diese Schuhe passten Ingrid.
Aber sie passten mir nicht, wie ein Probelauf in der Küche zeigte. Ich konnte
hinten noch fast eine geballte Faust reinstecken. Ich schlurfte also in der Küche
auf und ab. Mutter bog sich vor Lachen. Ihr Sohn mit hochhackigen Schuhen.
Ich knickte also mehrmals um und Ingrid kreischte.
Mutter guckte prüfend und stellte fest: „Det jeht. Is ja dunkel draußen!"
„Ick hab' abas keene Jacke!" Ich versuchte immer noch das Unmögliche abzu-
wenden.
„Nimm die Jacke von Richard!"
Jetzt zuckte Richard auf dem Küchenstuhl zusammen „Spinnst du? Wenn die
ihm die Jacke klauen habe ich morgen keine Jacke zur Arbeit."
„Nimmste meene" schloss Mutter die Diskussion barsch ab. Der „Hoffmann"
macht gleich zu."

Alle Einwände waren also vergebens gewesen. Ich stöckelte los. Die Gaslaternen gaben zum Glück nicht viel Licht. Immer, wenn mir jemand entgegen kam,
blieb ich stehen. So konnte niemand sehen wie ich stöckelte, schlurfte und um-
knickte. Mir taten schon die Fußknöchel weh.
Trotz Bummeln erreichte ich den „Koofmich" vor der Schließung. Eine Schlange
stand vor dem Ladentisch. Herr Hoffmann bediente persönlich. Das war ein
Schock für mich. Ich wusste nämlich, dass er mich nicht leiden konnte.
„Verzogener Bengel. Erzieh'n se den mal erst!" sagte er bei einem Einkauf zu
meiner Mutter. Ich stand nur so daneben und guckte wie er den Quark aus dem
Fass holte und auf die Waagschale klatschte...
„Mutti, wiegt der Daumen von Herrn Hoffmann auch mit?"
Seitdem schrieb Herr Hoffmann für uns nicht mehr an.
        „Naa, habt ihr wieder Jeld? Wat willst'n? Biste jewachsen? Kommst mir
so jroß vor. Macht mein Brot wat?"
Ich knallte das abgezählte Geld hin und stöckelte von dannen. Hinter mir
schloss Herr Hoffmann zu.
Auf dem Rückweg ging ich schon schneller. Ich knickte nicht mehr so oft um.

Zuhause saßen sie schon vor vollen Tellern. Mutter schnitt das Brot und gab jedem davon.

„Junge, wat kann denn so lange dauern, du solltest doch bloß Brot holen?"

ఴ

„Junge, geh doch mal raus!"
Ich hasste diesen Satz.

Kaum hatte ich mir etwas zum Gemüt gezogen: Ein Buch, eine Bastelei oder nur eine Zeitung, schon wollte mich jemand aus der Wohnung haben. Aber Draußen passierte ja nichts, was ich nicht schon kannte. Die Bande Jungens aus der Straße weiter oben zog johlend um die Blöcke, oder verprügelte mal wieder den Klaus von nebenan. Die gaben hier den Ton an. Alle aus einer Familie. Dreizehn Gören waren sie zu hause. Die brauchten niemand zum Spielen. Hatten an sich selbst genug. Jedenfalls waren sie bei uns anderen nicht sehr beliebt.

Ich wollte nicht immer auf der Straße sein. Es war auch mal schön in der Küche zu sein und beim Kochen dabei zu stehen. Hier fiel nämlich oft etwas ab für meinen immer hungrigen Magen. Ansonsten war ich ja ein „Schlüsselkind". Ab 6:00 Uhr morgens bis abends 19:00 Uhr war keiner aus meiner Familie erreichbar. Von Montag bis Freitag. Pech nur, wenn ich den Schlüssel mal drinnen vergessen hatte und die Wohnungstür zuklappte.

Zum Essen lag in der Wohnung nie etwas herum, das brachten die „Großen" erst abends mit. Aber nun hatte ich nicht einmal Wasser zum Trinken. Ich wohnte ja nicht im Stadtzentrum, wo es Pumpen am Straßenrand gab. Also musste ich mich immer in solchen Fällen bei Müttern meiner Spielgefährten durchbetteln.

„Junge geh' doch mal endlich raus. Du hockst schon den ganzen Tag in der Wohnung."
Ich wusste nicht wohin ich gehen könnte.
„Geh doch Tante Leni oder Tante Agnes besuchen. Die sehen dich fast nie.
„Die kommen aber auch nicht her".
„Hau endlich ab!"
Die Tür fiel hinter mir etwas lauter als sonst zu. Ich ging zu Tante Agnes.
Wenn ich diesen Namen hörte sah ich immer ein Dienstmädchen mit weißem Schürz'chen vor mir. So wie im Film. Knicks und so.
Meine Tante Agnes und Knicks? Ich grinse heute noch bei diesem Gedanken.
Ihr knickten schon fast die Beine weg, so schwer war Tante Agnes. Als die Amis den Marshall-Plan aus der Taufe hoben, hatten sie bestimmt auch an Tante Agnes gedacht. Als der Krieg endete war sie eine schlanke Schönheit, die jeden Happen suchte. Mit 1,62 m war sie aber nicht die Größte. Aber jetzt?
„Im Ostsektor hätte sie ihre Figur behalten" lästerte Mutter.

Ich ging nicht besonders schnell die Berliner Straße entlang, dann in die Breite Straße zur Wollankstraße. Hinter dem S-Bahnhof Wollankstraße irgendwo ging es zur Graunstraße. Die Häuser dieser Straße wurden später abgerissen. Lag

aber nicht an Tante Agnes. Berlin wollte damals neu erstehen und brauchte keine sanierungsbedürftigen Häuser, die sogar den täglichen Bombenangriffen der Alliierten getrotzt hatten.
Graunstraße 34, 1. Hinterhof, 4. Etage. Die Treppenstufen waren mit Linoleum belegt. Immer gut gebohnert.

Der Dackel von Tante Agnes bekam das immer hart zu spüren. Wenn er die Treppen hinunter flitze gab es auf jedem Treppenpodest eine lächerliche Rutschpartie. Er bekam nie die Kurve ohne gegen die Wand zu knallen. Diese Dackeldame namens „Nelly" war schon der zweite Dackel. Der Erste war beim Bombenangriff verbrannt. Tante Agnes konnte ihn nicht retten, da sie im Luftschutzkeller war. „Nelly" 2 soll aber ein getreues Ebenbild von „Nelly" sein, behauptete Tante Agnes.

„Hat dich deine Mutter geschickt?" überhörte Tante Agnes meinen „Guten Tag". Ich hab' aber nichts im Hause. Hast doch keinen Hunger, Junge?"
Wir setzten uns an den Küchentisch. Nelly zeigte die Zähne und knurrte. Tante Agnes verputzte die letzten Reste einen Hühnchens. Während sie an den Flügelknochen knabberte schmatzte sie: „Ich hab mir eben für mich nur was Kleines gemacht. Dein Onkel Otto kommt ja nachher und dann gibt's erst richtig Essen. Mein Fleischer hatte heute Hühnchen im Angebot. Ich habe gleich zwei genommen. Ach so, ich habe keine Leberwurst für Otto, für seine Frühstücksstullen. Geh' mal schnell zum Fleischer und hole mir 150g Leberwurst. Aber lass dich nicht übers Ohr hauen. 150 Gramm und nicht mehr. Und dann lass dir Rabattmarken geben. Nicht vergessen!"

Ich trabte ab. Vier Etagen nach unten, über den Hof, durchs Vorderhaus zur Fleischerei. Habe alles brav gemacht, wie mir aufgetragen. Einkaufen konnte ich. Machte ich zuhause auch immer. Niemand wollte einkaufen gehen, weil wir immer „Anschreiben" ließen.
„Mit dir haben sie Mitleid, Junge. Du siehst so dünne aus".
Ich versprach Herrn Hoffmann, dem Feinkosthändler, auch immer meiner Mutter zu sagen, dass sie mal vorbei kommen soll um zu bezahlen.
Jedenfalls brachte ich die Leberwurst zur Tante. Sie griff zum Küchenmesser und polkte sich erstmal mindestens 50 Gramm aus der Pelle und aß sie sofort auf. „Weißte, bei dem hole ich immer meine Wurst". Sie leckte ihre fettigen Lippen: „Onkel Otto kommt ja gleich. Ich muss mich mal ans Essen machen".

Tante Agnes putzte Gemüse, setzte ein Huhn an und schälte Kartoffeln. Zwischendurch knabberte sie von hier ein Stückchen und von dort ein Stückchen. Ich sah sie jedenfalls unentwegt kauen.
Jetzt musste ich aber mal aufs Klo. Nelly bleckte die Zähne und knurrte, als ich mich erhob. Er bekam einen Happen Leberwurst. So konnte ich endlich gehen.

Nach ewig langer Zeit kam mein Onkel Otto. Mir knurrte schon lange der Magen. Ich hoffte auf etwas von der Mahlzeit.

„Schön Junge, dass du uns auch mal wieder besuchst. Kommst wirklich selten. Und die Hedwig, deine Mutter, kommt fast nie. Hat sie was gegen uns? Agnes, hat der Junge schon etwas zu trinken bekommen?"

„Hätt' er sich doch nehmen können. Ist ja alles da".

Ich ging zum Wasserhahn in der Küche. Onkel Otto raunzte Nelly an bis sie sich verkroch. Nun schnappte ich mir das Litermaß vom Haken an der Spüle (Das hatte jeder ordentliche Haushalt dort zu hängen) und nahm einen kräftigen Schluck.

„Wasser und trocken Brot macht einen kräftigen Kerl!" Onkel Otto hatte in seiner Jugend auch nicht mehr, sagte er.

„Wenn deine Mutter mal Obst haben will muss sie es nur Agnes sagen. Ich bringe dann was mit. Wir werfen ja immer so viele Kisten Obst weg. Besonders die Südfrüchte. Halten sich ja nicht lange. Was ihr da im Osten kaufen müsst geht ja auf keine Kuhhaut. Das wäre hier Abfall".

Tante Agnes stellte zwei Teller hin und legte auf. Ich sabberte fast.

Beim Essen spricht man nicht. Auch nicht bei Tante Agnes und Onkel Otto. Hier wollte ich nicht zusehen. Ich stand auf, ignorierte tapfer Nelly und verabschiedete mich.

„Schade dass du schon gehen musst. Hättest ja noch von Hedwig, deiner Mutter, erzählen können. Na ja, nächstes Mal. Grüß' sie mal von uns".

Ich war schon fast alle Etagen nach unten als es mich erwischte – ich rutschte an den Messingbeschlägen der Treppenstufen ab und landete auch an der Wand. Sah bestimmt auch so lächerlich wie bei Nelly aus.

Junge, was soll ich mit einen Eimer Marmelade?

„Junge, du sollst nicht stehlen". Prompt kam dieser Satz, wenn ich mit einer Handvoll Obst nach Hause kam. Ja, Mutter war katholisch und kannte alle Gebote.

Dann setzten wir uns hin und verspeisten das Obst. Oft war es noch unreif und sauer.

„Du musst schon hinsehen, ob du reifes Obst findest". Es folgte ein langer Vortrag über Gesundheit, Süße und das wir ja eigentlich nicht stehlen würden, wenn es etwas zu kaufen gäbe. Ich guckte sie an und wusste genau, dass sie nicht mal einen Groschen hatte. Ein Groschen war bei uns das A und O. Der musste immer zuhause sein. Wir benötigten ihn nämlich immer um ihn in den Gaszähler zu stecken, damit wir den Gasherd benutzen konnten. Ansonsten blieb uns nur das Holzsammeln für den Kohleherd.

Ich war zu dieser Zeit ein „Schlüsselkind". Das hatte den Vorteil, dass ich ohne Gemecker den ganzen Tag verbringen konnte, wie es mir passte. Das hatte den Nachteil, dass es zwischen morgens halb sechs und abends neun Uhr nichts zu essen gab, außer es gelang mir etwas aufzutreiben. Also immer zwischen „Hopse" spielen und „Versteck" spielen, schnell noch in die Kleingärten gucken, ob irgendetwas reifte.

Eine sehr wichtige Beschaffung von Lebensmitteln und Brennmaterial war das Plündern von Güterwaggons bei der Reichsbahn. Das war schon fast organisiert. Ich wohnte am Rand eines „Verschiebebahnhofs" in Berlin. Von dort hörten wir Tag und Nacht ankommende Güterzüge, die entweder hier endeten oder neu zusammengestellt wurden für die Weiterfahrt Richtung Norden. Dazu wurden die Waggons über einen Ablaufberg geschoben. Der Rangierer stellte die richtige Weiche und der Waggon nahm seinen Weg von alleine. Immer wieder gab es Bahnangestellte, die uns über den Inhalt der Waggons informierten. Sie wohnten ja bei uns in der Siedlung. Das klappte wirklich gut. Ertönte während unseres Spielens der Ruf „Ein Waggon ist da!", rannten fast 200 Kinder los und stürmten die Bahngleise.

Alles guckte nach einem offenen Waggon. Den hatte schon ein „Eisenbahner" für uns geöffnet. Er selbst war natürlich nicht zu sehen. Niemand sah ernsthaft nach, was jeder aus dem Waggon in die hoch erhobenen Hände vor der Waggontür warf. Es galt nur schnell zu sein, ehe die Transportpolizei vom nächsten Bahnhof kam. Und schnell waren wir immer. Nie wurden wir erwischt. Es war immer ein großer „Fischzug". Alle Arten von Lebensmitteln erbeuteten wir so. Jedes Kind schleppte seine Beute nach Hause.

Ja, und das war es eben. Ich hatte heute keinen Karton erwischt, sondern einen Pappeimer. Richtig schwer. Ich hechelte damit nach Hause und präsentierte abends stolz meine Beute. „Oh Gott, Junge, bist du dämlich? Was soll ich mit 12 Kilo Marmelade anfangen?" Das können wir doch gar nicht essen.

Wir haben nicht mal das Brot dafür. Du sorgst sofort morgen dafür, dass das Zeug aus dem Haus verschwindet."

Mir schmeckte meine Kohlrübensuppe nicht mehr. Ich war vorher doch so stolz gewesen auch etwas „besorgt" zu haben. Wie es meine Geschwister täglich taten. Ab dem nächsten Tag entstand, wie immer nach solchen Beutezügen, ein reger Handel unter uns Kindern. Alles wurde getauscht, bis auch der Letzte von uns das nach Hause brachte, was dort auch benötigt wurde. In den nächsten zwei Tagen kamen wir kaum zum Spielen.

Erinnerungen täuschen oft. Sie lassen sich zeitlich nicht immer korrekt einordnen. Ich denke es passierte in den Jahren von 1946 bis 1948.

ຽບ

M eine Weihnachtsgeschichte
1945

Ich hörte schon lange kein Pfeifen in der Luft mehr – von fallenden Fliegerbomben verursacht. Jeder Tag lief jetzt für mich ohne Aufregung ab. Gas, zum Kochen, gab es wieder fast den ganzen Tag. Strom schon stundenweise. Wasser holten wir auch nicht mehr von der Pumpe beim Nebenhaus. Milch gab es jetzt wieder im Vorderhaus im Milchladen und nicht im Nachbarhaus auf dem 3. Hinterhof im dortigen Kuhstall.
Aus heutiger Sicht alles normal?
Fast normal.

Ich schlief schlecht. Niemals eine Nacht hindurch bis zum Morgen. Immer wieder schreckte ich hoch, wenn in meinen Träumen Explosionen aufblitzten, Feuerbälle in den Himmel stiegen oder tiefe Trichter in meiner Straße erschienen. Es war eine Endlosschleife, die ein Filmvorführer zusammen geklebt hatte. Immer gleiche Träume. Immer erschrecktes Aufwachen, immer ein durchnässtes Bettlaken. Ich war Bettnässer geworden. Die Nächte ohne Durchschlafen. Fast 3 Monate im Luftschutzkeller. Mutter hatte Verständnis. Vielleicht kannte sie solche Dinge. Ich war ja schließlich das Letzte von 5 Kindern, die sie gebar. Aber immer gab es die gleiche Strafe: sofort ab in die Toilette mit dem umgehängten nassen Laken. Da stand ich nun und fror. Nach Ewigkeiten durfte ich wieder ins Bett. Ich verstand das alles nicht. Abends hatte ich mir fest vorgenommen aufzuwachen, wenn ich auf die Toilette muss. Es hat nichts genutzt.

Ich ging auch selten auf die Straße zum Spielen. Ich kannte dort niemand. Erst 1944 war ich hier angekommen. Wenn ich während des Krieges auf der Straße war, dann immer um Brandbomben einzusammeln oder neugierig zuzusehen, wie die Vorderfronten der Häuser einstürzten wenn sie vollends ausgebrannt waren.
Es wurde auch schon früh dunkel. Mutti kannte jede Ausrede um mich in der Wohnung zu behalten. Die meist benutzte: die Soldaten da draußen fangen die Kinder ein und verschleppen sie.
Irgendwann hörte ich etwas von Weihnachten und vom Weihnachtsmann. Um mich herum sprach man immer öfter davon. Nur mit mir nicht. Heute weiß ich es genau – ich kannte Weihnachten gar nicht. Ich muss es vorher nie erlebt haben.
Der Herr des Hauses war an einem Tag völlig verschwunden. Das war sonst nicht üblich.
Abends stand ein mindesten 3 Meter hoher grüner Baum im Zimmer. Am nächsten Tag wurde gesägt und geschnitzt, bis der Baum ohne Makel dastand und mit Lametta, Glaskugeln und Kerzen geschmückt werden konnte.
„Heute ist Heiligabend und der Weihnachtmann kommt. Du musst ganz artig sein und dein Gedicht aufsagen"

Ach ja. Ich hatte vorher tagelang lernen müssen: 'Lieber guter Weihnachtsmann, schau mich nicht so böse an, stecke deine Rute ein, ich will immer artig sein'. Bis heute ist es das Einzige, was ich zu Weihnachten aufsagen könnte. Nie wieder musste ich etwas lernen, das mit Weihnachten zu tun hat.

Draußen wurde es stockdunkel. Auf meine Fragen, wann denn nun der Weihnachtsmann kommt und was dann passiert bekam ich keine Antworten. Hatte ich ausreichend genervt hieß es: 'wirst schon sehen'.

Ich spielte nichts. Ich saß am Ofen und wartete. Ewigkeiten passierte nichts. Plötzlich gab es im Korridor Krach. Ein Besen fiel um, dann war Ruhe. Ich wollte nachsehen, aber Mutti meinte beschwichtigend, das wäre wohl der Weihnachtsmann.

Wieder warten.

Jetzt ging aber die Wohnzimmertür auf und ein rot gekleideter Mann mit weißem Rauschebart erschien. Über dem Rücken einen schlappen Kartoffelsack.

„Warst du auch immer artig?"

Mir fiel keine Antwort ein, da ich an die nassen Bettlaken dachte.

„Sagst du mir ein Gedicht auf?" fragte der rote Mann. Ich tat wie geheißen. Der Mann setzte nun den Sack ab und holte eine Rute heraus. Damit gab er mir einen leichten Klaps auf den Po. Ich wunderte mich. Sonst gab es mehr Prügel. Noch einmal einen Griff in den Sack und es kam ein Spielzeug heraus. Jetzt hüpfte aber mein Herz. Es war ein Sattelschlepper aus Holz. Heute sagt man wohl Sattel-Auflieger. Ganz aus Holz und mit einer beweglichen Tür auf der Fahrerseite. Innen eine Sitzbank. Sogar eine Türklinke gab es. Alles echt. Zwillingsreifen, Ladeklappe. Innen alles rot lackiert und außen dunkelgrün. Jetzt waren mir Weihnachtsmann und Weihnachten völlig egal. Ich kniete auf dem Boden und machte erste Fahrversuche.

Kurz danach war aber schon Schluss. Es gab Essen. Wie immer abends, war es ein normales Mittagessen. Aber etwas war besonders daran. Es gab Kartoffeln, Fleisch, Grünkohl und sogar eine Soße.

So etwas hatte ich Ewigkeiten schon nicht mehr gesehen. Meist gab es Mehlsuppen.

Nach dem Essen gab es viele Worte über das Essen und wo es her kam. Wir waren nicht ausgebombt, wie viele Familien um uns herum. Das war ein Vorteil. Wir konnten tauschen, kaufen und den wenigen Rest, der noch fehlte bei den Besatzern stehlen.

Aber macht sich ein Kind darüber Gedanken woher das Essen kommt? Eines war aber sicher. Das Auto war Eigenbau. In den Nachkriegswirren, in denen die Arbeiter die Maschinen und Geräte aus dem Schutt zerstörter Fabriken zogen hatte jemand für ein Kind ein Auto gebaut. Nach Feierabend in einer völlig zerstörten Firma und noch unter den Augen der Besatzungssoldaten. Und die kannte ich. Niemals legte ein Soldat sein Gewehr zur Seite. Eine falsche Handlung und ein Schuss folgten.

Damals musste ich mich mehrmals, für das Geschenk, bedanken. Eine Pflicht-übung. Heute noch einmal meinen Dank. Etwas spät. Ich weiß.

Aber weiter zum Ablauf des Heiligabend.
Die Kerzen am Baum brannten. Jetzt wurde sogar das Zimmer warm. Das hatte der Berliner Ofen nicht geschafft. Einige Kohlen und etwas Holz reichen nicht einen ganzen Tag.
„Du könntest doch ein Foto machen" bat Mutti den Hausherrn.
O ja. Ich kann es nicht vergessen. Soviel kann ich nicht schreiben wie es dauerte eine Plattenkamera einzurichten, das Magnesiumpulver auf die Pfanne für das Blitzlicht zu dosieren, den Besenstiel dafür zu finden und zu arretieren. Dann folgte noch die Stellprobe.
Schnell auf „Selbstauslöser" und Platz einnehmen.
Ein leises Zischen und ein heller Blitz. Wie eine Explosion. Ich muss wohl etwas zusammengezuckt sein. Jedenfalls wurde es das einzige Foto. Beim Entwickeln der Glasplatte am nächsten Tag durfte ich mit in die Dunkelkammer. Sie war zwar nur mit einen Vorhang vom Wohnzimmer getrennt, aber betreten durfte ich sie nie.
Lange gab es dieses Foto von meiner ersten Weihnacht. Wie bei vielen Familien verschwanden auch bei uns viele Fotos. Heute hätte ich es gern. Vor meinem inneren Auge ersteht es immer wieder:
Mutter im Sessel sitzend. Ich im Sessel sitzend mit weißen Kragen. Der Herr des Hauses mit einer Violine am Kinn und den Violinbogen in der Hand.
Ja, die Violine. Sie ist eine eigene Geschichte wert.

Erlebt: Berlin, Prenzlauer Berg, Winsstraße 16 – 1. Hinterhaus. Parterre rechts
(Richard Armbrust)
✽

Mit Geld spielt man nicht!

Wie immer trabte ich irgendwo in der Stadt herum. Ich war ja „Schlüsselkind". Es gab nur eine Zeit für mich: „Essen-Zeit". Die kannte mein Magen genau. Begann der Magen zu knurren ging ich aber flott nach Hause. Im Kopf geisterten die Gedanken nur darum ob jemand aus der Familie etwas zum Essen ergattern konnte oder wir die Speisekammer und den Küchenschrank nach verwertbaren, d.h. essbaren Dingen, durchsuchen mussten.

Wenn ich als Erster am Tisch war konnte ich vielleicht noch ein Häppchen extra ergattern. Ich war schließlich der „Kleine", wie sich die Familie ausdrückte. Mutti klapperte kurz nach mir mit dem Wohnungsschlüssel. Ein großes Seufzen und ein Plumps. Jetzt saß sie und erzählte den ganzen Jammer von ihrer heutigen Arbeit.
Mit halbem Ohr hörte ich zu.
Ich saß auf „Kohlen"!
Hatte sie etwas zum Essen erwischt? Was könnte es sein? Mein Magen knurrte jetzt hörbar.
Mutti guckte auf: „Hast Hunger Junge?"
Ich nickte wehleidig.
Sie fasste in die Handtasche und wühlte darin. Als sie die Hand herauszog hatte sie viele Geldscheine zwischen den Fingern. Sie legte alles auf den Tisch.
Ich zog das Geld zu mir heran und glättete es. Dann sortierte ich es nach Größe und Farbe.
Die kleinen Scheine waren „Besatzungsgeld". Fünfzig Pfennig als blauer kleiner Schein. Eine Mark war wohl grünlich? Genau weiß ich es nicht mehr.
Nur die Worte der Erwachsenen hatte ich im Ohr: „Für den Mist kannst du nicht mal ein Brot kaufen!"
Stimmt. Das wusste ich. Ein Brot in dieser Zeit kostete 180 Mark. Später dann nur noch 80 Mark. Es wurde erst billiger als es Brot auf „Karten" ausreichend gab. Natürlich so lange wie die Brotmarken reichten.
Mit dem Rechnen hatte ich es noch nicht so. 1. Klasse Volksschule. Und dann über Hundert rechnen?
Mutti machte es mir leicht. „Das sind 160 Mark. Dafür schufte ich einen Monat lang. Aber ich habe wenigstens Arbeit. Anderen geht's schlimmer." Das waren Standardsätze in dieser Zeit.

Mein Interesse galt aber den großen Scheinen. Sie hatten auf der einen Seite eine kleine Marke kleben. Hier war der Wert des Scheines noch einmal aufgedruckt. Ich polkte an der Marke herum. Sie war schon nicht mehr fest.
„Au!" Das hatte hingehauen. Mutti hatte mit voller Wucht auf meine Hand geschlagen.

„Mit Geld spielt man nicht! Wenn du den Kupon abreißt ist das Geld wertlos. Also lass deine Schmutzfinger davon!"

Ja, stimmt. Es war ja noch die Reichsmark. Ziemlich große Scheine. Das Besatzergeld wollte ja niemand. Mir war es nie gelungen etwas damit zu bezahlen. Mein Bruder musste es unter die Leute bringen. Der war älter als ich und hatte den Dreh raus. Nicht mal das „Ami-Geld" wollte jemand. Auch die Amis selbst nicht. Sie lachten nur wenn ich damit auf dem „Schwarzen Markt" ankam. Sie wollten Feuersteine für ihre Feuerzeuge oder Schmuck. Auch Aktfotos und Schallplatten. Am besten gingen die Schallplatten mit den deutschen Militärmärschen weg. Die waren für uns Deutsche verboten. Zuhause hatten wir aber nur eine Platte davon. Und die lernte ich gerade auswendig.

So lernte der kleine Arno den Wert des Geldes.

Morgen fahren wir hamstern!
Mutter sprach es energisch aus, als sie ihren Kopf wieder aus der Speisekammer hervor zog: „Morgen fahren wir hamstern!"
„Da ist wirklich keine „Puseratze" drin", wies sie zur Kammer.
Das wusste ich längst. Jeden Tag untersuchte ich die Speisekammer gründlich nach Essbaren oder nach Zutaten, aus denen man wenigstens etwas Sättigendes zaubern konnte.
Vom Kochen redete kaum jemand. Die Zubereitung von Mahlzeiten entsprach 1946 nicht den üblichen Gepflogenheiten.
„Was gibt's denn heute?" War damals die Frage nach dem Essen, auf das man seine Geschmacksnerven orientierte. Heute sage ich eher „Was gibt es Leckeres?"

„Hamstern" war ein gebräuchliches Wort. Jeder hatte es im Wortschatz.
Kam ein Spielgefährte mit etwas Essbaren in der Hand auf die Straße, so konnte er sicher sein von uns gefragt zu werden, ob seine Mutter hamstern war.
Jetzt stand also auch bei uns das „Hamstern" auf dem Plan. Bisher „besorgten" wir uns viele Zutaten zum Essen.

Richard ging zum Hängeboden und kramte Rucksäcke und große Taschen herunter. Er überprüfte die Nähte und Schnallen und reparierte Einiges sofort.
„Wer kommt mit?"
Mutter blickte in die Runde und zeigte mit dem Finger auf die Gewählten.
Sofort zog Ingrid, die fünf Jahre älter als ich war, einen Flunsch. Ich grinste sie an.
„Arno kann auch mit. Der ist alt genug. Er kann meinen Rucksack tragen, dieser ist kleiner!"
Jetzt verging mir das Grinsen. Mutter hatte nämlich zustimmend genickt.
„Zeig mal her, Junge, ob das geht." Sie hängte mir den grünen Rucksack über den Rücken und besah mich von der Rückseite.
„Hm, rennen kann er aber damit nicht. Der Rucksack hängt ihm ja in den Kniekehlen. Den erwischen sie garantiert, wenn Kontrollen kommen."
„Wird schon schief gehen, meinte Richard und fügte noch eine Belehrung an: „Wenn sie dich anhalten, plärrst du sofort laut los. Das kannst du doch so schön. Vielleicht haben sie dann Mitleid mit dir. Mit uns kannst du nicht rechnen. Wenn sie uns auch festhalten, sind wir alles wieder los. Kinder können sie nicht einsperren."

Ich versprach alles so zu tun, wie es mir erklärt wurde.
Dann musste ich noch spätabends zu Tante Leni. Sie sollte auch mitkommen.
Mutter stöhnte: „Hoffentlich ist sie nicht so blöd und zieht ihren Pelzmantel an."

Nach einigen Stunden Fußweg war ich zurück. Es hatte Stromsperre gegeben und die Straßenbahn fuhr nicht. Tante Leni wollte mitkommen. Ihr Mann war Beamter. Da gab es schon mal ein Fresspaket, aber auch sie hatten immer nur wenig zum Essen.

Ich schlief wohl gar nicht oder sehr unruhig in dieser Nacht. Und doch schreckte ich hoch, als mich meine Schwester rüttelte „Steh' auf, Faulpelz!"
Draußen war es noch stockdunkel. Mühsam rappelte ich mich und stellte mich mit übergehängtem Rucksack in der Küche auf. Richard kontrollierte unsere Ausrüstung und los ging es.
Bis zur S-Bahn waren es nur fünfzehn Minuten. Aber diese Zeit reichte schon, meine Stimmung in den Keller zu befördern. Ständig schlappte mir dieser Rucksack in meine unbekleideten Kniekehlen.
„Jetzt musst du mit. Du kannst dich nicht drücken." Mutter grummelte schon.

Spätestens jetzt war mir klar, dass mir heute kein Spaß drohte.
Zwanzig Minuten mit der S-Bahn bis Bernau waren auch keine Freude. Der Wagen war rappelvoll.
Auf dem Bahnsteig war es später auch nicht besser. Kopftücher, Militärmützen ohne Kokarden und Jungen und Mädchen mit nackten Waden. Dieses Bild behielt ich bis heute. Natürlich hatte jeder Erwachsene einen Rucksack und zwei Taschen.
Von der Bahnpolizei, mit der mir ständig gedroht wurde, gab es keine Spur.
Mein Blick ging hinüber zum Fernbahnsteig. Oh, war der voll. Aber auch wir schlurften langsam mit der Menschenmenge die Treppen hinunter und dann wieder hinauf zum Fernbahnsteig.
Fast still war es hier. Nur eine Frage wurde immer wieder besprochen: „Kommt denn der Zug überhaupt? Konnten sie eine Lokomotive auftreiben? Gab es Kohlen dafür?
Der Zug kam. Es raunte in der Menge, dass er sogar pünktlich war.

Laut quietschend hielt er an. Ich war in eine Dampfwolke gehüllt und konnte einige Zeit nichts sehen.
„Nun komm schon, Junge!" Mutter zerrte mich zu einem Waggon.
Aus allen Fenstern streckten sich Arme, die Frauen, Kinder, Koffer und Rucksäcke ins Abteil zogen.
Richard schob uns zu einer Tür. „Hier ist schon voll!" schnauzte eine Frau, die wohl mehrere Röcke und Blusen übereinander trug.
„Voll ist, wenn wir drin sind!" knurrte Richard zurück und drängte uns die Treppe hoch.
Und wir schafften es sogar, in den Waggon zu kommen.
Nach uns war dann aber bald Schluss. Jetzt sprangen Männer auf die Trittbretter, die sich am Waggon auf beiden Seiten befanden, und klammerten sich am

Griff fest. Die restlichen „Mitreisenden" turnten über das Bremserhaus der Waggons auf die Dächer.
Jetzt war der Zug voll.

Mit einer riesigen Rauchwoche und einen durchdringenden Pfiff setzte sich unser Zug in Bewegung.
Ich landete nach einiger Zeit auf den Knien einer runzligen Frau, die ständig den Kiefer bewegte, ohne etwas zu kauen. Ihr Bart war ganz grau.
Mutter sah mich streng an, wenn ich auch nur den Mund aufmachte. Sprechverbot bedeutete das für mich.
Also verlief die Bahnfahrt sehr ernst für mich.

An jeder Station wurde der Wagen etwas leerer. Man atmete auf und begann sich über die Erfahrungen und Erlebnisse vergangener Fahrten zu unterhalten. Ich lauschte und verkniff mir vorlaute Worte.
„Sie haben aber einen lieben Jungen" bemerkte ein alter Mann. Mutter strahlte, Ingrid grinste und Tante Leni meinte beiläufig „Sie kennen ihn ja eigentlich gar nicht."
Ein neues Thema war geboren. Alle erzählten von ihren Kindern.

Wir stiegen nach langer Zeit aus. Es war wohl ein Dorf.
„Eine Matte zum Abspringen haben sie aber" meinte Tante Leni, die heute tatsächlich keinen Pelz trug. Nicht einmal einen Hut hatte sie auf. Das sah ich zum ersten Mal. Tante Leni mit einem Kopftuch! Ich machte Kulleraugen. Sonst konnte ich oft ihr Gesicht hinter dem Schleier ihres Hutes nicht erkennen.

Jetzt wurden die Aufgaben verteilt. Mich erwischte es hart. Ich musste mit Ingrid gehen. Meine Schwester zickte meist und ich maulte oft. Fünf Jahre Altersunterschied waren unüberbrückbar.
„Du gehst auf den Hof und fragst die Bäuerin nach einem Ei oder Milch. Ich suche die Henne", befahl sie auch schon.
So ging es von Hof zu Hof. Zwischendurch gingen wir zum Treffpunkt zurück und luden die eingesammelten Lebensmittel ab. In einem Rucksack zappelte etwas. Als ich die Hand danach ausstreckte, bekam ich einen Schlag auf die Finger. Ingrid! Sie benahm sich wie Mutter.

Eine Bäuerin zog mich ins Haus. „Halte den Mund und setz dich hin" flüsterte sie. Ich gehorchte. Drei Eier in der Pfanne, eine Scheibe Brot vom großen Bauernbrot und einen Blechnapf mit Milch hatte sie im Nu auf den Tisch gestellt. „Iss" befahl sie.
Ich hauchte ein „Danke" und stopfte so schnell es ging alles in den Mund. Sie sah mir lächelnd zu und wischte eine Träne aus dem Auge.

Dann schob sie mich wieder aus der Tür. Als ich mich wieder bedankte, meinte sie leise „Ich hoffe, dass jemand meinem Sohn auch etwas gibt, wenn er an der Tür klopft. Er ist noch nicht zurück."

Das war es. Überall nur Frauen und alte Männer. Ich wusste warum.

Wieder zurück zum Treff. Ich packte meine Beute aus.

Ingrid war auch schon zurück.

Kalte Milch, gebratene Eier und viel Speck. Ich musste rülpsen.

Ingrid sah mich streng an „Wenn du schon vorher alles frisst bekommst du zuhause nichts mehr!"

Schweigend warteten wir auf die Übrigen.

Der Rückweg zum Zug war schwer. Mein Rucksack zog mich nach hinten. Ständig war ich am Stolpern, weil er mir in die Kniekehlen schlug.

Der Zug war natürlich voll. Überall hingen und standen Rucksäcke und Taschen mehr oder weniger gefüllt.

Schweigend fuhren wir.

Am Kontrollpunkt standen zwei Bahnpolizisten auf dem Bahnsteig. Sie unterhielten sich angeregt mit der Bahnhofsvorsteherin.

Alle atmeten auf, als der Zug weiter fuhr.

ဢ

Mutti hat nichts anzuziehen

Über 60 Jahre ist es nun her.

Mit einem leichten Schmunzeln denke ich aber an die Zeit zurück, als meine Mutter einmal ausgehen wollte.

Es war wohl zum Beginn der 1950er Jahre. Mutter hatte bestimmt schon über zehn Jahre ihre „Guten Sachen", wie sie sie immer nannte, nicht mehr angehabt. Es gab keine Gelegenheit für sie in der Nachkriegszeit etwas für die Freizeit zu tun.

Jetzt gerade, für Mutti unvermutet, bekam sie eine Einladung zu einer Eislaufrevue. Die nannte sich „Holiday on Ice". Ich fragte natürlich nach Einzelheiten. Das mit der Revue wurde mir noch erklärt, aber dann kam zum Schluss der Satz „… und das alles auf Schlittschuhen".

Das war für mich nicht befriedigend.

So las ich in den Westberliner Zeitungen die Reklame und die Rezensionen zu „Holiday on Ice".

Jetzt gab ich vor meiner Familie mit meinen Kenntnissen an. Als Kommentar erhielt ich nur ein „Na und?"

So ist das eben mit der Wissensbeschaffung. Kaum hat ein Kind etwas Wichtiges entdeckt ist es kein Wunder, sondern Alltag.

Aber Mutti begann jetzt zu forschen. Alles raus aus dem Kleiderschrank und auf den Betten ausgebreitet. Meine ältere Schwester bekam gleich leuchtende Augen und begann sich einige Kleidungsstücke vor ihren Körper zu halten.

„Typisch Mädchen" dachte ich. Mich interessierte höchstens eine schwarze Weste, die sehr leicht war und aus einem dünnen Gewebe bestand, das mit Federn bedeckt war.

„Finger weg du Schmutzfink!" Mutter nahm die Weste an sich. Auch meine Schwester hatte schon begehrlich geguckt.

„Da sind Marabufedern. Die gehen leicht aus. Und man muss aufpassen, dass keine Motten reingehen".

Aha, deswegen roch die Weste so penetrant nach Mottenkugeln.

Einen Marabu kannte ich nicht. Ich wandte mich also anderen Dingen auf dem Bett zu. Das waren Schätze für mich, für einen dessen Kleidung immer am Wochenende gewaschen wurde und ich dann nicht aus der Wohnung durfte.

Mutti hielt sich ihre Kleidungsstücke an, probierte sie an, zog sie aus und wieder an. Sie jammerte ohne Ende, wie schön die Zeit war, als sie noch mit ihrer Schwester Helene durch das Berliner Nachtleben zog. Dann setzte sie sich noch einen Hut auf, der hatte die Größe des hinteren Wagenrades von dem kleinen Leiterwagen, mit dem wir immer Kohlen holten.

Oh, jetzt sah sie schick aus. Sie zog noch schnell die Lippen rot nach und kokettierte vor uns.

Irgendwie fühlte ich, dass sie eine schöne Frau war, aber ich war wohl schuld, dass sie nicht mehr ausging. Ich war nämlich der Letztgeborene von 5 Kindern. Und auf mich musste man immer aufpassen, meinte sie.

Die Kleiderfrage klärte sich langsam unter Mithilfe meiner Schwester.

„Der Hut!" schrie Mutti plötzlich auf. Sie hatte einen kleinen grauen Filzhut in der Hand.

„Der Hut passt doch gar nicht zu dem grünen Seidenkleid". Mutti sackte fast zusammen.

Erst meine Schwester brachte sie wieder zur Besinnung.

„Du hast doch noch Zeit, Mutti, kannst dir doch noch einen neuen Hut kaufen".

„Mädchen bist du irre? Woher soll ich das Geld nehmen? Früher kaufte man doch auch nicht gleich einen neuen Hut, wenn man ausgehen wollte. Zu jeder Saison ging man zur Putzmacherin und ließ sich seinen Hut nach der neuesten Mode umpressen. Manchmal auch noch neu dekorieren. „Aus Alt mach Neu" zitierte sie.

Eine Woche später bekam ich den Auftrag den bemängelten Hut vom Hutmachergeschäft abzuholen. He war der schick geworden! Außerdem konnte ich noch sehen, wie man Hüte verschönt und umpresst. Aber auch aus Filzrohlingen wurden neue Hüte gefertigt. Auf meine verwunderte Frage nach dem Wort „Putzmacherei" bekam ich auch noch eine Antwort. Es stand nämlich am Schaufenster. Hutmacherei und Putzmacherei. „Das ist dasselbe Junge" bekam ich zu hören. Einen Satz, an dem ich noch eine Weile grübelte, gab sie mir noch auf den Weg „Unter deinem Hut bist du dein eigener Herr!"

Ich trug den Hut, natürlich in der obligatorischen Hutschachtel, vorsichtig nach Hause.

Etwas stolz war ich dann, als sich Mutti an dem großen Tag der Revue schminkte und putzte. Eine schicke Mutti hatte ich.

৩

Mutti, ich will ins Heim!

Meine Tage Anfang der 1950er waren nicht gerade spannend. Klar konnte ich spielen, mich austoben und ungestraft jeden Unsinn machen – ich war ja ein „Schlüsselkind".

„Schlüsselkind" hatte für mich auch Nachteile.

Eingeteilte Mahlzeiten gab es nicht. „Guck einfach in die Speisekammer – irgendetwas wirst du schon finden."

Denkst du! Meist waren dort nur leere Flaschen, Gläser und getrocknete Kräutersträuße.

Auch der Küchenschrank gab nichts her. Also hungrig wieder hinaus und Nahrung suchen oder spielen bis man den Hunger nicht mehr merkt.

Dann wurde das Leben langsam besser. In den Geschäften gab es jetzt Einiges, das sich ein „Verdiener" schon leisten konnte.

Auch in meiner Straße hielten gekaufte Spielzeuge Einzug. Der absolute Knüller war ein Tretroller. Darauf stellen, eine Wippe bewegen und über eine Zahnstange bewegt sich der Roller. Ich kannte so etwas noch nicht. Der Besitzer war auch sehr stolz. Er hütete den Roller wie seinen Augapfel. Er wusste ja, dass wir alle flinke Jungs waren wenn es etwas zu „besorgen" gab. „Zappzarapp – auf wieder sehen" war ein bekannter Satz.

War ich der Zahmste? Oder konnte ich am besten betteln? Jedenfalls durfte ich mit dem Tretroller eine Runde fahren. War das ein Hochgefühl.

Wir kamen ins Gespräch. Kennen lernen mussten wir uns nicht. Wir kannten uns schon viele Jahre. Aber wir hatten uns lange Zeit nicht gesehen.

„Wo warst du denn so lange?"

„Ich war weg. Verschickt".

Verschickung kannte ich. Das war für Berlin ein bekanntes Phänomen wenn Spielgefährten plötzlich verschwanden.

„Uns wo warst du?"

Ich bohrte mit jeder Frage immer tiefer. Endlich hatte ich die alles entscheidende Auskunft.

„Ich war im Kinderheim".

„Uuuund" dehnte ich meine Frage.

Langsam erzählte er wo und wie lange er in einem Kinderheim war. Das Warum wusste hier doch schon jedes Kind. Alle hatten gleiche Schicksale: Vater im Krieg gefallen oder in Gefangenschaft. Mutter muss arbeiten und Kind bekommt einen Schlüssel um den Hals.

Wir saßen am Rinnstein. Gespannt hörte ich zu. Der Tretroller lag vor uns und hatte fast keine Bedeutung mehr. Das waren schöne Geschichten, die ich hörte. Im Kinderheim gab es Spielzeug ohne Ende. Jeder kann es benutzen. Ein gutes Bett. „Dreimal Essen am Tag" interessierte mich aber am meisten.

„Schmeckt das auch?"
„Klar, so was kann meine Mutti gar nicht kochen. So mit Fleisch und so."
Sofort hörte ich wieder meinen Magen knurren.
Für mich stand jetzt fest, das will ich auch. Ich will ins Heim!

Eine ganze Weile war dieser Gedanke beherrschend in meinem Kopf. Immer
wieder wollte ich Anlauf nehmen zu dem Satz: „Mutti ich will ins Heim!". Ich
hatte aber nie so richtig Mut etwas zu sagen.
   Darüber wurde es Winter. Meine Kleidung hielt aber nicht Schritt mit der Jahreszeit. Und Hunger hatte ich immer noch bis zum Abend. Meine Stimmung
sank mit den Außentemperaturen.

Gespannt war die Stimmung schon lange, wenn alle zuhause waren. „Es reicht
nicht!"
Ein oft gesagter Satz in dieser Zeit. Alles reichte irgendwie nie. Jeder Esser war
Einer zu viel.
Ich hatte wieder Hunger und eine riesige Wut im Bauch. Als ich nach etwas
zum Essen fragte bekam ich von meiner Mutter die Antwort: „Da musst du bis
heute Abend warten. Dann kommt Richard und der bringt vielleicht etwas mit."
„Mutti, ich will ins Kinderheim!" hörte ich mich sagen.
Endlich war es heraus. Stille in der Küche. Mutti saß auf dem Kohlenkasten, ich
am Küchentisch. Lange Zeit sagte gab es kein Wort im Raum.
„Junge, und warum?"
Ich erzählte hastig und sehr ausführlich von meinen Kenntnissen über ein Kin-
derheim.
„Das wirst du aber bereuen. Dort ist es nicht so schön wie zuhause. Niemand
kümmert sich um dich!"
„Hier doch auch nicht. Alles ist besser als das hier" sagte ich ziemlich laut. Noch
einige kräftige Ausdrücke eingefügt und Mutti guckte entsetzt.
„Ich glaube, mit dir werde ich auch nicht mehr fertig." meinte sie noch seuf-
zend. Dann war das Thema erst einmal beendet.
   In den nächsten Tagen schlich ich nur noch durch unsere Wohnung. Platz zum
Ausweichen gab es nicht. Ein Zimmer und Küche. 27 Mark monatlich. Neubau.
Vier Personen.
Heute beschreibe ich die Stimmung der damaligen Zeit „Als gespannt, aber ru-
hig".
Kein Streit mehr. Keine bösen Worte.

Die Erlösung kam etwa vier Wochen später.
„Wir gehen morgen in die Greifswalder (Straße in Berlin) und da kommst du
zur Probe ins Heim. Drei Wochen ist die Probezeit. Dann sagen sie wie es weiter
geht"

So richtig empfand ich keine Freude. Mehr Neugierde.

Am nächsten Tag ging alles ganz schnell. Mit der Straßenbahn zur „Greifswalder Straße". Ich konnte gerade noch das Schild neben dem Eingang lesen. „Magistrat von Groß-Berlin. Kinderheim, Durchgangsheim". Ich stemmte die riesige Tür zur Durchfahrt auf. Von oben brüllte eine Männerstimme: „Wohin wollen sie denn?"

Von oben deshalb, weil die Pförtnerloge in der ersten Etage war und nur ein Fenster in die Durchfahrt zeigte. Nach unten war der Sims abgeschrägt. So konnte der Pförtner jede Bewegung verfolgen. Eine typische „Concierge-Loge".

Eine kurze Erklärung meiner Mutter und es ging zur „Aufnahme". Ein Zettel wechselte die Besitzerin und Mutti drehte sich um und ging. Ich kann mich immer noch nicht an irgendeinen kurzen Satz erinnern, den einer von uns Beiden gesagt hätte.

Die Heimleiterin nahm ein großes Schlüsselbund und forderte mich zum Mitkommen auf.

Über den Hof, auf dem Kinder gerade Fußball spielten, wieder eine riesige Tür, dann in die dritte Etage. „Station 3" Stand an einer Flügeltür.

Wir betraten ein Zimmer in dem sehr viele „Stockbetten" standen. Immer drei Betten übereinander. Rings um. In der Mitte stand ein Tisch mit vier Stühlen.

Die Heimleiterin klapperte mit dem Schlüsselbund. Als ich sie ansah zeigte sie auf ein Bett in der 3. Etage: „Das ist Deins!".

Sie verschwand.

Sehr ruhig war es hier oben. Nicht einmal die im Hof spielenden Kinder hörte ich. Die Sonne schien zwar durch die vergitterten Fenster, aber so richtig hell war es nicht im Raum. Zusätzlich zum Gitter war noch Maschendraht gespannt.

Ich wollte doch gar nicht ausbrechen. Draht und Gitter erschienen mir überflüssig. Erst später wurde mir erklärt, dass hier die meisten Kinder zwangsweise eingewiesen wurden. Streuner, Bettelkinder und „Schwererziehbare".

An die Tage in diesem Heim habe ich wenige Erinnerungen. Es war wohl dort nicht viel los. Die Etage durfte ich nicht verlassen, das Zimmer auch nur auf dem Weg zur Toilette. Auf den Hof gehen war nur den Kindern der ersten und zweiten Etage gestattet.

Am Wochenende bekam ich Besuch. Mutti und Richard. Sie brachten mir einen Ball mit. Den hatte ich mir zum Abschied gewünscht. Noch nie hatte ich einen eigenen Ball besessen. Und dieser hier war sogar aus Gummi.

Leider hatte ich ihn nicht lange. Am nächsten Tag war er schon weg. Ein Kind aus meinem Zimmer hatte ihn. Ich hatte wohl noch nicht genug gelernt auf der Straße. Es fehlte mir die Durchsetzungskraft den Ball wieder zu verlangen.

Die folgende Woche war öde. Sterbenslangweilig. Hier in der 3. Etage passierte wirklich nichts. Nur die Belegung der Betten änderte sich täglich. Freundschaften konnte hier niemand schließen. Nicht einmal Bekanntschaften vertiefen.

Nach dem Ende der zweiten Woche wurde die Tür aufgerissen und die Heimleiterin und eine andere Frau erschienen.

„Der da!" meinte die Heimleiterin und zeigte auf mich.

„Du wirst verlegt!". Sagte sie und verschwand.

„Zieh dich mal und nimm alle deine Sachen mit. Du kommst hier nicht wieder her."

Alle meine Fragen wurden mit einem Standardsatz abgewürgt: „Das darf ich dir nicht sagen."

Also Schweigen. Sie erzählte nichts und ich hatte nichts zum Erzählen.

Straßenbahn zum Schlesischen Bahnhof (heute Berlin-Ostbahnhof) und auf einen Zug warten. Es war sehr kalt und zugig. Etwas regnerisch. Alle Scheiben der Bahnhofskuppel waren heraus gebombt. Und ich hatte, jetzt im Februar, immer noch nichts Warmes anzuziehen.

Der Bahnsteig war voll. Menschen mit Koffern und Rucksäcken. Sie sahen aus wie die „Hamsterer", die ich kannte. Fast nur Einzelreisende – fiel mir auf.

Meine Nase tropfte. Taschentuch? Der Jackenärmel tat es auch. „Schlitterbahn" sagten wir immer in unserer Gegend.

Die Lokomotive kündigte sich, aus Richtung Ostkreuz kommend, mit viel Rauch und einem grellen Pfiff an.

Fast die ganze Zuglänge fuhr mit Getöse an mir vorbei. Als der Zug endlich zum Stillstand kam begann ein Gedrängel und Geschubse. Ich wurde getreten und hatte öfter mal einen Ellenbogen im Gesicht.

Meine Begleiterin hatte Platzkarten und mahnte mich zur Ruhe als ich auch los toben wollte um einen Platz zu ergattern. Ich wusste von unseren Hamsterfahrten wie man gut drängelt um einen Platz zu erhaschen.

Endlich hatten sich alle Reisenden zurecht geschuckelt. Ein schriller Pfiff und es ruckelte los.

Endlos durch Berlin. Richtung Lichtenberg, erkannte ich. Meine erneuten Fragen wurden nicht beantwortet.

Stundenlang durch eine ebene Landschaft. Hier kannte ich nicht einen Ortsnamen.

„Rostock" konnte ich lesen, als der Zug wieder einmal anhielt.

„Wir müssen raus!" sagte meine Begleitung. Schnell durch den Gang gedrängelt und an die frische Luft.

Ich erinnere mich an eine Straßenbahnfahrt. Irgendwie kamen wir in Bad Doberan an. Immer noch nicht am Ziel.

„Jetzt fahren wir mit dem Molly" meinte meine Begleiterin lakonisch. Der Molly entpuppte sich als Kleinbahn, die durch die Straßen der Ortschaften dampfte und tutete bis wir das Ostseebad Kühlungsborn erreichten. Unterwegs zeigte mir meine Begleitung: „Das dahinten ist die Ostsee!". Aha. Sie war schon einmal hier.

Ich hatte nur noch Hunger. Es gab nämlich keine Reiseverpflegung. Natur-
schönheiten waren jetzt nicht mein Anliegen. Außerdem sah man nicht viel.
Eine Wasserfläche und ein Segel.
In Kühlungsborn ging es kurze Zeit durch die Stadt bis zur Strandstraße. Wir
betraten ein riesiges Haus – das „Hansa-Haus". Es war ein Kinderheim der
Stadt Berlin. (Später befasste ich mich etwas mit der Geschichte dieses Hauses.)
Wir wurden herzlich empfangen. Sofort kam auch die Frage ob ich Hunger
hätte. Ich nickte nur.
Meine Begleiterin wechselte noch einige Sätze mit der Heimleiterin. Papiere
wurden unterschrieben und sie verabschiedete sich eilends, weil der Zug bald
fuhr.

Ich hatte eine neue „Bleibe". Aus heutiger Sicht war es der Vorhof zum Para-
dies.
Jetzt traf ich alles an, was mir meine Straßenbekanntschaft erzählt hatte. Und
alles auch noch im Überfluss. Es gab wirklich alles reichlich. Berlin ließ seine
Kinder nicht im Stich.
Eine gute Ausstattung der Zimmer, keine Stockbetten mehr und jedes Fenster
hatte einen Blick auf die Ostsee. Ich erwischte ein Eckzimmer. So konnte ich die
Ostsee immer sehen, wenn ich es wollte.
Schwieriger war schon am Anfang das Einschlafen. Es war nicht nur die neue
Umgebung. Die Brandung der See machte viel Lärm. Es war ja Februar. Die Zeit
in der es an der See etwas stürmischer ist.
Mit der Zeit wird aber die Meeresbrandung ein Schlaflied. Es ging nicht mehr
ohne.

Die Tagesabläufe waren geregelt. Essen, Schule, Essen, Hausaufgaben, Spielen,
Essen.
Drei Mal essen am Tag. Immer bis jeder satt war. Für Nachkriegs-Berliner etwas
Herrliches. Bekleidung wurde uns gestellt. Zwar trugen jetzt einige Jungs das
gleiche Hemd wie der Nachbar, aber alles war sauber und nicht geflickt. Die
Winterbekleidung habe ich nicht vergessen. Es war ein schwarzer Trainingsan-
zug (wie heute die Jogginganzüge). Jacken und Mützen? Ich kann mich nicht an
so etwas erinnern.
Wir Kinder waren wirklich die Herren des Hauses. Es gab nur wenige Erziehe-
rinnen um uns alle in Schach zu halten. Trotzdem lernte jeder schnell welche
Verhaltensweisen angemessen waren.

Es gab wenig Zank. Das übliche Gerempel zwischen Jungs. Niemals gab es eine
blutige Nase. Es gab auch keine Hierarchie zu verteidigen. Alle hatten gleiche
Chancen. Das war hier nicht Berlin.
Und wie war das mit der Freiheit?
Die einzige sichtbare Begrenzung war ein Zaun mit etwa 60 cm Höhe. Ver-
schlossene Türen und Tore gab es nicht.

Die Zeiten für die Essen-Einnahme waren streng geregelt. Die Freizeit und wie weit man sich entfernen konnte war dadurch auch fassbar. Das war besonders in der schulfreien Zeit sehr schön.

Ausflüge zum Leuchtturm oder zum Geisterwald waren normal. Das Stadtgebiet von Kühlungsborn interessierte uns weniger. Lieber waren wir am Strand bei den Fischern. Mehrmals gelang es mir mit einem Fischer hinaus zufahren um Netze einzuholen oder auszulegen. Das sollte aber die Heimleitung besser nicht erfahren. Als ich mich als „seefest" erwiesen hatte durfte ich sogar bei einem Fischer mehrmals mit segeln. Er machte Segeltörns für Touristen nach Rerik. Sein Boot hatte keinen Hilfsmotor.

Die Grenzwache ritt hier noch zu Pferde. Keine Schilder sperrten uns aus oder ein.

Die „Kühlung" (Ein Waldgebiet) war Quelle für Beeren und Pilze. Sie landeten in der Küche und wurden als Kompott und Beilagen wieder zu den Mahlzeiten gereicht.

Und was mochte ich nicht an diesen paradiesischen Zuständen?

Wenn es wieder und immer wieder zum Abendbrot geräucherten Dorsch gab. Zum Mittag Dorsch in allen Varianten machte mir nichts aus. Aber der abendliche Dorsch war mir zu viel.

Und heute? Dorsch ist Luxus! Ich kann heute selten einmal geräucherten Dorsch ergattern.

Schule musste auch sein. Anfangs ging ich in die Schule, die in der Stadt war. Wir waren dort 44 Schüler in der Klasse. Da ich als Letzter dazu kam musste ich mir aus einem anderen Klassenraum einen Stuhl besorgen.

Aber ohne mich war schon die übliche Sitzordnung einer Schulklasse durchbrochen. Nur Wenige hatten ein Pult. Alle anderen saßen im Halbkreis um den Lehrer herum. Ich kann mich an keinen geordneten Unterrichtstag in dieser Klasse erinnern. Es gab immer nur Stühle rücken und Geraune.

Es ging aber auch anders.

Nach kurzer Zeit wurde ich „umgeschult". Nun war die Schule „Jwd". Sie war eine Baracke außerhalb des Ortes. Dem „Ried". Oder genauer: nahe dem Riedensee. Ein kleiner Binnensee, den die Frühjahrestürme öfter mal eine Überschwemmung aus der Ostsee bescherte. Sie schwappte einfach über die Straße und füllte den See wieder auf.

Diese Schule war eine „Pantinenschule". Das hieß, dass hier die Kinder der Fischer und Bauern zur Schule gingen. Dementsprechend gab es auch keine Diskussionen um die Kleiderordnung. Wir Heimkinder trugen noch die „feinste" Kleidung.

In dieser Schule gefiel es mir sehr. Hatte ich in Berlin schon jegliche Lust an Schule verloren, konnte ich hier viel lernen.

Der Lehrer war leider etwas überfordert. Wir waren schließlich Schüler der ersten bis 3. Klasse in einem Raum. Pantinenschule eben.

Bald waren ich und noch ein Mitschüler „Klassenbeste". Somit überließ uns der Lehrer sehr oft die 1. Oder 2. Klasse um mit diesen Kindern Unterricht zu machen.

Ja, das machte Spaß!

Ich lernte nicht nur das Unterrichtspensum, mein Selbstbewusstsein verließ langsam seinen Tiefpunkt.

Ich hatte auch erkannt, dass Lernen nicht nur stumpfsinniges Pauken ist. Indem ich meine Kenntnisse den Schülern in den unteren Klassen vermitteln sollte wurde mir klar, welche Dinge ich nicht wusste. Das blieb ewiger Ansporn für ein immerwährendes Lernen.

Der Lehrer eröffnete mir noch die Option, dass ich eine Klasse überspringen könnte, aber er hat wohl, trotz meines ewigen Drängelns den Antrag nie eingereicht.

Warum nur wurde mir das Kinderheim in Kühlungsborn zu langweilig?

Ich begann zu rebellieren. Die Pubertät setzte wohl ein. Ich war nicht mehr der leicht zu lenkende Junge, der alles kommentarlos ausführte und nie aufmuckte. Die Erzieherin machte jedenfalls kurzen Prozess und ich musste das „Hansa-Haus" kurzfristig verlassen.

War ich traurig? Nein. Ich war neugierig!

Die Rückreise vollzog sich fast genauso wie die Hinfahrt.

Keine Gespräche, kein Essen, aber das Wetter war besser.

„Kinderhein Haus-Tornow" in Buckow/Märkische Schweiz war mein nächster Aufenthalt. Den Gerüchten nach, war es ein Heim für „Schwererziehbare".

Als danach bei meiner Ankunft fragte bekam ich die knappe Antwort: „Alles Quatsch"!

Das war mir Recht.

Nur noch so viel – es wurde jetzt alles noch viel, viel besser!

൩

Na, ihr Pimpfe?
Die Jahre 1952 bis 1955 verbrachte ich in einem Kinderheim.
Bitte nicht mitleidig lächeln! Ich genoss mein Leben dort.
Besser ist es mir später nie ergangen. Es war eine schöne Zeit.

Ich hatte dort eigentlich nur drei Pflichten. Ich musste pünktlich zu den Mahlzeiten erscheinen; ich musste pünktlich in der Schule erscheinen, die nur zwei Minuten entfernt war und ich musste pünktlich um 21:00 Uhr im Bett liegen.
Ich fand diese Regeln angemessen, wenn ich sie mit der Zeit des Hungers in Berlin verglich. Den hatte ich zum Glück hinter mir gelassen.
Endlich Zeit zum Lesen und Lernen. Keine Beschaffung von Lebensmitteln und Bekleidung. Kein Schulschwänzen.
Ich war endlich auch einmal auf die Butterseite gefallen, wie meine Altersgenossen in meiner Berliner Straße sagten.

„Ganz tief in einem Walde und dicht an einem See, da lernen wir Kinder, das Leben zu besteh'n" so begann unsere Heimhymne. Sie war eine gute Beschreibung unseres sorgenfreien Lebens. Wir sangen sie selten, weshalb es immer mit dem Text haperte bei der dritten Strophe. Aber das kennt gewiss jeder von seinen erlernten Volksliedern.
Ich habe gesehen, dass es in anderen Kinderheimen so eine Art Uniform gab. Eine „Heimkleidung". Alle die gleichen Hemden und Blusen, alle die gleichen Hosen und Röcke. Ich bedauerte diese Heimkinder aus den Kinderheimen in unserer Nähe.

Antreten zum Essen, antreten zur Schule. Standen die Kinder jeden Morgen alle in Reih' und Glied wurde die Fahne gehisst. Schrecklich! Das war unsere Meinung. Wenn das die einzigen Nachteile waren, war es vielleicht zu ertragen. Heute erzählen Heimkinder, was sie sonst noch ertragen mussten. Ich kenne sogar diese Heime per Namen und ihren damaligen Ruf. Dort wollten wir nie hin. So kam es, dass wir sehr selten Ausreißer oder Auffällige hatten. Vielleicht eine heile Welt im Kleinen?

Aber wieder zurück zur Heimkleidung. Es kam bei uns 120 Kindern und Jugendlichen selten vor, dass ein Hemd oder eine Bluse doppelt in Erscheinung trat. So waren wir auch in den umliegenden Orten nicht als Heimkinder erkennbar. Vielleicht nur etwas adretter gekleidet?
Ja, aber! Gab es denn kein aber?
Doch. Es gab eine Ausnahme von der Bekleidungsordnung. Sie trat an hohen Staatsfeiertagen der DDR in Kraft.
Alle Jungen zogen dann schwarze Trainingsanzüge an. Dazu ein weißes Hemd mit blauem Pioniertuch oder die blaue Bluse der FDJ. Auf den Kopf gehörte eine Art Baskenmütze. Leider auch schwarz. „Und vom Barette schwankt die

Feder" hätten wir singen können, aber dieses Lied war verboten. Wir beneideten die Mädchen, die um diese Kopfbedeckung herumkamen. Sie konnten ihre Wallelocken oder Fantasiefrisuren zeigen. Na gut. So waren sie auch ansehnlicher für uns.

Und weiter mit den Ausnahmen.
Jetzt mussten wir uns auch zum Fahnenappell anstellen. Fahne hissen und der Fanfarenzug schmetterte los.
Ja, einen Fanfarenzug gab es. Mit Landsknechttrommeln und sogar Ventilfanfaren.
Wie der zustande kam, erinnerte auch mehr an ein Wunder. Alle Fanfaren, Trommeln, Geschirre und Wimpel lagen sehr unordentlich immer im Sportgeräteraum herum. Hatte jemand von uns Lust mit den Instrumenten etwas zu üben, ging er hinein und holte sich das Gewünschte. Hinaus ins Freie und alle Kinder mit lauten Misstönen gequält, bis die gewünschte Melodie herauskam. Erst wenige Tage vor dem großen Ereignis wurden die Kinder zusammengerufen, die im Fanfarenzug mitmarschieren wollten. Es wurde jetzt gemeinsam geübt. Alles ging nach Gehör. Noten? Woher denn? Einen Musiklehrer hatten wir auch nie. Der Tambour hatte für den richtigen Schmiss zu sorgen. Die Melodien stammten von der Schellackplatte.

Allem Gejammer und Gestöhne zum Trotz trotteten wir in die nahe gelegene Kleinstadt. Am Ortsschild traten wir in Dreier-Reihen an und die Fanfaren schmetterten los. Die Trommeln riefen zum Gleichschritt. „Ein schwarzer Haufen" in Kompaniestärke lästerte ich leise. „Wir sind des Geiers schwarzer Haufen" witzelte es leise hinter mir. Das Lied kannte wiederum alle, weshalb es nicht sehr leise in den Reihen zuging. Singen mussten wir es zum Glück nicht. Und da kam es vom Straßenrand: „Mutter komm' mal raus, die Pimpfe marschieren wieder". Die älteren Männer in Hauslatschen und zu weiten Hosen aus Friedenzeiten riefen es ins Haus hinter sich.
Ich hasste dieses Wort. Ich kannte die Bedeutung und ich wusste, wie es im Sprachgebrauch eingesetzt wurde. Es war immer eine Herabwürdigung. Wenn wir Kinder höchstens „Angeber" oder „Fatzke" benutzten, sagten ältere Leute meist „Pimpf", wenn sie jemand herabsetzen wollten.

So ging das nicht täglich. Die wenigen Ausnahmen als Uniformierte, hinterließen wohl keine Risse auf unseren Seelen. Den richtigen Marschschritt lernten wohl viele Jungen von uns erst später.

Im Rückblick stelle ich fest, dass wir in unserem Heim im Wald weit weg von allen politischen Einflüssen in Berlin waren. Dieses Heim gehörte zur Stadt Berlin, aber Berlin lieferte nur Kleidung und Essen. Damals kamen wir uns etwas vergessen vor. Heute sind mir die Vorteile sehr bewusst, die daraus für uns entstanden waren.

Worterklärung: Pimpf = Pup, Furz, klein

Mit der Bedeutung „kleiner Furz" war Pimpf zunächst ein Scheltwort, wurde aber um 1920 zur scherzhaften Bezeichnung der jüngsten Angehörigen in der Jugendbewegung.

In absichtlicher Aufwertung der Bedeutung wurden in der Zeit des Nationalsozialismus ab 1933 die Mitglieder des Deutschen Jungvolks (10- bis 14-jährige Jungen) offiziell Pimpfe genannt und hatten sich auch selbst als Pimpf zu bezeichnen.

Ein Neuling im Deutschen Jungvolk durfte sich erst dann Pimpf nennen, wenn er die Pimpfenprobe bestanden hatte. Erst dann durfte er zur Jungvolkuniform außer Diensthose, Lederkoppel mit Koppelschloss, Braunhemd, Halstuch und Lederknoten auch den Schulterriemen und das HJ-Fahrtenmesser tragen.

ဢ

Papa, wer warst du?

Kinder spitzen immer die Ohren, wenn sich Erwachsene unterhalten. So lernen sie Familien-Interna, die ihnen sonst niemand erzählt hätte. Ruhig weiter spielen, aber die Lauscher riesengroß

Wenn man nun einige Sätze aufgeschnappt hat und keinen Zusammenhang erkennt, muss man fragen.

Bis heute sind viele dieser Fragen noch nicht beantwortet. Also werden daraus Bilder, Diaramen vor dem inneren Auge.

„Mutti, wo ist Papa?"

„Warum fragst du?"

„Wo ist denn Papa? Die anderen Kinder haben schon ihren Papa wieder oder sie wissen, wo er ist. Entweder tot oder in Gefangenschaft."

„Junge, ich weiß nicht, wo der ist"

In vielen Familien fand damals dieses Frage-Antwortspiel statt. Einer will etwas erfahren, der Andere will nicht antworten.

Doch plötzlich hört man doch etwas: „Du bist wie dein Papa, der hatte auch immer so viel Blödsinn im Kopf."

„Und wo ist Papa?"

„Ich weiß nicht. Jetzt musst du dich aber waschen!"

„Wenn du so alt bist, wie dein Papa hast du bestimmt auch eine Glatze!"

„Wo kann den Papa jetzt sein? Hast du kein Bild von ihm?"

„Irgendwo muss da noch eins liegen. Guck mal in das Fach von der Nähmaschine".

Ich kramte zwischen Stecknadelkissen und Schneiderkreide. Da war ein Bild. AGFA-Box 6x9. Schwarzweiß.

Mutti saß auf dem Stuhl. Fünf Kinder um sie herum. Sie sah erschöpft aus. Aber es war kein Mann auf dem Bild.

„Da muss noch eins sein".

Beim weiteren Suchen kommt wieder ein Bild zum Vorschein. Ein riesiger Mann in Hemd und Weste, mit Halbglatze und an seiner Seite eine kleine Frau. Alles in einem Schrebergarten fotografiert.

„Ja, das isser. Der war über eins achtzig. Du wirst bestimmt auch mal so groß. Das war im Garten. Da hatten wir eine große Dogge. Gefleckt. Nur dein Vater und du konnten an den Hund ran. Ich musste immer die Schubkarre nehmen, wenn ich ihn füttern wollte. Du konntest dem Riesenvieh sogar das Futter wegnehmen. Und wenn dein Vater nachhause kam und er hatte Hering eingekauft stürzte sich der Riesenköter auf ihn und schnappte nach dem Fisch. Ein paar Mal ist dein Vater dabei umgekippt."

Mein Papa war groß. Fast ein Held. Er konnte den großen Hund bändigen.

„Und wo ist Papa jetzt?"

Über Wochen, Monate, Jahre zwickten meine Fragen.

„Der war ein echter Hallodri".
„Er stammte aus dem Rheinland."
Ich blickte drängend,
„Er war aus Köln".
„Der hatte nur Feiern und Weiber im Kopp".
„Der versoff noch das Arbeitslosengeld und ich konnte sehen, wie ich euch durchbrachte".
Papas Bild bekam Risse.

„Na, ja, 1937 ist er dann endlich zu den Soldaten. Er wurde Berufssoldat. Da hatten wir wenigstens wieder n'paar Pfennige. Er kam nach Breslau. War dort beim Bodenpersonal auf dem Flugplatz."
„Hast du Post von dort bekommen?"
Sie guckt mich lange an.
„Er war ein paar Mal hier. Im Urlaub. Oder, wenn er mal wieder von der Truppe geflitzt war. Das war dreimal. Die Kettenhunde haben ihn hier immer abgeholt."
„Und wann das letzte Mal? Wo ist er jetzt?"
„Junge, ich weiß doch nicht, wo er ist. Zuletzt war er im Februar 1945 hier. Aber ich habe ihn nicht rein gelassen, sonst wäre die Gestapo gekommen. Er hatte sogar das Gewehr mit. Das hat doch jeder im Haus gesehen".
„Und wie war Papa so?"
„Irgendwie immer lustig. Er machte nur immer Unsinn. Und er hatte Kinder sehr lieb".

Im Jahr 1947 erklärte meine Mutter ihren Mann für tot. Der Arbeitgeber verlangte das als Bedingung für die Einstellung.
∞

Rosinenbomber

1944 war es. Es war ein ruhiger Sommertag. In der Nacht hatten die Luftschutzsirenen nur einmal geheult. Die Ziele lagen heute nicht im Bezirk Prenzlauer Berg in Berlin. Die Einschläge lagen weit weg. Wir merkten nur das Beben der Erde im Luftschutzkeller.

Da wir Parterre, im 1. Hinterhaus, wohnten konnte ich den Himmel nur sehen, wenn ich mich dicht an das Fenster stellte. Blauer Himmel, stellte ich erfreut fest.

Sofort löcherte ich Mutter, dass ich auf die Straße zum Spielen gehen durfte. Es dauerte, wie immer ewig, bis sie meinen Bitten nachgab. Sie hatte Befürchtungen ohne Ende, die sie mir mit vielen Worten erklärte. Wir waren nämlich erst seit kurzer Zeit hier wohnhaft. Sie kannte sich nicht so recht in aus Berlin, da wir vorher in Halle an der Saale gewohnt hatten.

Kinder geben keine Ruhe, wenn sie etwas wollen, das für sie so klar ist wie gerade der Sommerhimmel über meinem Kopf. Ich durfte endlich hinaus.
In der Winsstraße, in der ich wohnte, war kein Mensch zu sehen, also trödelte ich zur nächsten Ecke, zur Marienburger Straße. Dort war es geschäftig. Beim Fleischer gab es eine lange Menschenschlange, beim Bäcker roch es nach frischen Schrippen, was mir sofort Appetit machte.
Am interessantesten war es aber bei der Rettungsstelle des Deutschen Roten Kreuzes. Hier fuhren ständig die gelben Krankentransporter heraus und hinein. Hier versahen die Notärzte ihren Dienst, die einen großen Einzugsbereich im Bezirk Prenzlauer Berg zu betreuen hatten. Auch ich war schon einmal dort zur Behandlung. Ich hatte mir eine Hand in einer Haustür eingeklemmt, die selbstschließend war. Nur nicht daran denken, sonst fühle ich noch einmal den Schmerz.

Ich ging wieder weiter die Straße hinauf. Hinauf stimmt nämlich. Die Marienburger Straße hat eine starke Steigung, wenn man von der Greifswalder Straße hinauf geht.
Kein weiteres Kind war zu sehen. Etwas enttäuscht trabte ich wieder bergab. Herrlich blau war der Himmel. Ich hielt mein Gesicht in die Sonne. Nach den vielen Stunden im Luftschutzkeller und in der Wohnung atmete ich fast die Sonnenstrahlen ein.
Erst ein leichtes Brummen in der Luft rief mich in die Wirklichkeit zurück. Langsam schwoll es an. Nachdem ich die Richtung erkannt hatte aus der das Brummen kam, rannte ich über die Straße und wollte in einen Hausdurchgang flitzen, um mich zu schützen. Vielleicht war der Luftschutzkeller dort noch nicht geschlossen und ich konnte noch hineinschlüpfen.
Pech gehabt. Alle Haustüten in dieser Häuserreihe waren geschlossen. Ich gesellte mich Schutzsuchend zu den Erwachsenen der Schlange beim Fleischer.

Da blitzte es auch schon silbern in der Sonne. Im Tiefflug kam eine „Dakota"
über die Dächer geflogen.
Ich sah gebannt nach oben. Machten sie den Bombenschacht auf, wie ich es
schon mehrmals gesehen hatte?
Der Bomber flog in Richtung Friedrichshain weiter. Von dort hörten wir die
Flakgeschütze ballern. Aber das Brummen wurde leiser. Ich wurde wieder ruhig. Die Erwachsenen neben mir diskutierten über den Unsinn des Piloten, der
am hellen Tag über Berlin flog.

Etwas durcheinander war ich jetzt. Kommen noch mehr Bomber oder was sollte
der Eine hier?
Langsam trollte ich mich in die Richtung meines Zuhauses.
Plötzlich flimmerte es in der Luft. Langsam flatterten Stanniolstreifen vom
Himmel. Ich besah mir einen Streifen, als er am Boden lag. Getreu der Warnung
nichts anzufassen, was vom Himmel fällt, fasste ich aber kein Stanniol an. Ständig wurden wir Kinder ermahnt nichts anzufassen, was vom Himmel fällt oder
uns unbekannt ist. Aber ganz besonders auf Spielzeug sollten wir achten.
„Wenn du so etwas siehst, sagst du sofort dem Blockwart Bescheid" hörte ich
ständig meine Mutter sagen. „Das kann dir in der Hand explodieren" lautete
die Warnung.
Ich fasste natürlich nichts an, was mir nicht geheuer war.

Viele Jahre später waren wir wieder einmal zum Einkaufen in Neukölln. In der
Sonnenallee gab es mehr zu kaufen als in Pankow, wo wir jetzt wohnten. „Klein
Moskau" nannte man unseren Stadtbezirk im Volksmund. Hier waren Einrich-
tungen aller Art der sowjetischen Besatzungsmacht und der DDR-Regierung
untergebracht, weil dieser Stadtbezirk sehr wenig zerbombt war. Fragten mich
andere Leute, wo ich wohne, sagte ich ungern Pankow. Prenzlauer Berg log ich
oft. Das war klar Arbeiterviertel. Sie verzogen sonst oft das Gesicht. Ob ich ein
Bonzenkind sei, wurde ich einmal gefragt. Das reichte mir.
In der Sonnenallee zottelten wir von Laden zu Laden von Schaufenster zu
Schaufenster. Es war noch früh am Vormittag. „Es ist noch nicht alles ausver-
kauft, wenn wir so früh einkaufen gehen" sagte Mutter immer.

Unerwartet riss mich das Dröhnen von Flugzeugmotoren aus meinen Gedanken. Als ich nach oben sah, rutsche förmlich eine Dakota über die Ziegeldächer.
Ich konnte die gesamte Mechanik am Boden des Bombers erkennen.
Schon wieder war die alte Angst da. Ich drückte mich in einen Hauseingang.
Nur mit vielem Zureden bekam mich meine Mutter da wieder heraus. Sie erklärte mir, dass die Flugzeuge hier jede Minute nach Tempelhof fliegen. Das
soll die Luftbrücke sein. Davon hatte ich auch gelesen und gehört. Aber es war
mir nicht geheuer die Bomber über mir zu sehen. Ich wollte nur weg.
An diesem Tag wollte ich mich nicht mehr beruhigen, wurde mir noch Jahre
später vorgehalten.

Nach einigen Umzügen kam ich Jahre später wieder einmal in Berlin an. Für immer, wie ich dachte.

Jetzt hörte ich im „Sender Freies Berlin" und im „RIAS" die neue Geschichtsschreibung der amerikanischen Besatzung.

Was mir damals so Angst einjagte, in der Sonnenallee waren Rosinenbomber. Ich erinnere mich bis heute nicht, dass ich gesehen habe, wie Rosinen zu Boden fielen. Es waren immer Brandbomben, Bomben oder wie vorhin erzählt Stanniolstreifen.

Ja, ich kenne die Geschichte, die immer wieder in allen Büchern auftaucht. War sie so passiert? Der Bomberpilot sagte im Interview, dass er Kindern wie mir eine Freude machen wollte. Ich sage heute „Danke". Bomber über Berlin sind nicht meine Sache.

Und heute fliegt er schon wieder, der „Rosinenbomber". Bereits das x-te Modell, da so ein Flugzeug auch nicht das ewige Leben gepachtet hat.

Immer, wenn ich heute diese Dakota über Berlin und Potsdam fliegen sehe, weiß ich, dass der Krieg noch nicht weit genug hinter mir liegt, um zu begreifen, dass dieser Bombereinsatz nur ein Schauspiel ist, das eine Geschichtsschreibung manifestieren soll.

Nachtrag 2014 Der „Rosinenbomber hatte Pech. Eine Landung nach einen Rundflug verlief wohl nicht perfekt. Der Bomber zerschellte. Sofort rief der Veranstalter zu einer Spendensammlung auf, damit aus den USA die nötigen Ersatzteile angeschafft werden können. Der Bomber sei wichtig in der Geschichte Berlins. Er soll wieder seine Rundflüge aufnehmen. Ich sah den Bomber nicht wieder am Himmel.

War es, weil ich nicht gespendet hatte? Hat überhaupt jemand für eine Kriegsmaschine gespendet, die tonnenweise Bomben auf die deutschen Städte warf?
ೋ

Schiebewurst

Wie hypnotisiert starrte Ingrid auf die Stulle in meiner Hand. Heute gab es mal wieder „Schmierwurst". Etwas Seltenes in dieser Zeit. „Da weeßte nich wat drin is. Vielleicht Nachbars Katze" wurde oft am Tisch geunkt. Die Wurst sah grau aus. Mutti hatte sie als „Leberwurst" gekauft. Ich wusste nicht wie Leberwurst schmecken sollte, also schmeckte mir diese Wurst allemal besser als trockenes Brot. Noch eine Wurstsorte kannte ich „Teewurst". Die sah auch grau aus, aber mit einem rötlichen Schimmer.

„Da schmeißen se allet rin, wat se sons nich loswerden" lautete konsequent das Urteil der Erwachsenen. „Früher schmeckte die Wurst noch so richtig nach Wurst" war der zweite Satz, der solche Ausnahmen am Tisch charakterisierte. Das war in den so genannten „Friedenszeiten"

Mir doch egal. Ich biss immer herzhaft in meine Stulle und ließ mich von Ingrids Blicken in keiner Weise beirren.

Herrlich schmeckte es. Ich leckte noch meine fettigen Lippen und guckte grinsend zu Ingrid.

Die knabberte fast damenhaft an ihrem Wurstbrot. Immer wenn sie ein kleines Stück abbiss schob sie ihre Vorderzähne etwas über die Stulle und dabei die „Schmierwurst" weiter nach hinten. Den letzten Happen hielt sie mir vor die Nase. Jetzt grinste sie.

Ein Berg „Schmierwurst" thronte darauf.

Demonstrativ öffnete Ingrid den Mund und schob langsam dieses letzte Stück ihrer Wurststulle in den Mund.

Ich zog silberne Geschmacksfäden.

„Wie machstn dat?"

Haste doch jesehn!"

Jetzt guckte ich unsere Mutter fordern an.

„Man bettelt nicht bei Tisch!". Auch so ein Standardsatz.

Deshalb guckte ich sie lieber so lange an bis sie reagierte.

„Nee, nee. Das muss für morgen bleiben. Da wollt ihr doch ooch noch wat!"

„Nöö", kam das Echo von uns.

„Und det wird bestimmt schlecht, wie die Wurscht damals."

Wir blieben hartnäckig.

„Na jut, aber morgen wird nich jemeckert, wenn nüscht mehr da ist!" bestimmte Mutter.

Voller Freude nahmen wir jeder noch eine Wurststulle in Empfang.

Jetzt machte ich mir auch meine „Schiebewurst".

୫୦

Wie ich zu meinen Eiern kam
Oder:
Circe im Klo.

Bevor ich euch von meinen Eiern erzähle erst etwas Besserwisserei:

Circe war Tochter des Sonnengottes und der Perse, Schwester des colchischen Königs Aeetes, eine große Zauberin.

Ihr Vater führte sie auf seinem Sonnenwagen aus Kolchis nach Westen und setzte sie auf einer Insel in der Nähe von Italien aus, welche die Zauberin bald in den entzückendsten Aufenthalt verwandelte. Dort in einem anmutigen Tale wohnte sie, in einem von Gold und Juwelen schimmernden Palast, Löwen und Wölfe hatte sie gezähmt und zu Wächtern ihrer Wohnung bestellt, goldlockige Nymphen, Göttinnen wie sie, waren ihre Dienerinnen.

Ihre Unart war es Gäste mit ihrem Gesang zu verzaubern z.B. in Schweine. Nun ist nicht jeder der becirct wird ein Schwein, aber er kann trotzdem verzaubert sein.

Moment, da fällt mir noch ein „Männer sind Schweine" singen „Die Ärzte". Mythologie ist halt klebrig. Sie hängt uns ewig an. Ich schweife ab.

„Der Junge braucht Eier!" Das war der Befehl meiner Mutter 1945, im Sommer. Die Mädels meiner Familie nickten. Nur mein Bruder konnte sich nicht äußern. Er war auf der Arbeit.

Am nächsten Vormittag ging meine Schwester Ingrid mit mir los um Mutters Befehl Taten folgen zu lassen. Es war nur ein kurzer Weg zum Geflügelzüchter in Berlin, Pankow-Heinersdorf.

Riesige Gewächshäuser standen hier. In den meisten scharrten und gackerten Hühner. In anderen grünte es.

„20 Küken!" bestellte Ingrid. Nach kurzer Zeit kam der Besitzer mit einem flachen Pappkarton wieder. In ihm wimmelten goldgelbe Küken. Flaumig, einfach süß.

„Zähl nach!" meinte der Mann.

Und wie? Das ging völlig durcheinander in dem Karton. Als Erstklässler konnte ich schon bis zwanzig zählen, aber ich schaffte es nicht. Ingrid kam bis achtzehn. „Es sind Zwanzig" knurrte der Verkäufer.

Wir bezahlten die vier Mark und zogen ganz langsam los.

Langsam? Klar langsam. Ständig versuchten mehrere der quirligen Küken über den Kartonrand zu hüpfen. Ständig hielten wir an um sie wieder zusammen zu treiben.

Aber wir kamen doch noch vollzählig an. Nicht ein Küken war entwischt.

Zuhause wurden sie einfach auf dem Küchentisch entlassen. Acht Augen guckten jetzt die flaumigen Lebewesen an. Die die hielten sich aber an keine Regel. Ständig mussten wir eingreifen, weil ein Sturz vom Küchentisch verhindert werden musste. Zum Schluss waren wir alle damit beschäftigt die piepsende Meute zur Räson zu bringen

Jetzt begann das Rätsel raten um das Geschlecht der Kleinen.

„Das ist ein Hahn!" zeigte ich.

„Spinnst du?" Schon hagelte es Proteste

Auch die Geschlechtsbestimmung Anderer wurde nieder gemacht.

Wir hatten Erbarmen und holten die Kleinen erst einmal vom Küchentisch.

Ihr kennt das. Erziehung beginnt schon so früh wie möglich. Schon die Vogelmama sitzt auf dem Nestrand und piepst ihren Kleinen zu: „Rutscht schön dicht zusammen, dann wird euch auch nicht kalt."

Aber wer erzählt diese wichtige Überlebensstrategie winzigen Hühnerchen, die schon Vollwaisen sind wenn sie zur Welt kommen?

Wir lockten mit gekochten Kartoffeln, mit Haferflocken, mit Zuckerkrümeln. Die gelbe Bande reagierte nicht. Sie rannten wie aufgescheuchte Hühner auf dem Küchenboden herum.

Mutter hatte befohlen, aber keine Lösung folgen lassen.

Wohin jetzt mit den Küken? In einer Pappschachtel kannst du kein Huhn halten. Eine Wohnung, bestehend aus Stube und Küche, mit vier Personen bewohnt, bietet keinen Platz für Hühnerauslauf.

Ein Käfig? Kein Platz!

Bis zum Abend hatte doch noch einer eine Idee. Die Hühner kommen ins Klo!

„Nur nicht spülen" dachte ich.

Einer hatte den Vorschlag und drei guckten skeptisch.

Ein Raum, in der eine Toilette steht – in einem Neubau? Wieviel Platz gibt es da, wenn schon ein versehentliches Öffnen der Tür diese gegen die Knie des Sitzenden schlug?

Wir standen vor der Toilettentür und guckten.

Architekten haben auch mal gute Ideen. Hinter dem Toilettenbecken gab es einen „Hängeboden". Das war eigentlich der Überbau der Speisekammer, die man von der Küche betrat. Und es war die Lüftung. Hier gab es ein Fenster, das man mit einer langen Stange öffnen konnte.

„Da kommen die hin!"

„Dann können wir aber nicht lüften!"

„Erstunken ist noch Keiner!"

Etwas Krempel weggeräumt und schon war Platz für zwanzig Küken.

Heute überlege ich – wie konnte im Sommer 1945 schon Krempel auf dem Hängeboden sein? Wir wohnten doch erst seit knapp zwei Monate dort. Zu Tausenden zogen die Flüchtlinge noch durch Berlin auf der Suche nach einem Dach über den Kopf.

Eine Mutter eben. Sie warf nie etwas weg.

Ich wurde auf die Straße geschickt um Grünzeug zu besorgen. Auch so etwas wie Heu.

Das war der Beginn meiner Karriere als „Hühnervater".

Der Ernst des Lebens begann jetzt für meine „Kinder". Mit Futter locken bis sie mir folgten. Und meine freie Freizeit wurde knapper.

Hühnerfutter besorgen kann für einen Städter in Arbeit ausarten wenn nicht einmal Menschen etwas zum Essen finden.

Ich fuhr mit der Straßenbahn oder der S-Bahn zum Stadtrand und sammelte Ähren und Mais ein. Ich guckte in jedem Kleingarten nach Hühnerfutter. Die Besitzer konnte ich nicht fragen. Sie gingen arbeiten. Ich entschuldige mich nachträglich. Ich hatte Nachwuchs durchzufüttern.

Wann beginnt ein Huhn mit dem Eierlegen? Ich bin zu sehr verstädtert deshalb stelle ich lieber keine Behauptung auf.

Ach ja, wir bekamen irgendwann heraus wer Huhn oder Hahn war. Die Hähne schmeckten besser. Nur einer blieb übrig. Der sah aber auch schön aus. Es war ein „Italiener". Kenner wissen was ich meine.

Streng wissenschaftlich wurde jetzt die Ernte eingefahren. Jedes Legehuhn hatte eine Liste. Jedes Ei wurde eingetragen. Wenn ich mich nicht zu sehr irre war der Rekord bei 265 Eiern bei einem Huhn. Es war ein „Leghorn".

Und ich bekam jetzt endlich meine Eier. Täglich. Schnell lernte ich wie man den Hühnern am Po fühlt ob sie ein Ei tragen.

Es wäre übertrieben, wenn ich hier erzähle dass wir die Pfanne unter das Huhn gehalten haben, aber ehe das Huhn gackern konnte war das Ei schon im Essen verarbeitet.

Es gab noch eine angenehme Seite unserer Hühnerhaltung. Wir mussten nicht mehr warten bis der Berliner Magistrat wieder Eier auf Fleischmarken „aufrief", das heißt es gab kein Fleisch, sondern Eier. Fleisch war noch viele Jahre knapp. Aber auch die Ei-Zuteilung war nicht ausreichend.

Ich habe mich etwas verplaudert. Es ging ja um Circe.

Circe war unser Star-Huhn. Sie legte gut und laut. Immer wenn sie ihren Legeerfolg feiern wollte gackerte sie laut, fast durchdringend. Zum Verzaubern schaffte sie es nicht.

Mutter hatte die Eingebung unseren Star Circe zu nennen. Die anderen hießen nur „Helene" oder „Ottilie". Je nachdem, wie sie einer Verwandten im Verhalten ähnlich waren. „Agnes" fraß viel. Ein echter Nimmersatt. Am liebsten Weizen.

Noch heute kann ich erzählen, dass es „meinen" Schützlingen gut ging. Sie schmeckten auch immer gut, wenn sie nicht mehr legen sollten.

Wie bei mir, war auch ihr Tagesablauf streng geregelt.

Vormittags – klar. Sitzung auf dem Klo und Körner picken. Im Klo isst man nicht? Hühner dürfen das!

Aber nachmittags ging es los.

„Putt, putt, puuuuuuttt."

Ich beeilte mich die Tür immer rechtzeitig zu öffnen. Denn mein Ruf war der Start für eine artgerechte Haltung (wenigstens nachmittags). Sie segelten von ihrem Hochsitz bis zur Wohnungstür. Klatsch, plumps. Jeden Tag eine schlechte Landung. Sie lernten es eben nicht wie man bremst. Mit weiteren Rufen folgten sie mir die Treppen hinunter durch den Kellergang zum Hof.

Von hier aus waren sie nicht mehr zu halten. Sie rannten und segelten zur grünen Wiese. Scharren, picken, scharren. Ihr kennt Hühner. Sie fressen alles. Käfer, Blätter, Steine. Nach etwa einer Stunde knickten ihnen die Beine ein. Der Kropf war voll. Sie badeten im Sand. Letztendlich hockten sie nur noch faul herum und blinzelten nur noch.

„Putt, putt" ich beendete den Ausgang meiner Hühnerschar.

Dann, an einem Tag die Katastrophe!

Das berührte mich doch sehr. Ein Huhn hinkte sehr. Es war Circe!

Unser Star hatte ein gebrochenes Bein. Ich weiß heute noch nicht wie das passierte.

So geht meine Geschichte von meiner Circe zu Ende. Da ich für das Kleinvieh zuhause zuständig war – und das betraf nicht nur ihr Wohlergehen, köpfte ich sie noch zur gleichen Stunde.

Zur gemeinsamen, abendlichen Mahlzeit lag sie schon auf vier Teller verteilt. Einige Worte des Bedauerns gab es noch. Sie schmeckte allen gut. Es war ein reichliches Essen für die damalige Zeit.

So lernte ich nicht nur einen kleinen Teil der griechischen Mythologie kennen. Ich lernte auch das Kleinvieh nicht nur Mist macht. Ich lernte: „Wer essen will muss arbeiten".

Das mit der Hühnerzucht im Klo hatten wir noch bis 1949 beibehalten.

ॐ

Wurde ich als Kind zu heiß gebadet?

Ein Standardsatz in der Kindheit lautete: „Du wurdest wohl zu heiß gebadet." Dazu tippte sich das Gegenüber mit einem Finger an die Stirn.

War die Frage schon eine Provokation, auf die keine Antwort erwartet wurde, so ordnete der Fingerzeig das Ganze als Herabwürdigung ein, die in ein Feuerwerk von Schimpfwörtern als Gegenwehr erforderte.

Selten artete das Ganze in eine Prügelei unter Jungen aus. Man kannte doch sein Gegenüber. Gleichaltrig, gleichartig und gleich erzogen: „Wehe du prügelst dich auf der Straße! Machst du das und du kommst mit kaputten Sachen nach Hause kannst du dein blaues Wunder erleben!"

Das „Blaue Wunder" erlebte ich öfter, aber nicht wegen eines vorzeitigen Verschleißes meiner wenigen Kleidung. Mir war selbst klar, dass das Kostbarkeiten waren, die ich auf dem Leib trug. Selbst geschneidert aus abgelegten Sachen der Erwachsenen. Vorkriegsware! Oder wie mir eingehämmert wurde: „Junge, der Stoff ist noch Friedensware, aber dein Vater kommt doch nicht mehr wieder."

Ja, die Nachkriegszeit. Nie erwähnte man sie. Immer war nur von einer „Friedenszeit" die Rede. Die kannte ich nicht. Ich war im Juni geboren. Ab September war Krieg. So blieb mir zum Leben nur die „Nachkriegszeit".

Die Hoffnung, dass ich auch einmal eine „Friedenszeit" erlebe hat sich bisher nicht erfüllt. Kein Friedensvertrag! Und wieder um mich herum nichts als Kriege.

„Du wurdest als Kind zu heiß gebadet!" Nein, sage ich heute für diese Zeit, an die ich mich erinnern kann. Ich lebte in Kriegszeiten und Nachkriegszeiten. Wasser war knapp und kalt. So meine Erinnerung in Kurzform.

Das wäre aber zu knapp geantwortet, wenn man eine Kurzgeschichte erwartet? Wie kalt Wasser, besonders aber Waschwasser, ist erlebte ich das erste Mal bewusst im Winter Anfang 1944. Ich war jetzt fast fünf Jahre alt. Mein vorläufiger Wohnort war Halle an der Saale. Meine Mutter war „In Stellung", das hieß, sie war als Dienstmädchen bei Frau Pastor angestellt. 24 Stunden-Dienst und „Kinder unerwünscht". So landete ich bei einer Pflegemutter. Auch ganztags. Darüber weiß ich heute nichts weiter als das Waschritual. Alles verdrängt? Bis auf die tägliche Waschprozedur weiß ich wirklich nichts. Diese hat sich mir richtig ins Gedächtnis eingebrannt. Ich hätte sie auch sonst nicht vergessen, da meine Mutter sie mindestens einmal jährlich bei irgendeinem Familientreffen erzählte.

„Junge, zieh' dich mal schon aus! Ich mache inzwischen dein Waschwasser fertig! Ein tägliches Ritual. Ob ich murrte? Ich glaube nicht. Kinder hatten damals einfach nur zu gehorchen.

Die Pflegemutter füllte eine weiße Emailleschüssel am „Ausguss" in der Küche. Dann kam eine Handvoll Salz hinein und dann stellte sie die Schüssel auf das Fensterbrett. Natürlich war dieses weit geöffnet. „Jungen muss man abhärten!" Ja, ja Jungen mussten damals hart sein. Meinte der „Führer". Das hatte wohl auch meine Pflegemutter verinnerlicht.

Diese Abhärtung endete aber zur selben Stunde, als mich meine Mutter sah, wie ich in dieser kleinen Schüssel auf dem Fensterbrett stand. Eine Schimpfkanonade beendete meine „Pflegestelle". Von jetzt an war ich auch bei Frau Pastor untergebracht.

Monate später!

Ich befand mich nun in Berlin. Meine Mutter hatte jetzt eine neue Arbeitsstelle. Die „Alliierten" bombardierten jetzt fast täglich Berlin. Die deutschen Soldaten waren auf dem Rückzug an allen Fronten. Wir saßen viele Stunden des Tages im Luftschutzkeller.

Wenn der „Luftalarm" aufgehoben wurde gingen wir in die Wohnung zurück und probierten erst einmal aus ob Wasser und Gas funktionierten. Dann war die nächste warme Mahlzeit gesichert und auch die Körperreinigung konnte mit Warmwasser erfolgen. Leider wurde das bis 1945 immer seltener. „Also, wieder kein Gas, heute musst du dich wieder kalt waschen. Kennst du ja schon, also kein Geflenne!" Basta!

Ein Junge weint nicht! Eine ganze Kindererziehung in einem Satz! Wie viele erklärende Worte hat man damals gespart?

Das mit der kleinen Emailleschüssel hatte sich aber nicht geändert. Auch die gab es in unserem neuen Zuhause. Hier zogen wir 1945 ein. Es war eine Hauswartsstelle für Mutti. Treppenreinigung – Wischen, Bohnern, Fenster putzen. Nur, dass ich mich jetzt selbst waschen musste. Ich war schließlich schon groß! Das ärgerliche an dieser Prozedur war nur, dass das Waschwasser jetzt zu schnell kalt wurde und Mutter Hände und Knie extra kontrollierte. Die waren immer am meisten strapaziert und deshalb auch immer zerschunden und zerkratzt. Nun half Mutter noch etwas mit einer Handbürste nach, wenn in den frischen Schrunden noch etwas nach Schmutz aussah.

Jetzt konnte ich mir aber schon eine Badewanne ansehen. Sie stand im Keller und war für 27 Mietparteien. Mutter guckte nur einmal in die Badestube und in die Wanne und das war es schon mit der neuen Errungenschaft Badewanne. Ich sah sie nie wieder. Mein Eindruck war auch nicht so überwältigend. Rostbraune Ränder an denen man ablesen konnte, wie weit das Wasser den Benutzern schon bis zum Hals gestanden hatte.

Aber die Badewanne holte mich doch noch ein, ehe ich erwachsen wurde. Im Kinderheim standen im Keller vier solcher Badewannen.

„Und samstags wird gebadet" Das war nicht nur ein Filmtitel. Das war Standard in Deutschland, also auch in Kinderheimen. Die Erzieherinnen ließen die Wanne mit heißem Wasser volllaufen und besonders Mutige stiegen hinein. Bevor das Wasser aber zu kalt wurde, drängte die Erzieherin drei Weitere in die Wanne. Vier Jungs kurz vorm Erscheinen des ersten Barthaares in einer Wanne? Das macht zwar sauber, aber kein Vergnügen. Wurde das Wasser danach abgelassen gab es einen dunklen Rand in der schönen weißen Emaillewanne. Nichts wie weg – sonst musste man noch Putzen.

Die kleine Waschschüssel blieb nicht einmal meinen Kindern erspart. Reinstellen, abseifen, klarspülen!

Aber 1970 geschah ein Wunder! Eine neue Wohnung, sogar eine Neubauwohnung! Mit Badewanne! Wir stellten anfangs bestimmt Baderekorde auf. Wer bleibt am längsten in der Wanne? Wer verbraucht am meisten das Warmwasser? Wer weicht nicht auf?

Ach ja, das legte sich aber langsam. Heute habe ich ein kompliziertes Verhältnis zu meiner Badewanne. Sie mag mich nicht! Innen glatt wie ein Aal, zu hoher Rand, zu hoher Wasserverbrauch. Und der Wäschetrockner hängt auch noch darüber. Ich lebe inzwischen gefährlich mit meiner Badewanne.

Zurück zur Waschschüssel? Nie wieder. Bitte nie! Selbst wenn sie wieder im Laden auftauchen sollte: Weiß emailliert.

Ich habe heute eine einfache Antwort auf die Frage: „Wurde ich als Kind zu heiß gebadet?" Nein, nein, abermals nein. Das meiste Badewasser war kalt, selten mal warm, aber niemals heiß!

Ich möchte ein Warmduscher werden, aber mein Vermieter hat etwas dagegen. Er klammert sich an meine Badewanne, dabei wäre eine Duschtasse das Richtige für mich. Leider habe ich nur Kaffeetassen.

ဆ

D

iener machen
Da sage ich doch artig, mit einem Diener: „Danke".

Worterklärung: Diener = Ein heftiges Kopfnicken bei Begrüßungen und Dank-Sagen, wenn erwachsene Jungen, männlichen und weiblichen Deutschen die Hand reichten.

* Es wurde schon im Kindesalter den Heranwachsenden liebevoll mit der Ansprache: "Junge, mach' einen Diener, wenn dir ein Erwachsener die Hand gibt" anerzogen. Unterstützt wurde diese Zeremonie regelmäßig mit einer Kopfnuss. Dann flog der Kopf des Jungen von ganz allein in die richtige Richtung.

* Eine Art der Ehrerbietung aus dem vorigen Jahrtausend.
* Ist heute abgelöst durch die Begrüßungszeremonie: schweißige Hände des Gegenüber fest drücken oder mit der flachen Hand kräftig anklatschen. Dazu wird die Formel „Eh Alder", „Hallo", „Faule Socke" oder „Hallo" gemurmelt.

Worterklärung "Kopfnuss": Später! Sonst wird die Erklärung eine Geschichte.
ఴ

Inhalt II

Westbesuch

Es war immer eine angespannte Zeit, wenn ein Jahr herum war und die Postkarte verkündete, dass lieber Besuch aus Westdeutschland kam. Das Gesprächsthema in der gesamten Verwandtschaft war nun bei jeder Zusammenkunft vorbestimmt.

Die Kinder: „Kann mir Tante Elfriede ein Paar Jeans mitbringen?"

Die Großen: „Hoffentlich hat Otto nicht wieder den „Bommerlunder" mit."

Je näher der große Tag kam, desto hektischer wurde die Betriebsamkeit. Was kochen wir denn? Ist genug Bier da? Der Klare ist auch schon wieder alle! Tante Elfriede trinkt gern Kirsch. Ja aber Omi bekommt immer einen Schluckauf wenn sie am ersten Glas nippt.

Es war die spannendste Zeit im Jahr.

Endlich! Sie sind da!

Der Interzonenzug hatte dieses Mal nicht so viel Verspätung. Die Gastgeber holten den Besuch vom Bahnhof ab.

Zwei Personen, zwei Koffer und viele, viele Plastebeutel (heute Plastikbeutel). Nur schnell nach Hause. Alle warteten ja schon.

Aber so ist das eben. Erst müssen die Gäste essen, dann ein kleines Nickerchen für den männlichen Gast. Bier, Schnaps und reichliches Essen machen müde.

Die Reise war nicht so anstrengend wie die Bewirtung.

Und immer die fragenden Gesichtern der Kleinen.

„Psst! Onkel Otto schläft. Kannst du nicht warten?"

Aber abends. Jetzt ging's endlich los. Der engste Kreis der Familie traf sich nun um den Besuch zu begrüßen. Es war eben eine große Familie. Die Sitzplätze reichten nicht. Irgendwo standen immer welche herum, die ein Bier- oder Schnapsglas in der Hand hielten. Dazu – wie alljährlich – Kartoffelsalat. Die Buletten fehlten nicht. Sie sahen aus wie immer: wenn man das Schwarze entfernte, schmeckten sie wirklich gut. Und ein Gläschen zum runterspülen war immer verfügbar.

Otto machte sein Bäuerchen. Elfriede Augen glänzten. Die Kleinen rotteten sich zusammen als wenn sie einen Überfall planten. Die Großen hielten sich betont gelangweilt an ihrem Glas fest.

Die Spannung war kaum noch auszuhalten, als Elfriede endlich den ersten Plastebeutel öffnete.

„Kann ich dann den Beutel haben, wenn er leer ist?" krähte eine Kleine. Die aufgedruckte Werbung hatte es ihr wohl angetan.

Jetzt kamen die Schätze zum Vorschein: Je eine Apfelsine und ein 'MAOM' für die Kleinen. Für die Aller-Jüngsten eine Banane. Das nahm kein Ende bis alle vier Beutel ausgepackt waren. Soviel schönes Obst. Die Äpfel hatten auch schon bessere Tage erlebt. Egal – jedes Kind bedankte sich artig.

Die Großen guckten gespannt, als Tante Elfriede nun zu ihrem Koffer ging und noch einen Beutel zum Vorschein brachte. Wunderschöne Pflegemittel aller namhaften Hersteller. Die Probepackungen machten nun die Runde. Jeder wollte sehen, was der Andere bekommen hatte. Rundum freundlich lächelnde Gesichter.

Gespannt guckten jetzt alle zu Otto, als der sich erhob und zu seinem Koffer ging. Das war wie Weihnachten. Otto steckte die Hand in den Koffer ohne die Klappe weit zu öffnen. Wir konnten also nicht erkennen, was er suchte. Bis – ja bis er endlich triumphierend die Flasche „Bommerlunder" hoch hielt. Die überreichte er dem Gastgeber: „Stell mal kalt, dann haben wir nachher etwas Vernünftiges zum Trinken."

Jetzt wurde es endlich familiär. Die Kinder spielten „Mensch ärgere dich nicht", die Großen stürmten die Bowle ohne dabei ihren Klaren zu vergessen. Die Stimmung konnte fast nicht besser sein.

Nur Omi klagte: „Mit meinen 132 Mark Rente komme ich auch nicht mehr zurecht."

Otto: „Weißte, Schwiegermutter wie man bei uns sagt? „Wenn du einen Rentner tot fährst bekommst du eine Prämie."' Omi guckte zur Seite. Otto hatte sich beim Lachen am Klaren verschluckt und musste husten. Irgendwer klopfte ihm auf den Rücken.

Stolz war er schon, als er fast schon lallend verkündete: „Wir werden uns wohl bald ein Auto kaufen. Das mit den Interzonenzügen ist wirklich eine Qual." (Anmerkung: heute weiß ich dass es ein Fiat 500 wurde und die Flasche „Bommerlunder" in den Kofferraum passte)

„Nein Otto. Jetzt wird erst einmal die Tiefkühltruhe abgezahlt. Wir haben uns nämlich so eine Große besorgt. Die steht im Keller und wir kaufen dann immer ein halbes Schwein und frieren das ein." warf Elfriede genervt ein.

Endlich war die Flasche 'Bommerlunder' so kalt, dass man sie öffnen konnte. „Ihr solltet euch endlich mal einen Kühlschrank kaufen. Das Zeugs könnte kälter sein: Prost – die alten Deutschen nahmen noch Einen!" Bewundernd guckten die Kleinen aus ziemlich müden Augen den Sprecher an als der sich schüttelte. „Das haut uns nicht um, Kerls. Wo eine deutsche Eiche steht da steht sie."

„Schade dass ihr keinen Fernseher habt. Da kommt jetzt immer 'n Krimi von Francis Durbright. Echter Straßenfeger. „Die Fahne hoch, die Reihen..." brüllte er plötzlich los.

Das kannte jeder von den Großen. Also die Fenster zu und mitgesungen. „Biste noch immer bei den Pimpfen?" fragte Otto die einzige ehemalige FDJ-lerin.

Elfriede nahm ihre Schwester beiseite: „Tante Friedel hat dir 10 Mark geschenkt. West! Kannst mir mal schreiben, was ich dafür schicken soll. Zum Essen muss ich ja nichts schicken. Bei Euch ist ja alles billiger. Aber die Post wird jetzt bei uns auch immer teurer. Ein Brief kostet jetzt schon 30 Pfennig. Deshalb schicke ich euch auch immer Karten. Gibt es bei Euch in der Zone schon Telefon?"

Jeder schöne Abend geht einmal zu Ende. Das letzte Wehrmachtlied kam nur noch aus heiseren Kehlen. Omi war eingenickt. Die Kleinen maulten.

Wir verließen leise die Wohnung um niemand mit unseren Dankesworten zu erschrecken.

Alle Jahre wieder. Zuverlässigkeit und Traditionen halten die Familienbande zusammen.

ဆ

Wat is'n Oranjenburch?

Wir wohnten in Berlin-Pankow. 1936 bis 1939 war hier ein komplettes Wohnviertel mit allen Einrichtungen, wie Geschäften, Arztpraxen, Apotheken und Kneipen entstanden. Schöne, aber kleine Wohnungen für Beamte der „Deutschen Reichsbahn" und der „Deutschen Post".
Aber auch sozial besser gestellte hatten hier schöne Wohnungen die mehr Quadratmeter hatten als unser Mietergarten.
Wir bewohnten 27m². Stube und Küche nannte man das. 5 Kinder und Muttern.

1945. Die sowjetischen Einheiten, die uns gerade befreit hatten gingen jetzt immer truppweise, mit der MP im Anschlag, durch die Häuserreihen und durchsuchten die Wohnungen nach Angehörigen der ehemaligen SS. Bekanntlich trugen diese schwarze Uniformen. Also erfolgten die Razzien nach einem einfachen Prinzip: Guck' in den Kleiderschrank nach einer dunklen Uniform.
Sie fanden fast täglich welche. War ein Mann in der Wohnung bekam der eins mit dem Kolben der MP, selbst wenn er protestierte: „Ich nix Soldat".
Wochenlang ging das so. Von Straße zu Straße. Von Haus zu Haus.
Sie hatten es ja nicht weit. Gleich geradeüber gab es ja das "Reichsbahnausbesserungswerk". Hier war eine Reparaturwerkstatt für Panzer und Selbstfahrlaffetten einquartiert.
Jeden Abend hörten wir bis in unsere Wohnung Akkordeon und Gesang. Es ging wohl lustig zu da drüben. Ich konnte nichts sehen, weil es eine hohe Mauer gab. Sehr oft wurde ich nachts aus dem Schlaf gerissen wenn sie die Magazine ihrer MP's leer schossen.
Wir spielten auf den Höfen in den Karrees wo jeder wohnte. Weiter weg traute sich niemand. Wir hatten Angst vor den „Russen". Ich glaube heute, dass wir es locker auf 200 Jungs und Mädchen brachten, die hier herumtobten. Einige Familien hatten bis zu 13 Kinder.
Natürlich unterhielten wir uns über die Razzien. Aber jede Frage „Wo ist denn jetzt dein Papa hin?" hatte fast immer die gleichen Antwort zur Folge: Schulterzucken oder „Der soll in Oranjenburch sein, sagt Mama".
Nach einigen Jahren kamen einige von den Vätern wieder, die man abgeholt hatte. Neugierig fragten wir sie immer wieder: „Wo warst 'n so lange?". „Kann ick nich sag'n Junge. Is besser du hältst de Klappe".
80

Warum strahlen heute Nacht...

Warum strahlen heute Nacht...
„Warum strahlen heute Nacht die Sterne so hell?
Die Luft ist so mild, das Herz ist so schwer..." (Die deutsche Version von "Singing the Blues")
Ja, das war der Renner im deutschen Radio, Mitte der 1950er. Wolfgang Sauer, ein blinder Sänger und Radiomoderator sang diesen Titel.
Aber auch eine neue Musikwelle rauschte durch Deutschland, der „Rock' n Roll". Erster Vertreter war Bill Haley. Später kam ein Name dazu, der den Wegbereiter des Rock' n Roll überstrahlte. Elvis Presley.

Das war eine bewegte Zeit in Berlin. Ost und West trennte noch keine Mauer. Die Besatzungsmächte Deutschlands (Amerika, Sowjetunion, Frankreich, Großbritannien) trennten mit ihren Machtansprüchen und zogen den so genannten „Eisernen Vorhang" durch das Land und durch die Familien.
Nur die Jugend wollte keine Grenze akzeptieren. Sie hörte Musik aller Himmelsrichtungen. Sie benahm sich in Ost und West auch nicht unterschiedlich. Was sie trennte war nur ein Ausweis und die Währung.
Nicht einmal an der Kleidung konnte man Ost und West erkennen. Jedenfalls nicht in Berlin. Es gab alles wieder zu kaufen. 1957 wurde dann noch jegliche Rationierung durch Lebensmittelkarten aufgehoben.
Jeder kaufte hüben und drüben. Im Westen gab es Jeans und Popmusik, im Osten billige Lebensmittel.
Uns Jugendlichen fiel die Grenze weniger auf. Selbst Freundschaften funktionierten trotz Grenzkontrollen. Gleiche Muttersprache, gleicher Jargon, gleiche Musik. In beiden Deutschlands wurde über eine Form der Wiedervereinigung diskutiert. Im Volk anders als bei den Regierenden.

Wir waren Studenten und Lehrlinge. Arbeitslose kannte niemand. Das nannte sich „Berufsunfähig".
Nach der Lehre oder den Vorlesungen traf man sich. Es gab immer beliebte Ecken. Kaum war ein Kumpel dort, waren es plötzlich drei oder vier Weitere.
Das „Kofferradio" wurde im Westen gerade erschwinglich. Ein West-Verwandter kaufte es auf Kredit und der Ost-Nutzer bezahlte die Raten. Das war völlig normal.
Unsere Clique traf sich ohne jegliche Verabredung Schönhauser Allee/ Ecke Paul-Robeson-Straße (mir ist der ehemalige Name entfallen).

Ein Kofferradio, die neuesten Singles zu 1 DM West, einige Halbstarke in Jeans und Cowboyhemd. Kein Bier, keine „Pulle". Für 90 Mark im Monat war Alkohol unbezahlbar. Eigentlich wollten wir auch keinen „Alk" trinken.
Mitsingen, tanzen üben nach der Melodie und den Mädchen hinterher pfeifen. Immer verlief das Treffen gleich. Selten riss jemand das Fenster auf und schrie

„Ruhe". Wenn doch, dann zogen wir einige Häuser weiter. Tanzdielen waren wegen des Eintrittsgeldes von 3 Mark tabu.

Wir waren zu dieser Zeit nicht zahm. Auch nicht angepasst. Wir waren Rebellen. Das zeigten wir in unserer Bekleidung und mit unserer Musik.
Die Ermahnungen der Erwachsenen bleiben wohl in jeder Generation gleich. Ich kann heute noch alles wiederholen, was mir gepredigt wurde. Einiges davon habe ich bestimmt auch meinem Nachwuchs vorgehalten.
Ich bin nicht „entartet. Hab meinen Platz gefunden, habe Berufe erlernt. Also haben die Ermahnungen gefruchtet? Oder war es eine innere Überzeugung, die uns alle „Eckensteher" zur Disziplin veranlasste?

Immer nur 'rumstehen und Mädels hinterher pfeifen? Konnten wir nicht mehr? Aber ja. Es gab ein Gesetz, dass jedem Bürger der Stadt die Turnhallen der Schulen ab 20:00 Uhr unentgeltlich öffneten.
Dort waren wir auch zu finden. Wir gingen rein, zogen Turnschuhe an und sahen den Anderen zu bis uns jemand ins Spielfeld rief oder uns an den Turngeräten etwas zeigte. Wenn man es so ausdrücken will: Sport ohne Zwang und monatlichen Beitrag. Denke ich zurück, waren es meine „Goldenen Fünfziger".
Man sah die Aufräumarbeiten in der Stadt und es entstanden Neubauten. Wohnungen und Firmen. Das Geld war knapp. Die Wünsche groß und unsere Visionen nahezu unendlich.
೧

Tante Agnes besucht Ost-Berlin

1950.
Es war abends. Wir saßen wie immer beim Abendbrot. Es wurde „warm" gegessen. Erst um 21:00 Uhr traf sich die Familie zur Hauptmahlzeit des Tages. Dann war das Essen fertig gekocht und auch der Letzte von der Arbeit eingetroffen.

Viel wurde nie geredet beim Essen. Es galt die Regel „Mit vollem Mund spricht man nicht".
Der Herr des Hauses war zuerst fertig. Wie immer nahm er eine Zeitung aus dem Stapel, den er täglich mitbrachte. Zeilenweise gab er Auskunft über die „Aufreger" des Tages. Es endete wie immer: Wir schimpften gemeinsam über die unfähigen Politiker beider deutscher Staaten; oder wie es umgangssprachlich hieß „Besatzungszonen".
Am Tisch glaubte niemand an den ewigen Bestand von zwei deutschen Staaten.
„Das ist nur vorläufig".
„Ein Volk lässt sich nicht trennen".
„Wenn erst die Besatzer weg sind, kommen wir ja doch wieder zusammen"
„Wenn die uns genug ausgebeutet haben ziehen die von alleine wieder ab".

Die Tischrunde stellte jedes Mal fest: „Die da oben spinnen doch".
Ich glaube bis heute, dass damals fast überall an deutschen Tischen so geredet wurde, wenn nicht gerade jemand mit den Besatzern ein komfortables Geschäft abgeschlossen hatte.
Die Teilung Deutschland war in Berlin am meisten zu spüren. Es war nicht die Grenze an sich, die nahm ein Berliner kaum wahr, sondern der Riss, der nach den Staatsgründungen 1949, durch die Familie ging.

Wer drei Tanten im Westen hat und Oma und Opa im Osten konnte schon manchmal verzweifeln. Es war schwer mal alle an einem Tisch zu bekommen. Nicht wegen der Entfernung. Das waren mit den „Öffentlichen" meist nur 45 Minuten.
Die Propaganda begann zu wirken.
„Die „VoPo's" (Volkspolizisten, DDR) nehmen mir ja alles weg an der Grenze" klagte Tante Agnes".
„Was wolltest du uns denn Schönes mitbringen?"
„Ein paar Apfelsinen oder eine Tafel Schokolade für den Jungen".
„Das gibt es hier doch auch".
„Aber Eure schmeckt nicht so gut. Wir haben „Trumpf".
„Die wird doch aber hier bei uns in Weissensee hergestellt".
„Deine Salzkartoffeln sind heute aber gut. Sind noch welche da, Hedwig?"
Hedwig reichte Tante Agnes den Topf mit den restlichen Kartoffeln.

„Stört euch doch nicht, wenn ich gleich die Finger nehme? So schmecken sie mir am besten."

Tante Agnes langte mit ihren Wurstfingern in den Topf.

„Hedwig, gib doch mal schnell dem Jungen etwas Geld. Dann kann er mir noch 5 kg Kartoffeln kaufen. Die nehme ich nachher mit. Bei euch kosten sie weniger als bei uns.

„Willst du die bis nach dem Wedding schleppen, Agnes?"

„Nicht schlimm. Ich wohne ja fast neben dem S-Bahnhof, oder ich fahre mit der Straßenbahn. Ach nee, ich nehm' doch die S-Bahn. Dann kaufe ich mir noch Fahrkarten für das nächste Mal. Bei uns muss ich sonst immer die 20 Pfennig in „West" bezahlen. Gib mir mal 'ne „Ostmark".

Puh, bin ich voll. Hedwig, du kochst gut. Ich hätte das auch lernen sollen. Aber mein Otto ist ja kaum zu haus. Der ackert ja immer auf dem Fruchthof in der Beusselstrasse. Wenn er nicht so gut verdienen würde durch die vielen Überstunden; und wenn er nicht immer Obst und Gemüse klauen könnte hätte ich ihm schon längst gesagt er soll dort aufhören. Der macht sich noch kaputt. Und wofür? Ich habe doch alles was ich brauche. Nicht mal arbeiten muss ich wie du, Hedwig. Und für mich und den Hund reicht's allemal.

Ich komme dann mal bald wieder. Und für den Jungen bringe ich dann auch 'was mit. Der hatte sich bestimmt schon so darauf gefreut."

Tante Agnes stützte sich ächzend auf die Sessellehne und versuchte aufzustehen. Zwei Zentner konnten ihre Arme aber nicht stemmen.

„Junge, nu' guck doch nicht so dämlich. Hilf mal endlich deiner lieben Tante. Hedwig, wie machst du das eigentlich, dass du immer noch so schlank bist? Und das nach fünf Kindern. Ich habe ja keine Kinder. Otto jammert schon immer, aber Kinder kosten Geld, sehe ich ja an dir, Hedwig. Du kommst auch zu nichts".

৪৩

R unter mit der alten Tapete

Mein Freund Andreas konnte jetzt seine Malerlehre beginnen. Das Jahr 1956 brachte ihm endlich Erfolg bei seinem Suchen nach einer Ausbildungsstelle. Wir waren beide 1955 aus dem Kinderheim entlassen worden. Dort gab es keine weiterbildenden Einrichtungen. Außerdem galten wir jetzt als zu erwachsen für ein Kinderheim. Die achte Klasse musste abgeschlossen sein, sonst blieb man noch im Heim, bis man es geschafft hatte.

Wir beide hatten es geschafft. Im Juni 1955 hatte ich schon einen sicheren Studienplatz in Berlin. Andreas hatte nicht so ein Glück. Er wollte Automechaniker werden. Genau, wie es sein Vater einmal war. Der Vater war im Krieg gefallen. Vorbilder wirken wohl nach, wenn Mütter Positives vom Vater erzählen.

Jedenfalls klappte es nicht mit seinem Berufswunsch. Aber die Malerlehre erwischte er doch noch.
War es auch nicht das Gewünschte, so strahlte er doch, als er mir davon erzählte, dass es im September losgehen kann. Ich hörte aus seinen Gesprächen auch heraus, dass seine Mutter klagte, dass sie zu wenig Geld zum Leben hatten. Ein Verdiener musste endlich wieder her. Nur von der Witwen- und Waisenrente war es kein rechtes Leben.
Wir sahen uns über ein Jahr nicht. Ich wohnte in einem anderen Stadtteil. Wir verabredeten uns selten, da wir unsere Ausbildung sehr wichtig nahmen.

Ich raffte mich eines Tages auf. Am Sonntag müssten wir wohl beide freihaben, dachte ich mir. So war es. Er saß noch beim Frühstück. Es war kurz vor Mittag. Er hatte wohl einen etwas längeren Tag am Sonnabend gehabt, lästerte ich. Er wehrte ab. „Du denkst als Lehrling hast du noch Freizeit? Da kannst du als Student gar nicht mitreden". Etwas verschnupft war jetzt Andreas. Ich beruhigte in wieder und half ihm die Marmeladenbrötchen zu vertilgen. Jetzt erzählten wir von unseren verschiedenartigen Ausbildungen. Es kam wirklich heraus, dass er viele Überstunden hatte.
Überstunden? Sein Meister war der Meinung, dass ein Lehrling niemals Überstunden machen kann. Er kann sich mit einer längeren Arbeitszeit nur besser in seinem Handwerk ausbilden. Überstunden entgelten? Da war sein Meister strikt dagegen. So ein Lehrling kostet auch so schon genug. Und etwas davon könne der Lehrling seinem Meister schon zurückgeben.

„Wenn du hier schon 'rumsitzt und dich durchfutterst, könntest du mir doch mal helfen!" Andreas wischte sich mit dem Handrücken die Lippen ab.
Jetzt war ich neugierig, als er große Bogen hervorholte, die aus Tapeten geschnitten waren. Auf denen hatte er schon Kästchen aufgemalt. Einige Kästchen waren schon mit Farben ausgemalt. Eine Farbskala sollte das werden. Von den

drei Grundfarben sollte er solche Skalen anfertigen. Immer zehn Abstufungen. Vom vollen Farbton, bis es fast weiß wurde.

Er stöhnte. „Das mit den Farbmischungen kapiere ich einfach nicht. Grundfarben, Binärfarben, Tertiärfarben". Das schlugen wir kurz in seinem Lehrbuch nach. Dann malten wir beide drauf los. In einem Näpfchen wurden die Gouachefarben angemischt. Das beste Ergebnis übernahm Andreas dann. Am Nachmittag hatten wir brauchbare Ergebnisse. Er schnaufte erschöpft, als er das Ergebnis weglegen konnte.

Wir verabredeten uns für den nächsten Sonntag.
„Dann kannst du mir hier beim Tapezieren helfen. Mutter mault schon, dass ich völlig umsonst lerne, wenn ich zuhause nicht auch mal etwas mache. Da war mein Vater anders, schließt sie immer. Das macht mich immer etwas traurig. Ich bin nicht mein Vater. Und Geld soll ich auch noch nachhause bringen. Soviel kann ich auch nicht nebenbei verdienen, wenn mein Meister mich triezt.
Ich versprach, unser Treffen am nächsten Sonntag einzuhalten.

Von meinem Zuhause bis zu Andreas war ich eine Stunde unterwegs.
Es war schon das ganze Zimmer ausgeräumt, als ich um acht Uhr antrabte. Etwas erschrocken war ich schon, als ich jetzt das kahle Wohnzimmer sah. Es lag Parterre im Berliner Prenzlauer Berg. Chodowickistraße für die, die sich etwas auskennen. Hier ging man schon mal schnell durch das Fenster in die Wohnung, statt erst durch den Hausflur zu gehen.
Über drei Meter reichte der Blick zur Decke. Oben war rundum eine Stuckleiste und auch um die Lampe war noch Stuckverzierung.

Aber was mich in diesem leeren Raum völlig erschütterte, war die violette Tapete mit einem eingeprägten Muster. Als noch alle Möbel im Raum standen, war es mir schon immer etwas zu dunkel im Raum. Ich schob es auf die Enge der Straße und dass hier nie die Sonne hineinschien. Jetzt sah ich es deutlich. Die Tapete schluckte auch noch das wenige Licht.
Wir lästerten noch etwas über den blöden Geschmack, den unsere Eltern früher so hatten. Aber bei der Vorrede konnten wir uns nicht aufhalten. Bis zum Abend musste das Meiste geschafft sein.
Andreas rührte einige Tüten Roggenmehl in Wasser ein. Ich wunderte mich, da ich solche Verschwendung nicht kannte. „Das musst du nehmen, wenn du hier drei Meter lange Tapetenbahnen kleben willst", wurde ich aufgeklärt. Ich hatte noch nie irgendwo beim Malern und Tapezieren geholfen. Wir wohnten ja in einem Neubau und hatten noch etwas Zeit, weil noch nichts abgewohnt war. Alle drei Jahre tapezieren? Aber nur wer so viel Geld hatte, dass er es an die Wände kleben konnte. Tapeten waren teuer. Viele Leute griffen lieber nach Schlämmkreide, die leicht abgetönt wurde. Oder die Wände mit Schlämmkreide Weißen und dann mit einem in Farbe getauchten Lappen Muster darauf

rollen. „Wickeltechnik" sagen heute die Kenner. In den 1960er Jahren wurde das sogar Mode. Nur die Farben waren jetzt schriller.
Jetzt ging es an das „Einweichen", wie Andreas das Durchnässen der Tapeten nannte. Und richtig. Nach einer gewissen Wartezeit ließen sich die alten Tapetenbahnen von oben nach unten abziehen. Sie hatten noch die Eigenschaften von „Friedensware". Das Papier war gut geleimt und riss nicht sofort .Trotz Nässe.

Wir kamen schnell vorwärts. Und mussten nun warten, bis die Unterlage aus alten Zeitungen wieder trocken war. Das hatte Andreas prima gemacht. Er war mit dem Wasser so vorsichtig umgegangen, dass es nur wenige Stellen nachkleben mussten.
Die alten Zeitungen waren aus dem Jahr 1942. Ob „Völkischer Beobachter" oder „Der Angriff", hier war ein ganzer Zeitungskiosk aus den Kriegsjahren verarbeitet worden. So konnten wir die Artikel lesen, die von einem siegreichen Vormarsch deutscher Truppen in Russland berichteten. Es gab ein Foto, das zeigte, wie ein deutscher „Tiger-Panzer" über einen russischen Schützengraben rollte. Im Graben lagen tote russische Soldaten. Es war das erste Kriegsfoto, das ich bewusst betrachtete. Ich gebe zu, dass ich eine Gänsehaut bekam. Die Vorstellungen in meinem Kopf nahmen mich gefangen. Aber nur nicht mehr daran denken. Krieg war jetzt Vergangenheit.
An die nackten Stellen der Wände klebten wir jetzt neue Zeitungen. Wilhelm Pieck forderte Friedensverhandlungen. Die Bauern hatten gute Ergebnisse erzielt und die Wiedervereinigung Deutschlands wurde in allen Varianten diskutiert.
Wohnzimmerwände als Museum für Zeitgeschichte.

Ich hatte mir Tapezieren doch einfacher vorgestellt. Als am Abend die letzte Bahn der Tapete hing, war ich völlig ausgelaugt. Ein Student bei der Arbeit. Andreas lästerte jetzt. „So etwas mache ich fast täglich. Du hast es nur einige Stunden getan".
Zum Abendbrot bekam ich aber eine große Portion Leberwurstbrötchen von Andreas Mutter. Sie entschuldigte sich noch für die Eintönigkeit auf dem Teller. „Ist bald Ultimo, da reicht es hinten und vorne nicht". Das kannte ich auch. Ich verspeiste ungeniert alles, was mir Andreas übrig ließ. Schließlich hatte ich gearbeitet.
Diese Lehrstunden im Renovieren vergaß ich nicht. In meinen späteren Wohnungen kamen mir die Kenntnisse oft zugute.
Und Andreas?
Er bekam in der Berufsschule für seine gemalten Farbskalen eine Zwei.
ဢ

Republikflucht oder nur ein Umzug?
Da war ich gerade wieder mal ein Jahr nicht zuhause und schon war Einschneidendes passiert. Mutter war nur noch als Einzige von der Familie in der Wohnung. Als ich wegfuhr ließ ich zwei zurück. Mutter und meine Schwester Ingrid. Die Anderen waren schon vor langer Zeit in eigene Wohnungen umgezogen. Sie hatten eine eigene Familie gegründet.
Nach einigen Tagen, die ich zuhause war, versuchte ich hinter das Geheimnis der Abwesenheit von Ingrid zu kommen.

Da war nichts weiter zu hören, als „Die ist einfach abgehauen; nun haben wir einen Fresser weniger; das ging so nicht mehr". Hier muss Schweres vorgefallen sein.
Endlich rutschte es nach einigen Wochen heraus: „Sie will heiraten!".
Für mich war das keine Sensation. Um mich herum war man verheiratet oder verwitwet. Ledig? Das waren nur Mädchen mit denen ich draußen spielte. Und die heiratete ja niemand.
Aber meine Schwester? Die war ja inzwischen sechzehn. Mit mir wollte sie schon lange nicht mehr spielen. Sie war oft nicht zuhause, damals vor einem Jahr. Aber ich nahm eben unsere Familie aus meinem Blickwinkel wahr. So mehr von unten. Schon wegen meiner Körperhöhe. Ingrid war auch fünf Jahre älter als ich.

Ich bohrte Tag für Tag nach neuen Nachrichten. Alles kam nur in Bruchstücken heraus.
Die Zusammenfassung lautete dann: Ingrid hatte einen Künstler kennen gelernt. Mutter sagte er sei ein Scharlatan. Eigentlich war er Illusionist und trat im Varieté auf. Das erfuhr ich aber sehr viel später.
Das war jetzt eine verfahrene Kiste.
Ingrid wollte von unserer Mutter eine Heiratserlaubnis. Das schrieb sie aus Westberlin. Mutter wollte nicht ohne weiteres zustimmen. Sie glaubte nicht an die große Liebe. Und nun war Ingrid auch noch über die Berliner Sektorengrenze in die Westsektoren gegangen. Die Sektorengrenze überquerten wir fast täglich. Zum Einkaufen oder Verwandtenbesuche. Ingrid war endgültig gegangen. Sie war zu einem Durchgangslager in Westberlin gegangen und hatte sich als Flüchtling aus dem Osten angemeldet.
Jetzt konnte sie nicht mehr in den Ostsektor zurück. Sie hatte keine Papiere mehr. Eine Verhaftung wäre sicher gewesen. Egal auf welcher Seite Berlins.

Unsere Mutter wollte endlich Klarheit. Wir hatten durch einen Brief erfahren in welchem Lager sie war. So fuhren wir mit der U-Bahn und der S-Bahn quer durch Berlin. Dann noch ein ewig langer Fußweg. Mir dauerte das alles zu lange. Als wir ankamen bekam ich fast einen Schock. Ein Schlagbaum, ein Pförtner. Wir gaben Namen und Grund unseres Besuches an. Dann konnten wir selbst suchen. Das Durchgangslager war ein Bunker aus Kriegsjahren. Überall überfüllte stinkige Räume. Vollgestellt mit Holzbetten, die dreistöckig fast bis unter die Decke reichten. Überall waren Tücher und Kleidungsstücke gespannt, die einen sollten Intimsphäre schaffen, die anderen waren zum Trocknen aufgehängt.

Endlich fanden wir Ingrid.

„Ich komme gleich. Einen Moment".

Sie raffte hundert Kleinigkeiten und alle ihre Wäsche in einen Kartoffelsack.

Dann stand sie damit vor uns.

Wie immer gut geschminkt, aber nicht so lustig wie ich sie kannte.

„Wie geht es dir Kindchen?" Mehr brachte Mutter nicht heraus.

Jetzt erkannte ich Ingrid wieder: sie begann zu schimpfen.

„Das ist ein elender Saustall hier. Als ich ankam gab es drei Tage lang Verhöre durch die Geheimdienste die Besatzungsmächte. Niemals war ein deutscher Polizist dabei. Alles was ich sagte musste ich mehrmals wiederholen, weil nicht einmal ein Dolmetscher dabei war. Die Geheimdienstler konnten oder wollten nicht deutsch sprechen.

Als das endlich vorbei war kamen die Anwerber für die Berliner Bordelle. Die kommen hier täglich vorbei. Dann endlich die deutsche Polizei. Die fragten nur nach den Personalien, Geburtsurkunde und dem Grund für die Flucht aus der DDR. Aber die Papiere hatten die Geheimdienstler. Das gab schon wieder Trödel. Ich kam nicht raus aus dem Bunker ohne meine Papiere.

Nach ewiger Zeit, fast zwei Wochen, bekam ich einen Passierschein und konnte raus. Ich bin erst mal zu Tante Agnes und habe mir von ihr Geld geborgt.

Übrigens soll ich bald eine Wohnung oder ein Zimmer bekommen. Das brauche ich zwar nicht, zeigt aber, dass sich etwas bewegt. Ich darf in Westberlin bleiben, da ich einen Aufenthalt angeben konnte. Mutti, es fehlt nur noch deine Heiratserlaubnis. Dann wird wohl alles sehr schnell gehen.

Hier kann ich nicht mehr bleiben. Sonst muss ich immer mit diesem Kartoffelsack herumlaufen. Die klauen dir hier das letzte Hemd vom Hintern, wenn du nicht aufpasst. Die Berliner gehen ja noch. Da bringt ja die Verwandtschaft noch etwas vorbei, aber die aus der Ostzone. Den Begriff Eigentum kennen die wohl gar nicht. Könnt ihr noch mal rausgehen und mir etwas Essen besorgen? Ich habe Hunger ohne Ende. Das was die hier Essen nennen würde ich sonst glatt in den Abfall werfen."

Das hier ist die gekürzte Fassung, gibt aber den Kern wieder.

Mutti ließ sich erweichen und wir tauschten noch unser letztes Ostgeld in Westgeld um. Dann brachten wir ihr das Essen.

Erst im Dezember 1989 sah ich meine Schwester wieder. Sie hatte ihren Künstler geheiratet. Sie blieben lange zusammen. Erst als er tödlich erkrankte ließ sie sich scheiden.

Ihr Pech, denke ich heute. Sein großes Vermögen ging durch die Scheidung an den Staat.

Wir sehen uns beide heute nicht mehr. Die Trennung über 40 Jahre ist unserem Geschwistersein nicht bekommen. Wir hatten kein Thema für ein Gespräch gefunden. Sie meinte, wir sollten uns nicht mehr treffen.

Ich weiß heute, dass es tausenden Familien nach der Wiedervereinigung so ging. Die Siegermächte hatten letztendlich doch noch eine Trennung in Ost und West vollziehen können. Nicht örtlich, aber im Denken.

ༀ

Reisen nach Potsdam – Die erste Reise 1949

Zum Ende der 1940er Jahre wollte man endlich wieder einmal an das Vergnügen denken. Die Arbeit und das tägliche Essen waren gesichert. In der Stadt begann der Aufbau. Ruinen wurden geschleift.

Mit der Bekleidung war kein Staat zu machen. Es gab nur Kleidung auf Punktkarten. Es blieben schon einige Pfennige übrig um auch etwas für das Vergnügen auszugeben. Kino und kleine Tagesausflüge mit der S-Bahn standen hoch im Kurs. Eine Fahrt mit der S-Bahn kostete höchstens 1,10 Mark/ Person für eine Fahrt bis zu einer Endstation „Im Jrünen". Das Essen war bereits eingepackt. Meist gab es Kartoffelsalat und Bouletten. Getränk war „Muckefuck", der übliche Malzkaffee.

An einem Sonntag (man arbeitete damals sonnabends) ging es los. Mutter hatte alles eingepackt und ihr „Schickstes" angezogen. Ich wurde auch heraus geputzt. Frisch gewaschene Sachen („Mach dich nicht dreckig Junge"), Klapperlatschen und zur Feier des Tages Söckchen. Mir kam das irgendwie steif vor. Aber ich hatte keine Wahl. „Du kommst mit, basta!"
Und wohin? Nach Potsdam!
Potsdam war mir kein Begriff. Ich kannte fast jedes Nest um Berlin herum. Sogar bis zum Spreewald war ich schon gefahren. Keine Ausflüge. Hamstern!

Abfahrt mit der S-Bahn vom Bahnhof Pankow-Heinersdorf zum Schlesischen Bahnhof (Ostbahnhof). In einer riesigen Menschenmenge ging es zum nächsten Bahnsteig. Die Männer mit Hut und Mantel, den Rucksack auf dem Rücken. Man ging nicht ohne Beutel oder Rucksack aus dem Haus – es konnte ja etwas Essbares zu ergattern sein.
Die Damen im „Feinsten" und ebenfalls mit Hut und Mantel.
Die Kinder? Nun ja. Sie waren „angezogen". Bei den Jungs gab die Hosenlänge Bescheid wie alt sie waren. Ich trug noch kurze Hosen.
Die Erwachsenen trugen ihre „Friedensware", wenn sie nicht alles beim Bombenangriff verloren hatten.

Ich war völlig auf eine Fahrt mit der S-Bahn eingestimmt. Aber heute war wohl alles anders. Auf den S-Bahngleisen erwartete uns eine Rangierlok mit Waggons, die heute noch jeder aus den alten schwarz/weiß-Filmen kennt. Unten waren sie leicht abgerundet. Die kaiserliche Armee zog mit diesen Waggons schon in den Krieg. Innen Holzbänke. Das kannte ich auch schon von unseren Hamsterfahrten. „
Aber hier soll doch eine S-Bahn fahren" maulte ich. Mutter schubste mich durch die Menschenmenge in den erstbesten Waggon und schnauzte: „Willst du hier vielleicht stundenlang warten? Niemand weiß wann der nächste Zug kommt".

Mutter ergatterte sich mit Schubsen und Drängeln einen Sitzplatz. Ich stand im Gang am Fenster mit mindestens hundert Anderen.

Die Strecke war interessant. Friedrichsstraße, Zoo, Charlottenburg, Wannsee, Wettfahren mit den wenigen Autos auf der Avus.

Dann endlich Potsdam.

Als ich über den Bahnsteig ging konnte ich es kaum fassen, das diese riesige Menschenmenge in diesem kurzen Zug war.

Über die „Lange Brücke", durch den Lustgarten am zerstörten Stadtschloss vorbei, durch das Neustädter Tor liefen wir dem Park Sanssouci entgegen.

Durch die Allee mit den schönen hohen Bäumen (waren es damals Pappeln?) begann unsere Parkbesichtigung. Laufen, laufen, laufen. „Schlurf nicht so!" Ständig kam diese Ermahnung.

Am Ende der Parkwanderung gab es den absoluten Höhepunkt für mich. Wir setzten uns auf die Terrasse der „Historischen Mühle". Ein schick gekleideter Kellner (mit Weste und Lackschuhen) fragte nach unseren Wünschen. Mutti bestellte zwei Faßbrausen. Ich war hin und weg. Es war das erste Mal, dass ich ein Getränk spendiert bekam. Unentwegt guckte ich über die weiß gedeckten Tische zu den heraus geputzten Leuten.

Wir aßen unser „Mitgebrachtes" und ruhten uns aus. Mutti konnte mir auch erklären was diese Schilder bedeuteten, die hier an den Bäumen angenagelt waren: „Der alte Brauch wird nicht gebrochen, hier könn' Familien Kaffee kochen".

Der Kellner war nicht zu sehen. Mutti legte die 40 Pfennig auf den Tisch und wir gingen in Richtung Bahnhof Potsdam.

An die Rückfahrt nach Berlin erinnere ich mich gar nicht. Muss wohl nicht so bemerkenswert gewesen sein mit diesen dicht gedrängten Menschenmassen in einem Waggon gewesen zu sein.

ഗ

R
**eisen nach Potsdam –
Die zweite Reise**

Ich kam 1959 zum zweiten Mal in Potsdam an. Vorläufig als Gast. Dass mein Aufenthalt bis heute andauert hätte ich nicht gedacht. Ein Lehrgang hatte mich für vier Wochen hierher verschlagen.

Berlin >Potsdam nur eine gute halbe Stunde mit der S-Bahn. Aber ich durfte ja nicht durch Westberlin fahren. Mein Arbeitsvertrag verbot das. Mir kam diese Regelung sehr komisch vor. Was soll ein Hilfsarbeiter eines Betriebes denn für Geheimnisse an die Westalliierten verraten? Denn darum sollte es ja gehen bei diesem Verbot. Ich dachte immer das war nur für „Nomenklatur Kader", aber ich dachte falsch.

Nun fuhr aber kein „Durchläufer" nach Potsdam. Das waren S-Bahnzüge, die nicht auf Westberliner Bahnhöfen hielten. Ich sollte über Schönefeld >Bergholz-Rehbrücke >Drewitz nach Babelsberg kommen.

Ich sah mir das auf der Karte an und rechnete die Fahrzeit aus. Mindestens zwei Stunden in eine Richtung. Zwei Stunden Weg zur Arbeit wendet kein Großstädter auf. Ich ersuchte meine Firma um ein Quartier in Potsdam. Ich war hoch erfreut, als das klappte.

Jetzt kamen acht Stunden lernen und arbeiten und was dann? Stadtbesichtigung. Zuerst Babelsberg, dann Potsdam. Das waren für mich zwei Städte. Zwei Welten.

Nach einigen Tagen wurde auch das langweilig. Also abends die Restaurants abklappern und „Mal so reinsehen", was da so los ist. Etwas mit Tanz sollte es schon sein. Ich blieb im „HdH" (Haus des Handwerks) hängen. Da gab es einen Zerberus für den Einlass. Es kostete nur 3 Mark Eintritt und die Kapelle spielte die neuesten Schlager. Auch die Kleiderordnung war nach meinem Geschmack. Mann trug Krawatte. Jeans hatten keinen Zutritt. Es war etwas teuer im HdH. Auch in späteren Jahren, aber die Atmosphäre war angenehm.

Ich bekam aber doch noch Ärger. Immer auf dem neuesten Stand im Bereich Popmusik wollte ich den Rock'nRoll auch so tanzen wie es in Berlin üblich war. Also los. Auseinander, zusammen, schwenken, drehen, STOP! Der Zerberus hatte seine Hand auf meine Schulter gelegt. Ein erhobener Zeigefinger und die Worte: „Sowas machen wir hier nicht!" stoppten meine Verrenkungen.

Dann eben nicht. Wir warteten in Zukunft immer bis sich der Restaurantleiter (das war der Zerberus) auch wirklich mal um sein Restaurant kümmerte. Dann ging es aber quer über die Tanzfläche bis wir außer Puste waren.

Weitere Tanzlokale lernte ich später kennen, als die Pendelei Berlin-Potsdam-Berlin aufhörte. Eine Hochzeit, ein Wechsel des Arbeitsplatzes und der Bau der Mauer in und um Berlin waren der Grund.

છ

Mit Tschako und Gummiknüppel an der Sektorengrenze

Ich hatte mich immer noch nicht richtig ausprobiert. Einiges angefangen - alles hingeworfen.

„Langsam müsstest du mal Kostgeld abgeben. So geht das nicht! Hier muss jeder seinen Teil beitragen".

Solche Sätze erinnerten mich, dass wieder mal ein Monat herum war und ich kein Geld verdiente.

Ich hatte auch keine gute Idee. Viel zu verdienen war überall nicht. In den 1950ern sprach man nicht davon wieviel man verdiente, sondern dass man Arbeit hatte. Das sicherte die Lebensmittelkarte, das Einkommen und das Auskommen. Sparen? Sparbuch? Konto? So etwas hatte ich mal gelesen. In der Stadt waren viele Filialen der Sparkasse. Aber so richtig wusste ich nichts davon.

Geld musste ran!

Mutter redete schon immer davon, dass mein älterer Bruder unbedingt Beamter werden sollte. Das war so ein Traum, der sie verfolgte.

Eigentlich war mein Bruder Gerold gemeint.

„Er hat so eine schöne Schrift. Der könnte Beamter werden".

Das war wie eine Schallplatte, die da ablief. Aber was macht Gerold? Der pfiff auf Mutters Wünsche und lernte Autosattler. Weil es dort mehr Geld gab. Besonders aber Schwarzgeld.

Irgendwann las ich etwas davon, dass Polizisten gesucht werden. Zuhause sprach ich das mal an. Mutter bekam rote Ohren, der Herr des Hauses knurrte und steckte den Kopf in die „BZ". Er hatte es nicht so sehr mit der Polizei. Er arbeitete „Im Westen und wohnte im Osten". So sagte man in Berlin. Täglich kreuzte er die Sektorengrenze mehrmals. Er konnte nichts dafür. Wegen Bombardements wurde seine Firma während des Krieges von Ammendorf nach Berlin verlegt. Zufällig wurde das dann Westberlin. Die Leute betonten das, aber so dass es wie „Kriegsgewinnler" klang.

Ich ging in die Keibelstrasse. Dort war das Polizeipräsidium des sowjetischen Sektors. Ich fragte beim Pförtner wie das so ist mit Polizist werden. Der schickte mich in die 5. Etage.

Dort saßen noch viele andere. Langsam rückte ich auf.

„Der Nächste bitte!"

Ich stand vor 3 Männern. Einer war in Polizeiuniform, ein anderer trug einen weißen Kittel, der Dritte trug Zivil und war während meiner Anwesenheit stumm.

Ausweis, Name, Adresse, Berufsbildung, Arbeitsbuch, Passbild.

„Hm" Der Uniformierte.

„Zieh'n se sich mal aus" sagte der weiße Kittel. „Drehen sie sich um!

Aha. Bücken! Ist was mit ihrem rechten Auge? Sie haben mal geschielt? Operation? Na gut."

Der Uniformierte. „Sie sind Linksschütze?

Dann fahren Sie jetzt mit dem Fahrstuhl nach oben und melden sich da! Ihren Ausweis bekommen sie nachher bei mir".

War es die Zehnte? Ich weiß es nicht mehr. Oben empfing mich ein weiterer Uniformierter. Nicht so mit viel Silber auf den Schulterstücken. Er griff hinter sich und legte drei Uniformen auf den Tisch.

„48? Na müsste passen". Ich solle alles genau anprobieren. Eine Jacke auswechseln ginge nicht mehr, auch Stiefel tausche er nicht um. Ich bekam drei komplette Uniformen und zwei paar Stiefel. Ein Paar war aus schickem Chromleder und das andere Paar waren „Knobelbecher". Unbehandeltes Oberleder.

„Alles klar?" Letzte Frage aus der Kleiderkammer. Klar! Bis hierher hatte ich noch nichts kapiert.

Jetzt wieder runter in die 5. Etage. Der Zivilist reichte mir eine kleine Klappkarte „Nicht verlieren! Das ist jetzt ihr Dienstausweis. Hiermit haben sie auf allen Verkehrsmitteln in der „Hauptstadt der Deutschen Demokratischen Republik" freie Fahrt" sächselte er. Das mit dem Auseinanderhalten von sächsisch, anhaltisch und thüringisch lernte ich erst später.

„Sie melden sich am nächsten Montag in der Mainzer Straße, auf dem Polizeirevier. Dort werden sie dann eingeteilt Genosse Müller. Der Nächste bitte!"

Ich hatte eine Zeltbahn mit dem ganzen Uniformkram in der Hand. Einen neuen Ausweis! Ich war Polizist?

Äh? Musste ich jetzt andere Polizisten grüßen? Und wie? So wie in den Militärklamotten-Filmen? Hacken knallen und Hand an die Mütze? Keine Ahnung.

Der neue Ausweis funktionierte. Ich fuhr extra umständlich nach Hause. Aber bei jedem Umsteigen nickte der Schaffner nur, wenn ich die Klappkarte zeigte. Das war mal endlich etwas für mich. Vorher war ich notorischer Schwarzfahrer. Sogar zum Präsidium war ich mit getrickstem Fahrschein gefahren.

Montag war ich um 6:00 Uhr pünktlich auf dem Polizeirevier.

6 ältere Polizisten standen nebeneinander. Der Revierleiter sagte leise: „Vergatterung". Alle zogen die Hacken (ohne Klack) zusammen. Der Revierleiter sagte jedem welche Straße heute sein Revier ist und worauf er zu achten hat. Mir gab er die die Strecke von der Mainzer Straße, Gürtelstraße bis zur Boxhagener Straße.

Na gut. Dort war ich schon mal entlang geradelt, aber was kannte ich dort? Den Boxhagener Platz? Nicht mal den genau.

„Dein Pausenplatz ist Firma VEB Xy beim Pförtner. Dort kannst du essen. Hast doch was mit? Wenn was los ist meldest du dich von dort oder nimmst die Polizei-Rufsäule. Hier der Schlüssel".

Ja, die Dinger standen an den Straßenecken. Das würde ich finden.

Ich stiefelte los. Die Stiefel knarrten schick. Alle guckten. Ich zupfte hier und dort an meiner Uniform um nicht an der Kleiderordnung zu rütteln. Kleiderordnung? Die kannte ich nicht einmal. Ich kannte nur die grünen Vorbilder aus dem Stadtbild.

Sechs Stunden lief ich so die Straßen rauf und runter. Mal eine Frage von einem Bürger nach einer Hausnummer, mal ein Gruß eines Händlers: „Na, neu hier? Hier sind wir alle friedlich. Kannst immer reinkommen wenn's de willst". Pause. Der Pförtner war ausgesprochen freundlich. Haste nüscht mit? Hab nur Leberwurscht. Willste?"

Wir aßen sein Mittagsbrot auf.

So ging das jetzt täglich. War es noch früh am Tage machte Muttchen das Fenster auf: „Woll'n se 'nen Kaffee oder Tee her Wachtmeister?"

Das war oft so. Auch Händler legten Wert auf Kommunikation. Sie redeten ohne Punkt und Komma. Im Revier konnte ich den Klatsch beim Revierleiter sortiert ablassen. So machten wir es alle. Jeder wusste somit was im gesamten Revier so los war. Von zu vielen Männerbesuchen im Haus Nr. 37 bis zum Neubürger in Nr. 14. Hinweise auf Schneeräumung oder Straße fegen. Alles ruhig in meinem Dienst. Ich gewöhnte mich ein.

„Am Freitag melden sie sich in der Polizeikaserne Am Kupfergraben. Dann beginnt ihre Ausbildung".

Das musste sein. Ich hatte viele Wissenslücken bei mir entdeckt. Es half nicht viel, wenn ich eine Kartentasche hatte und darin eine Berlin-Karte, Bleistift und Notizblock.

Der Revierleiter entließ mich mit den besten Wünschen und der Aufforderung nach der Ausbildung in seinem Revier den Dienst aufzunehmen.

Angekommen ging es richtig militärisch los. Alle auf dem Kasernenhof antreten, abzählen. Ein Haufen von hundert Zivilisten versuchte das.

Neuer Versuch. „In Dreierreihen antreten, der Größe nach. Das ging.

„Ich bin Hauptmann Xy und werde euch mal etwas erklären. Angeredet werde ich mit „Genosse Hauptmann'" Und so ging das weiter.

Ganz zum Schluss stellte er uns noch die anderen Offiziere vor. Alles junge Leutnants. Sie nahmen auch die Einteilung in Züge und Gruppen vor.

Ich wurde immer skeptischer. Das hatte ich alles von Kriegsteilnehmern schon gehört.

Aus dem Hintergrund tauchte ein korpulenter Hauptwachtmeister auf. Er hatte ein Büchlein zwischen die Uniformknöpfe gesteckt und war damit das getreue Abbild einer „Mutter der Kompanie". Alle brüllten vor Lachen als er sich vor uns stellte und auf den Zehen wippend erklärte, dass er der Spies sei und für unser Wohl sorgen würde solange wir hier wären.

Ein „Stillgestanden" beendete abrupt unsere Lachsalve.

Wir bezogen unsere Zimmer. Ab jetzt war alles militärisch geordnet. Kennt jeder aus Filmen. Ist wohl weltweit so.

Waffenkunde, Straßenkunde, Karten lesen, nach Kompass marschieren, Bürgerliches Gesetzbuch, Polizeigesetz.

Da gab es Vieles, was interessant war. Besonders, wenn es um Rechte und Pflichten ging.

Oft diskutierten wir Berliner Polizeischüler heftig, wenn es um die Sektorengrenze ging. Schließlich gingen täglich unsere Verwandten über diese Grenze. Willkürlich von den Siegern durch die Stadt gezogen trennte sie die Familien, Freunde und die Arbeitswege.

Polizeianwärter aus den südlichen Gefilden der Republik verstanden diese Diskussion nicht. "Ist doch klar! Grenze ist Grenze und muss geschützt werden!"

Der Ausbilder nickte verhalten. Er war ebenfalls Berliner. Diese Trennung der vorhandenen Ideologien setzte sich dann leider auch bis ins Miteinander der Polizeischüler fort.

In der Fortsetzung der vorhandenen Gedanken waren „Zugereisten" und ihre Kinder in den späteren Jahrzehnten gute Wächter.

„Genossen Arbeitersoldaten" brüllte eines Tages unser Spies in den Unterrichtsraum.

„Wir wurden angefordert! Die an der Sektorengrenze haben einen sehr hohen Krankenstand. Wir sollen aushelfen. Die 1. Kompanie fängt an. Wir haben den Abschnitt Heinrich-Heine-Straße bis Brandenburger Tor".

Jetzt stand er vor uns und grinste. Von uns kam kein Echo. Ich kannte die Gegend. Ich war schließlich geübter Grenzgänger. Aber die aus dem Süden? Keinen Laut gaben sie von sich.

Am nächsten Morgen rauf auf den LKW und Straße für Straße zwei Mann abspringen lassen und die Wache ablösen, die dort stand. Ohne Einweisung über die Aufgaben.

Zwei Polizisten und zwei Leute vom Zoll. Das war die Besetzung an den belebten Straßen. Sie nannte man Kontrollpunkt. An weniger belebten Straßen gab es nur zwei Polizisten.

Interessant war die Einteilung der Posten. Immer ein Berliner und ein „Südländer". Den Berlinern traute man nicht so recht. Und so ging das auch mit den Kontrollen. Einer kontrollierte eifrig Taschen und Kinderwagen, der andere stand gelangweilt rum. Ab und zu grüßte er Bekannte aus seinem Kiez.

Jetzt lief wieder alles geordnet. Alle drei Monate waren wir dran.

Ich fand es manchmal spannend, manchmal sehr angespannt und oft absurd.

Angespannt war ich besonders an der Sektorengrenze zum Wedding. Hier war oft viel los, wenn in West-Berlin die Kinos und Kneipen Schluss machten. Betrunkene provozierten.

Dort stand schon ein Gedenkstein für einen erschossenen Polizisten.

Mein besonderer Einsatz war der am „Brandenburger Tor". Hier wechselten die Großen der Welt von West nach Ost und umgekehrt. Besonders aber Schauspieler, die an allen großen Bühnen Berlins spielten. Die Kunst kannte noch keine Grenzen. Kontrollen machte dort nur der Zoll. Die Polizei guckte nur nach Ausweis oder Pass. Aber wirklich nur gucken. Das waren nicht die späteren Grenzkontrollen. Man mochte es gemütlich.

„Eine Freikarte für die Premiere?"
„Äh".
„Ach nun ist sie runter gefallen". Weg war Willi A. Kleinau. Diesen Schauspieler sah ich gern, wenn er im Deutschen Theater" in der Behrenstraße spielte.

Ein Einsatz in Berlin-Wilhelmsruh war schon witzig. Am Nordgraben trotteten wir zu zweit unseren Weg an der Sektorengrenze entlang. Die Sektorengrenze bildete hier ein Jagenstein. Keine Aufschrift deutete hier eine Grenze an. Zwei „Stumm"-Polizisten kamen uns auf der anderen Seite entgegen.
„Na? Alles klar? Könnt ihr Skat?"
Wir konnten. Wir hatten alle noch zwei Stunden bis zur Ablösung.

Den Tag in Berlin-Rosenthal behalte ich wohl immer im Gedächtnis. Kalt war es.
Gegenüber der „Heidekrautbahn" stand ein Gehöft. Dort brannte Tag und Nacht Licht.
In der Einweisung hieß es, dass das dort die „KGU" sitzt. Für „Spätgeborene": „Kampfgruppe gegen Unmenschlichkeit". Diese Einrichtung befasste sich mit der Schleusung von „Republikflüchtigen und der Beobachtung aller Grenzzwischenfälle.

An diesem Kontrollpunkt hatten wir sogar ein Postenhaus. Das gab es sonst fast nie. Auch die Bewaffnung war anders. Immer noch Pistole und Gummiknüppel aber zusätzlich Karabiner oder Maschinenpistole. Meine „MPi" lehnte immer im Postenhaus. Mein Nebenmann, ein „Südländer" war zum ersten Mal hier. Besonders interessierte er sich für den gegenüberliegenden Bauernhof. Ich erklärte ihm als „Eingeborener" wie das hier so ist mit den Straßen und Häusern in der Ferne. Als zwei Stunden von den drei geforderten Postenstunden herum waren legte er seinen Karabiner im Postenhaus ab, gab mir seine Pistole: „Das gibst du bitte dem Waffenwart!". Sagt's und ging über die Schienen. Er drehte sich nicht einmal um. Republikflucht und Fahnenflucht. Mir war es egal.
Mein Leutnant grinste und meinte nur: „Deswegen kommen die doch nach Berlin".
Ich verstand es trotzdem nicht. 20 Pfennig für U- oder S-Bahn und man waren „drüben". Da musste man doch nicht in Uniform abhauen.

Ach ja. Drüben. Ich wechselte nach dem täglichen Dienst die Uniform. In „Zivil" nahm ich meine „Ausgangskarte", die mir als Berliner mit eigener Wohnadresse Zustand und verließ die Kaserne. Jetzt machte nach dem Dienst weiter wie immer.
Ost? West? Ich war Berliner. Ich kannte jede Lücke in der Sektorengrenze um nicht meinen Dienstausweis zeigen zu müssen. Schade nur dass ich in der Kaserne nicht mit meinen Kenntnissen von den neuesten amerikanischen Spielfilmen prahlen konnte.

Ein Polizeischüler von meinem Zimmer wollte weg von der Polizei. „Entpflichtung" wurde das genannt. Seine Anträge wurden alle abgelehnt.
„He, der Sch... ist im Arrest!" ging es durch die Kompanie. Wir sahen ihn auch nicht wieder. Ein Torposten unserer Kaserne erzählte die ganze Geschichte.
Der Wachtmeister Sch... hatte sich kräftig einen angetrunken. Als er vom Ausgang zurück kam pöbelte er den Torposten voll. Die reagierten nicht.
Zur gleichen Zeit fuhr ein russischer „SIS" in die Einfahrt und ein „Goldfasan" stieg aus. Ledermantel und Gold. Der Wachtmeister Sch... sah wohl rot. Er griff den Mann im Ledermantel an und schlug ihm mehrmals ins Gesicht. Dazu brüllte er jede Menge Beleidigungen und verlangte seine „Entpflichtung".
Die bekam er drei Tage später. Erst im Arrest erfuhr er, wen er da geschlagen hatte. Es war sein höchster Vorgesetzter Generalmajor Eickemeyer. Polizeipräsident von Ost-Berlin.

Wie kam ich da raus? Auch ich hatte die Kaserne und den Grenzdienst satt. Ich wollte doch Polizist werden und nicht Grenzer. Polizist war etwas anderes. Um meinen Frust noch tiefer zu machen rannten noch die Werber für die „Kasernierte Volkspolizei" durch die Kaserne. Das waren die Vorboten der darauf folgenden „Nationalen Volksarmee".
Ich muss weg! Mein Entschluss stand fest.

Es half nicht zu grübeln wie man das anstellt. Man muss nur die geltenden Regeln kennen.
Ich erzählte unter dem Siegel der Verschwiegenheit, meiner Freundin, dass ich mal kurz im Wedding war. Wedding? Da tönten bei ihr doch glatt die Sirenen. Wohnte da nicht die Bärbel?
„In der Pankstraße?" Das war die Frage, die schon eine präzise Antwort erforderte.
„Äh, nee da am Amtsgericht Thurneysser oder so" stotterte ich.
Auf alle Fälle hatte sie an diesem Abend keine Zeit mehr. Auch an den nächsten Tagen nicht.
Aber mein Major hatte jetzt Zeit. In seinem Büro erklärte er mir mit ruhiger Stimme, dass er mich nicht mehr in der Kaserne behalten kann. Ich hätte gegen eine 10/1-Ordnung verstoßen und damit wäre ich zu 5 Tage Arrest und Entlassung verurteilt.

Verurteilung wäre das auch nicht. Es gäbe ja kein Zivilverfahren vor einem ordentlichen Gericht. Und ein Militärgericht habe man nicht. Ich habe somit keine Straftat begangen.

Ein Kommentar wurde nicht erwartet. Also ging ich schweigend. Mich begleitete ein Kradfahrer. Ich sammelte einige persönliche Gegenstände ein, holte mir aus der Kantine die fällige Kaltverpflegung. Im Beiwagen ging es zum Polizeipräsidium. 5. Etage. Dort war ich schon einmal.

Die Etage war doch größer als ich sie kannte. Dort gab es Arrestzellen für Polizisten mit Dienstvergehen.

Dort ging es locker zu. Kein Einschluss in die Zelle. Karten spielen war angesagt. Drei Wahlessen zum Mittag. Früh und abends so etwas wie ein kaltes Buffet. Endlich ausschlafen! Keine Nachtschichten in der Kälte. Kein gemeinsamer Frühsport im Unterhemd.

Das Radio dudelte die neuesten Schlager. Wären da nicht die Drahtnetze vor den Fenstern denkt man bestimmt nicht an Knast.

Was waren jetzt die Folgen für meine berufliche Laufbahn?

In meiner Dienstakte stand nur, dass ich vorzeitig aus dem Dienst entlassen wurde. Wegen einer Einberufung zur „Nationalen Volksarmee" musste ich mir keine Sorgen machen. Mein Polizeidienst wurde mir als Grundwehrdienst angerechnet. Kein Wehrdienst mehr. Studium, Qualifizierung? Kein Problem!

Jeder kann sein Leben steuern, wenn er die Kraft findet.

&

Meine wahre Größe

„Geh' doch mal gerade, Arno!"
Das war eine ständig wiederholte Ermahnung.
Jetzt war ich etwa sechs Jahre alt. Wenn ich auf der Straße spielte war ich fast immer der Größte unter meinen Mitspielern.

Stellten wir uns in einer Reihe auf, wenn der Mannschaftsführer seine Mannschaft für Völkerball aussuchte, so war ich immer etwas größer als die Anderen. War etwas passiert, was die Erwachsenen störte tippten sie sofort auf mich: „Du Lulatsch, schon so groß und nur Dämlichkeiten im Kopf. Natürlich grinsten die Anderen, wenn ich dazu verdonnert wurde, die mit Kreide auf die Hauswand gemalten Nachrichten wieder zu entfernen.

Was störte denn daran? Klaus war wirklich doof. Wenn Christian die Lisbet liebte, was war daran verkehrt? So wusste doch jeder in unserer Straße Bescheid.

Mühsam schrubbte ich also diese Botschaften wieder weg. Ich hatte es nicht an die Hauswand geschrieben. Damals gehorchte man eben noch, wenn ein Erwachsener etwas sagte.

In der Schule war es nicht besser. Die Sportstunde war ein Graus. Jedes Mal führte ich die Riege an. Es ging schließlich wie beim Militär zu. „Immer der Größe nach aufstellen, zack, zack!"

Jetzt war ich also auch als erster dran die Turnübung zu vollführen. Ging etwas schief ertönte lautes Lachen hinter mir. Ich bekam neue Unterweisungen vom Sportlehrer – nicht die Anderen.

Ich erkannte nun, dass ich immer Vorbild sein sollte. Der Erfolg? Ich machte mich klein. Ich krümmte den Rücken und zog die Schultern ein.

„Junge," geh' doch mal gerade!" tönte es dann wieder.

„Vielleicht wirst du mal so groß wie dein Vater" vermutete Mutter später. Mein Vater war etwa ein Meter und achtundneunzig. Auf einer alten Fotografie standen Vater und Mutter nebeneinander. Mutter war ein Meter fünfundsechzig. Wir Kinder hatten immer wieder neue Vermutungen wie die Beiden Liebe gemacht hatten.

Es musste aber möglich gewesen sein. Immerhin waren wir fünf Kinder. Das war dann unser Fazit.

Als Klassenbester zog ich natürlich auch den Kopf ein. „Streber!" war das freundlichste Wort, das ich immer hörte, wenn die Klassenarbeiten zurückgegeben wurden.

Mit zunehmendem Alter hatte ich aber eine innerliche Grundhaltung eingenommen. Ich erkannte, dass es nicht auf die Körperhöhe ankam, sondern auf das Durchsetzungsvermögen. Damit haperte es aber bei mir. Ich war kleinlaut und ließ mich schnell unterbuttern. Eine Eigenschaft, die mir fast lebenslang anhing. Ich war ein „Ja"-Sager, wenn ich angesprochen wurde zusätzliche Aufgaben zu übernehmen.

Hier hätte Mutter wohl mein Selbstbewusstsein aufrichten müssen. Stattdessen war ihr mein aufrechter Gang wichtig.

Mit meinem ersten Personalausweis wurde es bewiesen. Neben Augenfarbe und Geburtsdatum stand bei Körpergröße: Groß! Das machte mich irgendwie stolz.

Lange hielt das aber auch nicht an. Bei der Musterung zum Uniformträger hieß es kurz und knapp: „Umdrehen, bücken!". So schrumpfte ich auf halbe Körperhöhe. Das war demütigend. Mein neues Selbstbewusstsein litt darunter.

Im weiteren Berufsleben spielte meine Körpergröße keine Rolle mehr. Nur noch einmal war es gut für mich meiner Mutter nicht an Körpergröße geglichen zu haben. Das war, als ich mich in eine große, schlanke Frau verguckte. Sie akzeptierte meine Größe. Ich glaube, dass damit auch meine innere Größe wuchs.

In jedem neuen Jahrzehnt dachte ich nicht weiter über meine Körperhöhe nach. Ich hatte mein Selbstbewusstsein auf die notwendige Größe gebracht. Damit kam ich voran.

Mit den Lebensjahren kamen aber immer wieder neue Personaldokumente. Lange Zeit war ich es gewohnt bei der nachgefragten Körpergröße mit „Groß" zu antworten.

Irgendwann klappte das aber nicht. Die Dame hinter dem Schalter sah mich skeptisch an.

„Wie groß sind sie denn?"

„Na, Ein Meter achtundsiebzig!" antwortete ich selbstsicher.

„Dann sind sie mittelgroß."

Jetzt war ich verdutzt. Ich stand auf und präsentierte mich vor der sitzenden Dame.

Meine Präsentation zauberte nur ein leichtes Lächeln in ihr Gesicht.

„Wir haben hier eine Liste. Darin steht ab welchen Maßen ein Mensch groß ist. Sie sind mittelgroß."

Ich krümmte mich jetzt wieder auf meinen Stuhl. Das saß.

Da hatten vor mir so viele Menschen das Prädikat „Groß" erhalten. Große Könige, große Dichter, große Schriftsteller und sogar ein großes Deutschland hatten wir. Sie alle waren kleiner als ich. Aber ich soll jetzt nur noch Mittelmaß sein?

Ich ließ es geschehen und trug mein Personaldokument nur noch widerwillig. Die Natur hilft, dass ich immer mehr schrumpfe.

Es sind nicht nur die Bandscheiben und Knorpel, die mich ständig kümmerlicher erscheinen lassen. Es ist die gesamte Menschheit, die immer mehr wächst. An Zahl, in die Breite, aber besonders in die Höhe.

Ich ziehe mich immer unauffällig zurück, wenn ich in den öffentlichen Verkehrsmitteln unter der Achselhöhle eines dieser neuen Riesen stehe.

Insgesamt leide ich nicht mehr unter mangelnder Größe. Pfund für Pfund werfe ich jetzt in die Waagschale um mich zu behaupten. Unterbuttern? Das war einmal.

Über Jahrtausende hat die Menschheit vererbt, dass Weisheit mit Alter und Umfang einhergehen.

Ich werde nicht meinen Millimetern hinterher trauern. Mit Volumen und zunehmend hellem Glanz auf meinem Kopf werde ich diese Jahrtausende alte Vorurteile bedienen.

„Alter schützt vor Torheit nicht?"

Eine Frage machte mich neulich im Stadtbad jedoch stutzig. Das hatte aber nicht mit meiner gefühlten Größe zu tun.

Neben mir saß so ein kleiner Junge auf der Sprudelbank. Er guckte immer wieder zu mir. Weißt du, so ein Drei-Käse-Hoch, dem die Fragen schon auf der

Stirn stehen. Ehe ich mich ihm mit Worten nähern konnte rutschte er zu seiner Mutti, ohne mich aus den Augen zu lassen. „Mama, wie viel Bruttoregistertonen Wasserverdrängung hat eigentlich ein Mensch?"

જી

Ich habe nicht geweint.
Ich war „Junger Pionier" geworden. Warum wusste ich damals nicht. Wahrscheinlich Herdentrieb. Zwang wurde dazu nicht ausgeübt. Man konnte, wenn man wollte. Später war das anders.
Das blaue Halstuch lag meist im Schrank. Es wurde nicht verlangt es zu tragen. Auch das weiße Hemd war dort. Es war etwas zerknittert.
Meist nahmen wir keine Kenntnis von unserer Mitgliedschaft. Selten war eine Versammlung der Pioniergruppe angesetzt. Dort ging es auch nur um die Abstimmung zur Aufnahme neuer Mitglieder.
Waren wir „Schläfer"?
Im März 1953 war an einem Tag, Schluss mit Schlafen.
Alle Lautsprecher verkündeten: „Josef Wissarionowitsch Stalin ist gestorben".

Natürlich kannte ich den Namen. Und ich kannte sein Bildnis als Foto, oder Plastik. Überall gegenwärtig war Stalin.
„Von der Sowjetunion lernen heißt siegen lernen" war der häufigste Satz zu dieser Zeit. Und immer in Verbindung mit dem unvergleichlichen Führer Josef Stalin wurde dieser Satz zitiert.
Damit hatte ich immer ein Problem. Zu Hause wurde der Name Stalin immer mit dem Namen Hitler verbunden. Beide Namen tauchten immer in einem Satz auf: „Das sind elende Verbrecher, die die Menschheit in diesen fürchterlichen Krieg gestürzt haben". Im Geschichtsunterricht klang das anders. Aber mein Glaube war doch schon geprägt. Ich lernte wie verlangt, im Unterricht eine gute Note zu bekommen. Ich wurde ja nicht nach einer Meinung gefragt.

Jedenfalls war Stalin gestorben. Überall gab es „Ehrenwachen" oder Kondolenzbücher.
Auch bei uns (in einem Kinderheim) wurde ein Portrait aufgestellt. Im Speisesaal des Schlosses in dem wir wohnten.
Ein schwarzes Band war angebracht. In hohen Ständern brannten Kerzen. So etwas kannte ich von Trauerfeiern.
Zwei Pioniere wurden beordert an jeder Seite des Bildes eine Ehrenwache zu halten. Jeder Pionier hielt ein Luftgewehr geschultert, hatte stramm zu stehen und keinen Laut zu äußern. Das Stehen ging ja noch, stellte ich später fest, als ich an Reihe kam. Aber nicht sprechen?
Meine Mitschüler machten vor mir Faxen, schnitten Gesichter, zeigten eine lange Nase oder streckten die Zunge raus. Da wurde es nichts mit der Trauer. Ich musste mir ständig das Grinsen verkneifen. Jede Stunde war Wachwechsel. Ich war endlich erlöst.
-
Nachtrag: geboren als Josseb Bessarionisdse Dschughaschwili. Gestorben am 5.3.1953.

Er war in der Jugend Streikführer und Anführer von Demonstrationen gegen das zaristische Regime. Wirklich bekannt wurde er erst durch einen Raubüberfall auf einen Geldtransport in Tiflis 1907. Dieser Raubüberfall kostete 40 Menschenleben und sollte die Parteikasse Lenins auffüllen. (Quelle: Wikipedia)

ɞ

Ich lernte in der Schule zwei Hymnen.
1945.
Meine Einschulung nahte. Ich quengelte. Aber Mutter sah keine Notwendigkeit mich einzuschulen, da Berlin immer noch in einem kriegsähnlichen Zustand war. Täglich ratterten Maschinenpistolen, täglich Razzien. Offiziell war der Krieg zu Ende, aber im Bewusstsein der Berliner war das noch nicht angekommen. Wie auch, wenn überall Panzer standen und Besatzungssoldaten aller Siegernationen den Deutschen zeigten wie Sieger aussehen.

Wir Kinder gingen auch nicht auf die Straße zum Spielen. Wir sammelten Kenntnisse über Vor- und Nachteile der Waffentechnik und verglichen sie mit der uns lange bekannten Waffentechnik. Und Essen „besorgen". Uns waren alle Lagerstätten für Berlins Staatsreserven in unserem Viertel bekannt. Nur Kinder waren in der Lage die kleinen Lücken zu nutzen um ins Innere zu gelangen, damit sie den Erwachsenen die Türen öffnen konnten. Es gibt Fotos von Essenausgaben an die Berliner. Es wäre schön gewesen, wenn ich eine solche Stelle gefunden hätte. Es waren wohl die üblichen, gestellten Szenen für die Presse der Sieger.

Ich wohnte im Prenzlauer Berg, deren Bewohner noch nie zu viel hatten.
Also umziehen nach Pankow. Ruhige Lage. Nirgends Bewaffnete. Nur das Viertel um das Schloss Niederschönhausen war besetzt.
Der erste Schultag hinterließ bei mir keine wesentlichen Erinnerungen. Die Lehrerin im zackigen Jägerkostüm – das ist ein Bild, das sich mir eingeprägt hat.
Meine Schiefertafel quietsche fürchterlich. Ich benutzte wohl den anhängenden Schwamm öfter als den Griffel.
Deutsch, Rechnen, Musik. Wir waren alle Neugierig auf Neues.

Musik. Niemand wusste von uns, was das ist. Die einzigen Töne, die wir verinnerlicht hatten waren das Heulen der Luftschutzsirenen.
Frau Lehrerin klopfte mit dem Taktstock auf das Pult und sang dazu eine Liedzeile. Den Rohrstock hatte sie am Lehrerpult angelehnt.
„Wer kennt ein Lied?"
Stille. Von uns wusste Niemand was die Frage sollte. Zu Hause wurde immer gesungen: Volkslieder. Und wenn es beim Abwasch war. Über unser Liedgut schwiegen wir. Es gab Lieder die durfte man nicht mal mehr kennen: „Sing' das nie wieder sonst kommen die Soldaten!"
Andere Lieder unterlagen einer Kontrolle. Die sangen nur Erwachsene, wenn sie Kartoffeln zu Fusel gebrannt hatten.
Frau Lehrerin kürzte ab: „Wir singen „Alle Vögel sind schon da"!"
Verdutzt guckten jeder in die Runde. Wir hatten September.
Jedenfalls sangen wir und Frau Lehrerin wurde etwas lockerer. Schwungvoll zirkelte sie mit dem Taktstock vor unseren Nasen herum.

Später lernten wir auch Texte: „Einigkeit und Recht und Freiheit..." Die Melodie war aus dem Radio bekannt. Da grölten wir bis Frau Lehrerin erzürnt den Takt-stock auf das Pult knallte.

Ach ja. Immer ein Volkslied und dann die Hymne. Musik wurde nie so richtig unser Lieblingsfach.

Wieder einmal Versetzung. Stolz kamen wir mit frischen Sachen, die die Mütter auf „Punkte" gekauft hatten in die neue Klasse. Das war der Raum neben dem Bisherigen. Ausstattung war identisch. Wir waren trotzdem verdutzt: Eine neue Lehrerin. Jünger, hübscher und ohne Stöckchen. Und sie trug ein Geblümtes. Ihre Mutter hatte wohl die Gardinen geopfert.

Neu war sonst nichts weiter. Auch im Fach Musik nicht. Volkslieder ohne Ende.

Und dann: „Heute lernen wir ein neues Lied!"

Sie schlug einige Takte auf dem Flügel an (Warum hatten die Sieger dieses Ding übersehen?). „Auferstanden aus Ruinen und der Zukunft zugewandt....."

Mist, jetzt paukten wir Tag um Tag das neue Lied. Da wir jetzt schreiben konn-ten, malten wir sauber und ohne Fehler den Text auf Papier. Einige Mitschüler – ich erinnere mich an den Sohn unseres Hausarztes – hatten sogar ein Schreib-heft. Die Mehrzahl schrieb aber auf abgerissenen Fetzen von Verpackungsma-terial.

Mich begleiteten von nun an zwei Hymnen durch mein Leben.

Und noch eine dritte Hymne. Diese Hymne, die ich in Muttern's Schränkchen fand, erregte immer die Gemüter. Sie war auf einer schönen, großen schwarzen Schellackplatte. Seite A. Auf Seite B war „Alte Kameraden"

Sie durfte ich nur hören, wenn ich ein Kissen in den Schalltrichter stopfte. Das ganze schmetternde Blech war dann nicht zu hören, aber ich lernte den Text.

Jeder versteht nun meinen Konflikt mit diesen Hymnen. Zwei darf ich nicht singen und eine Hymne singt fast niemand, weil der Text nicht bekannt ist.

ଚ୨

Ich lerne nie aus!

Ich habe das gehasst. Immer diesen einen Satz: „Junge, du musst lernen. Lerne jetzt, dann hast du etwas für das Leben". Und was haben sie mir verschwiegen? Ich muss immer noch lernen!

Dabei fing alles mal ganz harmlos an.
In der ersten Klasse malte ich komische Zeichen auf eine Schiefertafel. Die sahen aus wie Krückstöcke. Wenn die Lehrerin es wollte musste ich zwei davon hintereinander malen. Prompt kam dann auch die Frage: „Uuund, wie sieht das aus?" Was wusste ich schon. Das waren ja meine ersten Schulstunden. „Sag mal NNNNN!"
Brav wiederholte ich den Laut. Dabei fiel mir auf, dass ich diesen Laut schon lange kannte.
Zu Hause hörte ich es immer in Verbindung mit einem A.
Kaum steckte ich den Finger in die Marmelade kam es vom Herd: „Naaana!"
In der dritten Klasse konnte ich schon alles nachsprechen, was man mir vor sagte.

Vieles davon gelang mir auch wieder in ein Heft zu schreiben.
Nur bei Mathematik war das nicht so einfach. Da benutzte man Zahlen.
Auch so eine dumme Sache. Kaum konnte ich im mündlichen und schriftlichen Ausdruck mit glatten Einsern glänzen fing das mit dem Einmaleins an. Aber ich lernte das auch brav für's Leben.

Eines Tages rauschte die Meldung durch die Schule, dass jetzt als Fremdsprache Russisch gelehrt wird. Das ging aber daneben.
Russischlehrer gab es noch nicht ausreichend. Ich dankte jedes Jahr still der Schulbehörde, dass die Russischlehrer nie an meiner Schule ankamen. Meine Russischkenntnisse reichten nämlich aus um mich auf dem „Schwarzen Markt" zu behaupten oder Machorka zu schnorren.

Das Erlernen meiner ersten Fremdsprache ging also glatt an mir vorbei. Den letzten Versuch startete das Dozentenkollegium während ich studierte. Pflichtfach Russisch, sonst kein Staatsexamen!
Weil ich schon innerlich verweigerte, Sprachen von Besatzern zu erlernen funktionierte das also auch nicht. Die Volkshochschule sollte helfen. Klappte auch nicht. Immer wieder hatte ich eine falsche Betonung bei dem einfachen Wort „Straswutje". Die Lehrerin verdrehte die Augen und ich drehte mich um und ging nach einigen Stunden.

Es gibt Vorschriften und es gibt Ausnahmen. Ich hatte endlich etwas gelernt.
Jetzt aber los mit dem Berufsleben.

Als Erstes lernte ich die Fachbegriffe meines Berufes. Wären es nicht nur Wörter, könnte ich das schon als Fremdsprache bezeichnen. Ging ganz einfach. Keine Deklinationen, keine Fälle!

Jetzt wurde ich übermütig.
Im eingebläuten Sinne wollte ich jetzt eine Fremdsprache meiner Wahl erlernen.
„Kann ich ja mein Leben lang gebrauchen", war meine Antwort auf miesepetrige Diskussionen.
„Und wann kannst du in ein Land reisen wo du Englisch auch brauchst?"
Kollegen können so demotivierend sein.
Jetzt gab ich es auf.

Ich wäre ohne jeglichen Fremdsprachenkenntnisse bis an mein Lebensende gekommen, wenn nicht ein Wechsel der Arbeitsstelle dazwischen gekommen wäre.
Jetzt erwarb ich meine ersten Fremdsprachenkenntnisse. Zugegeben, die Schriftform
habe ich nicht erlernt. Das verboten mir meine anerzogenen Kenntnisse der „Deutschen Rechtschreibung".
Jetzt verstehe ich ohne Schwierigkeiten „Sächsisch". Dreizehn Jahre in einer Abteilung in denen nur Mitarbeiter aus Leipzig arbeiteten haben mir diese Sprachkenntnisse vermittelt. Wenn das wahr ist, was Spötter behaupten habe ich doch noch eine Sprache von Besatzern erlernt.

Ich lerne weiter. TV und Werbung bringen mir doch noch eine Spielart von Englisch bei. Kann ich bei meinen Reisen zwar nicht benutzen, aber ich kann die Aufdrucke auf den Verpackungen leidlich kapieren. Übersetzen geht noch nicht, da ein geeignetes Wörterbuch fehlt.
ဢ

Ich bekomme mein erstes Buch geschenkt

Es war im Jahr 1953. Jetzt war ich schon zwei Jahre nicht mehr zuhause. Meine Mutter hatte ich über ein Jahr nicht gesehen.
Ich war in einem Kinderheim der Stadt Berlin untergebracht. Aber dieses Heim war etwa 60 km von Berlin entfernt. In Richtung der Oder. Hier war es sehr schön für mich. Weit weg von Prügeleien in den Straßen, Überfälle der Besatzungssoldaten und Schule schwänzen.

Ich litt jetzt keinen Mangel mehr an Kleidung und Essen.
Ich war eigentlich rundum zufrieden.
Eigentlich.
Meine Mutter und Geschwister wollte ich auch einmal wieder sehen. Es war nicht so, dass wir nicht ohne einander auskamen. Wir kannten uns kaum. Alle fünf waren wir in Heimen oder bei Pflegeeltern aufgewachsen.
Aber stolz war ich schon, dass ich große Geschwister hatte. Das betonte ich auch immer, wenn wir untereinander von zuhause erzählten.

Im Heim gab es Pflichtstunden zum Briefe schreiben. So sollten die Verbindungen zum Elternhaus nicht verloren gehen. Meist lief es aber nur darauf hinaus, dass wir eine Ansichtskarte nahmen. Sie hatte nur ein Viertel Platz zum Schreiben. Die Texte waren auch fast alle identisch.
„Liebe Mutti. Wie geht es dir. Mir geht es gut. Ich hoffe du kommst mich bald besuchen."
Ich schrieb auch nie mehr Text.
Was sollte ich auch schreiben, wenn es so einseitig war. Ich bekam nie eine Antwort. So guckte ich immer etwas neidisch auf die Anderen, wie sie Briefe oder manchmal auch Päckchen erhielten.

Nie eine Antwort? Doch! Einmal bekam ich eine Postkarte. Auch so eine Karte mit einem Viertel Text
Jetzt verzog ich mich schnell in eine Ecke und las sie voller Spannung. Ich hatte feuchte Augen. Meine Mutter kündigte ihren Besuch an. Ich war sehr aufgeregt. Sofort erzählte ich es jedem. Ob sie es hören wollten oder nicht. Mir war es egal. Die richtige Aufregung für mich war aber ein Satz am Ende der Postkarte.
„Schreibe mir doch, was ich dir mitbringen soll".
In der nächsten Pflichtstunde für Post schrieb ich natürlich meinen Wunsch. Warum brauchte ich eigentlich solange?
Ich brauchte diese Zeit, um mir das Mitbringsel auszudenken. Es sollte ein Buch werden. Ich brauchte dringend neue Literatur. Die Schülerbibliothek hatte ich durch. In der Lehrerbibliothek, deren Schlüssel ich verwaltete und dafür Kartei führte, gab es auch kaum noch Interessantes für mich. In der Lehrerbibliothek

hatten fast alle Bücher einen Stempel, dass die Bücher von einer Kulturkommission kontrolliert waren und es kein Gedankengut beinhaltete, das den Verordnungen der Besatzungsmacht widersprach.

Ein neues Buch musste her. Das schrieb ich dann auch.

In der Antwort war nicht nur der Besuchstermin angegeben. Mutter war etwas enttäuscht über meinen Wunsch. Warum ich mir nichts Vernünftiges gewünscht habe.

Das ignorierte ich einfach. Ich wusste, dass ich mir Kleidung hätte wünschen sollen. Eine warme Mütze oder Handschuhe. Wir hatten jetzt Juli. Und damit war der Wintereinbruch absehbar. So war sie. Immer praktisch.

Der große Tag kam heran. Ich kannte die Gewohnheiten meiner Mutter und somit war es mir klar, dass sie nicht vor 14.00 Uhr ankommen konnte.

Außerdem war ich eine Stunde und zehn Minuten Fahrzeit entfernt. Das war weit. Erst mit der Berliner S-Bahn und dann noch 15 Minuten mit einem elektrischen Zug. Diese, schon damals, elektrifizierte Bahnlinie steht heute unter Denkmalschutz. Ich glaube bis heute nicht daran, dass das durch die einmalige Nutzung durch meine Mutter kam.

Ich stand jedenfalls um zwei Uhr nachmittags auf dem Bahnhof. Noch zehn Minuten! Womit nur die Zeit vertreiben?

Die rote Lok kam um die Kurve. Die Bremsen quietschten und viele Menschen mit großen Koffern stiegen aus. Hier war schließlich ein Kurort.

Ich stand etwas seitlich und blickte suchend den Bahnsteig entlang. Die letzten Türen klappte der Schaffner zu.

Ich war enttäuscht. Sie hatte es doch versprochen. Nicht gesagt! Versprochen! Ich hatte es schriftlich!

Jetzt wollte ich noch eine Stunde warten. Dann würde der nächste Zug aus der Richtung Berlin ankommen.

Ich blickte mich am Güterbahnhof um. Womit die Leute alles reisen. Das war schon verwunderlich. Da kamen Polstersessel, Korbstühle und Liegestühle an. Sie schleppten wohl alles aus ihrer Berliner Wohnung in die Sommerfrische.

Um zehn Minuten nach drei kam Mutter. Das konnte ich sofort feststellen, ohne dass sie schon zu sehen war. Es stieg nämlich Richard aus. Richard war unser Haus-Faktotum. Er hielt meiner Mutter die Treue, selbst als sie nicht mehr bei ihm als Haushaltshilfe angestellt war. Seine wichtigste Funktion war aber „Ernährer der Familie". Er wohnte nicht bei uns in der Wohnung, sondern eine Stunde entfernt in einem anderen Stadtteil. Und er verdiente gutes Geld. Als Alleskönner hatte er sich bei der amerikanischen Besatzungsmacht unentbehrlich gemacht. Er konnte die Autoelektrik an den „Willis", den Militärjeeps, reparieren. Aber auch an den Limousinen der Offiziere durfte er Reparaturen ausführen. Das brachte Richard so manche Schmalzbüchse oder eine Schachtel Zigaretten ein. Mutter drängte immer er solle doch lieber einen Kanister „Pommes" verlangen. Das waren getrocknete Kartoffelstreifen. Geschnitten wie die heutigen Fritten. Aufgeweicht waren sie gut zu verarbeiten.

Jetzt ächzte Mutter aus dem Zug. Sie hatte etwas an Gewicht gewonnen. Die Hungersnöte waren vorbei, die Kinder waren alle außer Haus und sie arbeitete in einer Großküche.
Ihr grünes Seidenkleid, das sie so liebte, passte wie angegossen.
Ich gab brav die Hand und machte meinen Diener. Ja, die Anstandsregeln hatte ich nicht vergessen. Dann nahm ich Richard eine der großen Taschen ab. Nach 45 Minuten durch einen schönen Wald waren wir am Ziel.
In der Nähe meines Heimes ließen wir uns auf einer Wiese nieder. Richard hatte schnell noch eine Decke ausgebreitet. Mit grünem Seidenkleid auf grüner Wiese? Mutter meinte, die Flecken bekommt sie nachher nicht mehr heraus.

Neugierig guckte ich nach den großen Taschen. Richard packte nun immer mehr aus.
Teller, Tassen, Schüsseln mit dem klassischen Berliner Kartoffelsalat, Bockwurst. Es gab bestimmt noch einiges, was ich hier nicht aufzähle, aber am meisten beeindruckte meine Kumpels, die völlig uninteressiert um uns herumschlichen, die Westschokolade und das Bündel Bananen. Ich musste später teilen. Das war Pflicht bei uns. Wir hatten im Heim aber niemals Mangel an diesen Dingen. Besonders zu den Festtagen schickte der Berliner Magistrat an alle seine Kinderheime Schokolade und Südfrüchte, außer den üblichen Naschereien. Wie Kinder eben sind. Wir nahmen gern alles, was es nicht täglich gab.

Jetzt ging es ans Essen.
„Junge greif' zu. Hast ja nichts auf den Rippen. Geben sie dir hier nicht genug zu essen? Mein Teller wurde mehrmals gefüllt. Zwischendurch die gute Fassbrause. Ich war proppenvoll und musste mich zwischendurch öfter mal erheben. Das ging fast über das Fassungsvermögen meines Magens. Soviel Essen war ich nicht gewöhnt.
Ein Kind fragt niemals „Was hast du mitgebracht?" Auch eine Lebensregel, die ich gelernt hatte. Die Zeit ging schon langsam auf das Abendbrot zu.
„Kann ich dein Essen haben", fragte auch schon ein Kumpel, der sich wieder angeschlichen hatte. Ich nickte und er zog befriedigt davon. Meine Stullen wollte er bestimmt nicht. Es ging ihm um die Wurstscheiben. Mir egal. Ich dachte nicht mehr über das Essen nach. Mich interessierte mehr, was noch nicht die großen Taschen verlassen hatte. Darüber verloren weder Richard noch meine Mutter ein Wort. Ich war wie auf einer Folter.

Die Sonne war schon hinter den hohen Bäumen verschwunden. Wir saßen näm-
lich in einem kleinen, tiefen Tal. Selbst auf dem See in einiger Entfernung kräu-
selte der Wind nicht mehr die Oberfläche.
Ich fragte noch höflich nach meinen Geschwistern, nach Tante Leni und Tante
Agnes. Auch von Onkel Otto ließ ich mir erzählen. Die Zeit verrann.
Das merkte auch Richard. Er mahnte zum Aufbruch.
„Sonst sind wir erst im Dunkeln zuhause."
Davor hatte Mutter Angst, seit uns beide sowjetische Offiziere überfallen hat-
ten. Das war schon vier Jahre her, aber für Mutter immer noch sehr nah.
Richard räumte langsam die Taschen wieder ein. Vorher wusch er das Geschirr
in einem kleinen Rinnsal, das über die Wiese floss, etwas ab.
„Nun gib den Jungen doch mal das Buch" mahnte er meine Mutter.
„Ach ja. Ich wusste ja nicht, dass du liest, Arno. Da habe ich die Verkäuferin
gefragt, was ich so schenken könnte."
Sie griff in eine der beiden Taschen und zog ein schwarzes Buch heraus. Etwa
so groß wie ein Blatt A4. Auf dem fiel mir sofort ein roter Stern auf. Erst als ich
genauer hinsah, wurde mir klar, dass der Stern auf einer Mütze prangte, wie sie
die revolutionären Truppen der Lenin-Regierung trugen.

Ich war verdutzt. Zweifach. Was ich da geschenkt bekam, widersprach allen
Lehren, die ich jemals zuhause erhielt, wenn es sich um Politik handelte. Zwei-
tens hatte das Buch enorm dicke Pappdeckel, aber der Inhalt bestand nur aus
wenigen Blättern. Ich sah auf den Titel: „Arkadi Gaidar. Timur und sein
Trupp".
Natürlich gefiel mir das Geschenk. Ich bin doch gut erzogen.
So zog Mutter, nach einem guten Picknick wieder in Richtung Berlin. Jetzt wa-
ren die Taschen längst nicht mehr so schwer.
Ich solle immer gut auf mich aufpassen, war der Rat meiner Mutter. Und auch
das Buch solle ich im Auge behalten, denn nicht alle Menschen sind ehrlich.
In spätestens eine Stunde und dreißig war meine Mutter wohl zuhause.
Ich lief auf mein Zimmer, wo schon meine Mitbewohner auf meine Mitbringsel
warteten. Wir teilten ehrlich. Wie immer.
Die 36 Seiten des Buches hatte ich in nicht mal einer Stunde ausgelesen.
Meine Mutter sah ich dann zwei Jahre später wieder. Sie fragte nicht nach dem
Buch. Ich hatte es aber noch einige Jahrzehnte.
Die Einbandgestaltung war wirklich gelungen.

Die messingfarbene Hutnadel

Da saßen wir wieder um den Küchentisch. Die vierziger Jahre gingen langsam zu Ende. Aber alles sprach noch von der Nachkriegszeit und von der Friedenszeit, wo alles besser war. Wir, die noch nicht ausgezogen waren aus unserer winzigen 1-Zimmer-Wohnung.

Das Wohnzimmer war schon immer Schlafzimmer. Drei Betten brauchten Platz. In der Küche war es auch zweifellos wärmer, da hier die Kochmaschine stand. Ein Kohle-Gas-Herd. Das war schon ein Fortschritt gegenüber den nachgerüsteten Gaskochern. Aber wir wohnten schon Neubau. Wir hatten ihn 1939 bezogen. Übrigens mein Geburtsjahr. Zum Mutterkreuz für fünf Kinder hatte meine Mutter diese Wohnung inklusive Hauswartsstelle bekommen.

Da bedarf es schon etwas Fantasie um sich ein Bild zu machen, wie 5 Kinder, Vater und Mutter in einem Zimmer von 21 m² Raumgröße unterkommen. Das mit dem Vater klärte sich schnell. Die Wehrmacht hatte Bedarf an Papa. Ich weiß bis heute nicht, ob er es erfahren hatte wie und wo seine Familie wohnte. Habe ich überhaupt danach gefragt?

Das Essgeschirr stand schon im Abwasch. Dafür wurde noch ein Freiwilliger gesucht. Auf dem Küchentisch lagen die üblichen Tageszeitungen aus Ost und West. Stieß jemand auf einen interessanten Beitrag, las er ihn allen vor. Aber es war schon alle Aufmerksamkeit notwendig alle Zeitungsteile bei sich zu behalten. Immer hatte einer schneller gelesen und zog dem Anderen ein Innenblatt weg. Völlig unbeachtet lag bei uns der Sportteil. Der diente immer zum Ofen anfeuern.

Bald waren alle beim Kreuzworträtsel angekommen. Jeder steuerte etwas bei, aber irgendein Wort fehlte doch meist zur Lösung.

Mir war Kreuzworträtsel langweilig. Ich spielte lieber „Stadt-Land". Da gewann fast immer meine ältere Schwester. Sie kannte Städte und Flüsse mit Namen, die heute noch niemand entdeckt hat.

Es war eigentlich immer schön am Abend dieses Zusammensitzen. Ruhe und Entspannung. Heute lernt das eine neue Generation als „Entschleunigung" kennen. Aber dazu braucht sie erst einen Lehrgang.

Die Ruhe am Tisch ließ mich mit den Augenlidern klappern. Mutters Hinweis auf ein Bett, das nebenan wartet, ließ ich aber unbeachtet. Allein? Kein wichtiges Gespräch mithören? Nein. Nichts für ein aufgewecktes Kerlchen.

Hoppla! Ich röchelte kurz. Alle blickten auf mich.

„Was ist?"

„Ich habe etwas verschluckt!"

„Was denn?" Mutter blickte etwas irritiert.

„Deine Hutnadel!"

„Mensch Junge bist du denn verrückt? Die schluckt man doch nicht runter! Wie ist denn das passiert?"

„Na, ich habe an der Kugel gelutscht und da habe ich sie eingeatmet."
„Eingeatmet?" Meine Schwester kringelte sich fast vor Lachen.
„Mach mal den Mund auf Junge!"
Sie sah mir in den Rachen und langte auch mit den Fingern hinterher. Als ich aber dem Ersticken nahe war, zog sie ihre Finger wieder zurück und empfahl mir: „Iss einen Brotkanten! Dann rutscht das alles besser".
Das kannte ich vom Fisch essen. Hatte ich eine Gräte verschluckt, musste ich auch sofort hartes Brot hinterher essen. Es sollte helfen die Gräte hinunter zu schieben.
Ich kaute also lustlos mein trockenes Brot. Ich war doch satt.
„Also Ingrid, du schnappst dir den Bengel und gehst mit ihm ins Galenus-Krankenhaus!"
„Weiß nicht, wo das ist!" maulte Ingrid.
„Dalli! Haut endlich ab. Da kann so viel passieren. Ist schließlich eine lange Nadel dran gewesen".

Anziehen und raus in die Dunkelheit. Ingrid warf mir alle Schimpfwörter an den Kopf, die sie kannte. So frischte sie meine Kenntnisse auf, die ich natürlich am nächsten Tag auf der Straße wieder anbringen konnte.
Aber darum ging es jetzt natürlich nicht. Trotz Dauertrab waren wir erst nach guten 20 Minuten in der Notaufnahme.
Der Arzt befragte mich eindringlich. Erst als ich ihm versicherte, dass die Hutnadel mit der Kugel zuerst in den Hals gekommen ist, beruhigte er meine Schwester.
„Die Nadel kommt in ein bis zwei Tagen wieder allein heraus. Alles natürlich. Der Junge soll nur immer aufpassen, dass er sie auch findet. Sonst müsst ihr noch einmal herkommen".
Auf dem Rückweg sprach Ingrid nur noch ein Wort mit mir: „Blödmann!"
Und zuhause? Da hörte ich auch nur noch 3 Wörter: „Ausziehen, marsch marsch!"
Der Abend war für mich zu Ende.
Schon morgens begann Schwesterlein mit ihren Lästereien. „Schwesterlein – Lästerschwein" parierte ich. Sie zählte mir immer wieder geeignete Gerätschaften aus der Küche auf, in denen man eine Hutnadel auffangen könne.
Wer den Schaden hat …
Während ich in mich hinein horchte, was das spitze Ding anrichten könnte. Hatte da nicht gerade etwas gepiekt. Ich schlug draußen alle Einladungen zu Spielen ab, die Bewegung erforderten. Meine Leidensmine nahmen aber meine Spielkumpanen nicht so recht zur Kenntnis. So konnte ich nicht mit meiner Nadel im Bauch angeben. Das war doch mal etwas anderes als ein verlorener Milchzahn.

Natürlich gab ich nach einigen Tagen meiner Mutter die messingfarbene Hutnadel wieder. Sie war wirklich aus Messing.

„Gar nicht auszudenken, was alles hätte passieren können" begann sie nun die Nachteile einer langen, spitzen Hutnadel aus Messing auszumalen. „Und der Grünspan, der ist doch giftig ..."

„Riecht die jetzt nach Arno?" Ingrid setzte noch eins drauf.

Ich vertiefte mich in eine Zeitung. Es lagen wieder genügend Exemplare auf dem Küchentisch.

༄

Aufgeblasen oder ausgehöhlt?

Vor vielen, vielen Jahren... noch im vorigem Jahrtausend war das Geld knapp. Jedenfalls bei uns zu hause. Alle Lebensmittel wurden geteilt. Als wir nur noch 4 Personen im Haushalt waren (alle anderen hatten schon eine eigene Unterkunft gefunden.) teilte Mutter auch das Brot ehrlich. Einmal längs, einmal quer. „Das muss aber bis morgen früh reichen!". Bitte glaubt's – jeden Tag das gleiche Ritual. Es reichte nie. Jeden Tag ging ich in die Speisekammer und verkürzte heimlich das Brot der Anderen, weil meines schon alle war. Abends bekam ich immer meine 3 Maulschellen. Immer das gleiche Ritual. Niemand fragte ob ich nicht bereits schon eine weg hatte.

Manchmal schien mir die Sonne. Ich durfte zum Bäcker. „Hol' mal 4 Schrippen!" (Brötchen, Semmel, Wecken o.ä.). Ich schnappte mir die 20 Pfennig und sauste los. Die Bäckerfrau ließ mich erst eine Weile stehen, bis sie mich fragte was ich denn wolle. Erst waren Frau Doktor und Frau Reichsbahnrat dran. Mich kannte sie nicht. Wie auch? Bei unserer knappen Kasse? Ich bekam aber doch noch alles. Es duftete aus der Tüte. Ewig dauerte dieser Weg. Zwei Querstraßen bis nach Hause. Ich litt. Von den Geschwistern lernt man viel. Ich war ja der Jüngste von Fünfen, also lernte ich mehr als andere.

Meine Schwester hatte mir gezeigt wie man ein Weißbrot mit dem Finger aushöhlt. Drei Haustüren noch. Ich hielt nicht durch. Ich polkte eine Schrippe auf und aß den weichen Inhalt. Meine Mutter hatte wohl einen Schwächeanfall. Ich bekam keine Schelle. Aber ich durfte ohne Essen ins Bett.

Wie schon gesagt, das war im vorigen Jahrtausend. Heute würde kein Kind mehr ohne Essen ins Bett gehen. Das ist doch völlig unpädagogisch. Mein Bericht soll hier auch nicht als Beispiel dienen. Wenn heute mein Urenkel fragt: „eh du, warum ist in dem Brötchen hier so ein Riesenloch" schweige ich. Ich äußere keine unbewiesenen Behauptungen über Backwarenmanagerinnen.

PS: Sagt ein eiskalter Brötchenrohling zum Nachbarn: „Wehe Du bläst Dich heute so auf!"
ဢ

A

rno und das „Nationale Aufbauwerk"
Berlin in den 1950ern.
Überall Ruinen. Der Abriss ging nicht recht voran. Berge von Schutt lagen noch zwischen den teilweise bewohnbaren Häusern. Überall ragten die Stahlträger heraus. Sie wurden dringend für die Stahlgewinnung benötigt. Die sowjetische Besatzungszone, 1949 in Deutsche Demokratische Republik umbenannt war von ihren Quellen in Ost und West abgeschnitten. Es gab keine Steinkohle und kaum ein nennenswertes Hüttenwerk. Dazu kamen noch die zu zahlenden Reparationen für die Schäden, die Nazideutschland im 2. Weltkrieg angerichtet hatte. Womit wollte man also bauen?
Selbst Bauziegel gab es nur wenig. Die bekannten Ziegeleien in Brandenburg hatten nicht die geforderte Kapazität.
So war es in Berlin, wo ich lebte, aber ebenso in allen anderen Städten. Zehntausende Frauen und Männer waren dabei, die Schuttberge abzuräumen. Es ging darum Platz machen für Neubauten, aber noch wichtiger war die Gewinnung von metallischen Rohstoffen und unbeschädigten Ziegeln.

Auf den Schuttbergen standen die „Trümmerfrauen", wie sie der Volksmund nannte, und klaubten Ziegel für Ziegel aus dem Schutt. Dann wurde der Ziegel weitergereicht an die nächste Frau und wieder an die Nächste. Den ganzen Schuttberg hinunter. Meist waren diese Berge bis zu zwei Stockwerke hoch, wie man am nebenstehenden Haus ablesen konnte. Unten an der Straße klopften Männer und Frauen mit einem Maurerhammer den alten Putz von den Ziegeln und wieder andere stapelten die Steine am Straßenrand, wo sie kleine Eisenloren der „Trümmerbahn" abholten. Diese Trümmerbahnen führen von einem Trümmerberg zum Nächsten und sammelten alles ein, was brauchbar war. Dann erfolgte das Umladen auf Lkws. In einigen günstigen Fällen sogar direkt in Eisenbahnwaggons. Rohstoffe für neue Wohnungen oder Werkshallen.

Viele Jahrzehnte später wurden diese Trümmerfrauen von der Politik geehrt. Jahrzehntelang hat ihnen aber auch der Hauch von arm und ungebildet angehangen. Es gehörte sich nicht, für die bessere Gesellschaft, im Schutt zu kramen. Hier unter den Trümmerfrauen war der Standesdünkel weniger bemerkbar. Es ging um das nackte Leben für sich oder die Kinder zuhause. Noch immer waren zu viele Männer vermisst oder in Kriegsgefangenschaft.
Einen Standardsatz aus dieser Zeit habe ich nicht vergessen: „Arbeite, dann hast du auch zu essen".
In dieser Zeit geselle ich mich nun auch in die Reihe der Trümmerfrauen. Zwischen zwei Berufen hatte ich zu wenig Geld und zu viel Freizeit. Von Muttern bekam ich nichts. Fragte ich nach etwas, schon hatte sie den vorhin erwähnten Standardsatz auf der Zunge.
Ja, ja. Ich wusste Bescheid.

Das ins Leben gerufene „Nationale Aufbauwerk" von der regierenden Partei und der Regierung sollte solche ungebundenen Kräfte wie mich erfassen und sie zum Aufbau der Stadt aktivieren.

Das ging ganz simpel vor sich. Man meldete sich morgens um sieben Uhr auf einer solchen Trümmerbaustelle an und schleppte und rackerte in der Reihe oder einzeln den ganzen Tag. Meist bis zum Dunkelwerden. Schon hier gab es „fließende" Arbeitszeiten. Es war ein ständiges Kommen und Gehen. Jeder arbeitete so viel Stunden, wie es ihm möglich war.

Die Entlohnung erfolgte am Arbeitsende beim Vorarbeiter. Der hatte auch die Verantwortung für den gesamten Trümmerhaufen und die darauf wimmelnden Menschen.

Es waren meist Kriegsversehrte. Und so war auch der Umgangston. Das war für mich natürlich ungewohnt.

Aber für mich stand am Tagesende immer Geld in Aussicht. So hielt ich einige Tage durch. Leider meine Hände nicht. Die rauen Mauersteine waren zu viel für meine Hände, die noch niemals ernsthaft gearbeitet hatten.

Die gut gemeinten Ermahnungen der Trümmerfrauen halfen leider nicht. Ich besaß nämlich keine Handschuhe. Schon gar nicht Lederhandschuhe.

So sehr das Geld auch lockte, ich musste aufgeben. Dass ich Spaß bei beim Enttrümmern hatte, kann ich auch heute noch nicht bestätigen.

Noch tagelang musste ich meine blutig gescheuerten Hände pflegen.

Adé „Nationales Aufbauwerk".

Es war eine Erfahrung. Und sie hatte auch etwas Gutes.

In den Pausen an der „Entrümmerungsfront", wie die Altgedienten es nannten, hatte ich in unmittelbarer Nähe eine neue Arbeitsstelle gefunden. Zwar nicht besser bezahlt, aber mit einem Dach über dem Kopf. So begann der Einstieg in meinen zweiten Beruf.

ဢ

Als Schwarzfahrer in Berlin

Ich befinde mich in den 1940er Jahren. Mutti hält nicht mehr meine Hand. Jetzt läuft mein Tag nicht mehr nach ihren Willen. Sie geht wieder arbeiten und ich habe ein Schlüsselbund um den Hals.

Was tun mit einem Tag an dem mir nicht jede Minute vorgeschrieben ist? Ja gut, Schule. Aber die dauert auch nicht ewig. Und nun? Nach Hause zum Essen?

Da ist kein Essen. Kein Brot oder sonst eine Kleinigkeit. Schulaufgaben erledigen? Mit knurrendem Magen? Nee.

Ich hatte schnell heraus wie die Zeit vergeht wenn nichts und niemand etwas von mir will.

Nahrungsbeschaffung auf den Märkten im Wohngebiet? Hat Mutti verboten. Dort könne sie sich ja nie wieder sehen lassen, wenn die mich erwischen!

Also das riesige Areal der Kleingärten durchwandern. Die Kunst sich nicht erwischen zu lassen hatte mir meine ältere Schwester beigebracht.

Etwas Zeit war jetzt herum. Und die restliche Zeit? Abends gab es erst eine Mahlzeit.

Etwas weiter war die große Eisenbahnbrücke. Ständig fuhren hier Dampfzüge unten hindurch. Eine riesige schwarze Wolke hüllte die Brücke und mich ein. Der Kohlenstaub reizte die Augen. Bald kannte ich alle Typen der Lokomotiven. Ich konnte ihre Leistung und das Baujahr nennen.

Wettspucken war ein Spaß, wenn Kumpels mitmachten. Wer trifft in den Schornstein?

Es ging aber auch mit kleinen Steinen.

Hier blickte ich außerdem auf einen riesigen Verschiebebahnhof. Ablaufberg, Rangierer, Puffer knallten aufeinander, wenn der Bremsschuh zu spät gelegt wurde.

So verging die Wartezeit.

Unten fuhr auch alle paar Minuten die S-Bahn hindurch. Ich konnte an den Schildern die Ziele ablesen. Aber ich war noch nie dort. Ich war wirklich noch nie S-Bahn gefahren.

Die Nachkriegsbahnen waren alte Modelle. Man hatte wirklich jedes alte Stück wieder auf die Schienen gesetzt. Selbst solche, die schon im Museum gestanden hatten.

Geld bekam ich zuhause nie. Egal was ich mir wünschte. Es gab nie Geld. Selbst Verwandtenbesuche in der Großstadt Berlin trabte ich zu Fuß ab.

S-Bahn fahren war also außer meiner Reichweite.

Bis ich eine Idee hatte. Ich ging zum nahe liegenden S-Bahnhof und guckte was so die Fahrkarten kosten, wie sie verkauft werden und wie das kontrolliert wird.

Ich hatte es bald heraus, wie ich auch an eine Fahrkarte komme. Am Ausgang, dort wo die Fahrgäste ihre Fahrt beenden stand, im Rücken des Kartenknipsers eine Schale. Hier hinein warfen die Fahrgäste ihre abgelaufene Karte. Damals waren S-Bahn-Fahrkarten aus Pappe. Jeder hatte gelernt, dass diese Fahrkarten ein wichtiger Rohstoff ist. Das stand auch mahnend an jedem Fahrkartenschalter.

Der Fahrkartenknipser hatte ein wachsames Auge auf jeden, der sich seiner Bude näherte. Besonders argwöhnisch wurde er, wenn Kinder am Zugang zum Bahnsteig herum streunten. Oft jagte er mich weg. Er kannte schon mein Ansinnen. Aber so oft fuhren die S-Bahnen noch nicht. Immer 20 Minuten Pause zwischen den Zügen. Da hielt es ihn nicht in seiner Bude. Es waren meist Kriegsversehrte Eisenbahner, die hier noch ihren Dienst versahen. Und stundenlang hier stehen oder bestenfalls auf einem Notsitz Platz nehmen? Das ging nicht.

„Wenn ich dich erwische!" drohte er mir und verschwand im Fahrkartenschalter.

Jetzt war meine Zeit. Ich sortierte alle Fahrkarten, die in der Schale lagen. Hatte die Zange eines „Knipsers" nicht richtig Datum und Abfahrtsort eingestanzt war das meine Karte. Schnell alle einstecken und vor dem Bahnhof nach Preisstufe sortieren. Die Preisstufe gab Auskunft über die Entfernung, die man damit fahren konnte. Preisstufe 4 war mir die liebste. Damit kam ich an jede Endstation oder konnte den Berliner Ring nutzen. Eine reiche Sammlung hatte ich angehäuft ehe ich loslegte.

Einsteigen und fahren so lange die Zeit reicht. Berlins S-Bahn-Netz war bald kein Geheimnis mehr für mich.

Kam ein Kontrolleur zeigte ich meine „ungeknipste" Fahrkarte. Prompt polterte der los: „Denkst wohl du kannst bei mir schwarz fahren?" Bist wohl wieder unten durch gerutscht beim Eingang?"

„Nöööö, da war kein Knipser!"

Noch oft wiederholte sich dieser Dialog.

In späteren Jahren sparte die Berliner S-Bahn sogar die „Knipser" ein. Ich gebe es zu, dass ich bis zum Berliner Mauerbau 1961 diese sparsame Art, mit der S-Bahn zu fahren, nutzte.

Wohin ging es nun? Immer der eigenen Laune nach. Zwei Stationen oder eine – bis zur Endstation oder um den Ring. Wo es mir gerade einfiel stieg ich aus und sah mir in der Umgebung des Bahnhofs die Gegend an. Besser konnte ich Berlin kaum kennen lernen. Vielleicht später noch, als ich es mit dem Fahrrad erkundete.

Jetzt bezahle ich natürlich. Ich habe mich gebessert. Aber immer noch nehme ich gern eine Tageskarte der Berliner S-Bahn und lasse mich von einer plötzlichen Eingebung leiten um auszusteigen wo es interessant sein könnte.

Mein Vorteil gegenüber Berlin-Besuchern. Ich habe mehr Zeit. Ich kann mich nicht verirren. Immer weiß ich, dass der nächste S-Bahnhof nicht weit ist. Zur Not würde auch die U-Bahn gehen.

Berlin hat kein echtes Zentrum. Aus vielen Dörfern entstanden gibt es viele Zentren. Sie haben alle ein eigenes Leben. Sie unterscheiden sich oft grundlegend vom Nachbarn.
Alexanderplatz oder Kurfürstendamm wurden in der Literatur und in Filmen nur öfter erwähnt. Interessanter sind diese Orte nicht. Sie leben nur von Legenden.
෴

Als das Brot nach Gramm verkauft wurde

An jedem Abend die gleiche Prozedur. Ein Blick auf das Datum der Zeitung. Dann schlugen wir die Zeitungen auf Seite zwei auf.

Der erste Blick sollte uns bestätigen, dass wir die aktuellste Tageszeitung aus dem Jahr 1945/1946 in der Hand hielten. Der zweite Blick galt den so genannten „Aufrufen". Unten rechts standen sie immer.

Es ist aufgerufen auf Karte 3 ...

Dann malte sich meist Enttäuschung in unseren Gesichtern. Es gab wieder keine Butter, kein Fleisch, keine Eier, keinen Zucker. Und sonst noch alles was wir gern gegessen hätten. Es gab 300 Gramm Brot auf Marken und Leinöl auf den Fettmarken. Als meine Mutter das vorlas zogen wir schon die Nasen kraus. Wir wussten, was uns erwartete.

Wir konnten uns morgens beim Bäcker anstellen und ein Zweiter flitzte schnell zum Kolonialwarenhändler um die leere Flasche für das Leinöl über den Ladentisch zu reichen.

Was Herr Müller dort einfüllte hatte nichts mit dem heutigen Leinöl zu tun. Herr Müller? Nur eine Namensgleichheit. Wir beneideten ihn zwar, weil er näher an den Lebensmitteln dran war, aber eine Vorzugsbehandlung bekamen wir auch nicht.

Jedenfalls reichte er eine braune Flüssigkeit in der Flasche zurück. Bald setzte sich ein fast schwarzer Bodensatz ab. Das Öl darüber wurde etwas heller.

Als das Brot und das Öl zuhause ankamen wurde es sofort in die Speisekammer eingeschlossen.

„Wir warten, bis alle zuhause sind!" sagte Mutter jedes Mal.

Wir Kinder zogen mit hängenden Köpfen und knurrenden Mägen wieder ins Freie um nach etwas Essbaren zu suchen. Meist waren die Schrebergärten und der Güterbahnhof unser Ziel.

Abends wurde dann das Öl durch ein feines Teesieb gegossen. Dort blieben die festen Bestandteile hängen. Jetzt bekam jeder am Tisch sein abgewogenes Stück Brot und einen Unterteller einer Kaffeetasse mit Öl. Dazu kam ein kleines Steingutfässchen Salz.

Salz hatten wir ausreichend. Wir konnten es sogar gegen andere Lebensmittel vertauschen. Als die sowjetischen Truppen in Berlin die Macht übernahmen waren findige Berliner schon lange unterwegs um die Staatsreserven und die Wehrmachtsbestände zu plündern. Diese waren oft in angemieteten Ladengeschäften eingelagert. In den Wohnvierteln wusste darüber jeder Bescheid. Auch meine Familie hatte einiges nach Hause bringen können. Das wir Salz, Mehl und Zucker sackweise erwischt hatten war ein Segen in den April- und Maitagen 1945.

„Was schleppst du denn da an!" Meine Mutter fuhr fast aus der Haut, als mein Bruder Gerold schon mit der dritten Sackkarre ankam auf der 50kg schwere, runde Pappbehälter standen.

„Weiß nicht. Musst mal nachsehen!"

Mutti öffnete den Pappdeckel. Neugierig sahen wir hinein. „Melasse" stöhnte Mutti.

„Was soll ich denn damit?"

Wir Kinder kannten keine Melasse. Sofort steckten wir unsere Zeigefinger in die braune Masse.

„Das klebt wie Honig" meinte Ingrid.

„Iiiieh" quietschte sie danach auf.

Ich merkte es natürlich auch. Die Melasse schmeckte wie angebrannter Zucker. Vielleicht nicht einmal so süß.

Also kamen die 150 kg Melasse erst einmal in die Kammer. Niemand hatte eine Idee, was damit anzufangen wäre.

Gerold brachte den Stein ins Rollen und uns damit viele gute Tauschgeschäfte. Als er genug davon hatte, auf der Arbeit immer nur am trockenen Brot zu knabbern, nahm er sich ein Gläschen Melasse mit. Seine Kollegen kosteten und hatten jetzt auch eine Alternative zum trockenen Brot. Im Kollegenkreis wurde er sofort täglich einige Gläschen los.

Er bekam dafür Lederstücke, Schuhmachergarne und Druckknöpfe. Schließlich arbeitete man in einer Autosattlerei.

Abends saß Gerold dann an Mutterns Singer-Nähmaschine und nähte Geldbörsen und Brieftaschen. Die Empfänger hatten zwar kein Geld einzustecken, „aber es mache was her." Sagten sie lächeln.

„Der Hunger treibt's rein!" So holte ich mir auch Melasse aus der Kammer. Mutter aß nie etwas davon.

„Das ist Abfall!" meinte sie abfällig.

Hunger! Erster und letzter Gedanke des Tages.

Abhilfe brachten nur Schiebergeschäfte kleinen Ausmaßes und der „Schwarze Markt".

Den gesamten Herbst und Winter war ich auf dem „Schwarzen Markt" unterwegs um Salz, Zucker und Melasse in essbare Fette und Brot zu tauschen.

Brot kaufen? Das funktionierte nicht. Niemand hatte 180 Rentenmark in diesen Tagen.

Nur einmal brachte ich stolz ein gekauftes Brot nach Hause. Ich hatte nur 80 Mark bezahlt. Es war eine Qual für mich dieses Brot durch halb Berlin zu tragen ohne es anzubeißen.

Voller Freude legte ich es auf den Küchentisch.

Klatsch! Flog mein Kopf zur Seite. Mutter hatte ausgeholt.

„Das Brot ist ja zur Hälfte aus Sägespänen. Hast es wohl von den Russen gekauft!"

Der Hunger treibt's rein. Noch am selben Abend war das Brot alle.

Inhalt III

Plötzlich war alles anders

1960. Ich war gerade von Berlin nach Potsdam umgezogen. Natürlich wegen der Liebe – sonst gab es für mich keinen Grund Potsdam besonders zu schätzen. Mein Eindruck von Potsdam zu dieser Zeit? Provinziell, kleinkariert, alles borniert. Die „Gut bürgerlichen" schätzten keine Zugereisten – schon gar nicht, wenn sie keinen Titel vor dem Namen hatten. Und der Adel? Der saß in oft zu großen Wohnungen, die ihnen die Besatzungsmacht zugewiesen hatte, weil sie deren Villen beschlagnahmt hatte.

Das war schon eine Umgewöhnung. In Berlin wohnte ich in einer 2-Zimmer-Wohnung mit Balkon in Pankow. In Potsdam in einer ehemaligen Speisekammer einer geteilten Etagenwohnung. Ich?
Nein Wir! Frau, Baby und ich. Ein Bett für die die „Großen", der Kinderwagen für das Baby. Selbst der Wagen mit dem Baby passte nicht in die Kammer. Er wurde nachts zur Schwiegermutter ins Zimmer geschoben. Meldete sich nachts das Baby kam Schwiegermutter und weckte uns. Aber die Kammer hatte ein Fenster. So schien uns wenigstens nachmittags die Sonne auf das Bett auf dem wir saßen, wenn wir uns mal unterhalten wollten oder uns mit dem Baby beschäftigten.

Oberstes Ziel war eine eigene Wohnung. Uns war es angesichts der allgemeinen Wohnungsnot fast egal wie sie aussehen sollte. Ein Angebot lehnten wir aber bestimmt ab: ein kleines Zimmer in einem Seitenflügel des ehemaligen Militärwaisenhauses. Es war nur doppelt so groß wie unsere Kammer und Wasser gab es eine halbe Etage tiefer, auf dem Korridor. Hier war der Wasserhahn mit einem „Ausguss". Diese Wasserstelle wurde von mehreren Bewohnern benutzt. Wo die Toilette war, haben wir nicht mehr gefragt.

Dann endlich! 1961 bekamen wir die Zuweisung für eine eigene Wohnung. Ein Zimmer mit einer sogenannten „Küche". Das war ein Raum von etwa zwei Armlängen Breite und vier Meter Länge. Ein zweiflammiger Gaskocher war die Kochstelle. Beheizbar war der Raum nicht, weshalb an der Außenwand bei jedem Temperaturwechsel das Wasser herablief.
Wir fühlten uns jedenfalls glücklich endlich allein zu wohnen. Eine Aussicht auf eine bessere Wohnung gab es ja, seit wir in eine Arbeiter-Wohnungsbau-Genossenschaft eingetreten waren.

Langsam bauten wir unser „Nest" aus. Eine schwierige Zeit für uns. Gemeinsames Nettoeinkommen 530 Mark.
Wen kann es da vom Träumen an eine bessere Zukunft abhalten? Uns jedenfalls nicht. Alles war ja klar vorgezeichnet.
Jeden Morgen um 5 Uhr aufstehen, Kind bei Oma abgeben, durch den „Lustgarten" am zerstörtem Stadtschloss vorbei zur Straßenbahnhaltestelle nahe

„Fortunaportal". Oder bei gutem Wetter über die holzbelegte „Lange Brücke" zur Arbeitsstelle laufen. Den Frauen blieb zwar öfter der Absatz in den Zwischenräumen der Holzbohlen stecken oder man stolperte über herausragende Nägel, aber jung wie wir waren konnten wir absehen wann es uns besser gehen könnte. Dachten wir!

Bis – wie immer 5 Uhr begann der Alltagstrott – um 6 Uhr uns eine Nachricht im Radio völlig lähmte: „Die Grenzen nach Westberlin sind geschlossen!" Wir waren eine Zeitlang wortlos. Erst auf dem Weg zur Arbeit – heute wieder über die „Lange Brücke" - konnten wir über das Gehörte reden. „Gibt es jetzt Krieg?" fragte mich meine Frau. Ich wiegelte halbherzig ab „Nein bestimmt nicht, das will bestimmt niemand".

Plötzlich war alles anders.
Unsere Zukunft erschien uns nicht mehr so klar vorgezeichnet. Alles war nun ungewiss. Selbst der noch junge Frieden.
Auf der Arbeit war Schweigen. Niemand wollte über die Grenzschließung reden. Wir machten alles wie immer. Selbst im Bekanntenkreis war dieses Thema tabu. Ja, es wurde darüber gesprochen, dass es nun schwierig sein wird die Geschwister und andere Familienmitglieder zu sehen, aber wie und was da passiert war reifte erst langsam in unseren Köpfen.
Was uns zu dieser Zeit absolut nicht klar wurde: Sind wir nun „eingeschlossen" oder „ausgegrenzt". Heute ist diese Frage beantwortet.
Einige Zeit war eine als unnatürlich gefühlte Ruhe in meiner Umgebung. Nur ab und an bekam man zu hören, dass Herr oder Frau „Xy" spurlos verschwunden ist. „Vermutlich auch abgehauen" so folgte sofort die Aussage ehe man zu anderen Schlussfolgerungen kam.
Nach Monaten kam dann der wirkliche Schock. Das „FDJ-Aufgebot".
Der Abteilungsleiter legte mir am Arbeitsplatz eine Liste hin: „Du bist doch in der FDJ. Du kennst auch unsere jetzige Situation. Die Verteidigung unserer Errungenschaften ist jetzt für Jeden Pflicht. Mit dem Aufbau des „Antifaschistischen Schutzwalls" reichen unsere Kräfte nicht mehr aus. Wir brauchen jetzt Freiwillige, die im Notfall unser Land verteidigen."
Noch weitere Sätze folgten bis die Bemerkung über eine höhere Geldprämie am Jahresende fiel, wenn ich sofort unterschreibe. Aber eigentlich wäre ich ja schon verpflichtet durch meine Zugehörigkeit zur Jugendorganisation „FDJ".
Ich unterschrieb.

Später kam dann vom Wehrkreisersatzamt eine Aufforderung zu erscheinen. Dort erhielt ich dann meinem Wehrdienstausweis, die „Blechmarke", und den augenblicklichen Dienstgrad. Ebenso wurde mein Verwendungszweck festgeschrieben.
Ich kam glimpflich weg. Durch meine berufliche Qualifikation war ich immer „unabkömmlich".

Erst mit dem Ablauf meiner Dienstpflicht kam ich aus diesem Dilemma heraus. Nur eine Mobilmachung hätte mich noch „erwischt".

Ich kann sagen: Ich hatte in dieser Zeit nach der Grenzschließung wirklich Angst.

Warum hatte ich unterschrieben? Es war der Druck, der auf mich als jungen Familienvater ausgeübt wurde. Die in Aussicht gestellte Isolierung und der Verlust des Arbeitsplatzes, den ich gerade jetzt für mein Auskommen und die weitere Qualifikation benötigte.

Ich weiß heute: man kann sich auch „dagegen" entscheiden. Aber heute würde ich auch die Folgen kennen, die ich damals nur geahnt hatte.

തു

Aber Hallo!

Ich weiß nichts über ein erstes Hallo. Zuerst fiel es mir auf, als meiner Mutter ein blauer Notgeldschein zu fünfzig Pfennige herunter fiel. „Hallo, junge Frau, hörte ich eine Männerstimme. „Sie haben etwas verloren!" Mutti drehte sich um und hob das Geld auf. Nach einem „Danke" war schon das „Hallo" vorbei.

Ich hatte etwas gelernt. Wenn hinter mir jemand „Hallo" sagte sollte ich mich umdrehen und sehen ob ich etwas verloren habe.

Wir Kinder probierten dieses „Hallo" natürlich auch aus.
Eine Geldbörse wurde an eine hauchdünne Angelsehne gebunden. Das Portemonnaie legten wir dann auf die Straße. In der Nähe spielte scheinheilig einer von uns. Kam jetzt jemand vorbei sagte das Kind „Hallo, sie haben etwas verloren!"
Der Angesprochene sah sich um und bemerkte natürlich das Portemonnaie. „Das ist aber nicht meines" bemerkte er.
Gelangweilt spielte unser Lockvogel weiter. Der Erwachsene hielt es jetzt nicht länger aus und lief zurück um das vermeintlich Verlorene aufzugeben.
Er bückte sich und flutsch – zog einer von uns an der Angelsehne.
Wir hatten strahlende Gesichter und lachten. Der Angeführte grinste müde und ging seines Weges.

„Hallo junger Mann!" Ich drehte mich blitzschnell um. Leider war ich nicht gemeint. So erfuhr ich auch, dass nicht immer ich gemeint war, wenn jemand „Hallo" rief.
Aber einmal wünschte ich es mir doch sehr, dass ich gemeint sei.
Ich stieg gerade aus der S-Bahn. Hinter mir die süße Blonde, die ich schon vorher gesehen hatte.
Langsam ging ich in Richtung Rolltreppe, griff in die Hosentasche und ließ meine Zigarettenschachtel auf den Boden fallen.
Jetzt hoffte ich auf ein zartes „Hallo, junger Mann!"
Es blieb still. Als ich mich auf halber Treppe umdrehte war meine Zigarettenschachtel zertreten. Einige Zigaretten lagen verstreut herum.

In den Geschäften, in denen ich regelmäßig einkaufte nannte man mich beim Namen. Wie geht's? wie steht's? Neuigkeiten aus der Welt und der Straße wurde von allen Anwesenden gemeinsam diskutiert. Oft bildete sich noch nach dem Einkauf eine Gesprächsgruppe vor dem Geschäft. Immer hieß ich „Herr Müller". Kein „Hallo, junger Mann". Das „Hallo" verschwand langsam aus meinem Sprachschatz. Ich kannte alle und alle kannten mich. Hörte ich zufällig ein „Hallo" so war garantiert jemand anderes gemeint.

Schleichend, fast unbemerkt, kehrte das „Hallo" wieder zurück.

Ich war nicht umgezogen. Ich kaufte immer noch im gleichen Laden und immer noch sagten die Kunden „Guten Tag", wenn sie das Geschäft betraten.
Aber – es gab keine Verkäuferinnen mehr. Sie waren doch das Bindeglied über das die Kunden ins Gespräch kamen.
Jetzt gab es Kassiererinnen. Die waren nicht mehr gesprächig. „Hallo" - kurz und ohne Lächeln. Summe der Ware eintippen, kassieren – der Nächste. „Hallo" und der Nächste.

Es geht aber noch kürzer.
„Hallo" - piep – piep - „Hallo".
Die Kassiererin hatte mich nicht einmal gesehen. Ein Gespräch? Das war einmal. Wenn im Laden gesprochen wird, dann sagt die Kassiererin höchstens „Zweite Kasse bitte!"
Eines Tages verunsicherte ich eine Kassiererin.
Das ging ganz einfach.
Ich legte meine Ware auf das Band. Dann kam ein kurzes „Hallo" von ihr und jetzt piepte es. Von mir kam kein Laut. Bei mir piept's nie.
„Haben sie alles bekommen was sie brauchen?" Ich muckste mich nicht.
Plötzlich hob sie den Kopf. Sie wollte wohl doch sehen wer da nicht sprach.
„Haben sie alles bekommen?" blickte sie mich fragend an. Ich nickte und zahlte.
Als sich dieser Vorgang jetzt täglich wiederholte, wurmte sie das wohl.
„Wollen sie nicht mit mir reden?"
„Ja doch Aber sie hatten mich bisher noch nie angesprochen."
„Aber ja. Ich sage doch immer „Hallo" ehe ich einen weiteren Kunden abkassiere. Auch zu ihnen".
„Ich bin aber kein „Hallo"" Sie kennen doch meinen Namen von der Geldkarte. Sie tragen doch auch ein Namensschild. Wir könnten uns doch mit einem „Guten Tag" begrüßen".
Sie grinste und schob die Ware des nächsten Kunden über den Scanner. Sie hatte ein „Hallo" zu ihm vergessen.

Es hat uns näher gebracht. Jetzt lächelt sie und wir wünschen uns einen „Guten Morgen" oder einen „Guten Tag".
„Hallo Junger Mann!" Warum sagt das niemand mehr zu mir? Sieht man, dass mein erstes „Hallo" schon sehr lange her ist?
Aber Hallo!
๛

A ls die Schule 35 einen Namen erhielt

Auf dem Schulhof wieselte es weiß/blau. Es war Pause. Lachen, Kichern, Springen und Fangen. Das übliche Schulhofgetümmel.
Die Mädchen in weißen Blusen und dunkelblauen Röcken, die Jungen im weißen Hemd. Fast alle trugen sie das blaue Halstuch der Pionierorganisation „Ernst Thälmann".
Wären nicht diese Gemeinsamkeiten, so wäre es wie immer.
Heute hat sich aber hoher Besuch angesagt. Und … die Schule 35, wie sie bisher hieß, bekommt einen Namen.
Ich weiß nicht, wer die Idee für den gewählten Namen hatte, aber es war schon eine revolutionäre Idee dieser Schule den Namen „Dean Reed" zu geben. Reed war Amerikaner. Das DDR-Schulsystem und Amerika? Darüber durfte man lange nachdenken.

Der schrille Ton der Klingel beendete die Pause und alle Schüler stellten sich klassenweise im Karree auf. Die Gruppenleiter der Pioniergruppen gingen nach vorn zur Pionierleiterin und erstatteten Meldung über die Vollzähligkeit der Gruppen.
Dann erschallte der Pioniergruß über den Schulhof: „Seid Bereit!! - „Immer Bereit!" war das Echo.

Stargast an diesem Tag war aber nicht Dean Reed, sondern die gut bekannte Schauspielerin Renate Blume. Sie sollte auf einem garten-ähnlichen Stück vor der Schule, zu Ehren Dean Reeds einen Baum pflanzen.

Wir kennen das. Das Loch gibt es schon. Ein Baum, ein Spaten und Renate Blume konnte den Baum einsetzen. Fleißige Helfer brachten ihn in Form und Renate Blume konnte den Baum jetzt gießen.
Somit hatte die Schule 35 jetzt einen Namen einen Namen.
Nach Beendigung der festlichen Prozedur rückten die Schüler in ihre Klassenräume ab.

Erläuterungen:
Dean Reed, reiste als Sänger durch die Welt und machte mit seinen Liedern Furore. Er trat für den Frieden ein. „Der rote Elvis" wurde er von den Medien genannt.

Dean Reed *22.09.1938 in Denver, USA
† 13.06.1986 in Zeuthen (bei Berlin), Schauspieler, Sänger, Drehbuchautor, Regisseur.

Renate Blume ist uns aus vielen Spielfilmen bekannt.
Renate Blume *03.05.1944 in Bad Wildungen, Schauspielerin

Renate Blume und Dean Reed heirateten 1981.

Die „Dean-Reed-Schule" war eine 10-klassige Polytechnische Oberschule.
Heute ist sie die Förderschule 10/30, Schule mit dem sonderpädagogischen För-
derschwerpunkt "Lernen".
An der Alten Zauche 2 c
14478 Potsdam
૪๑

Bombenfund in Berlin-Adlershof

Berlin baute auf.

In den 1950er Jahren wurden nicht nur, im Rahmen des „Nationalen Aufbauwerks", Ruinen abgerissen, sondern es wurden auch Neubauten errichtet, wo noch niemals Häuser standen.

Dafür mussten immer wieder Kleingärtner ihre in Jahrzehnten urbar gemachten Flächen räumen. Traurig standen sie vor ihren Gartenzäunen und mussten zusehen, wie die Baggerschaufel die Laube zum Einsturz brachte. Manche Träne wurde heimlich zerdrückt. Hatte doch der Kleingarten geholfen, die Notzeiten der 1920er Jahre und die der Nachkriegszeit zu erleichtern.

Für viele Berliner war die Gartenlaube auch die neue Wohnstätte, weil sie ausgebombt waren.

Aber jetzt grub sich der Bagger durch die Siedlung der Laubenpieper.

Die abgerissenen Bretterbuden und die letzten Baumstümpfe wurden zum Abtransport aufgehäuft.

Immer wieder wurden Badewannen oder Zinkbehälter ausgegraben. Alte Eimer oder Wasserrohre wurden als wertvoller Schrott sofort abtransportiert.

Die Laubenpieper grinsten über diese Eile.

Sie wussten nämlich, dass in der kommenden Nacht aller Schrott ganz leise verschwunden wäre. Die Frage nach dem Volkseigentum hätte hier niemand gestellt.

An einem dieser Tage trat ich meinen Dienst als Polizei-Anwärter in der Bereitschaft des Polizeipräsidiums nahe dem Alexanderplatz in Berlin an.

Ich war heute den Funkwagen zugeteilt. „Toni 40" war ein „EMW" 42. Das war ein Modell, das 1942 in den Bayerischen Motorenwerken entwickelt wurde.

In der DDR wurde dieser Wagentyp nach den alten Bauplänen fast unverändert in Eisenach gebaut. Der ehemaligen Produktionsstätte. Die kleine Umbenennung in „Eisenacher Motorenwerke" änderte nichts an der Zuverlässigkeit der Fahrzeuge.

Ein Funkwagen fuhr damals mit drei Polizisten zum Einsatz. Der Fahrer war ein Hauptwachtmeister, der Einsatzleiter war ein Oberleutnant und ich als Polizeianwärter. Es war noch Tag. Deshalb erwarteten wir noch keine besonderen Vorfälle.

Wir fuhren einfach nur unsere übliche Streife. Das Gebiet Lichtenberg und Adlershof fuhren wir langsam ab.

Ständig piepte es im Lautsprecher des Funkgerätes und wir konnten die Einsätze der anderen Funkwagen verfolgen.

Wir plauderten Belangloses. Was war gestern, Witze mit Bart, über die wir kaum noch lachten oder über den letzten Einsatz.

„Toni 40 melden!"
Wir wurden wieder hellwach.
Der Oberleutnant griff zum Hörer und meldete sich dienstbereit.
„Fahrt mal nach Adlershof, Straße kommt noch. Dort soll ein Blindgänger liegen".
Der Fahrer drehte auf. Unterwegs bekamen wir die genaue Ortsangabe. Es war eine geräumte Kleingartenanlage, etwas abseits der Hauptstraße.
Einige Neugierige und der aufgeregte Baggerfahrer warteten auf uns. Wir sahen jetzt, was gerade passiert war.
In fast drei Meter Tiefe hatte die Baggerschaufel eine Fliegerbombe freigelegt.
Der Baggerfahrer hatte nicht einmal mehr die Schaufel hochgezogen.
Er wischte sich mit einem verschmutzten Lappen immer wieder die Stirn ab.

Der Oberleutnant beruhigte den Mann und meldete erst einmal die Lage zur Einsatzzentrale.

„Lasst mal einen von Euch da. Er soll das Ding sichern. Ich schicke die Feuerwerker".
„Genosse Anwärter. Sie sichern hier. Suchen sie sich etwas zum Absperren und warten sie auf Ablösung!"
Das war doch klar! Den Letzten erwischt es immer.
Die Laubenpieper trugen einige Bretter zusammen und wir umstellten das Loch mit dem brisanten Fund.
Wir unterhielten uns eine Weile. Jeder hatte hier seine Erfahrungen mit Bomben. Entweder war er Kriegsteilnehmer gewesen oder er war ausgebombt.

Stundenlanges Stehen an einem Bombentrichter war sehr langweilig. Außerdem war meine Pause mit etwas zu Essen schon lange überfällig. Eine Frau kam mit einer Thermoskanne „Muckefuck" und reichte einen Becher herum. Das machte zwar nicht satt, aber betrog den Magen etwas.

Als die Feuerwerker anrückten kam auch „Toni 40" und holte mich ab. Auf der Rückfahrt zum Polizeipräsidium tauschten wir Gedanken zu diesem Vorfall aus. Dabei stellte sich heraus, dass es für diese Funkwagen-Besatzung schon oft solche Einsätze gegeben hatte.
∞

Das Quotenmädchen
„Ach, guten Tag Frau Müller. Ist schön, dass ich sie gerade treffe. Ich hatte schon lange ein Anliegen, aber sie sind kaum zu erreichen. Sie haben ja kein Telefon und arbeiten auch den ganzen Tag. Und sie sind bestimmt der Papa von Kerstin?" Die Frau blickte mich an.
Ich nickte und wünschte auch einen „Guten Tag".

„Wissen sie, ich überlege das schon lange. Ihre Tochter hat ja so gute Noten und auch so eine leichte Auffassungsgabe. Außerdem ist der Blondschopf immer so freundlich und immer gut aufgelegt. Aber das wollte ich ja nicht sagen. Wissen sie, ich überlege ob sie nicht den Antrag stellen ihre Kerstin ab dem nächsten Schuljahr, also ab der dritten Klasse, in die Schule 9 gehen zu lassen. Wissen sie, das ist eine Schule, die ab der dritten Klasse als erste Fremdsprache Russisch lehrt."

Die Klassenlehrerin von Kerstin holte tief Luft. Dann sprach sie weiter ohne unser leichtes Gestotter wahrzunehmen.

„Und sie hat ja große Chancen angenommen zu werden. Sie sind ja Arbeiterin, wie ich weiß und ihr Mann doch auch Arbeiter?" Ich nickte zustimmend. „Ach, dann gibt es bestimmt keine Probleme für unseren Sonnenschein! Sie sagen mir dann in den nächsten Tagen Bescheid? Ja? Ich habe es leider eilig, aber schön, dass ich sie beide getroffen habe".

Weg war sie. Wir blickten uns überrascht an. Da hatten wir jetzt ein Diskussionsthema in der Familie. Erst einmal unseren Blondschopf fragen.

„Ja, klar!" Mehr Kommentar hatte Kerstin nicht. Selbst der mehrfache Hinweis darauf, dass Russisch nur eine Fremdsprache ist, die natürlich zusätzlich gelehrt wird und Englisch oder Französisch noch hinzukommen, hatte nichts Abschreckendes. Auch der Hinweis darauf, dass Russisch-Unterricht den Stundenplan verlängert brachte sie nicht zum Einknicken.

Wir grübelten trotzdem noch einige Tage. Besonders ich hatte Einwände. Mir ging es nicht um die Wissenserweiterung oder den Einstieg in eine Schule, die nur Aufstiegschancen bot. Ich hatte nur schlechte Erfahrungen nachzuweisen, wenn es um Besatzungsmächte und ihre Sprache in Deutschland ging. Aber besonders sowjetische Besatzungssoldaten hatten mich tief im Innern getroffen. Erfahrungen sind schwer abzuschütteln.

Wir kamen überein dass unsere Kerstin zur „Schule mit erweitertem Russisch-Unterricht" angemeldet wird. Welche Eltern möchten schon die Zukunft ihrer Kinder verbauen?

Es klappte alles so, wie die Klassenlehrerin es gesagt hatte. Kerstin wurde angenommen.

In allen weiteren Schuljahren konnte die Schulleiterin, später Schuldirektorin, mit Stolz verkünden, dass sie in allen Klassen ihrer Schule die Quote von drei Schülern in jeder Klasse, die der Arbeiterklasse entstammen, erfüllt wurde. Das unterließ sie nie, wenn wieder Feierlichkeiten in der Schul-Aula stattfanden, besonders deutlich darauf hinzuweisen.

Viele Schuljahre – viele gute und sehr gute Leistungen in allen Fächern. Kerstin schaffte die die „Zehnklassige Oberschule mit erweitertem Russischunterricht" mit Einsern und Zweiern.

Uns brachten nur manchmal die Freizeitaktivitäten unserer Kerstin ins Grübeln. Bei Klassenfahrten gab es ja noch Zuschüsse. Aber in ihrer Klasse war jetzt Tennis bei den Teenies angesagt. Wir waren Arbeiter mit einem Lohn unter dem Durchschnitt. Ständig wunderten wir uns, wenn die DDR-Statistiker den wachsenden Durchschnittslohn verkündeten. Zurück blieb immer die Frage, wer denn die Differenz von unserem Lohn zum Durchschnittslohn bekommt. Das war mathematisch nicht richtig ausgedrückt?

Da waren, selbst bei zwei Verdienern, keine Tennisausrüstung und Clubbeiträge aufzubringen. Kerstin war schließlich kein Einzelkind. Wir waren außerdem der Ansicht, dass der Snobismus ihrer Mitschülerinnen aus der so genannten „Klasse der Intelligenz" unsere Haushaltskasse überstieg. Hat Kerstin es uns je verziehen, dass sie so viele Absagen zu ihren Wünschen erhielt? Heute würde ich mit „Nein" antworten. Ein Teenie antwortet wohl konsequenter.

Die letzten Wochen bis zur Schulentlassung brachten doch noch den Berufswunsch von Kerstin. Sie wollte in Wiesenburg russische Sprache studieren um Russisch-Lehrerin zu werden. Als Quotenschülerin gab es wohl kein Problem. Sie bekam die Zusage für ein Studium.

„Alles in Sack und Tüten" war unser Kommentar.

Unser lieber Blondschopf Kerstin hatte aber zuhause gelernt, dass alles nicht so ist, wie es gesagt wird oder es scheint. So war ihr Widerspruch ein echtes Bedürfnis. Soll man Kinder nun zu Ja-Sagern oder abwägenden Menschen erziehen? Eltern haben immer wieder diese Entscheidung zu treffen.

Aber jetzt, am Ende des Kindesalter, hatte sie wohl etwas zu viel Selbstbewusstsein. Oder war es nur einfach Widerspruchsgeist? Ein Aufmucken gegen acht Jahre Drill in einer Eliteschule?

Jedenfalls krachte es zwischen Kerstin und der Schuldirektorin, die in ihrer Vita immer darauf hinwies, dass sie der großen Sowjetunion großen Dank schulde.

Die Ursache für das Zerwürfnis?

Da war eine Abschlussfeier mit allen Eltern geplant. Es gab Proben für die Schüler. Wer sagt was wann, und wer tritt von rechts oder links auf. Und alle tragen natürlich ihre blaue FDJ-Bluse.

Nichts kann einfacher sein.

Nicht so für Kerstin. Als die Direktorin sie auf die Kleiderordnung hinwies, die sie als normal ansah, hatte wohl Kerstin eine Jugend-gemäße Form gewählt. Jedenfalls war ein Knopf an ihrer blauen Bluse weniger geschlossen. Die Jungen an der Schule hatten wohl eher den Wunsch genau dieser Knopf an der blauen Bluse zu sein. Nicht so Frau Direktor. Es entsprach nicht ihren Ansichten von sozialistischem Anstand und Sitte. Wer wohl, im folgendem Gespräch, welche Worte sprach konnte ich auch nach Jahrzehnten nicht erfahren. Aber die Direktorin hatte das letzte Wort. Sie untersagte schließlich, dass unsere Tochter Kerstin Russisch-Lehrerin studiert.

Da saß ich nun mit 2,6 Millionen!
Mehrere lange Pfiffe und das Gebrüll des Zugführers meiner Kompanie rissen mich aus dem Schlaf.
Ich guckte auf die Uhr: 5.30 Uhr.
„Die spinnen wohl völlig!" knurrten wir.
Die Tür wurde aufgerissen und nochmal der Schrei: „Alarm – alles raus. Antreten auf dem Hof, aber dalli!"

Hundertmal geübt klappte das mit dem Anziehen im Halbdunkel ganz gut. Besser wurde es, als endlich einer von uns darauf kam das Licht anzuknipsen. Aber alle waren noch nicht wirklich wach.
Rein in die Klamotten, Waffenmarke raus und ab in die Waffenkammer.
„Marsch, marsch!" Brüllte es wieder.
Waffe aus der Halterung gerissen, Patronengurt über die Schulter und die Treppen hinunter gestolpert. Wie hundert andere auch.
„Hätte wirklich besser klappen können!" brüllte der Spies.
Wenn der wüsste, dass ich nur eine Socke anhabe würde der ausflippen dachte ich so und grinste. Sehr zum Ärger des Hauptwachtmeisters. „Genosse Müller, den Knopf zu, aber dalli!"

Wichtiger wäre für mich zu wissen was nun los ist. Der übliche Probealarm? Die Uhrzeit stimmte.
„Genossen Arbeitersoldaten!" Der hatte wirklich eine Macke. Wir waren Polizisten in der Ausbildung. Das war dem „Altgedienten" aber nicht beizubringen. Wir hatten es versucht. Also „Auf Durchzug" und schweigen.
Der Zugführer trat vor die Reihen: „Genossen! Heute ist ein wichtiger Tag für Euch. Heute Nacht wurde die Sektorengrenze dicht gemacht. Es findet kein Grenzverkehr statt!"
Unruhe in den Reihen der „Einheimischen". Da fielen uns viele Dinge ein was los sein könnte.
„Ihr werdet in Berlin-Köpenick eingesetzt. Das hier ist kein Probealarm. Worum es geht könnt ihr in den Nachrichten hören. Das jetzige Geld wird umgetauscht. Wir sollen helfen, damit nichts passiert!"
Ich griff in die Hosentasche und fühlte mein 2-Mark-Stück. Echt Alu. Man bekam schmutzige Finger, wenn man daran rieb.

Ach so, wo sollten wir Radio hören?

„Aufsitzen!" Es ging los. Vom Kupfergraben bis nach Köpenick war ja keine Weltreise. Der „H3A-LKW" hallte in den leeren Straßen. 30 Mann saßen darauf und jeder versuchte noch irgendetwas an seiner „Kleiderordnung" zu verbessern. Und wenn es Socken anziehen war.
„Zwei Mann absitzen. Die Ladeklappe fiel herunter. Ich war auch dran.

Wir standen in der Lindenstraße in Köpenick vor dem Postamt.
„Sie melden sich dort. Man sagt Ihnen was zu tun ist! Weiter!"
Sie fuhren los. Die Straße war leer. Im Postamt saßen einige Leute und hatten
Geldbündel vor sich. Sie zählten die Packen. Außerdem standen noch große
Weidenkörbe da.

Jetzt konnte ich endlich die Nachrichten hören. Im Postamt stand noch eine
„Göbbels-Schnauze".
„Bis 300 Mark werden sofort umgetauscht. Was darüber ist wird einem Gutha-
ben gut geschrieben. Wer heute nicht tauschen kann, weil er Dienst hat oder es
liegen andere wichtige Gründe vor kann sich dann bei den Ämtern melden". So
lautete die ständig wiederholte Nachrichten-Meldung.
Und ich mit meinen zwei Mark? Wir hatten zwar erst den 13. Oktober 1957, aber
ich war schon „abgebrannt".

Ich guckte nach Draußen. Dort bildete sich eine Schlange. In der Mehrzahl ältere
Menschen.
„Am besten sie gehen raus und ordnen mal die Schlange in „Bis 300" und „Über
300" meinte eine Dame hinter den Schaltern zu mir. Ich nervte sie wohl, weil
ich immer auf die Geldbündel schielte.
Ich tat es. Aber es war schwierig. Niemand wollte sich woanders hinstellen als
dort wo er gerade stand. Man hatte das Schlange-Stehen schließlich verinnerlicht. Anstehen nach Brot oder Kleidung hatten sie jahrelang üben müssen. Jeder hatte Sorge er kommt zu spät dran. Wenn ich jemand höflich nach der Um-
tauschsumme fragte wurde mir flüsternd die Summe genannt, die der Betref-
fende bei sich hatte. Die längste Schlange war „Über 300".
„Herr Wachtmeister! Wo soll ich mich denn anstellen?"
„Wie viel Geld haben Sie denn zum Umtauschen?"
„15.000 Mark" flüsterte sie. Jetzt wurde mir warm. Hoffentlich entreißt ihr niemand die Tasche. Ich blieb fortan in ihrer Nähe.

Die ersten Körbe mit „Altgeld" wurden über die „Lange Brücke" zum Rathaus
Köpenick getragen. Genau dorthin wo der „Hauptmann von Köpenick" sein
Unwesen getrieben hatte.
Mir knurrte der Magen. Ich hatte auch Durst. Aber kein Fourier zu sehen der
Futter brachte.
„Am besten sie gehen mal mit uns" meinte ein Korbträger.
Ich machte mich nützlich und schwang mir auch einen Korb über den Rücken.
Zwei Körbe vor mir, einen Korb auf dem Rücken und die MPi vor den Bauch
ging es zum Ratskeller Köpenick. Ich hätte heute noch gern ein Foto davon.

Der vordere Raum im Ratskeller war etwa ein Viertel hoch mit gestapelten
Scheinen angefüllt. Jetzt bekam ich erst eine Ahnung von der Wirklichkeit.

„Setzen Sie sich mal, Herr Wachtmeister. Hier ist ja keiner zum Aufpassen. Wenn jemand wüsste, dass hier nicht mal abgeschlossen ist ..." Der Sprecher grinste.

Jetzt war ich allein. Immer wieder ging die Tür auf und es wurden Körbe entleert.
Um 15.00 Uhr erreichte mich endlich mein Essen. Das war ein Festessen. Doppelte Kaltverpflegung. Wurst und Käse so viel ich tragen konnte und „SchokaKola", die Fliegerschokolade. Ich war nach meiner Mahlzeit kaum noch fähig mich zu rühren.

Abend kamen die Leute, die tagsüber das Geld umtauschten und begannen zu zählen. Beim neuen Geld war es einfach. Aber die hin geschütteten alten Scheine machten Probleme. Mir war wirklich langweilig als sie zum dritten Mal keine Übereinstimmung fanden. 300.000 Mark Altgeld zu viel.
Ich saß auf dem Reststapel „Neugeld" und knirschte nur mit den Zähnen. Als hätte es jemand gehört lästerte eine Dame: „Naa? Die Taschen voll? Sie können ja morgen umtauschen.
Ja, ja dachte ich und verfluchte meine Erziehung.

In der Kaserne hatte niemand Lust über den vergangenen Tag zu reden. Alle knabberten stumm an ihrem Brot herum.
∞

Der Gegenplan

Der Gegenplan
Vor langer, langer Zeit. In einem fernen Land.
Dieses Land ist vergangen, wie Vieles in unserer Geschichte. Heute gibt es aber noch Menschen, die sich an dieses Land erinnern und Geschichten aus dem Leben der Zeit erzählen in der es noch existierte.

In diesem Land regierte kein Kaiser oder König. Es regierte auch nicht der Mammon, denn in diesem Land waren alle gleich arm. Bis auf Wenige, die waren etwas weniger arm. Aber auch diese Wenigen konnten keine Reichtümer anhäufen, sondern nur Privilegien.

Machen Privilegien satt?
Damit die Privilegierten satt werden konnten mussten sie eigene Geschäfte haben. In diesen Geschäften gab sich die kulinarische Welt ein Stelldichein. Leider immer in Blech gekleidet und mit einem Etikett versehen, stand sie in den Regalen. Aber was sind schon Äußerlichkeiten? Die inneren Werte zählten damals wie heute.

Was nutzte also ein Privileg? Es reichte für Dosenfutter, es sicherte ein Dach über dem Kopf, das die anderen Armen gespendet hatten und es sicherte Urlaubsreisen in ferne Länder. Dort waren auch alle so arm wie die weit gereisten Privilegierten, aber es gab besser zu essen als daheim. Vor allem wurde jetzt nicht mehr alles in der Blechbüchse gereicht. Das war aber auch schon der einzige Unterschied zu ihrem Zuhause. Vielleicht gab es dort einige Sonnenstunden mehr als zuhause, aber was zählt das schon? Sie waren schon immer unter dem Schild der Sonne vereint. Dort war ihre wirkliche Heimat. Das waren Vater und Mutter zugleich.
Schon als Halbstarke sangen sie „Unser Zeichen ist die Sonne...". Liebe Leser, das ließ sie auch immer wieder in die Länder aufbrechen in denen die Sonne schien.

Aber es lebten noch viele andere in diesem vergangenen Land. Wie lebten diese Menschen?
Sie waren der Arbeit verpflichtet. Und den Privilegierten. Mehr Pflichten hatten sie nicht. Und es gab auch nur wenige Gesetze, die ihr Zusammenleben regelte. Das ganze Land kam mit 362 Gesetzen aus. Das ist jetzt kein Märchen!
Wer so wenige Gesetze hat kann natürlich nicht alles regeln. Also fasste man den Plan einen Plan zu machen. Dafür gab es extra ein Planungsbüro. Damit das Büro nicht die Übersicht verlor teilte sie den Plan in viele kleine Pläne auf. So gab es Zweijahrespläne und Fünfjahrespläne.
Nun wissen bekanntlich Planer fast nichts von dem was in der Welt wirklich vorgeht. So konnte es immer wieder einmal vorkommen, dass so ein Plan Planungsfehler hatte. Dann gab es 3 Monate keine Streichhölzer oder einlagiges

Klopapier. Das ist einzeln gesehen nicht schlimm. Aber es bewies, dass Planer nicht unfehlbar sind. Das aber wollten die Privilegierten nicht dulden. Solch Fälle zerstören das Gleichheitsprinzip. Wenn Mangel herrscht, dann haben die Privilegierten mehr als die Armen. Zumindest Streichhölzer. Das Klopapier muss für die Armen bleiben. Sie machen mehr durch.

Von jetzt an wurden die Plan-Änderer eingeführt. Damit das Volk der Armen auch großen Anteil an Planungen nehmen kann gab man viele Privilegien ab. Nein, nicht an die Familien. Die konnten schon immer planen. „Gib nie mehr aus als du einnimmst!". Eine goldene Regel, die fast alle Armen beherrschten. Und Familienplanung war bereits Gesetz. Jeder Nachwuchs war fest einge-plant. Nicht nur von den Privilegierten, nein auch von den Planern. Nachwuchs war Zukunft. Mit Zukunft ließ es sich gut planen. Das war fern, das war nicht greifbar. Deshalb wurde der Nachwuchs auch immer für die Zukunft ausgebil-det.

Liebe Leser. Ich bin etwas abgewichen von meiner Geschichte.
Zurück zum Planen. Den Betrieben wurde jetzt auch das Planen übergeben. Nicht der Generalplan, nein, der Detailplan. Jetzt ging es zu wie in einem Mär-chen. Jeder konnte alles planen. Einziger Grundsatz: Plane so, dass du es auch erfüllen kannst. Und plane so, dass du den Plan der großen Planer unterbietest. Deine Planänderungen wurden jetzt zu einem Plan zusammengefasst und dann hieß er „Gegenplan". Das war jetzt ein großer Fortschritt. Ein ganzes Volk plante jetzt. Jedenfalls das arbeitende Volk. Der Generalplan behielt aber den Namen „Fünfjahresplan" und wurde immer kontrolliert. Den „Gegenplan" kontrollierte auch jemand. Wer das war, bekam aber der Arme erst mit, als der „Gegenplan" in „Persönlicher Gegenplan" umbenannt wurde. Hatte jemand seinen „Persönlichen Gegenplan" nicht in allen Punkten erfüllt, so bekam er weniger Entgelt am Jahresende.
Das war dann die Strafe, dass der Arme nicht richtig geplant hatte. Die Planer des „Fünfjahresplanes" bekamen nie Strafen. Nun funktionierte die Familien-planung auch nicht mehr, weil eingeplantes Geld fehlte.
Besondere Folgen hatte das natürlich für den „Fünfjahrplan". Jede fünf Jahre rechneten Viele den Plan durch ob er erfüllt wurde. Zum Glück schafften es die Rechner immer wieder den Plan zu erfüllen. Obwohl viele Arme ihren „Persön-lichen Gegenplan" nicht erfüllt hatten.

Vierzig Jahre ging das so mit dem Planen. Irgendwer hatte einen Fehler in der Planung nicht entdeckt und schon war es passiert.
Die Armen machten ihren Gegenplan zum Lebensplan. Schon waren die Privi-legierten nicht mehr privilegiert, sondern nur noch vermögend. Und der Arme? Er machte wie bisher weiter und plante in der Familie.

Nun habt ihr geduldig meine Geschichte gelesen und nicht erkannt, warum ich sie geschrieben habe?

Es geht mir nicht um das Land aus der Vergangenheit. Vielmehr bin ich mit meinen Gedanken einer Meldung aus den Nachrichten gefolgt.

Dort hatte ein Vor-Sitzender (sind die auch privilegiert?) verkündet, dass er seine Sitzenden dazu aufruft den großen Plan mit einem Gegenplan größer zu machen. Das ist kein Märchen. Er benutzte nur nicht das Wort aus der Vergangenheit.

Warum lesen wir so gern Märchen?

Märchen sind Geschichte. Etwas blumig, aber sie zeigen wie Plan und Gegenplan funktionieren.

Der Opferpfennig
„Wir werden wohl noch ewig für diesen verdammten Krieg bezahlen"
Diesen Satz hatte Mutti oft auf den Lippen. Er traf immer zu, wenn wir
nach Brot in der riesigen Schlange standen oder wir, wie so oft, beim Fleischer
wieder einmal keine Knochen bekamen um unseren Eintopf schmackhaft zu
machen.

„Etwas muss doch etwas im Topf sein, was Kraft gibt. Sonst kann man nicht
den ganzen Tag arbeiten".

Ich hätte noch viele solcher Zitate aus einer Zeit zu berichten, als es um das
Überleben ging.

Sechs Jahre war ich, als der Krieg endete. In den nächsten Wochen liefen in ganz
Berlin die Plünderungen der sowjetischen Besatzungstruppen. Die letzten Vor-
räte der Berliner schwanden. Auch fast alle Dinge von Wert, die man hätte ein-
tauschen können.

Als Junge durfte ich auf die Straße gehen. Meine Schwester war elf Jahre alt. Sie
wurde schlicht und einfach eingesperrt. Trotz heftiger Proteste kam sie wochenlang nicht aus dem Haus.

Blickten wir aus dem Fenster hatten wir die sowjetischen Truppen direkt vor
der Nase. Eine Panzertruppe hatte sich im gegenüberliegenden Reichsausbes-
serungswerk, in der Granitzstraße, einquartiert. War einen Tag vorher noch
eine Panzereinheit der Wehrmacht dort einquartiert, so sahen wir am nächsten
Morgen die „Russen". War das so leise gegangen? Warum hatte ich nicht die
fahrenden Panzer gehört? Ich war wohl zu erschöpft vom Schlafentzug in den
Bombennächten vorher.

Dann begannen die Pogrome. Sie Sowjetsoldaten zogen in Vierergruppen durch
unser Viertel. Berlin-Pankow, Kissingenstraße und umliegende Straßen. Sie
suchten jede Wohnung auf und sahen in die Kleiderschränke. War dort eine
dunkelblaue oder schwarze Uniform zu finden nahmen sie die männlichen Bewohner mit in ihren Stützpunkt.

Sie fanden viele Uniformen. Es war schließlich eine Siedlung, in der Beamte
wohnten. Sie arbeiteten bei der Deutschen Reichsbahn und der Deutschen Post.
Alle waren u.k. gestellt (unabkömmlich) und hatten schwere Verwundungen
erlitten. Einarmige, Einbeinige, Krüppel. In unserer Straße gab es nur noch Kinder und Frauen. Von den Festgenommenen kam fast niemand wieder zurück.
Das Gerücht sagte: „Die kommen nach Oranienburg (bei Berlin)". Es war bekannt, dass dort ein Sammellager im ehemaligen KZ existierte.

Es gab aber auch Heimkehrer. Sie waren in und um Berlin verwundet worden.
Wieder alle Arten von abgerissenen oder entfernten Gliedmaßen.

„Aber sie leben wenigstens noch!" sagten die Frauen. Dass diese Männer natürlich nicht arbeiten konnten verdrängten sie. „So haben die Kinder wenigstens
ihren Vater wieder."

„Ein Esser mehr!"

Es gab so viele Sprüche, die ich behalten habe. Jetzt waren die „großen" Kinder dran, die Familie zu ernähren. Die Erwachsenen hatten selbst keine Arbeit. Die Kinder waren auf dem „Schwarzmarkt", bettelten in den Bahnhöfen oder sammelten Schrott in den Ruinen. Die Berliner Kleingärten waren auch ein beliebtes Ziel. Ebenso die Rieselfelder. Stehlen, was das Überleben sichert. Zuhause fragte schon lange keiner mehr woher das Essen kam. Wichtig war diese eine Mahlzeit am Tag.

Die Zeit wurde wieder etwas besser. Ich durfte in die Schule. Mutti hatte eine Arbeit gefunden. Sie arbeitete in einer Großküche. „Hurra!"

Jetzt war wieder eine Sorge beendet, nun kam die neue Sorge: Bekleidung. Alles war zerschlissen. Die Kinder waren herausgewachsen aus ihren Sachen. Durch ganz Berlin ging die Jagd mit der Punktkarte um etwas zum Anziehen zu ergattern.

Ich kannte bald alle Berliner Einkaufszentren. U-Bahn, Straßenbahn, S-Bahn oder ewig laufen, wenn es gerade Stromsperre gab. Ich lernte meine Stadt sehr schnell auswendig. Das kam mir natürlich immer wieder zugute.

Aber hier waren sie wieder, die Kriegsversehrten. An jedem Kaufhaus, Bahnhof oder Kinderspielplatz saßen oder standen sie mit der hingehaltenen Soldatenmütze. Ihre Frauen hatten sie aus dem Haus gejagt. „Besorge endlich Geld, wenn du etwas essen willst, du Sieger! Ich rackere mich schon mit den Kindern ab und nun noch ein unnützer Fresser!"

Für diese Frauen war der Nachkrieg die Hölle. Sie waren es nicht gewohnt arbeiten zu gehen. Ihre Männer waren schließlich „Beamte". So war das Geld zuhause zwar nicht reichlich, aber es kam regelmäßig.

So war hier auch die Kinderquote im Kiez. Von einem Kind bis zu dreizehn Kinder war jede Kinderzahl vertreten. Das Normale waren wohl vier bis fünf Kinder.

Mein Vater war noch „verschollen". So hörte ich es zuhause. So gab Mutti manchmal ein kleines Aluminiumstück in die hingehaltene Mütze. Zehn Reichspfennige. Ich wusste, was ich dafür bekommen hätte: Drei „Roggenbrötchen"! Heute als die beliebten „Schusterjungen" bekannt. Viellicht konnte sich ein Schusterjunge damals, als der Name geprägt wurde, nie mehr zum Frühstück leisten.

„Junge, wir werden wohl noch ewig für diesen Krieg zahlen!" Mutter seufzte wieder.

ಊ

Die lieben Nachbarn

Lieb?

Aber klar! Uns sind unsere Nachbarn lieb. Und teuer.

Das bekam ich schon als Kind eingebläut. Zwar konnte ich damals unsere Nachbarinnen nicht leiden, aber Mutter brachte es mir katzenkopf-mäßig schnell bei, dass Nachbarn, aber besonders Nachbarinnen etwas Wichtiges, Einmaliges und Ehrenwertes sind. Das war damals. Also lange her.

Denn Mama wollte in Frieden leben. Mit sich, ihren Kindern und den Nachbarinnen. Es war schließlich gerade ein großer Krieg vorbei. Und alle drei Nachbarinnen, wenn ich Muttern dazurechne, waren Witwen. Das verbindet. Wenn die Nachbarinnen nicht gewesen wären hätte ich beinahe eine sorglose Kindheit verbracht.

Wie singt man heute? „Es kann der Frömmste nicht in Frieden leben, wenn du der schönen Nachbarin gefällst" So oder ähnlich. Ich kann nicht singen und deshalb kann ich Schlagertexte auch nicht sehr gut im Gedächtnis behalten. Selbst dann nicht, wenn sie ein Kaiser singt.

Ach ja, Kindheit und Nachbarinnen. Die ich kannte, waren so alt wie meine Mutter. Nichts, was einen Jungen ins Schwärmen bringt. Für Mütter schwärmt ein Junge einfach nicht. Besonders nicht im Kindesalter. Da sind Mütter doof, nervig, allwissend und nie da, wenn sie mal den Nachbarsjungen verhauen sollen. Dazu musste ich immer meine ältere Schwester bemühen.

Kurz und knapp. Ich hatte damals keine Nachbarin, die ich anhimmeln oder umschwärmen konnte.

Hoppla! Kann ein einzelnes Individuum überhaupt schwärmen?

Darüber dachte ich damals nicht nach. Ich hasste meine Nachbarinnen ausgiebig, hingebungsvoll und abgrundtief.

In den Märchen, die ich damals lesen musste, weil sie unentbehrliches Kulturgut waren, war sehr ausführlich beschrieben, wie Hexen sind und wie sie aussehen. Ich verglich das oft. Also Märchen und Wirklichkeit. Es gab viele Übereinstimmungen.

Nur die Bekleidung war etwas schmucklos. Sie gefielen mir nicht, meine Hexen. Die Beiden trugen immer Kittelschürze. Kennt man inzwischen wieder, habe ich feststellen können. Wie die sagenhaften Kleider heute heißen, weiß ich nicht. Jedenfalls knöpft man sie mit vielen Knöpfen vorn zu. Das ersparte wohl damals den Mann zum Zuknöpfen. Der war gerade für den Endsieg unterwegs oder dort hingefallen, wie wir Kinder immer sagten.

Wenn der Mann hingefallen war, dann waren garantiert die letzten zwei Köpfe, unten, nicht zugeknöpft. Das merkten sogar wir Minderjährigen. Wer damals dachte, nur weil wir klein sind wären wir minderbemittelt, der irrte. Geistig meine ich. Denn Geld gab es nicht. Nicht einmal für Nachbarinnen.

Das war auch so eine Sache, die unverständlich war. Keiner hatte Geld. Wenn jemand Geld benötigte, man musste schließlich die unnützen Bälger durchfüttern, dann borgte man sich eben das Geld. Aber, wenn mich Mutter losschickte, eben jenes Geld zu besorgen, bekam ich sofort zur Antwort: „Wir haben doch selbst nichts!" Aber ich brachte immer einige „Rentenpfennige" nach Hause. So hieß damals das Kleingeld aus Aluminium. Ich war so etwas wie ein Hänfling. Knochen mit Pelle, sagten meine Kumpels.

Wie man erkennen kann war ich also erfolgreich in Beschaffungsfragen.

Die Nachbarinnen! Wo war ich da gerade? Beim letzten Knopf?

Die linke Nachbarin war wirklich link. Ich konnte nie erfahren, wo ihr Mann abgeblieben war. Jedenfalls war sie immer allein in der Wohnung. Selbst so begehrte Männer, wie der Gasmann, der Telegrammbote, der Briefträger und der Ableser von den Elektrizitätswerken durfte diese heilige Wohnung nie betreten. Das fiel mir auf.

Mutters Erklärung auf meine drängenden Fragen war immer lakonisch und immer gleichlautend: „Die blöde Kuh ist wohl eine ewige Jungfer. Sie wird nie verstehen, wie ich mich mit meinen fünf Plagen fühle."

Das gab Stoff zum Grübeln. Ich, ein wahrer Sonnenschein, wie Tante Leni behauptete, eine Plage? Aber was ist eine Jungfer? Da ließen uns selbst die Lehrerinnen im Dunkeln. Ich erfuhr, auf meine Nachfragen, dass Jungfern „unbemannt" sind. Oder Libellen.

Die Bomber und Jagdflugzeuge über mir waren immer „bemannt". Das konnte ich immer an den Fallschirmen erkennen, die zur Erde schwebten, wenn die Flak wieder einmal getroffen hatte. Unbemannt ist mir heute klar geworden. Das sind Drohnen ohne Männer drin. Da sitzen die Männer am PC. Gab es damals nicht, den PC. Computer schon. Alles Dinge, die ich später hart erleben musste. Kurz: Jungfern sind auch nicht immer unbemannt, aber keine Drohnen. Stimmt das so?

Mir egal. Ich will etwas über Nachbarn und Nachbarinnen schreiben.

Links eine Jungfer. Sie war gemein und selbstsüchtig, wie ich schmerzhaft erkennen musste.

Zuhause war ich damals für die Karnickelhaltung zuständig. Ob Karnikkelin oder Karnickel war mir egal. Die fraßen ohne Ende und wurden fett. Ich war täglich auf Nahrungssuche für diese Viecher unterwegs. Sie wohnten bei uns im Keller. Ob sie deshalb rote Augen und ein weißes Fell haben, hatte ich mal gefragt. Die Auskunft war knapp: „Das sind weiße Wiener und der Bock heißt Rammler."

Klasse Erklärung. Erzähle das mal heute einen Erstklässler! Damals verkniff ich mir einfach weitere Fragen. Ich warte einfach. Wie ich, durch Lauschen, erfahren hatte war ich zu jung für eine umfassende Aufklärung. „Da warten wir lieber, bis der Junge aus der Schule kommt. Der versteht doch noch nichts!"

Die Linke, also die ewige Jungfer war einmal zur gleichen Zeit im Keller wie ich. Ich hatte gerade frisches Grün für die Ausländer mit den roten Augen beschafft und fütterte sie langsam. Sie sollten schließlich keine Koliken bekommen. Ich wusste, was Koliken sind. Wünsche ich heute noch niemanden. So kam es auch, dass ich erfuhr, was ein Einlauf ist.

Die Wiener knabberten und sich sah nach den Kohlen. Die knappe Zählung der Kohlen ergab, dass ein enormes Defizit an Heizmaterial bestand. Da passierte es: So ein Wiener büxte aus. Ob Zippe oder Bock, konnte ich erst später feststellen.

Wiener weg, ich hinterher. Das Mistvieh, also das Karnickel, war spurlos verschwunden! Das war selbst für mich eine Sauerei. Sofort war mir klar, wie oft ich kein Mittagessen bekommen würde. Ich rief und flehte. Das verdammte

Vieh blieb verschwunden. Ich sah durch alle Bretterverschläge der weiteren drei Keller – nichts! Karnickel weg. Die letzte Rettung blieb nur Frau Nachbarin. Und was sagte mir die die „Ewige Jungfer"? Sie hat kein Karnickel gesehen. Sitzt genüsslich auf dem Hackklotz und hat nichts gesehen. Das war sogar mir Zuviel. Nochmalige Nachfragen brachten mir viele Koseworte, die aber nicht neu waren. Den „Rotzlöffel" kannte ich schon lange. Der entlockte mir nur noch ein leichtes Grinsen, weil mir einfach nichts einfiel, was wie ein Rotzlöffel aussehen konnte.

Damals grinste ich aber nicht. Schimpfen durfte ich nicht. Ich sollte schließlich immer beweisen, dass ich eine gute Erziehung bekam. Das war damals noch wichtig. Vielleicht nicht für uns Kinder, aber für die Nachbarn.

Karnickel weg, Beichte, Essen weg, Hunger, Wut im Bauch! Ob ich heute alte Jungfern mag sage ich hier nicht.

Mutti schickte mich eine Woche lang in den Hausflur zum Riechen. Ich sollte an der Tür der linken Nachbarin schnuppern, ob es dort Fleisch gibt. Das wäre zu dieser Zeit etwas sehr Verwunderliches gewesen und ein Indiz.

Das Leben ist eine einzige Gemeinheit, wenn rechts der eigenen Behausung auch noch eine Nachbarin wohnt.

Sie hatte auch eine Kittelschürze. Diese Schürze hatte aber einen großen Mangel. Lag es an der Kriegsproduktion oder an den klammen Fingern der Nachbarin? Diese Schürze ließ sich nur auf drei Knöpfe zuknöpfen. Oben natürlich. Bitte nichts Schlechtes denken. Oben war Frau Nachbarin wirklich zugeknöpft. Mit letzter Kraft versuchte sie immer mit einer Hand die letzten Knöpfe auch noch zu schließen, aber so etwas geht schlecht, wenn man an den Knöpfen fummelt, den Gasmann begrüßt und die Wohnungstür nur knapp mit einer Hand öffnet. Der arme Mann schaffte es immer nur knapp durch den winzigen Spalt zu kommen um die Wohnung zu betreten. Warum er dort hinein musste erklärte mir Mutti nie. Immer eine Ausrede nach der Anderen. „Frag nicht so viel, wer viel weiß wird schnell alt!" Also fragte ich weiter. Der Zusammenhang blieb leider unklar, warum der Gaszähler im Hausflur hängt und Frau Nachbarin immer kichert, wenn der Gasmann in der Wohnung kassiert. Wir bezahlten entweder gar nicht oder an der Wohnungstür.

Irgendwann hatte es aber Frau Nachbarin mit mir verdorben. Nur wegen meiner guten Erziehung grüßte ich sie noch nach einem Vorfall, den ich hier nur kurz schildere. Der ganze Vorgang dauerte Stunden, aber ich muss hier alles verdichten.

Alles begann mit meinen Drang mit den Mädchen „Hopse" zu spielen. Die Jungs aus meiner Straße hatten mich gerade aus der Völkerball-Mannschaft geworfen. Und alles nur, weil wir keinen vernünftigen Ball für dieses Spiel hatten. Es gab keine Lederbälle bei uns. Nur ein Junge brachte heimlich einen Medizinball von Zuhause mit. Das Ding war für mich zu schwer. Sollte ich diesen Ball fangen kippte ich hintenüber oder das Ding rutschte mir durch meine spindeldürren Arme. Ehe ich mir weitere Beschimpfungen anhörte, was ich für eine Niete sei, ergriff ich die Flucht und schlenderte beiläufig zu den Mädels. Die ahnten wohl etwas und guckten so wie Mädchen, die schon wissen, was Jungs wollen.

Ich guckte nicht zurück, sondern ergab mich in gespielter Belanglosigkeit und Langeweile. Das dauerte mir Ewigkeiten. Rettung war die Stimme einer Mutter, die gerade aus dem Fenster rief: „Lieselotte, komm sofort nach oben, du musst dich noch waschen ehe du ins Bett gehst!"

Ach ja. Mütter sind erbarmungslos, wenn es um saubere Hälse und Knie ihrer Kinder geht. Ich könnte endlose Geschichten darüber schreiben. Alle voller Frust und Schmerz.

„Kannst du Himmel und Hölle?" Ich nickte bescheiden.

„Kannst ja mitspielen, für Liese, sonst geht es nicht auf"

Endlich hatte das Schicksal ein Einsehen. Oder war es Hildchen?

Freudig hopste ich mit den Mädels um die Wette. Eine hatte ihr Armkettchen für das Hopse-Spiel geopfert. Ich guckte wohl immer etwas zu neidisch auf das glänzende Kettchen. Marita, also Marie, wurde langsam unwirsch.

Plötzlich kreischte sie auf: „Du Ferkel! Spinnst du? Hast du kein Benehmen?"

Ich sah mich um. Hinter mir nur die „Völkerballer". Selbst die starrten jetzt zu uns. Im höchsten Diskant folgten noch viele Schimpfwörter und ein ausgestreckter Arm in meine Richtung. Jeder weiß es, wie ich. Mädchen/Frauen kennen mehr Schimpfwörter als Jungs/Männer. So dauerte es eine geraume Weile, bis Marie wieder Luft holte.

„Was hab' ich denn gemacht?" fragte ich kleinlaut und war mir keiner Schuld bewusst.

„Du Sau hast mir unter den Rock gesehen!!"

Wurde ich jetzt rot? Jedenfalls wurde mir warm und wärmer. Diese Ungerechtigkeit war eine bodenlose Gemeinheit. Natürlich hatte nicht unter Mariechens Rock geguckt. Warum auch? Jedes Mal, wenn sie ihr Kettchen vom Pflaster aufhob guckte ihr gesamter Po unter dem Rock hervor. Da musste ich eher wegguckken, aber so ging Hopse nicht. Man guckte voller Aufmerksamkeit, ob die Mitspieler nicht auf eine weiße Kreidelinie traten. Das war dann das „Aus" für den Mitspieler.

Jetzt zeterten alle Mitspielerinnen los. Ich war beleidigt und zog stinksauer nach Hause. Wir wohnten Hochparterre. Kaum hatte ich die erste Stufe erklommen riss Frau Nachbarin-Rechts die Wohnungstür auf und beschimpfte mich ebenfalls mit lauter Stimme. Was ich doch für ein versauter Junge wäre und dass es mal mit mir ein schlimmes Ende nehmen wird. Dann riss sich mich am Arm und zog mich in ihre Küche. Dort musste ich mich auf einen hohen, weißen Hocker setzen und wurde einem endlosen Verhör ausgesetzt. Die Fragen kamen wie der Medizinball. Hart und unverhofft. Was ich mir dabei dachte, was ich für Fantasien hatte und Fragen, die ich einfach überhörte, weil mir der Sinn nicht klar wurde. Als ich endlich in unsere Wohnung gehen durfte war ich erschöpft und richtig wütend. Die gesamte Befragung hatte fast zwei Stunden gedauert.

In der Folgezeit ging ich beiden Nachbarinnen bewusst aus dem Weg. Ab und zu äußerten sie zu meiner Mutter und anderen Mietern im Haus, dass einiges nicht mit rechten Dingen in diesem Hause zuginge. Sie würden wohl bald ausziehen. Die Fahrradreifen waren ständig platt, die Blumen im Mietergarten waren verkümmert und Salat und Radieschen waren abgeerntet, ehe die Nachbarinnen sie ernten konnten. Es war ein großes Rätselraten im Aufgang. Niemand wusste wer so etwas machte. Die Kinder waren doch alle wohlgeraten. „Unsere Tun so etwas nicht!" war die einhellige Meinung.

&

Ein 1. Mai in Budapest

Der 1. Mai galt in der DDR als „Kampf- und Feiertag der Arbeiterklasse". Umgetauft wurde er dann in „Kampf- und Feiertag aller Werktätigen" als man feststellte, dass sich auch noch Bauern und Intelligenzler in der DDR aufhielten.

Seit meiner Berufstätigkeit bekam ich kurz vor dem 1. Mai eines jeden Jahres mitgeteilt, wie ich diesen Tag zu verbringen hatte.

Treffen der Werktätigen am Stellpunkt, den die regierende Parteiorganisation erarbeitet hatte. Daran anschließend begann die Freizeit, die ich im Kreis meiner Familie verbringen durfte. Damit ich nicht sofort nach Hause rannte, wurden mir an verschiedenen Stellen in der Stadt Kulturveranstaltungen angeboten.

So ging es Jahr um Jahr und in jeder Stadt des sozialistischen Lagers.

Auf die Dauer wurde mir das langweilig. Jetzt berieten wir in der Familie um eine andere Gestaltung dieses 1. Mai zu erleben.

Ein Briefchen nach Ungarn brachte Abhilfe. Wir durften 14 Tage in Budapest verbringen. Kost und Logis sind frei. Das war eine wunderbare Alternative.

Jetzt träumten wir von Budapest im Frühling. Blühende Obstbäume und blühende Sträucher auf der Budaer Seite der Stadt hatten wir bisher nur auf Fotos gesehen. Dagegen standen die oft kühlen Maitage hier in der Stadt.

Der Urlaub wurde beantragt, die Flugtickets wurden gebucht. Der Abreise stand nichts im Weg.

Meine Kollegen waren etwas verwundert, dass ich dieses Mal nicht nach Prerow zum Campen wollte und der Abteilungsleiter machte mich noch darauf aufmerksam, dass ich doch die Potsdamer Maidemonstration versäume.

Ich versprach ihm, dass ich mir in Budapest die Veranstaltungen zum 1. Mai ansehen werde.

Am 30. April kamen wir an. Das Wetter war etwas kühl, aber weithin war ein blauer Himmel zu sehen. So wie die Sonne strahlte, so strahlten jetzt auch unsere Gesichter.

Am 1. Mai schnappte ich mir den Fotoapparat und machte mich auf den Weg, um in der Nähe des Nationalmuseums zu sehen, wie in Budapest die Maidemonstration der Einwohner aussieht.

Das war eine Veranstaltung der Gegensätze. Es wurde fast nichts demonstriert. Ich ließ mir erklären, dass die Teilnahme weitgehend freiwillig sei. Nur bei teilnehmenden Organisationen, die an ihrem uniformen Auftreten zu erkennen waren, gab es eine Pflichtteilnahme.

Fast alle Demonstranten schlenderten an der Tribüne der Staats-Oberen vorbei. Einige winkten zur Bühne. Es fehlte jegliche Marschmusik. Erst am Schluss, als die Militärkapellen aufspielten, wurde es zackiger. Im Gleichschritt marschierten einige Hundertschaften des ungarischen Militärs vorbei. Den Abschluss bildeten die Fahrzeuge der Stadtreinigung. Sie demonstrierten, wie schnell Unrat vom Platz verschwinden kann.

Nach knapp zwei Stunden sah der Platz der Veranstaltung wie vorher aus.
Ich war beeindruckt.

Außer einigen Fotos nahm ich auch die Erkenntnis mit, dass ich bisher an einer enormen Zeitverschwendung teilgenommen hatte, wenn ich mich am 1. Mai zu meinen Kollegen gesellte, die sich teils frierend teils durchnässt in einer Straße trafen um gemeinsam um einige Ecken der Stadt zu marschieren.

Nun gut. Außer dem Militär marschierte niemand, aber der Ausdruck hielt sich in der Umgangssprache beharrlich.

Das Wetter an diesem Tag? Leichter Schneefall und plus 2 Grad. Da ich auf Frühling getrimmt war, steckten meine Hände oft in den Hosentaschen. Ein Mantel hätte gut getan.

Am nächsten Tag war Frühling. Plus 15 Grad und alles nur Sonnenschein. Die weiteren Tage brachten mir wunderschöne Frühlingsfotos vom Gellertberg, auf der Burg, aber besonders in Szentendre. Ein Ort nahe Budapest.

Bis zur Abreise war es Erholung pur. Aber das Geld war alle. Die Umtauschquote war staatlich geregelt. Mit diesem Geld waren einige Getränke und ein kleines Andenken zu bezahlen. Mehr ging nicht.

Zuhause war der übliche Mai-Aufmarsch der Kollegen vorbei. Einige fragten mich noch verwundert, warum ich nicht dabei gewesen sei. Dann ging der Arbeitsalltag für ein Jahr weiter.

Monat um Monat verging. Dezember, Januar. Ein neues Jahr.

Im Februar stand die Auszahlung der Jahresendprämie, für das vergangene Jahr, an. Alle waren voller Erwartung, wie ihre Arbeitsleistungen eingeschätzt wurden. Meine kleine Familie brauchte gerade jetzt Geld, da wir in eine neue Wohnung gezogen waren.

Dreimal umgezogen ist einmal abgebrannt? Ich bestätige das.
Mein Portemonnaie hatte Schwindsucht.

Am Aushang im Arbeitssaal konnte ich die angewiesenen Prämienbeträge ablesen.

Ich war entsetzt. Zweihundert Mark lag meine Prämie unter der niedrigsten Jahresendprämie, die gezahlt werden sollte, und die galt für Hilfsarbeiter.

Zuhause gab es Tränen. Ich war wütend.

Es gab aber eine Möglichkeit eine Aufklärung zu erlangen.

Über die Prämienhöhe entschied der Abteilungsleiter. Sein Beisitzer war der Gewerkschaftsvertrauensmann.

Mein Einspruch wurde zur Kenntnis genommen. Die eingeforderte Erklärung zu Minderung meiner Jahresendprämie lautete:

„Du hast nicht an der Maidemonstration der Arbeiterklasse teilgenommen. Deshalb mussten wir auch deine Prämie kürzen."

In diesem Betrieb habe ich es nie wieder versäumt, fröhlich lachend, mit meinem Papierfähnchen winkend an Brunhilde, Günter und Lothar vorbei zu laufen. Die Tribüne der Ehrengäste war mit wesentlich mehr honoren Personen besetzt, aber ich führe hier nicht alle Namen auf.
Meine Familie brauchte schließlich jeden Pfennig. Wenn der eben nur mit dem 1. Mai in voller Höhe gezahlt werden konnte, war ich dabei.

Heute nenne ich so etwas „Erziehung mit System – im System.
୫

Der Dienstraum

Gibt es noch einen Dienstraum?

Einen Dienstraum kenne ich schon von Kindesbeinen an. Schon an Mutterns Hand betrat ich Diensträume. Immer wenn wir ein Anliegen hatten. Auf den Ämtern oder bei der Polizei, die nannten sie aber "Amtsräume". Auf Bahnhöfen gab es Diensträume. Dort waren sie eine feste Einrichtung. Besondere Schilder an den Diensträumen machten auf die Wichtigkeit eines Dienstraumes aufmerksam:
- Betreten nur nach Aufforderung!
- Vor Eintritt bitte klopfen!
- Bitte nicht stören!
- Betreten nur für Personal!
- Ruhe!
- Melden Sie sich erst im Sekretariat an! (Bei Amtsräumen)

Es gab viele Anweisungen, die das Betreten eines Dienstraumes regelten. Alle waren mit einem Ausrufungszeichen belegt.
Ich wollte immer wissen was hinter diesen Türen passierte. Also fragte ich. „Sei leise, Junge. Wenn du so laut bist stört das und dann kommen DIE heraus und wir müssen gehen. Dann war das hier wieder umsonst".
Ich lernte, dass ein Dienstraum eine Stätte ist, in der alles leise ist. Manchmal hörte ich aber das Geklapper von Schreibmaschinen.
Oft kamen Frauen heraus die sich die Tränen aus den Augen wischten.

Mit dem Älter werden lernte ich auch Diensträume nutzen. Hier konnte ich fragen. Hier bekam ich die meisten „Nein" meines Lebens zu hören.
Immer, wenn ich nicht weiter wusste nutzte ich einen Dienstraum. Dort saßen Menschen mit umfangreichem Wissen.
Die bekanntesten Diensträume waren die, die es auf Bahnhöfen gab. Die Durchsagen verstand niemand weil eine Dampflok schnaufend einfuhr und an den Waggons die Bremsen quietschten. Nichts wie hin zum Dienstraum. Woher?– wohin?. Hier bekam ich Antwort. Sehr oft wurden mir auch noch die Anschlüsse gesagt, wenn ich mein Reiseziel nannte.

Anders neulich auf einem U-Bahnhof in Berlin. Auf meine Fragen wurde mir erst gar nicht geantwortet. Als ich etwas genauer erklärte kam eine Antwort die verwundert im Nachklang die Frage transportierte ob hier überhaupt eine U-Bahn fährt. Ich entschuldigte mich und trat die Flucht in die nächste U-Bahn an. Egal wohin – Hauptsache weg!
Hier wurde mir kein Dienst erwiesen.

Was bedeutet nun ein Dienstraum?

Wenn die Tür aufgeht sitzt drinnen ein Diener. Er dient mir. Ich habe das bisher angenommen.

Jetzt sind Diensträume Raritäten geworden. Sie werden immer weniger. Fast sind sie schon antik. Wären nicht die alten Aufschriften an den Türen wüssten Viele nicht, dass es einmal Diener gab.

Jaaa, wir konnten uns vor vielen Jahrzehnten noch Diener leisten. Ich wusste immer, wo ich einen Diener finden konnte.

Die Zeiten haben sich und mich geändert. Ich bestehe nicht mehr auf dienen. Ich weiß gar nicht, ob das noch jemand lernt.

Die neue Zeit bringt Service. Serviceproducer, Serviceagent oder ähnlich. Ich weiß nicht wie diese Ausbildungsberufe heißen, die meine Einbildung ignorieren und mich zur Bildung auffordern.

Sie machen mir in kurzen Worten klar, wie viel Bildung mir noch fehlt um die notwendigen Antworten selbst zu finden.

Die letzte Auskunft, die ich einforderte endete so: „Sie haben doch ein Handy? Ich nickte. „Alles klar. Das halten sie jetzt da vor das Muster, das wie eine Briefmarke aussieht und fotografieren es. Dann... Ich erspare euch den Text. Ihr könnt das alles selbst.

Es war eine wirklich hübsche Servicekraft. Ich hätte noch stundenlang auf ihre roten Lippen starren können.

Worterklärung Dienst: Das Dienen, in Berufsarbeit stehen, jemand zu Diensten stehen...

Es gab sogar einmal einen Dienstadel!

An einem Dienst-Tag bin ich auch so faul wie an anderen Wochentagen. Wozu dient eigentlich diese Geschichte?

ಬ

Ein begnadeter Tänzer

„Weißt du Arno, dein Vater war eigentlich ein guter Tänzer". Mutter blickte etwas verträumt zum Küchenfenster hinaus.
Da war es wieder. Ich hörte einen Satz über meinen Vater. Gespannt blickte ich auf Mutters Lippen. Weiter kam aber kein Wort.
Meine Fragen nach den Tanzlokalen, und wie sie damals getanzt haben blieb einfach unbeantwortet.
So ging es oft. Ich erfuhr einfach nichts über die Vergangenheit meiner Eltern. Standardsätze erklärten nur, wie schwer das Leben bisher war. Und fünf Kinder durchbringen … und so weiter.
Schade.

Einige Jahre, fern von zuhause, war das Thema Tanzen für mich nicht akut.
Ich war bereits siebzehn Jahre alt, als ich wieder mit diesem Thema in Berührung kam.
Mein Bruder erzählte viel von seinen Eroberungen auf den Tanzböden Berlins. Die Namen der Lokalitäten kannte ich fast alle. Schließlich eroberte ich gerade meine Stadt zu Fuß, mit den öffentlichen Verkehrsmitteln und mit dem Fahrrad. Die Tanzlokale hatten meist Neonlicht, das wesentlich heller strahlte als die trüben Gaslaternen.
Durch die Fenster sehen ging nicht. Oft hatten die Lokale keine Fenster zur Straße. Oder diese waren dicht verschlossen.
Ich wusste also gar nicht, wie es dahinter aussah. Fragen meinerseits wurden einfach damit abgetan, dass ich mich nur vorsehen soll. In diesen Lokalen ist nicht alles sauber. Und die Frauen, die dort verkehren und dann noch… So endete jede Unterhaltung.
Es gab noch zwei Barrieren für mich. Ein klitzekleines Schild hing immer am Eingang:
„Für Jugendliche unter achtzehn Jahren kein Zutritt". Und „Eintritt drei Mark". Damit war ich aussortiert, weil es tatsächlich Ausweiskontrollen gab. Die dauerten auch sehr lange bei den langen Warteschlangen. Und die drei Mark? Mein Stipendium war mit Fahrgeld, Bücherkauf und Mensa-Essen restlos verbraucht. Zuhause etwas Geld nachfordern?
„Wie soll ich dich mit deiner Halbwaisenrente überhaupt noch durchbringen?" 45 Mark waren nicht viel, das wusste ich sogar. Und man rechnet seiner Mutter nie das Geld vor. Ein Lehrsatz!

Es gab die Kartoffelferien in Berlin. Wir atmeten auf. Bücher beiseite und Freizeit genießen. Die Kommilitoninnen verabredeten sich schon untereinander für gemeinsame Aktionen. In den Pausen hatten sie schon Cha Cha Cha geübt. Dazu Boogie und andere obszöne Tänze, wie ich den Tageszeitungen im Ostsektor Berlins entnehmen konnte.

Wir Fast-Männer wurden erst gar nicht gefragt. Dabei waren wir auch nicht ohne. Na ja. Mädels unter sich. Wir hielten Abstand. Aber gucken ist ja erlaubt?

In der letzten Unterrichtswoche platzte unsere FDJ-Sekretärin aufgeregt in den Vorlesungssaal. Sie schwenkte mit ausgestrecktem Arm ein Blatt Papier.
„Kinder hört mal! Ruhe!" rief sie.
Langsam ebbten unsere Gespräche ab.
„Wir sind aufgerufen, in der Landwirtschaft zu helfen. In der Nähe von Templin brauchen sie Erntehelfer."
Stille. Dreißig Halbwüchsige können so still sein?
„Ich habe schon zugesagt. Das war doch klar, dass wir mitmachen?" Der letzte Satz klang eher wie eine Frage. „Montag geht's los. Mit der Bahn bis Templin, dann mit der Heidekrautbahn und am Ziel werden wir dann abgeholt. Schon wegen des Gepäcks. Das Fahrgeld bekommen wir vielleicht wieder."
Marianne guckte unsicher in unsere sprachlosen Gesichter. Langsam löste sich unsere Starre. Aufgeregtes Murmeln.
„Was ist nun?" drängte Marianne.
Natürlich standen wir zu unserem Wort. Schließlich war es einstimmig versprochen.
Täglich wurde uns aufgesagt, welches Glück wir hatten, in dieser schönen Republik zu leben; sogar noch umsonst zu studieren, was sind da schon ein paar Kartoffeln?
Adé schöne Freizeitpläne – Uckermärker wir kommen!

Ich erzähle jetzt nichts vom verbrannten Kartoffelkraut. Nichts von Nebel, Kälte, Regen und Lehmklumpen an Stadtschuhen. Abends waren wir nur noch müde, wenn wir auf unsere Strohschütte fielen. Der Stumpfsinn feierte nach einigen Tagen Triumphe.
Wir sangen nur noch ab und zu vom Schlager bis zum Wanderlied. Nur um den Abend noch etwas zu verlängern.
Unsere Quartiermacherin aus dem Dorf hatte noch einen einfachen Satz zu uns gesagt, als sie uns unser Strohlager zeigte.
„Das ist alles, was ich auftreiben konnte. Ihr müsst euch die Decken darüber ziehen, dann piekt es nicht so. Mehr Platz haben wir hier im Dorf nicht. Aber ihr seid ja schon erwachsen, wie ich sehe. Da könnt ihr schon selbst auf euch aufpassen.
Verdutzte Mädels zwischen 14 und 17 Jahren – grinsende Jungs zwischen 15 und 18 Jahren blieben zurück.
Die Mädels regelten das mit den Schlafplätzen diktatorisch. Nichts war mit selbst gesuchten Schlafplätzen. Jetzt hatten wir Jungs lange Gesichter.

Nach fast zehn Tagen Trott hatte Marianne eine Idee. Ob sie gut war, entschied sich erst sehr viel später.
„Ich spiele auf meinem Akkordeon und ihr könnt tanzen!" bestimmte sie.

Jaa, quietschten die Mädels. Und ab ging die Post.
Boogie, Rock'nRoll, Mambo und Twist. Der war brandneu. Bei Twist dreht man den Po, während man eine Kippe austritt. Alles ganz einfach.
Für wen? Jedenfalls nicht für die Jungs. Nur einer von uns hatte ein paar Walzerschritte drauf. Die hatte er in Schweden von einer Blondine gelernt, wie er gern erzählte. Seine Eltern arbeiteten dort.
Hatte ich schon die Wahrheit gesagt, wie das Geschlechterverhältnis bei uns im Kurs war? Die Mädels sprachen von einer Katastrophe, wir Jungs hielten es für den siebenten Himmel.
Wir waren 25 Studentinnen und sechs Studenten!
So konnte das nicht funktionieren mit einem Tanzabend. Einer halber Hahn mit Walzerschritt war zu wenig.

Marianne bestimmte die sechs Mädels, die uns Kümmerlingen das Tanzen lehren sollten. O Mann. Da konnte man sehen wie Mädchen Schippchen ziehen können.
Ich hatte Glück. Sie war zwar nicht meine erste Wahl, aber wir hatten schon früher einmal Blicke getauscht.
Wären wir bei Wissenstesten nicht ernsthafte Konkurrenten gewesen – wer weiß?
Es gab wenige Komplikationen mit den ersten Tanzschritten. Sie nahm auch immer rechtzeitig ihre Füße weg, wenn ich zu große Schritte machte.
Schade war eigentlich nur, dass sie zu den sehr schlanken Mädchen im Kurs gehörte. Es fehlte ihr etwas das Mütterliche. „Brett mit Reißzwecken" lästerte meine Schwester immer. Aber die war ja nicht anwesend. So konnte ich mich den Takten der Musik hingeben und führen lernen. Das war nicht schlecht, stellte ich dann später fest. Es ist ja nicht die Macht, die man vielleicht ausüben könnte – es ist mehr so der Kuscheleffekt, wie man heute sagt.
Wir vergaßen die Kartoffeln. Jetzt gingen die Jungs reihum weg wie warme „Schusterjungs" beim Bäcker.
Der Tanzabend konnte starten.

Wir ließen uns schon eine Stunde vor der üblichen Zeit vom Acker abholen. Den Mädels brachten wir viele Schüsseln Wasser von der Pumpe, während wir einen auf Angeber machten und uns unter Gekicher und bewundernden Zurufen direkt an der Pumpe wuschen.
Ein Glück, das wir nicht zeigen sollten, wie kalt es uns wirklich war. Das kam zu kurz.

Hatten wir alle auf einen Partyabend gehofft, als wir unsere Koffer packten?
Jedenfalls zog jeder ein Kleidungsstück aus dem Koffer, dass die anderen noch nicht kannten. Die reinste Modenschau.
Mein Scheitel saß, wie ich im Taschenspiegel bemerkte. Etwas Pomade verhinderte dass mir Haare ins Gesicht fielen. Gab es schon auf der Oberlippe etwas

zu sehen? Ich prüfte sogar mein Brusthaar. Pech. So kann man eben nur bis drei zählen lernen!

Jetzt noch die Angströhren und das karierte Cowboy-Hemd. Ich wusste, dass Jeans hochmodern waren, aber die mochte ich nicht, seit mir Tante Agnes aus dem Westen erzählt hatte, dass das Arbeitshosen sind. Also trug ich hautenge Hosen aus anderem Material. Die kniffen zwar beim Sitzen, gaben aber einen knackigen Hintern.

Es ging los. Das Akkordeon quäkte, ächzte, jauchzte. Der Balg schnaufte. Marianne warf sich ins Zeug. Es wurde warm hier auf dem Dachboden.

Das Stroh hatten wir in der Dachschräge mit den Decken eingerollt. Der Fußboden staubte so, dass die Glühbirne, die unter der Decke hing, es nicht schaffte, uns alle zu beleuchten.

Es war in jeder Runde Damenwahl. Das hatten die Mädels vorher bestimmt. Hatte da eine Sorge gehabt, nicht aufgefordert zu werden?

Jedenfalls schafften sie es, ohne, dass es mir besonders auffiel, dass ich doch mit allen Mädels getanzt hatte. Mit einer etwas öfter. Zwinkerte sie mir am nächsten Tag zu.

Dieser Abend war ein Erfolg. Am nächsten Morgen hatte es der Kutscher schwer den Letzten von uns vom Strohlager zu holen. Mit verkniffenen Augen ging es wieder in die Kartoffeln.

In den nächsten Monaten fand noch oft ein Tanznachmittag statt. Jetzt allerdings im Studienraum. Tische zur Seite, Stühle hoch und Grammophon oder Akkordeon gaben die Musik. Kein FDJ-Aufgebot! Hier war alles freiwillig.

Ich habe auch später nie eine Tanzschule besucht. Irgendwie hatte ich die Grundlagen des Tanzens kapiert.

Was sollte mir noch passieren? Hatte da nicht mal eine sanfte Stimme in mein Ohr gehaucht: „Ich glaube du bist ein Naturtalent"

&

In meiner Straße

Gestern war ich wieder in der Stadt, an die ich die meisten Erinnerungen habe.

Statt, wie sonst, nur einen Einkaufsbummel zu unternehmen bin ich mal einige Stationen mit der S-Bahn weiter gefahren.

Am S-Bahnhof Pankow bin ich ausgestiegen. Für Ortsfremde ist das Berliner Randbezirk, wenn man noch vor 1945 geboren wurde.

Noch früher, also vor der Eingemeindung, war das hier „Sommerfrische". Gartenlokale und kleine Pensionen gab es hier. Der Rest war Landwirtschaft. Die Berliner fuhren nach Pankow um sich aus der damaligen Enge Berlins einen Tag lang zu befreien. Erholung pur für kleines Geld.

Das erzählte man mir, kann ich aber auch inzwischen nachlesen. Denn selbst hatte ich diese Zeit nicht erleben können. Dafür wurde ich einfach zu spät geboren. Das hat wiederum den Vorteil, dass ich erst heute diese Geschichte erzähle und sie ins Weltall schleudere. Das wäre mir früher nicht gelungen. Das lag nicht an Pankow, sondern an der Technik. Es gab damals nur gedruckte Informationen und Erzählungen, die man überliefern konnte. Und Fotos. So etwas habe ich heute auch zur Verfügung, aber zusätzlich noch die elektronischen Vervielfältigungsmöglichkeiten.

Der S-Bahnhof Berlin-Pankow hat sich fast nicht verändert. Es fehlen auf dem Weg zum Ausgang nur die „Knipser-Häuschen". Dort standen oder saßen Beamte der „Deutsche Reichsbahn" mit Uniform und Mütze und kontrollierten jeden Fahrausweis. Egal, ob man seine Fahrt erst beginnen wollte oder man beendete sie gerade.

Das war oft der Platz für Mitarbeiter der „Deutschen Reichsbahn", die in Ausübung ihres Dienstes körperliche Behinderungen erfahren haben. Und es waren kriegsversehrte der „Deutschen Reichsbahn".

Stört sich jemand an dem Begriff „Behindert"? Der Fahrkartenknipser von damals kannte kaum den Begriff „Handicap", wie er heute befördert wird, wenn jemand behindert ist. Egal welche Behinderung der damalige „Knipser" auch hatte, wir kleinen Berliner Rangen hatten den Dreh heraus, wie wir auf den Bannsteig gelangten ohne einen gültigen Fahrausweis zu besitzen. In den Zügen gab es nämlich keine Fahrkartenkontrollen. Mal ehrlich, welche Eltern hätten in den 1940er bis 1950er Jahren ihren Kindern Fahrgeld gegeben? Mir ist das nie passiert!
„Hast doch junge Beene, loof doch!"
Eltern, damals aber doch meist die Mütter, konnten so ehrlich sein.

Blickte ich als Kind und Jugendlicher auf das Gegenüber des Bahnhofs, so sah ich viel Grün. Junge Bäume und Sträucher. Ob dort bis 1945 Häuser gestanden hatten weiß ich nicht. Dumm. Ich hätte doch mal fragen können. Ich kannte doch diese Gegend sehr gut. Durch das junge Grün schimmerte nämlich die rote Schule, in die ich zwei Jahre ging. Hier begann mein erster Schultag. Hier gab es für mich die einzige warme Mahlzeit am Tag: „Schulspeisung" nannte sich das. Meist war es eine Milchsuppe, besser Mehlsuppe. Heiß und mit einem Klecks Marmelade.
Herrlich. Für Viele war es auch das einzige Essen am Tag. Die sowjetischen Besatzer und die Regierung im „Sowjetischen Sektor von Berlin" hatten beschlossen dem Hunger der Berliner Schulkindern Einhalt zu gebieten. Einige Meter in die Grunowstrasse und meine ehemalige „Volksschule 2" zeigte sich unverändert meinem Blick.
Da ich dort nicht nur gute Dinge erlebte, verharrte ich auch nicht lange.
Bilder der prügelnden Deutsch-Lehrerin und das „Schikanen" meiner Mitschüler kann ich nicht vergessen. Das Wort „Mobbing" lernte ich erst viel später. Wir

nannten das einfach „Stänkern". Denn die Täter waren in unseren Augen „Stinker".

Ich ging wieder zurück, am Bahnhof vorbei und nahm Kurs auf die Granitzstraße. Aber dort ist eine Gabelung. Links die Granitzstraße und rechts die Kissingenstraße. So wie die Orte, die als Namensgeber fungierten, weit auseinander liegen, so lag auch damals das Fleur der Straßen auseinander.

Die Granitzstraße war nüchtern gestaltet. Nur auf einer Straßenseite standen Wohnhäuser. Alle ähnlich im Baustil. Eine Architektur der 1920er Jahre für sozialen Wohnungsbau. Leider erst in den 1930ern verwirklicht. Wie das gesamte Viertel zwischen zwei Hauptverkehrstrassen. Es sind die Prenzlauer Promenade und die Berliner Straße. Es sind diese Wohnviertel der Hitlerzeit, wofür die Weimarer Republik das Geld gespart hatte und das Nazideutschland den Rum erntete. Sozialer Wohnungsbau eben. Für die vielen „Rucksackberliner" aus den deutschen Ostgebieten jenseits der Weichsel und noch weiter weg. Und für die vielen Bauarbeiter, die eben diese neuen Berliner Stadtviertel erbauten. Zu Zehntausenden kamen sie nach Berlin, wo es jetzt Arbeit und Brot gab. Inflation und Rezession waren gerade überstanden. Auch mein Vater kam zu dieser Zeit zum Aufbauen. Meine Mutter auch. Aus entgegengesetzten Himmelsrichtungen, aber sie trafen sich in Berlin. „Ich bin ein Berliner!" Das habe ich immer schon gesagt, ehe ein Besatzer es aus politischen Gründen in die Welt brüllte. Mir hatte man es immer geglaubt. Bis heute.

Entscheidungen? Heute geht es nicht die Granitzstraße hinauf, wie damals, als ich auf dem Heimweg von der Schule war. Nur Wenige erkennen, dass diese Straße wirklich ein kleines Gefälle hat. Es war mein üblicher Schulweg. Wetter egal! Schuhe? Wunschtraum! Meine Füße kannten das Pflaster der Granitzstraße zu jeder Jahreszeit. „Der Schüler... kommt immer mit schmutzigen Füßen zur Schule" lautete ein Brief an meine Mutter. Mutti reagierte nicht einmal darauf. Nur als ich darauf murrte: „Aber die Lehrerin verhaut mich dafür doch jeden Tag!" blickte sie auf und sagte: „Das darf sie nicht!" Ende einer Diskussion.

Heute gehe ich die Kissingenstraße in die Vergangenheit zurück. Rechts war mal eine Konditorei, das Untersuchungsgefängnis, das Amtsgericht. Ich weiß nicht, was hier noch heute davon funktioniert. Links gab es die IBIS-Apotheke. Zwischendurch mal eine Eckkneipe. Lauterbachstraße. Hierher wurde ich von Muttern geschickt um Braunbier im Siphon zu holen. Es sollte „Karpfen polnisch" geben. Der Bierwagen war nicht immer pünktlich in unserem Viertel. Schon gar nicht, wenn man auf ihn angewiesen war. Mit der Milchlieferung von „Bolle" klappte es besser. Die Flaschenmilch rottete das aus.

Gerade vor mir die Kirche, der Kissingenplatz. Ich gehe jetzt durch eine Unterführung und lande direkt in der Umgebung, in der ich spielte und herumtollte. Zeiler Weg. Retzbacher Weg, Dettelbacher Weg, Haßfurter Weg. Benannt nach Ortschaften in Deutschland, die ich nach 1961 Jahrzehnte nicht erreichen konnte.

Zwischen Haßfurter Weg, Granitzstaße, Zeiler Weg und Retzbacher Weg tobten wir. Einer von uns hatte uns einmal durchgezählt. Wir waren über 200 Kinder jeden Alters. Wir belebten die Straßen. Wir spielten hier Prellball, Völkerball, Einkriege, Hopse und Verstecken. Fast alles „Schlüsselkinder". Die Väter waren gefallen, in Gefangenschaft oder gerade wieder in geheimen Lagern der Besatzer, nachdem sie einen Ort überstanden hatten, den sie nie beim Namen nannten.

Aber wir waren schließlich Kinder. Essen, Schlafen, Schule, Spielen war unser Leben. Zwischendurch für das Abendbrot „Essen beschaffen" D.h. Die Kleingärten und die weitere

Umgebung nach nahrhaften Dingen absuchen. Besonders ergiebig war der Güterbahnhof, der entlang der Granitzstraße für die Versorgung der Berliner sorgte. Nur so viel. Mancher Waggon musste nicht mehr am Zielort entladen werden. Ächzend schleppten unterernährte Kinder viel zu schwere Pakete nach Hause. Jeder sah es und niemand klagte an.

Wie auf dem Schulhof, gab es auch hier Gruppen und Grüppchen. „Sympathisanten" und „Stänkerer".

„Pack schlägt sich - Pack verträgt sich" war oft der einzige Kommentar, wenn eines von uns blutend nach Hause kam.

Aber immer wieder spielten wir in Mannschaften gegeneinander und miteinander. Das Ganze funktionierte irgendwie.

Es gab auch „Minderwertige". Kinder mit Gebrechen, angeboren oder durch Bombentreffer erworben. Sie hatten es schwerer. Ehe sie aufgerufen wurden einer Mannschaft beizutreten dauerte es länger. Man sah nicht ihren Willen oder ihre Kraft zu gewinnen. Der Makel war sichtbarer.

„Hinkefuß", „Doofbacke", „Schielewipp" - Kinder benötigen nur ein Wort der Herabwürdigung. Dafür benötigen Erwachsene eine ganze Partei oder Regierung. Jedenfalls waren diese Jahre die Wichtigsten für mein Heranwachsen. Ich lernte, was ich nie sein wollte und ich lernte zu überleben.

Der Spielplatz war immer groß genug um Unbill auszuweichen. Entweder allein oder mit Gleichgesinnten. Eine herrliche Gegend für Kinderspiele.

Doch heute? Auf meinen Weg der Erinnerung?

In rund einer Stunde zu Fuß mit all seinen Fototerminen für das Fotoalbum und Aufsuchen

von Plätzen wo es mir gut erging, sah ich doch kein Kind. Es war bereits die Schule aus.

Wo blieben die Kinder? So herrliche grüne Höfe mit Spielmöglichkeiten. „Tannenhof",

„Birkenhof", „Eichenhof". Das klingt doch? Wir hatten sie alle in Besitz genommen, aber

heute? Nicht ein Kind war in der Sonne.

Passiert hier demnächst dasselbe wie in anderen Vierteln?

„Nur für Hunde und Erwachsene!"

Noch sind diese Schilder nicht aufgetaucht, aber sie liegen bestimmt schon in den Depots.

Haßfurter Weg. Hier kam ich an, nachdem ich drei Monate Bombennächte im Prenzlauer Berg überlebt hatte. Nur für Minuten zum Luftschnappen durfte ich aus dem so genannten „Luftschutzkeller". Wofür sollten uns eine Stahltür und einige Holzstempel schützen, wenn wieder einmal die nahe Gasanstalt an der Greifswalder Straße das Ziel war? Eine Frage beschäftigt mich bis heute: Warum zogen wir nicht schon früher nach Pankow? Diese Wohnung im Haßfurter Weg besaß Mutter doch schon seit 1939. Erstbezug.

Im Prenzlauer Berg Bomben Tag und Nacht und hier ein Loch in einem Eckhaus von einer Panzergranate. Ein Anwohner, den ich mal nach dem Loch fragte meinte grinsend: „Da hatte ein roter Panzergrenadier wohl etwas Langeweile. Wir hatten schon kapituliert!" Weit und breit auch keine weißen Fahnen aus den Fenstern. War hier kein Krieg gewesen?

Kinderfragen. Bisher nicht erklärt.

Ich umrunde langsam „mein Haus". Drei Eingänge, je drei Etagen. Es wurde frisch gestrichen. Der alte Kieselputz war wohl schon zu sehr ergraut? „Hintenraus", so nannten wir immer die kleinen Mietergärten vor unserem Fenster. Sie gehörten in den meisten Fällen zu den Wohnungen im Hochparterre - Mitte. Eingehalten

war wurde das nicht immer. Unseren Garten hatte Mutti abgegeben. „Zuviel Arbeit" lautete die knappe Antwort auf unsere Fragen, warum wir jetzt zur Straßenseite die Sträucher entfernen sollten um Salat und Gemüse aussäen. Jetzt waren wir Kinder für die Bewachung und das Wachstum der jungen Pflänzchen verantwortlich. Trotzdem gelangte nicht die gesamte Ernte in unsere Töpfe.

Vom Aufstehen bis 21 Uhr ist ein langer Tag. Ganz besonders, wenn zuhause keine Brotkrumen auf uns warteten. Mit Händen und Füssen verteidigten wir daher unseren „Garten".

Unseren ehemaligen Garten hatte jetzt eine Familie aus Weißrussland. Neidisch sah ich, aus unserem Fenster, der Familie beim Ernten zu. Besonders beeindruckend empfand ich nicht die Größe der Radieschen oder Kartoffeln - mich beeindruckte das schöne Mädchen der Familie. Blondes Haar, das bis fast an den Po reichte. Ich war fasziniert. Trugen doch alle weiblichen Wesen in unserer Familie fast schwarze Haare. Den kleinen Jungen der Familie strafte ich mit Nichtachtung. „Der ist ja nicht älter als ich" schnauzte ich meine Schwester an, als sie mich mit meinen ewigen „Fensterblick" aufzog. Ich solle doch mal hinunter gehen und ihn zum Spielen einladen, war ihre ständige Bemerkung. Ich seufzte nur öfter mal und wünschte meiner Schwester blonde Haare.

Heute sind diese Gärten einer gemeinsamen „Erholungsfläche" gewichen. Liegestühle, winzige Bäumchen, viel Rasen, ab und zu eine Blume.

Andere Mietergärten blieben. Diese bilden sie eine Art Kaserne für das Grün in einem Wohnviertel: Ein winziges Häuschen für Werkzeuge, die Hollywoodschaukel Rosenstöcke am Spalier.

Diese Flächen haben keine Mieter selbst gestaltet. Oder sie folgen einem Diktat der Wohnungsgenossenschaft.

Es passt mir oder passt mir nicht - alle Höfe sind grün. Es sind doch alles kleine Wohnungen, da ist Grün vor dem Fenster eine Erweiterung des Sichtfeldes. Wir wohnten übrigens „Stube und Küche". Innentoilette war bereits Standard. Das waren Errungenschaften. In den Mietskasernen der Innenstadt ging man noch „halbe Treppe". Die Anzahl der Bewohner einer Wohnung im Haßfurter Weg schwankte je Wohnung von einer Person bis zu 14 Personen. „Zweizimmer und Küche". Ich wurde von meinen Spielgefährten nie in solche Wohnung eingeladen, während ich die Wohnungen der „Alleinstehenden" bestens kannte. Ich erledigte Einkäufe für die besseren Damen. Frauen von Post- und Bahnbeamten, deren Männer noch oder schon wieder „unbekannten Aufenthalts" waren. Heute erinnere ich mich, dass sie bis zum Lebensende „Alleinstehend" blieben. Sie leben von der Pension des Gatten, betonten sie immer wieder. Es gab schon etwas Neid unter den Mietern.

Ich trödelte langsam den Haßfurter Weg entlang. Im Zeiler Weg stehen immer noch Bäume mit „Mehlbeeren", wie wir sie nannten. Diese wurden zu Marmelade. Die Linden dieser Gegend waren ebenfalls unser Ziel. Wir pflückten Blüten für den Winter. Wilde Kamille trockneten wir. In einem Rechteck aus Straßen und Häusern ernteten wir jedes Brauchbare für „Schlechte Zeiten".

Mütter können so gemein sein. Ständig schickten sie uns aus um Dinge zu besorgen, die unserer Gesundheit dienten. Sie verstanden nicht, dass das von unserer „Spielzeit" abging. Das Wort Freizeit war mir damals völlig unbekannt. War es damals schon erfunden?

Das kleine Viertel Zeiler Weg/ Dettelbacher Weg sieht von oben wie ein Tortenviertel aus. Hier war ich täglich um unseren Bedarf zu decken. Es gab zwei Lebensmittelgeschäfte, einen Schumacher, einen Milchladen, saisonbedingt einen Eisladen und einen Schreibwarenladen. Besonders interessant war der Güterbahnhof, der entlang der Granitzstraße für die Versorgung der Berliner sorgte. Nur so viel. Mancher Waggon musste nicht mehr am Zielort entladen werden. Ächzend schleppten unterernährte Kinder viel zu schwere Pakete nach Hause.

Wie auf dem Schulhof, gab es auch hier Gruppen und Grüppchen. „Sympathisanten" und „Stänkerer".

„Pack schlägt sich - Pack verträgt sich" war oft der einzige Kommentar, wenn eines von uns blutend nach Hause kam.

Aber immer wieder spielten wir in Mannschaften gegeneinander und miteinander. Das Ganze funktionierte irgendwie.

Es gab auch „Minderwertige". Kinder mit Gebrechen, angeboren oder durch Bombentreffer erworben. Sie hatten es schwerer. Ehe sie aufgerufen wurden einer Mannschaft beizutreten dauerte es länger. Man sah nicht ihren Willen oder ihre Kraft zu gewinnen. Der Makel war sichtbarer.

„Hinkefuß", „Doofbacke", „Schielewipp" - Kinder benötigen nur ein Wort der Herabwürdigung. Dafür benötigen Erwachsene eine ganze Partei oder Regierung. Jedenfalls waren diese Jahre die Wichtigsten für mein Heranwachsen. Ich lernte, was ich nie sein wollte und ich lernte zu überleben.

Der Spielplatz war immer groß genug um Unbill auszuweichen. Entweder allein oder mit Gleichgesinnten. Eine herrliche Gegend für Kinderspiele.

Doch heute? Auf meinen Weg der Erinnerung?

In rund einer Stunde zu Fuß mit all seinen Fototerminen für das Fotoalbum und Aufsuchen

von Plätzen wo es mir gut erging, sah ich doch kein Kind. Es war bereits die Schule aus.

Wo blieben die Kinder? So herrliche grüne Höfe mit Spielmöglichkeiten. „Tannenhof",

„Birkenhof", „Eichenhof. Das klingt doch? Wir hatten sie alle in Besitz genommen, aber

heute? Nicht ein Kind war in der Sonne.

Passiert hier demnächst dasselbe wie in anderen Vierteln?

„Nur für Hunde und Erwachsene!"

Noch sind diese Schilder nicht aufgetaucht, aber sie liegen bestimmt schon in den Depots.

Haßfurter Weg. Hier kam ich an, nachdem ich drei Monate Bombennächte im Prenzlauer Berg überlebt hatte. Nur für Minuten zum Luftschnappen durfte ich aus dem so genannten „Luftschutzkeller". Wofür sollten uns eine Stahltür und einige Holzstempel schützen, wenn wieder einmal die nahe Gasanstalt an der Greifswalder Straße das Ziel war? Eine Frage beschäftigt mich bis heute: Warum zogen wir nicht schon früher nach Pankow? Diese Wohnung im Haßfurter Weg besaß Mutter doch schon seit 1939. Erstbezug.

Im Prenzlauer Berg Bomben Tag und Nacht und hier ein Loch in einem Eckhaus von einer Panzergranate. Ein Anwohner, den ich mal nach dem Loch fragte meinte grinsend: „Da hatte ein roter Panzergrenadier wohl etwas Langeweile. Wir hatten schon kapituliert!" Weit und breit auch keine weißen Fahnen aus den Fenstern. War hier kein Krieg gewesen?

Kinderfragen. Bisher nicht erklärt.

Ich umrunde langsam „mein Haus". Drei Eingänge, je drei Etagen. Es wurde frisch gestrichen. Der alte Kieselputz war wohl schon zu sehr ergraut? „Hintenraus", so nannten wir immer die kleinen Mietergärten vor unserem Fenster. Sie gehörten in den meisten Fällen zu den Wohnungen im Hochparterre - Mitte. Eingehalten

Schreibwarenladen.

Bei „Hoffmann" ließen wir einige Zeit „anschreiben". Für diese Einkauftour war ich, der Jüngste, zuständig. Für mein Alter zu groß und jede Rippe spießte einzeln, war ich geeignet bei Herrn Hoffmann väterliche Emotionen zu wecken. Richtig gemein war er trotzdem. Nie bekam ich aus dem Bonbonglas auf der Ladentheke einen Bonbon. Das habe ich ihm bis heute nicht vergessen.

Diesen Geschäften, schräg gegenüber gab es Gemüse, Fisch und einen Fleischer. Der Letztere hatte den Ruf jeden Hund in der Gegend zu Wurst zu verarbeiten. Unsere Eltern schmeckten das sofort heraus. Besonders seine Leberwurst hatte einen schlechten Ruf. Für mich war sie immer nur grau und schmeckte mir besser als trockenes Brot.

Diese Läden gibt es heute noch, aber ich könnte sie mieten. Leerstand! In einigen hundert Metern hat man wahrscheinlich über hundert Kleingärten zu Tankstellen, Baumärkten und Supermärkten umgestaltet. Super! Uns dienten diese Kleingärten als Nahrungsquelle in den schlechten Jahren. Wir tauschten mit den Kleingärtnern, was sie nicht hatten. Dafür bekamen wir Obst, Gemüse und Kleintiere, die andere Kleingärtner nicht hatten. Immer blieb abends etwas für den Küchentisch übrig. Die Höhe der Zäune hatte keinen Einfluss auf unseren Nahrungserwerb. Ich war also ein Kleinkrimineller. „So jung und schon so verdorben" rief mir eine Frau hinterher, als sie mit meinem Fluchttempo nicht mithalten konnte. Deshalb bestand Mutter auch darauf in unserer „Stube und Küche" zeitweise Hühner zu halten. Da ich keine Schuhe trug, hatten die Hühner keinen Auslauf in der Wohnung. Wieder eine Beschäftigung, die ich hasste: Hühner hüten auf dem Hof. Ist das eine ehrenvolle Arbeit für einen Jungen? Der Spott war mir sicher.

Schönes Wetter und eine unbestimmte Wiedersehensfreude hatten mir viele Erinnerungen wachgerufen. Ich fand Vergessenes wieder und Anderes war verändert. Es entsprach nicht mehr in Allem meinen Erinnerungen. Trotzdem! Es war ein schöner Tag.

Statt den Bus in Richtung Zentrum zu nehmen trödelte ich noch in Richtung „Am Steinberg". Entlang der Prenzlauer Promenade wurde viel Neues gebaut. Wieder waren hundert Kleingärtner die Opfer.

An der Figarostraße verhielt ich doch noch etwas.

Auf der Seite, wo heute Wohnblöcke stehen, lauerten damals zwei sowjetische Leutnants im Gebüsch.

Als meine Mutter und ich mit Brennmaterial und Essen von der Danziger Straße kommend, diesen Punkt erreichten stürzten sie sich auf Mutti und zerrten an ihr. Sie schrie laut.

Ein Mann kam aus der Figarostraße, es war ein einzeln stehendes Haus, und schwang eine Axt. Er brüllte ebenfalls. Die Offiziere verschwanden schleunigst. Ich bekam noch einen Anschnauzer von meiner Mutter, wegen mangelndem Beistand, und nach vielen Dankesworten setzten wir den Weg in Richtung Rothenbachstraße fort. Am nächsten Tag standen dieser Überfall und noch ein Weiterer von dieser Stelle, in der Berliner Zeitung.

Meine Mutter besaß diesen Zeitungsausschnitt bis zu ihrem Tod.

Mich erinnerte er immer wieder an mein Versagen. Ich hatte nicht geschrien, ich hatte

nicht geholfen, ich war hilflos dieser Situation ausgeliefert.

Das Datum? Unvergessen: 28.08.1949.

Warum tat ich nichts? Waren es die Verhaltensregeln, die man mir täglich einhämmerte? „Schlag dich nicht, man schlägt nicht, fang' keinen Streit an!"

Es dauerte noch weitere zehn Jahre, bis ich gelernt hatte wie man sich wehrt.

Aber so recht gelingt es mir immer noch nicht.

Eine Erziehung zur defensiven Verhaltensweise war wohl auch nicht das Richtige für mich. Ich hatte viel auszuhalten in der Umgebung, in der ich lebte. So ein richtiger „Harter Knochen" bin ich immer noch nicht. Heute kann ich allerdings auch nur wundern in welche Richtung die heutige Erziehung geht. Keine Erziehung ist wohl die Richtige?

Vergangenheit! So sind Erinnerungen. Nicht nur Sahnetorte, sondern auch mal hartes Brot.

„Steinberg". Hier endete entweder eine Linie der Straßenbahn oder sie kurvte Richtung Heinersdorf. Heute hat sich nur geändert, dass „Am Steinberg" nicht mehr die Straßenbahnwaggons vom Schaffner oder der Schaffnerin mit der Hand verschoben wurden.

Ab „Weissenseer Spitze" wurde es mir jetzt langweilig. Wirklich eine lahme Gegend für mich. Außer dem Riesentrubel beim Umsteigen in eine andere Straßenbahn oder sonntags in die Ausflugsbusse habe ich keine nennenswerten Erinnerungen. Es gibt einige neue Wohnsilos. Man wohnt hier. Sonst nichts. Das gesamte „Ostseeviertel" kennt keine Hektik. Schon damals nicht.

෨

Ich möchte wie du sein

Sehr oft habe ich das gedacht.

Das begann schon, als ich Kind war. Der Spielkamerad war immer ein wenig besser als ich. Warum konnte er schon auf die dünneren Äste des Baumes klettern? Wenn ich das wollte, wurden mir die Knie weich. War es Mutterns Ermahnung, die mir im Kopf tickte: „Junge pass auf und mach nicht solche dummen Sachen wie ... Jetzt folgte ein Name eines Spielgefährten. Ich wollte doch aber wie er sein. Er war doch nur wenig älter als ich. Irgendwann, später konnte ich es auch. Aber es war zu spät. Er hatte jetzt andere Spielgefährten. Als Trost hatte ich nur, dass jetzt einige Kleine um mich herum waren, die wie ich klettern wollten. Kam ich immer zu spät?

In der Schule hatte ich so viel Ehrgeiz, dass ich Klassenbester war. Fast durch alle Schuljahre. Aber Aufwachsen bestand nicht nur aus Schule. Wohl aber aus Lernen. So hinkte ich im täglichen Leben immer jemand hinterher, den ich mir als Vorbild erkoren hatte. Ob ich ihn erreichte? Meist nicht. Heute weiß ich, dass das auch nicht geht. Der Andere hatte auch Vorbilder und entwickelte sich weiter. Also war ich abgehängt? Nein. Ich entwickelte eigene Fähigkeiten, in denen ich selbst wieder Vorbild wurde. Ich war nicht der Beste, sondern einer von den Besten.

Es wäre unverfroren zu behaupten, ich wäre jetzt unter den Besten gewesen. Ich war nur mit einigen speziellen Kenntnissen und Fähigkeiten unter den Besten in meiner Umgebung. Das musste ich erkennen, als das Studium beendet war und die Berufstätigkeit begann.

Das war hart. Wie viel war mir eingepaukt worden und wie wenig war es noch wert, wenn ich mir meine Mitstreiter ansah? Aber ich erkor mir wieder ein Vorbild. Ein Mensch, der schon nahe der Rente war und Kenntnisse in seinem Beruf hatte, um die ich ihn beneidete. Ja, Neid ist auch Ansporn. Ich eiferte ihn in allen praktischen Dingen nach, aber seine theoretischen Kenntnisse waren bereits Geschichte. Ich sagte es ihm nicht, aber etwas überlegen fühlte ich mich, nach einiger Zeit, schon.

Einige Zeit später, mein Vorbild schied aus dem Arbeitsleben, hatte ich seine Dienststellung erreicht. Ich war jetzt schon etwas stolz auf meine Leistung. Das müsste sich doch in der Entlohnung widerspiegeln? Meine Frage beim Vorgesetzten rief nur ein Lächeln hervor. „Du willst sein wie er? Er hatte fast 50 Jahre gearbeitet. Mach das und du hast auch, was er hatte". „Ungerecht", schrie es in mir. War es auch. Gleicher Lohn für gleiche Arbeit bleibt heute noch ein Märchen. Ich leistete mehr als mein Vorbild, aber erreichte erst zehn Jahre später sein Lohnniveau.

Das gelang mir auch erst, als ich erkannte, dass ich mehr konnte, als mir entlohnt wurde. Meine Kündigung nach 13 Jahren Betriebszugehörigkeit rief bei allen Kollegen und Vorgesetzten Irritation hervor. Von „Idiot" bis „Verräter" gab es viele Schattierungen von Beschimpfungen.

Es war der Zeitpunkt gekommen, meine berufliche Erfahrung anderen zu vermitteln. Für einen gerechten Lohn. Über verschiedene Leitungsfunktionen und weiteren Qualifizierungen reichte es endlich für eine eigene Firma. Jetzt musste ich immer Vorbild sein. Nicht wie ein Anderer! Ich war ab jetzt wie ich. Diese Zeit hat mich stark verändert.

Ich will seit dieser Zeit niemals sein wie ein Anderer. Endlich ist mir bewusst geworden, wer ich wirklich bin. Ich höre Menschen zu, die mich immer noch verändern möchten, und weiß, dass sie es niemals schaffen werden. Bin ich jetzt unveränderlich geworden?

Nein. Ich reagiere immer noch auf Anforderungen und Forderungen. Ich will aber niemals mehr ein Anderer werden. Ich will nicht wie DU sein.

ର

Inhalt IV

Ich Stasi? Du Stasi? Wer Stasi?
Am Ende des Jahres 1989 bemühte sich nicht nur die Regierung der Deutschen Demokratischen Republik um Vertrauen.
Das nämlich war verschwunden.
Es verschwanden auch immer mehr Mieter aus meinem Wohnviertel.
Von 12 Wohnblöcken mit je 50 Wohnungen waren fast über Nacht nur noch neun Blöcke bewohnt. Das erstaunte mich schon, wenn ich mich an die permanente Wohnungsnot der Vergangenheit erinnere.

Auch in den Betrieben und wissenschaftlichen Einrichtungen herrschte jetzt ein großes Stuhlrücken. Natürlich leise. Man hörte es kaum. Die, die immer sangen: „Wir sind die erste Reihe, wir gehen kühn voran…", rückten jetzt vorsichtig in die zweiten Reihe.

Es war auch die Zeit, als ich in einer so genannten „Wissenschaftlichen Einrichtung" arbeitete.
Hier gingen die Diskussionen leise vonstatten. Immer nur im Zwei-Augen-Gespräch. Lauter waren die Fragen nach der Währung und ob es lange dauern wird bis es den „Weststandard" auch in der „DDR" geben würde.
Ältere, so wie ich, wurden gefragt, wie es denn damals so im Westen zuging. Es gaben jetzt auch einige zu, dass sie in der Bundesrepublik noch Verwandtschaft haben. Aber außer Grußkarten oder kleine Päckchen gab es keine Verbindungen zu ihnen. Ehrlich!
Man schrieb einfach wieder um Kontakte zu knüpfen.

Von Umstürzlern war in dieser Einrichtung nichts zu merken. Es war zwar keine gespenstige Stille in den Büros, aber eine richtige Euphorie war nicht zu erkennen.
So kam es auch, dass der amtierende Direktor, der gleichzeitig auch der Parteisekretär der „Sozialistischen Einheitspartei" war zu einer Betriebsversammlung aufrief.
Das gab es nicht? Zwei der wichtigsten Funktionen in einem Betrieb in einer Hand? Hier gab es das, weil der Direktor gerade wegen Alkoholmissbrauchs beurlaubt war. Die einleitenden Worte des jetzigen Multifunktionärs verkündeten dieses Mal nicht den Stand der Planerfüllung. Er gab auch keine Zahlen über Soll und Haben vom letzten Quartal bekannt.

Nein! Bescheiden und recht tonlos schilderte er die Lage in unserer Einrichtung. Sein Fazit war, dass die Auflösung nicht nur die Regierung erfasst hatte, sondern auch die Leitungen der Betriebe und wissenschaftlichen Einrichtungen. Wir waren an dem Punkt, wo wir fast an eine Selbstbestimmung glauben konnten.

Damit es nun keine völlige Auflösung der Strukturen gibt, wäre es wichtig Vorschläge für die einzuschlagende Richtung zu machen. Wichtigster Punkt sei die Leitungsebene zu festigen. Sonst könne die Öffentlichkeitsarbeit stark leiden.

Das lange, betretene Schweigen wurde endlich durch die Wortmeldung einer Mitarbeiterin unterbrochen. Sie gab zu bedenken, dass die Zeit heran wäre die ehemaligen Parteifunktionäre und die geheimen Mitarbeiter des „Ministeriums für Staatssicherheit" namhaft zu machen. Erst dann sei doch eine ehrliche, neue Alternative der Leitungsebene in dieser der Einrichtung möglich.
Jetzt brach ein Sturm der Entrüstung los.
„Hier gab es so etwas noch nie. Hier gibt es keine Spitzel. Wir werden uns doch nicht gegenseitig beschuldigen!" So wurden diese Stimme und noch der eine oder andere Einwand abgewürgt. Es war die einzige Aufregung für die nächsten Monate.

Den Schluss der Betriebsversammlung bildete die überwiegende Zustimmung zur Erhaltung der bisherigen Leitung. „Sie hat doch bisher gute Arbeit" geleistet, meinte man mehrstimmig.
Auch der Versammlungsleiter, der wie schon erwähnt, in Personalunion nicht nur Direktor, Parteisekretär und Nomenklaturkader war, wurde in seiner Funktion bestätigt.
Am Ende konnte man es den Teilnehmern ansehen, dass sie erleichtert waren wieder ein schlummerndes Problem so hart angepackt zu haben und es einer Lösung zugeführt zu haben.
৪০

Ich befinde mich in der Jugend meines Alters

Ich folge jetzt den aktuellen Trends. Viele davon machen mich jünger – versprechen jedenfalls die Propheten in Zeitschriften und TV. So geben sie mir auch eine schöne Sicht auf meine zurückliegenden Jahre.

Ewig jung? Das ist es auch nicht, was ich vom Leben erwarte.

Wenn ich so zurückblicke, habe ich Vieles erlebt. Jetzt keine Sorge – es bleibt jugendfrei!

Aber nehme ich als Beispiel die Reformen der deutschen Rechtschreibung. Ich kann jetzt Tipp mit zwei „p" statt mit einem „p" schreiben und Schifffahrt mit drei Eff. Ja, das sind Einschnitte in meinem Leben gewesen.

Etwas verwirrend, wenn ich Philosophie schreiben soll, oder Photographie. Philosophie schreibt man mit zwei „ph", aber Fotografie mit zwei „eff". Urteilt selbst.

Die „Alten Griechen" würden uns unsere Wörterbücher um die Ohren hauen. Entschuldigung, euch meine ich nicht, ihr alten Griechen. Im Fall, dass mir einer zuhört. Im Gegensatz zu den „Alten Griechen" lebt ihr noch.

Das mit der Jugend im Alter fühle ich.

Noch immer gucke ich in jeden Blusenausschnitt. Noch immer bekomme ich sofort böse Blicke von meiner Begleiterin. „Was hat die, was ich nicht habe?" Also der Satz ist nun wirklich alt.

Neulich, in der Straßenbahn, stehe ich so neben einem Teenie. Natürlich gucke ich zwangsläufig auf sie herab. Sie saß nämlich. Jetzt denkt ihr wieder „Der guckt schon wieder in den Ausschnitt". Nee ich guckte auf ihr Buch. Versuche etwas zu lesen. Sie versuchte es auch. Die Musik schrillte aus ihren Ohrhörern. Hörte sich an wie „Metallic". „Wumm, wumm, wumm" – Finger anfeuchten – Seite umblättern – „wumm, wumm, wumm".

Der Wagen ruckte und sie blickte hoch. „Möchten sie sich hinsetzen?" Da schoss mir doch glatt das Blut ins Gesicht. Ich nahm trotzdem dankend an. Woher wusste sie, dass ich alt war und eines Sitzplatzes bedurfte?

Woher wusste das junge Ding eigentlich, dass man vor dem Alter aufsteht?

Wenn ich mich prüfend im Spiegel betrachte, stelle ich nur wenige Veränderungen zu früher fest. Jedenfalls im Gesicht. Etwas voller um die Wangenknochen, Drei-Tage-Bart statt Menjou. Der Rest ist Lebenserfahrung. Und die kann jeder sehen.

Noch etwas ist verändert. Homer!

Homer ist jetzt gelb, tritt im Fernsehen auf und hat eine Aussprache ..., na ihr wisst schon. Jetzt nennt er sich Simson. Das war früher anders. Da dichtete Homer noch.

Meine Allerliebste geht jetzt immer zum Cutter. Seitdem zahlt sie jetzt wieder weniger für ihren Haarschnitt. Der Hairdresser war wirklich zu teuer.

Werde ich zum Schoppen eingeladen, weiß ich, dass mir eine Durststrecke bevorsteht. Das war mal anders. Das ging es immer feucht-fröhlich zu. Heute bedeutet es Pflaster treten.

Ich protestiere auch nur schwach, wenn wieder mal Wellness angesagt ist. Während ich mich vor einigen Jahren noch badete, und ich mich dann abtrocknete, haut mir heute eine jung gebliebene Amazone auf den Nackten und meint „Umdrehen"! Das hat sie nun davon. Jetzt erstrahle ich in aller meiner jungen Frische. Hintenherum.

Ich stehe dazu. Ehrlich.

Ich will euch wirklich nicht mit allen Veränderungen in meinem Leben langweilen. Es ist auch noch eine ganze Weile hin bis zum Alter, denn ich befinde ich jetzt erst in der Jugend meines Alters.

൫

Katjuscha

„Wir sollten auch mal wieder in die Stadt gehen" meinte ich zu meiner Frau.

„In die Stadt gehen" war der übliche Ausdruck für bummeln und Geld ausgeben. So war auch das Echo auf meine Anregung verhalten.

„Katja braucht dringend einen Mantel. Es wird bald Winter werden".

So brachte mich meine Frau aus meinen Träumen.

Katjas, unsere Jüngste, hatte wirklich Winterkleidung nötig. Und ehe wir zu spät die Reste aufkauften sollten wir rechtzeitig losgehen.

Ich beantragte einen Urlaubstag und meine Frau nahm den üblichen „Haushaltstag", der
sonst immer für Arztbesuche mit den Kindern genutzt wurde.

Nach dem Mittagessen zogen wir drei los. Mama, Katja und ich.

In jedes Schaufenster guckten wir. In die Geschäfte kam man nur mit etwas Kraft. Sie
waren einfach voller Kundinnen.

Männer? Heute war ich der Einzige.

Drinnen ging es heiß her. Das kannte ich nur noch von den Sommer-Schluss-Verkäufen in den 1950er Jahren.

Zwei Kundinnen zerrten an einer Jacke und schimpften lauthals. Ich verstand natürlich kein Wort. Die russische Sprache zu erlernen hatte mich ich bis jetzt immer standhaft geweigert.

Die Verkäuferin versuchte einer grell geschminkten Dame im Pelzmantel zu erklären, dass sie nicht drei gleiche Mäntel mitnehmen könne, da der Vorrat auch noch bis nachmittags reichen sollte.

Wir guckten nach einem Mäntelchen für unsere Katja, die dem Treiben etwas ängstlich zusah. Ihr Kopf ragte nämlich gerade über den Ladentisch. Ständig drängelten sich neue Pelzträgerinnen in den Laden, während erboste Damen mit den üblichen russischen Flüchen oder triumphalisch lächelnd das Geschäft verließen.

Ein blauer Mantel in der benötigten Größe erregte meine Aufmerksamkeit. Ich drängelte mich zum Kleiderständer hindurch und Griff danach. Die Dame neben mir war wohl meinem Blick gefolgt. Jedenfalls ergriff auch sie kraftvoll das Mäntelchen und guckte mich streng an. Ich hielt ihrem Blick stand und den Mantel fest in der Hand. Mit einer Kopfwendung rief ich hinter mich: „"Katja, komm' mal bitte!" Der Zug am anderen Ende des Mantels ließ sofort nach.

„Katja, Katjuscha!" formten zwei dick, rot geschminkte Lippen. Meine Mitbewerberin um den Mantel schrie fast.

Unsere Katja wurde mehr zu mir geschoben, als dass sie selbst ging. Im Geschäft war es im Moment sehr ruhig.

„Du heißt Katja? Beugte sich die Dame zu unserem Mädel hinunter. Katja nickte.

„Ich habe auch eine Tochter, die Katja heißt" versuchte sie in deutscher Sprache zu erklären. Dazu strahlte sie.

Katja nickte etwas mit dem Kopf, den die Frau jetzt streichelte. Schnell kramte sie noch in ihrer Tasche und holte eine Tafel Schokolade der Marke „Trumpf" heraus. Meine Frau und ich wechselten einen kurzen Blick, der wohl die Frage beinhaltete „Woher hat sie wohl die Westschokolade?"

Katja bedankte sich leise, während die Lautstärke im Geschäft schon wieder zunahm.

So war es oft in Potsdams Geschäften. Die Offiziersfrauen der sowjetischen Besatzung hatten durch den Sold ihrer Ehegatten reichlich Geld zur Verfügung um jede Ware, die in die Auslage kam zu einem Mangelartikel zu machen.

Die Verkäuferinnen hörten sich oft Beschimpfungen dieser Kundinnen an, die auch mal in den Satz "Du Nazischwein" endeten. Manchmal spuckte auch mal eine Dame im Pelzmantel über den Verkaufstisch.

Immer wieder konnten Deutsche am späten Nachmittag nur noch Reste ergattern. Darum ging das Verkaufspersonal dazu über bestimmte Waren erst am Nachmittag offen anzubieten.

৪৩

Macht die Rüben kalt! Viele Generationen junger Menschen haben Arbeitseinsätze auf dem Land erlebt. Das „Bauernvolk" brauchte Eure Hilfe. Schüler, Studenten, Soldaten. Allen willkommenen Erntehelfer. Die Erntemaschinen besaß der Großbauer oder später die MTS (MAS). Das kostete. Jährlich gab es diese Aufrufe.

Ich hatte als Kind schon reales Bauernleben kennen gelernt, bin aber doch ein Städter geworden. Sogar ein Großstädter. Gemüse gab es auf dem Markt oder beim „Koofmich". Man macht im Leben alles zweimal durch? Mich erwischte es beim Studium. „Völlig freiwillig" wurde unser Kurs zu Erntehelfern. Stand jedenfalls in der „Junge Welt".
Mit dem Zug ins Mecklenburgische; im Koffer das Notwendigste. Am Bahnhof ein Trecker mit Anhänger. Unterkunft in der Dorfschule (früher das Schloss) auf einer Strohschütte mit einer Decke. 25 Mädels und 6 kernige Jungs.

Eine freundliche Bäuerin kam in den Raum: „Ihr habt doch bestimmt Hunger. Was wollt ihr denn essen?" Selbst die Mädels verstummten. Was kannten Großstädter an Essbarem?
„Bockwurst, Bouletten, Puffer; Hähnchen". Das war ein Geschnatter. Lachend zog die Bäuerin wieder ab. Es gab Kohlsuppe aus einer 50 Liter-Kanne. Jeder kellte sich etwas in die Alu-Schüssel. In der Suppe musste ein halbes Schwein sein. Soviel Fleisch kannte ich von zuhause nicht.
Brühe wurde bei uns zuhause aus Knochen gekocht. Mit der leeren Schüssel in der Hand kippten wir auf unser Strohlager. Dieser Tag war gelaufen.
„Faule Bande! Raus! Die Bauern sind schon auf dem Feld!" Gestern war die Bäuerin aber wesentlich netter. Sie zeigte uns noch die Wasserpumpe am Haus und weg war sie. Wie kalt wird kaltes Wasser, wenn es auf einen bettwarmen Großstadtstudenten trifft? Nichts anmerken lassen. 25 Mädels gucken. In der Badehose gockelten wir bei gefühlten Null Grad Lufttemperatur vor der Pumpe 'rum. Halb nass rein in die Klamotten und schon stand der Trecker vor der Tür. Frühstück? Tee? Muckefuck? „Bekommt ihr noch!"
Auf dem Feld angekommen stand unsere Bäuerin wieder da. „Nu esst erst mal was, so könnt ihr ja nicht arbeiten". Sprach's und nahm das Sechspfünder vor die Brust. Ritsch, reichte sie Scheibe um Scheibe an uns.
„Der Speck ist da in da auf dem Brett. Milch in der Kanne!" Man sah ihr an, dass sie schon immer gut frühstückte. Sie sprach zwar platt, sah aber nicht so aus.
In unserer modischen Stadtkleidung ging es nun zur Zuckerrübenernte. Der Boden war etwas gefroren. Am Kraut herausziehen klappte meist nicht. Tritt gegen die Rübe und dann ziehen! Wir Kerle hatten Glück. Jedenfalls die so aussahen als wenn sie Muckis hätten. Wir trugen die vollen Körbe zum Hänger und kippten aus. Wir grinsten eine Weile über die „Rübentreter".

Nicht lange. Ein Bauer fährt sein Fuhrwerk erst in den Schober, wenn es voll ist. Also höher und höher die Rüben stapeln. Wir lachten nicht mehr. Die Mittagspause erlöste uns. Die 50 Liter-Kanne stand wieder da. Die mussten hier eine Kohlsuppenquelle haben.

Wer Hunger hat meckert nur innerlich. „Euch Hungerhaken kriegen wir auch noch hin" lachte die Bäuerin. Aber abends gab es etwas Anderes. Das gute Bauernbrot und Fleisch und Wurst ohne Limit.

„Alles Hausschlachtung" grinste die Bäuerin wieder. Wir waren am Ende zu schlapp um zu rülpsen. Tja, so ging es Tag für Tag. Wären nicht die Rüben gewesen hätten wir wohl das Studium vergessen.

ଓ

Mein hundertster Geburtstag

Mein hundertster Geburtstag
Am Sonnabend ist es soweit. Ich feiere da hundertstes Jubiläum meines Erden-Daseins. Bis hierher war es einfach. Hunderte Jahre vergehen schnell, wenn man nur arbeitet.
Meist war der Arbeitstag länger als der restliche Tag. Ich muss mir das mal ausrechnen lassen, wie viel Stunden damals ein Tag hatte.

Jedenfalls war er lang. Morgens die Kohlen aus dem Keller holen, dann den Ofen anfeuern, jetzt noch schnell den Kindern das Frühstück bereiten.
Nun aber los, ab mit ihnen in den Kindergarten oder in die Schule. Wenn ich Schichtdienst hatte, lief dieses Programm auch so ab, nur hektischer.
Etwas Ruinen wegräumen, etwas Neues aufbauen, etwas Qualifizierung nach der Berufsausbildung. Mein Leben war sehr vielseitig.
Das alles sehe ich, wenn ich zurückblicke.

Heute blicke ich nach vorn. Der Blick zurück stimmt mich sonst melancholisch.
Also am Sonnabend habe ich meinen großen Tag.
Wen habe ich alles zurückgelassen bis ich diesen Tag erreicht habe? Ach, lass das Arno! Melancholie steht dir wirklich nicht. Alle wollten dich immer lachen sehen.
Sonnabend!

Ich werde natürlich ein ausgedehntes Frühstück zu mir nehmen. Heute leiste ich mir noch ein Gläschen Champagner dazu.
Meiner Altenpflegerin mache ich ihren Platz mit einer Decke weich und kuschelig. Ich lege ihr noch eine Decke über die Knie. Die Arme klagt immer so über Arthrose in den Gelenken. Dann noch die Essschürze. Perfekt.
Ach wie behände war sie doch, als sie mir zugeteilt wurde. Kniff ich ihr früher in den Po, kicherte sie und lachte: "Ach lass das Arno!"
Heute meckert sie: „Lass das Arno, das gibt nur wieder blaue Flecke!"

Nach dem Frühstück drücke ich noch die Hände der Gratulanten. Es wird traurig sein anzusehen, wie sie mit ihren Rollatoren oder wie die vierrädrigen Sitzplätze heißen, aus ihren Zimmern schlurfen. Nur Inge ist noch behände. Sie kommt immer strahlend auf mich zu. Wie eine Sonne leuchtet ihr Gesicht. Unsere Begrüßung fällt immer etwas länger und herzlicher aus, was oft den Neid von Brunhilde und Hannelore hervorruft. Ihr wisst doch: Männer sind in Altenheimen Mangelware. Inge lässt auch gern mal ihre Unterarmgehhilfen fallen, wenn ich in der Nähe bin. Natürlich hebe ich die Dinger schnell auf. Und jetzt lobt sie laut meine Eigenschaften als Kavalier und Gentlemen.

So etwas fordert direkt den Missmut der Anderen herauf, die mit Geh-Gestellen ausgerüstet sind.

Aber trotzdem sind wir eine lustige Truppe. Oft erzählen wir Witze. Immer wieder schön, wenn Erwin sich auf die Schenkel klopft und seinen Witz, ich glaube es ist der einzige den er behalten hat, zu erzählen beginnt. Leider bekommt er dabei immer einen Hustenanfall vor Lachen. So haben wir noch nie die Pointe erfahren.

Ich will euch aber nicht mit meinen Schilderungen aus meinem Zuhause langweilen.
Heute ist mein großer Tag.
Ein kleines Programm habe ich mir schon im Kopf zurecht gebastelt.
Ich werde zur Direktion gehen und dort allen gratulieren, dass sie so gut für mich sorgten. Mein Trostwort wird sie aufmuntern:
„Keine Sorge, die anderen Besetzungen hier im Altersinstitut sind alle erleichtert in den Ruhestand gegangen."
Vielleicht sage ich nicht erleichtert? Ich werde „leicht" sagen oder noch besser „beflügelt".

Sie haben es schwer mit uns. Früher, ja früher war das anders. Heute stirbt doch niemand mehr freiwillig, wenn er so gut umsorgt wird. Unser Gedächtnis ist allerdings nicht mehr das Beste. So passiert es unseren Udo immer wieder, dass er in einen knackigen Po kneift und leise „Mimi" flüstert, dabei weiß jeder hier, dass Mimi inzwischen schon Gerda, Karin, Melanie und Susanne hieß. Ja, das Personal wechselt oft. Schade eigentlich.

Rollerblades oder Rennrad? Beides macht Spaß.
Es ist doch nur eine Frage der Einstellung wen man gerade Ärgern will. Rollerblades in der Einkaufsstraße ist einfach ein Hit.
Oder immer mit dem Fahrrad in der 30er Zone die Autos überholen ist auch nicht ohne. Dann an der Ampel noch als erster stehen. Polposition nennt man so was.

An den vielen Mitbewohnern vorbei spaziere ich dann im hautengen Outdoor-Anzug für Pedalos vorbei. Ich ignoriere ihre offenen Münder, in denen manche heute die Zähne vergessen haben, winke ihnen lässig zu und schwinge mich auf meinen Drahtesel. Wie immer werden wohl einige der betagten Damen in Ohnmacht fallen.
Da grinse ich immer. „Schlecht eingestellter Herzschrittmacher" kann ich da nur sagen.

Schade, heute habe ich kein Bild von mir dabei.
Also: Das sieht so aus. Ein Fahrradhelm, der züngelnde Flammen an den Seiten zeigt. Der Kinnriemen ist straff gespannt, so wie ich es früher bei der „Truppe" gelernt hatte. Dadurch kommt auch mein markantes Gesicht besser zur Geltung und das kleine Doppelkinn fällt fast nicht auf.

Jacke und Hose trug man früher. Heute trage ich so ein schwarz-rotes, eng anliegendes Teil, das alles nach außen transportiert, was ich ausscheide. So erklärte es mir jedenfalls der nette Verkäufer. Schweiß und so.

Meine Mitstreiter in meinem Wohnhaus oder Wohnheim? Also Wohnhaus, nein Wohnsitz; sie fragen immer, wann ich das Kondom mal verborge. Sie hätten dann mehr Schmiss bei den Weibern. Rüpel eben!

Das Schöne an dieser Bekleidung ist natürlich der gepolsterte Schutz im Schritt. Heti setzt sich immer eine Brille auf, um zu sehen, was ich da trage. Einmal sagte sie flüsternd: „Deine Frau hat aber Glück gehabt, wenn ich da so an meinen Erwin denke. Nichts in der Hose, aber Flausen im Kopf."

Ab den Knien natürlich nackt. „Stachelbeerwade" Natur. Auf die Fragen, wann ich mir mal eine Wachskur mache, reagiere ich erst gar nicht.

Die Schuhe wieder in Schwarz-Rot. So mehr in Richtung Bauchpieker. Rüpel sagen hinter meinen Rücken: „Wenn der Arno jemand damit in den Hintern tritt, bleibt er bestimmt stecken".

Wer keine Neider hat, der lebt auch nicht.

Für den Nachmittag wird der Oberbürgermeister kommen. Ob er dieses Mal besser laufen kann? Letztens kam er im Rollstuhl. Er ließ sich von zwei Begleitern schieben.

Gleich, als er durch die Drehtür war, hob er die Linke zur Faust geballt. Nach seinem Wahlsieg helfen wir ihm jetzt alle, die zweite Periode des Aufbaus des Sozialismus zu durchleben. Ihn kannte ich nicht aus der Jugendbewegung. Er ist ein Spätgeborener. So nenne ich alle, denen ich etwas aus der Vergangenheit erzählen kann, ohne dass sie sagen „Das habe ich doch alles selbst erlebt, du Spinner"

Die üblichen Blumen und ein kleines Büchlein wird es geben. Die anderen vor mir haben immer eine Broschüre mit Lebenserinnerungen von den „Zeitzeugen" bekommen. Irgendwie lustig diese Geschichten. Das Meiste hätte ich auch erleben können, wenn man mich gelassen hätte.

Der Kaffeeklatsch am Nachmittag wird, wie immer, großartig. Erwin wird wieder einen Lachanfall bekommen bei seinem Witz. Trudchen mag so gern Kuchenkrümel. Ich werde ihr einige auf meinem Teller lassen.

Natürlich werden sie mich hochleben lassen. Das machen wir alle gern. Dann kommt nämlich meist jemand von der Direktion und spendiert ein Prickelwasser. Jeder bekommt ein halbes Glas von dem Zeugs. „Sieht nach nichts aus und schmeckt nach nichts" konstatiert Bruno jedes Mal. Das da jemand seine Urinprobe abgegeben hat halte ich für totale Übertreibung. Das hätte ich herausgeschmeckt. Hier haben nämlich fast alle Diabetes.

Schade. Auch ein Geburtstag geht nur einen Tag lang. 24 Stunden reichen nicht für einen Hundertjährigen zum Feiern.

Ich habe mir aber überlegt, dass ich mir den Rollstuhl von Kitty leihe, dann fahre ich im Speiseraum auf und ab und singe „Heut' geh' ich ins Maxim, da ist es sehr intim". Dazu werde ich eine Unterarm-Gehilfe schwingen und alle grölen mit.

Dieses Lied ist über hundert Jahre alt und wird jeden Musikgeschmack, auch der Jüngeren treffen.

„Er hatte ein erfülltes Leben" wird man mir hinterher rufen, wenn ich es beende. Bis dahin werde ich mir weitere Geburtstage nach dem „Hundertsten" ausmalen. ❧

Mein Leben als Pflegevater

Mein Leben als Pflegevater
Ich kenne nicht die Statistiken zur Anzahl der Pflegekinder in Deutschland. Ich weiß nur, für viele Kinder ist der Status „Pflegekind" oft schon eine Rettung vor der Hoffnungslosigkeit und ein Leben ohne Liebe.

„Pflegekind" wer denkt da nicht an Einzelne oder Familien, die Kinder aufnehmen, die in der Familie oder in unserer Gesellschaft drohen durch das so genannte „Soziale Netz" zu fallen. Auf einen Nenner gebracht sind es obdachlose, entwurzelte, elternlose Kinder, die zwischen Familien oder Behörden hin und her geschoben werden. Ein Leben im Kinderheim? Auch eine Art der Versorgung, aber in der Gesellschaft nicht angesehen. Diese Kinder werden in der Gesellschaft als 2. Wahl angesehen, trotzdem nur Wenige wissen was ein Heimkind ist oder kann.

Warum Kinder nicht in IHRER Familie leben können erfahren wir drastisch auf gepusht in allen Medien.
Die meisten Pflegeeltern spielen dagegen eine leise Rolle. Sie tauchen erst in den Medien auf, wenn sie zu ihren leibhaftigen fünf Kindern noch weitere fünf Kinder aufgenommen haben.
Und die vielen anderen Pflegeeltern? Sie kämpfen um staatliche Unterstützung, um preiswerten Wohnraum, um jedes Bett in ihrer zu kleinen Wohnung.
Eines sind sie allerdings immer sicher, ihre „Pflegekinder" lieben sie. Teils, weil sie wissen, dass ihr Leben ohne diese Zuwendung anders verlaufen würde; teils weil sie ihre Pflegeeltern wirklich als ihre eigenen Eltern angenommen haben.

Mir „flatterte" auch so ein Pflegekind ins Haus. Der Ausdruck ist nicht menschlich? Für das gelandete Kind oder für wen? Urteilt selbst.

Jedenfalls war es plötzlich da. Von einem auf dem anderen Tag. Zwei Menschen standen vor der Wohnungstür. Einer hielt das kleine Bündel (knapp 9 Monate alt); der Andere Bettzeug, Kinderbett und etwas Kleidung im Arm.
„Wir denken bei Euch ist es am besten aufgehoben!"
Wesentlich mehr Worte waren es nicht. Oder habe ich nicht mehr behalten? Sie betraten dabei noch nicht einmal meine Wohnung.

Wir (meine Frau und ich) nahmen das kleine Mädchen entgegen. Sprachlos. Etwas orientierungslos.
Wir kannten die Kleine schon seit der Geburt. Von der Geburtsklinik, und als Besuch bei uns zuhause.

Zwei eigene Kinder hatten wir schon aufgezogen. Seit einigen Jahren genossen wir bereits das Leben ohne Kinder. Keine Termine. Jeder Abend gehörte uns. Wir waren begeistert.

Von jetzt auf gleich waren wir wieder Eltern. Und natürlich mit allen Pflichten. Rechte? Eltern haben wenig Rechte. Pflegeeltern, die sich selbst dazu ernennen und nicht „staatlich bestellt" sind haben keine Rechte.
Der Gang zur Behörde ist immer und immer ein Bettelgang. Wollten wir uns bereichern? Welche Vorteile hatten wir nun? Irgendjemand unterstellte uns immer Irgendwas.
Aber die Kleine war da. Leibhaftig! Wirklich! 24 Stunden Zuwendung. „Pflege" eben.

„Staatlich bestellte" Pflegeeltern erhalten eine kleine „Aufwandsentschädigung", der etwa den Kosten für einen Heimaufenthalt entspricht. Großeltern wie wir es waren erhielten Nichts. Erst als wir die Erzeuger auf Unterhalt verklagten, also einen „Titel" im Auftrag des Pflegekindes in den Händen hielten, gelang es uns etwa 10% der normalen staatlichen Zuwendung für ein Pflegekind zu erhalten.

Wir hatten eigentlich nicht das Interesse am Geld. Aber ohne Ersparnisse ist ein Kind natürlich auch ein Kostenfaktor.
Liebe Eltern – ihr wisst was Kinder kosten ehe sie uns mit ihrer Liebe entschädigen.
Unser „Schneckchen" wuchs allen Widrigkeiten zum Trotz gesund auf. Besuchte alle Ausbildungen bis zum Facharbeiter-Abschluss. Wir hatten es geschafft: Ein drittes Kind aufgezogen.

Etwas aus ihrem Leben:
1986 kommt „Schneckchen" für immer zu uns.
Ab 1990 war das „Würmchen" in meiner neu gegründeten kleinen Firma täglich Gast, weil ihre Pflegemama seit einiger Zeit Invalide geschrieben war. Also musste sie ihre Berufstätigkeit aufgeben. Viel mehr Zeit für „Schneckchen" war nun vorhanden. Die Kleine genoss es immer „Mama" um sich zu haben. Sie hatte sich von selbst entschieden „Mama" und „Papa" zu uns zu sagen. Im Kindergarten hörte sie ja auch nichts Anderes. Immer holten Mama und Papa die anderen Kinder ab. Jedes Kind will eine Mama und einen Papa. „Ist das deine Mama?". Sie antwortete immer mit „Ja". Sie zeigte denselben Stolz, wenn sie sagen und zeigen konnte wer ihre Eltern sind - wie jedes Kind. Sie wuchs eben normal auf. Liebe, Lachen, Tränen Spielen! Ich denke es war eine normale Kindheit. Mit etwa 5 Jahren klärten wir unser „Schneckchen" über die wahren Familienverhältnisse auf. Sie war verdutzt und auch verstört: „Ihr bleibt doch aber meine Eltern?"

Warum wir das taten? Lebenslügen funktionieren nur, wenn niemand fragt. Aber spätestens mit der Einschulung hätte sie viele Fragen beantworten müssen. Mitschüler glauben auch nur Wahres. Sie spann sich ein in ihrem Netz aus Erzeuger und Eltern. Und sie lernte Unterscheiden. Bei Mitschülern stellte sie schnell klar, warum Eltern auch mal älter sein können.

Später dann kam sie immer nach der Schule in meine Firma. Machte ihre Schularbeiten hier und bekam auch hier ihr Mittagessen. Sie war eben ein Kind von Eltern, die eine Firma haben.

Keine Konflikte mit den Angestellten. Immer Neugierig auf Maschinen und Geräte in der Firma. Ich denke heute, dass sie viel über „Arbeiten" lernte.

Sie erlernte einen Beruf.

„Schneckchen" heiratete.

Tja. Sie ist erwachsen.

Haben „Pflegekinder" Nachteile? Ich sage Ja. Ständig müssen sie ihre Herkunft erläutern und ihre Pflegeeltern verteidigen. Gefahrensituationen treten seltener auf, weil Ältere sie zu verhindern wissen. Die Situation von Pflegekindern ist zwar zukunftssicherer, aber auch sehr geordnet.

Haben „Pflegekinder" Vorteile? Ich sage Ja. Sie sind fast immer „gewollte Kinder". Und so werden sie auch aufgezogen. Immer mit mehr Geduld als bei den „Leiblichen". Die Pflegeeltern sind älter an Jahren und hetzen nicht mehr ihre Kinder durch jede Stunde des Tages.

Unser „Schneckchen" ist eine immer freundliche, lebensbejahende Frau geworden. Wir sind stolz auf sie. Und wir sind dankbar, wenn sie uns zeigt wie sie sehr sie uns liebt.

Haben wir nun ein Leben gerettet?

Niemand weiß wie ihre Biografie ohne „Pflegeeltern" verlaufen wäre.

Hier mein Zuspruch an alle Pflegeeltern: Egal, auch wenn der Staat seine Kinder missachtet, hr tut viel für sie. Ihr gebt mindestens zwei Jahrzehnte Eures Lebens für sie. Der Staat kann nichts für Kinder tun. Er gibt keine Liebe, er sitzt nicht am Krankenbett, er schult nicht ein, er gratuliert nicht zum Examen. Er spart an allem, was Kosten betrifft. Er kann nicht einmal Pflegeeltern „DANKE" sagen. Ein lapidares Schreiben beendet die Pflegschaft: „Hiermit ist die Pflegschaft beendet". ❧

Missverstanden oder unverstanden?

Ich erinnere mich gern an diese Zeit zurück. Es war im vorigen Jahrhundert. Genauer: im vorigen Jahrtausend. Also lange, lange her. Es war eine schöne Zeit für mich. Heranwachsend, halbstark, aber so viel Kind, dass ich die Welt der Erwachsenen mehr von unten betrachtete. Das lag nicht an der Körperhöhe. Ich war für mein Alter doch schon recht hochgewachsen. Der Größte, soweit ich sehen konnte, wenn ich die 120 anderen Kinder um mich herum so betrachtete.

Ich war nämlich in einem Kinderheim.

Das war in den 1940er und 1950er Jahren keineswegs ein Problem, dass mit der Erziehung der Kinder zusammenhing, sondern eher mit der Unterbringung. So kam es, dass an jeder Unterbringung für Kinder auch etwas anderes auf dem Schild am Eingang stand. Das reichte von Kinder- und Jugendheim über Heim für Schwererziehbare bis zu Jugendwerkhof. Ich war in einem Kinderheim. Dort stand keine Klassifizierung am Eingang.

Der Eingang war schlicht gehalten und bestand aus einem ellenlangen Maschendrahtzaun und einem kleinen Tor für Fußgänger, das immer offen stand. Das Schild? Es war weiß und es standen nur drei Wörter darauf: „Kinderheim Haus Tornow". Es ging nicht schlichter. Alles andere hatte man weggelassen. So muss ich jetzt erklären, dass es ein offizielles Kinderheim von „Groß Berlin" war. Die Stadt Berlin hatte nämlich in der Vergangenheit viele ehemalige Hotels und Schlösser aufgekauft oder übertragen bekommen um Kinder unterzubringen, die sozial geschädigt waren. Aber auch einfache Erholungsheime gab es. Wichtig waren die Erhaltung der Bauten und die Versorgung von Kindern, die Schweres erlebt hatten.

Da lebte ich nun mit 119 Kindern, vier Erwachsene als „Erzieher" und ein riesiges Areal als Auslauf. Stundenlang konnte man durch Wälder und über Felder gehen, ohne aufgehalten zu werden. Keine Regeln? Es gab Regeln. Aber die kannte jeder schon von zu Hause. Essenszeiten, Schulbesuch und Schlafenszeiten.

Ein Paradies? Jeder von uns bewertete es anders. Je nachdem, wie er zu Hause gelebt hatte. Aber wie hatte er dort gelebt? Es war das „Groß Berlin" nach Kriegsende. Alles war durch die Besatzer geregelt. Nur nicht, wie man zu einem vernünftigen Essen kommt. Es gab zwar Lebensmittelkarten, wenn es im Laden nichts gab nutzten auch keine Lebensmittelkarten. Das Papier konnte man nicht essen. So wurden wir Kinder zu Kleinkriminelle. In der Hauptsache „Lebensmittelbesorger". In der Familie fragte schon lange niemand mehr, woher etwas stammte. Wichtiger war der Nährwert.

Friede, Freude Eierkuchen im Kinderheim? Naja!

Es ging jedem Neuankömmling im Heim, wie heute jedem Reisenden. Er wollte verstanden werden. Das klappte einfach nicht.

Besser: So einfach klappte das nicht. Klar waren wir alle deutsche Kinder deutscher Eltern. Deutsch war unsere Muttersprache, aber woher kamen wir Berliner Kinder eigentlich? Aus ganz Deutschland in den Grenzen des 3. Reiches. Alle Provinzen Deutschlands waren ihre Heimat gewesen. Nur der Krieg hatte sie nach Berlin gespült. Immer vor den Verfolgern auf der Flucht. Jetzt saßen sie in Berlin fest und es galt dort zu leben, wo es nur noch wenige bewohnbare Häuser gab.

So wie sich unsere Herkunft unterschied, so unterschied sich auch unsere Sprache. Es waren unendlich viele Dialekte. Teilweise gab es kaum Übereinstimmung in den Bezeichnungen für eine Sache. Selbst wir wenigen „eingeborenen" Berliner sprachen schon Dialekte, je nach dem Stadtbezirk, in dem wir gelebt haben.

Ein Babel! Fünf verschiedene Bezeichnungen für eine Scheibe Brot? Das war bald keine Schwierigkeit für uns. Jeder sprach aus, was ihm gerade auf der Zunge lag. Bald hatten wir „unseren" Dialekt gefunden. Man passte sich an.

Ab und zu haperte es mit der deutschen Sprache, die wir als Muttersprache erlernt hatten. Das war fast immer der Fall, wenn wir eigene Gefühle ausdrücken wollten. Wir waren ja langsam Jugendliche geworden, dem anderem Geschlecht die eigenen Gefühle zu erklären, war auch nicht einfach. Da waren wir wieder in Babel. Es kam zu Tränen, es kam zu Missverständnissen und Beschuldigungen. Auch Fehlverhalten zu einer Äußerung war nicht selten. Fettnäpfchen ohne Ende. Irgendwer war irgendwann immer mal eingeschnappt. Erst, wenn das Thema über Dritte ausdiskutiert wurde, kam heraus, dass uns wieder die deutsche Sprache ein Bein gestellt hatte.

Ich denke, dass es heute oft nicht besser ist, wenn sich Erwachsene unterhalten. Herkunftsort und soziale Herkunft sind oft Ursache für die Ausdrucksfähigkeit von Menschen. Die deutsche Sprache beherrschen fast alle, aber alle denke doch niemals dasselbe.

Lassen wir uns die kleinen Unterschiede. Lassen wir uns damit auch die kleinen Missverständnisse. Sie würzen schließlich doch erst ein Gespräch. Sie geben Anlass für Diskussionen und ein besseres Kennenlernen des Gegenübers.

৯০

Selbstverpflichtung

Ich bin mir jetzt, in diesem Augenblick, wo alle die Augen auf mich gerichtet sind und mir aufmerksam zugehört, ist mir bewusst, dass ich mit dem bisherigen Schlendrian aufhören muss. Diese Erkenntnis ist mir gekommen, als ich eine große Missbilligung spüren konnte.

In der Vergangenheit ist es mehrmals zu Übergriffen eines großen Konzerns auf unsere Gemeinschaft gekommen. Mit unlauteren Mitteln hat dieser Konzern von einem großen Teil unserer Nation Besitz ergriffen. Immer im Hintergrund, lauert er in den Schützengräben des Wettbewerbs, um dann in einer Sekunde der Unaufmerksamkeit hervorzustürmen und mit brachialer Gewalt, unter Einsatz seines gesamten Kapitals, heimtückisch und unsichtbar uns in die Niederungen des kapitalistischen Sumpfes zu ziehen.

Hat er sich bisher nur Einzelne gefügig gemacht, haben wir in zwei Zusammenkünften am eigenen Leib verspürt, wie hinterhältig und weitgreifend diese Übergriffe sind.

In diesen beiden Fällen habe ich nicht genügend Abwehrmaßnahmen getroffen um das Eindringen dieses Konzerns, den Feind unserer intimen Treffen, auf den ihm gebührenden Platz zu verweisen.

Auf meine dringende Bitte um Hilfe hat mir eine Beratungsfirma Folgendes geantwortet:

Diese Deregulierung bedroht ihre herausragende Marktposition. Sie sehen sich signifikanten Herausforderungen gegenüber. Sie müssen Kompetenzen entwickeln, die erforderlich sind, um in den neuen Wettbewerbsmärkten bestehen zu können. In einer partnerschaftlichen Zusammenarbeit mit unserem Unternehmen, werden wir physische Distributionsstrategien entwickeln und Umsetzungsstrategien überdenken die sie in die Lage versetzen ihre Fähigkeiten, Methoden, Wissen, Kapital und Erfahrung einzusetzen um eine Gesamtstrategie zu verfolgen die im Programm-Management-Rahmen ihr Wissenspotenzial nutzt. Im Cross-Spektrum unserer Analysten kam zum Ausdruck dass sie ihre breitgefächerten Erfahrungen stillschweigend, aber deutlich auf das gemeinsame Niveau stellen müssen. Damit erreichen sie das Ziel die Erarbeitung und die Umsetzung ihres unternehmerischen Werterahmens auf die Aktion fokussiert wirkungsvoll einzusetzen.

Daraus schlussfolgere ich jetzt: Damit es in Zukunft nicht wieder zu Übergriffen auf unsere kleine Gruppe von Menschen kommt, die in der Vergangenheit, in ihrem nicht immer einfachem Leben, genug erdulden mussten verpflichte ich mich:

Ich, Arno Müller, Mitglied der „Zeitzeugen", einer lose zusammengefügten Gemeinschaft Schreibender, Lesender und Zuhörender, werde unter den angezeigten Bestimmungen der Gebrauchsanweisung mein Mobiltelefon zu jeder Zusammenkunft bereits am Eingang zu unseren vereinbarten Treffen ausschalten.

80

Meine U-Bahn-Fahrten zwischen Ost und West
Eine Geschichte aus der Zeit vor 1953

Berlin wurde noch nicht mit einer Mauer geteilt. Die Berliner öffentlichen Verkehrsmittel fuhren noch ungehindert über und unter allen Sektorengrenzen.

„Eins wollen wir mal klar stellen Junge, wenn du zur Tante willst, musst du schon sehen, wie du hinkommst. Geld gebe ich dir dafür nicht. Heute habe ich nicht einmal genug Geld um Brot zu kaufen."
Mein einziger Versuch, mir drei Stunden Fußweg zu ersparen, schlug fehl. Kinder können stundenlang laufen, wenn sie Fangen spielen oder „Räuber und Gendarm". Aber etwas im Auftrag von Muttern von der Tante abholen?
Nein, nein, nein! Das Ansinnen als Solches war schon eine Zumutung, aber von Pankow-Heinersdorf nach Gesundbrunnen? Das waren mindestens zwei Stunden Fußweg. Ich bockte.

Mutters Argumente waren einfach zu schlagkräftig. Mit roter Wange zog ich los um endlich auch mal etwas für die Familie zu tun und nicht nur am Tisch zu sitzen und aufessen, was andere schwer verdient haben.
Ich lief die 30 Minuten zur U-Bahn und guckte mir die Kontrolleure an, die in einem schmalen Häuschen den Abgang zu den Bahnsteigen bewachten.
„Schwarzfahrer zahlen zehn Mark!" stand dort. Der Fahrpreis im gesamten U-Bahn-Netz betrug nur 20 Pfennige. Auch mit Umsteigen!

Bald hatte ich es heraus. Wenn eine Straßenbahn ankam rannten viele Menschen die Treppen zur U-Bahn hinunter und schubsten und drängelten am Kontrolleur vorbei. Das gab ein wunderschönes Gerangel.
Ich stürzte mich auch in die Menge. Der Kontrolleur erwischte mich an der Strickjacke. „Mama" schrie ich gellend, wies mit einem Arm in die Richtung des Bahnsteiges, riss mich los und rannte zum Zug, der gerade einfuhr.
Geschafft!

Das funktionierte noch ein paar Mal. Dann ging das auch nicht mehr. Die Kontrolleure erkannten mich jetzt.
Meine neue Methode war einfacher. Meine Schwester hatte sie ausgeheckt.
Ich stellte mich an die Treppe der U-Bahn und hielt einen Groschen in der offenen Hand: „Tante, hast du mal bitte 10 Pfennige? Ich habe einen Zehner verloren. Er liegt hier unter dem Gitter. Schluchzend dankte ich. Natürlich machte ich das mehrmals. Es gab ja noch die Rückfahrt und ein Zehner musste ja für nächstes Mal bleiben.
Stolz erledigte ich alle Aufträge zwischen Ost und West. Mutter war nur über mein enormes Tempo erstaunt.
„Bist ja schneller als die Polizei erlaubt" grinste sie. Ja, das war ich!

Inzwischen nutzte ich alle Verkehrsmittel in der Stadt mit diesen und anderen Tricks, die ich dann noch von Kumpeln erlernte.

U-Bahn fahren war irgendwie spannender. Hier fuhr ich am liebsten. Ich nutzte alle Linien ohne Ziel. Mir ging es jetzt nur noch um das Abenteuer. In den ersten Wagen einsteigen und sich auf den Platz des Beifahrers stellen. Beifahrer gab es mit der Zeit immer weniger. Kein Personal. Das erledigte nun der Mann mit der Kelle auf dem Bahnsteig. Der Fahrer guckte in einen Spiegel auf dem Bahnsteig brüllte „Abfahren" und fuhr dann los.

Dazu musste er mich vom Beifahrerplatz scheuchen. Er hätte sonst nichts gesehen. Ich lernte schnell wie ich nicht zur Last falle und doch den Beifahrersitz für mich sichern konnte. Ich wurde geduldet. Oft war ich so manchen Tag unterwegs.

Ich war der Fahrer! Vor mir lagen die Schienen und vor mir öffnete sich der Tunnel und ich fuhr in den Bahnhof ein. Schade, dass ich nicht bis auf die Rangiergleise fahren durfte. Da waren alle Fahrer streng. Es gab immer einen Rausschmiss an den Endstationen für mich

Aber auch im Passagierraum war es interessant.

Die Fahrgäste waren spannend. Mit Zeitung oder Buch hetzten sie auf die freien Plätze. Oder die hübschen jungen Frauen aus den Büros der Innenstadt? Ihre Augen wanderten die Bankreihen entlang und musterten die Mitfahrer. Ab und zu holte eine ihren Schminkspiegel hervor und prüfte ihr Aussehen. Dann lächelte sie einen weiter entfernten Fahrgast an. Leider lächelten sie mir nicht zu, trotzdem ich doch gegenüber saß.

An der Sektorengrenze in Ost-Berlin kamen immer zwei Transportpolizisten in den Waggon und guckten nach den Gepäckstücken. Alle duckten sich in ihre Zeitungen oder Bücher. Keinen Mucks hörte man. Kaum verließen sie den Wagen und begannen Gespräche über den Ost-West-Transit von Lebensmitteln oder Gegenständen.

Am Bahnhof „Schönhauser Allee" stieg ein junges Pärchen ein. Sie schleppten eine Nähmaschine aus der Vorkriegszeit. Das Gestell war aus Gusseisen und ein wunderschöner Holzkasten war über die Maschine gestülpt. Sie stellten die Nähmaschine neben den Eingang ab. Dann stiegen sie wieder aus und stiegen in den nächsten Wagen.

An der Sektorengrenze stiegen sie aus. Gerade als die Transportpolizei in den Wagen kam. Die guckten in die Runde und fragten die Fahrgäste, wem die Nähmaschine gehöre.

Stille! Es muckste sich wirklich niemand.

Die beiden Polizisten versuchten, die Maschine aus dem Waggon zu bringen. Sie scheiterten kläglich. Das Gestell der Nähmaschine und die Messingstange der Bahn waren mit einem simplen Fahrradschloss verbunden. Nichts rührte sich. Der Bahnhofvorsteher kam und wollte wissen ob der Zug endlich losfahren könne. Die Polizisten rückten noch etwas an der Maschine herum und stiegen dann endlich aus. Die Fahrt ging weiter.

Am ersten Bahnhof in West-Berlin stieg das junge Pärchen wieder in unseren Wagen. Lautes Lachen empfing sie. Alles freute sich über die kleine List, mit der sie die Kontrollen ausgetrickst hatten.

৪০

Toleranz im Jahr 1989

Im September, am 2. genau, kam die lang ersehnte Nachricht. Ich durfte der Einladung meiner Schwester folgen und anlässlich ihrer Silberhochzeit von Potsdam nach Hattingen/Ruhr fahren. Vierzehn Tage hatte ich bewilligt bekommen.

Jetzt ging die Rennerei erst richtig los. Urlaub in der Firma beantragen, Fahrkarten besorgen, Geld umtauschen und alle persönlichen Papiere überprüfen. Die Nachricht zum Abholen des Reisepass kam in letzter Minute. Jeder kennt das, wenn man verreisen will und die Zustimmung erst in der letzten Minute eintrifft.

Kofferpacken war auch ein Problem. Es sollte nämlich eine komplette Fotoausrüstung mitgenommen werden. Es war das Exportmodell der DDR „Pentaconsix" mit allen Ausrüstungsteilen, die dazu erhältlich waren. Das schwerste Teil war das 300-mm-Objektiv.

Die bequemere Ausrüstung „Kleinbildkamera" blieb zuhause.

Im Wohnhaus flüsterte und zischelte es plötzlich mehr als sonst. Eine Nachbarin brachte es aber nicht über sich, meine Frau kommentarlos gehen zu lassen.

„Ach wissen sie. Ich hoffe es geht ihnen nicht so wie mir. Mein Mann kam auch nicht wieder, als er eine Reise in den Westen genehmigt bekam. Und jetzt? Jetzt ist doch schon alles im Aufbruch. Die meisten kommen doch nicht wieder zurück in die DDR. Wollen wir wetten? Ihr Mann bleibt auch drüben!"

Mit Gewissheit verneinte meine Frau. Aber sie erkundigte sich doch noch einmal bei mir. Ich beruhigte sie mit der Versicherung unbedingt wieder zurück zukommen.

Ich war nicht viel gereist in meinem Leben. Einmal im Jahr Prerow zum Zelten und zwei, drei Mal Budapest. Der Freie Deutsche Gewerkschaftsbund oder seine Gehilfen hatten nie einen Ferienplatz für mich.

Der Interzonenzug fuhr pünktlich vom Berliner Ostbahnhof ab. Eine endlose Kolonne grüner älterer Pullman-Waggons. Warum ich nicht in Potsdam zusteigen durfte, konnte mir die freundliche Dame, äh damals hieß sie ja noch Kollegin, auch nicht erklären. Das war nur Transitreisenden kapitalistischer Länder gestattet. So winkte ich etwa traurig in Potsdam aus dem Zugfenster. Allein vereist war ich zig-Jahre nicht mehr.

Magdeburg – Marienborn. Der D-Zug war immer noch pünktlich. Hier stürmten jetzt zwei Grenzsoldaten der DDR in den Zug und schraubten blitzschnell die Innenverkleidungen im Abteil ab, sahen kurz dahinter und schraubten sie wieder an. Danach kam ein Grenzer mit Bauchladen und Stempelkissen. Ich bekam auch einen Ausreisestempel in meinen Pass. Den Schluss bildete der Zoll. Der Zöllner blickte kurze in die Runde, dann in die Gepäcknetze und fragte knapp: „Etwas zu verzollen?" Stummes Kopfschütteln aller Anwesenden. Das sah er aber nicht mehr, da er bereits die nächste Abteiltür aufriss.

Ein gellender Pfiff und die Waggons ruckelten vorwärts. Mit einem Blick auf die Uhr stellte ich fest, dass die Abfahrtszeit nur fünfzehn Minuten überschritten war. Im Kollegenkreis hatte ich Schlimmeres gehört. Zufrieden lehnte ich mich zurück.

Die Gespräche im Abteil kamen langsam in Gang. Mich hatte schon das Schweigen bis Marienborn bedrückt. Aber niemand äußerte sich, also hielt ich auch mal mein vorlautes Mundwerk. Man wusste ja nicht, wer so alles mitfuhr. Die Gespräche brachten aber auch nichts, was aus dem Rahmen fiel. Leider erfuhr ich auch nicht, warum ein etwa 12-jähriges Mädchen im Abteil saß. Sonst war der Zug voll mit Reisenden reiferen Alters. Ich ordnete diesen Vorfall als kleines Wunder ein fragte aber auch nicht nach.

Etwas änderte sich aber, als der Interzonenzug Helmstedt erreichte. Ein zartes Glöckchen erklang und eine kräftige Männerstimme schallte durch den Waggon: „Heiße Würstchen, Kaffee, Kakao, Tee!" Die Abteiltür wurde aufgerissen und noch einmal ertönten die gleichen Fragen. Die Stimme war jetzt leiser. Mehr freundlich fragend. Ich bat um einen Kaffee. Mehr war wirklich nicht drin bei meinem schmalen Budget. Fünfzehn D-Mark hatte ich. Die übliche Umtauschrate. Hoppla, da waren jetzt 10 % weg – dämmerte es mir. Ich wusste nämlich noch gar nicht, was mich an Geldausgaben erwartete. Vom Bahnhof sollte ich ja abgeholt werden.

Als ich dort ankam, sah ich aber kein bekanntes Gesicht. Also schnell den Nahverkehr der Bundesbahn überprüft. Hurra – es fuhr eine Schnellbahn nach Hattingen. Und hier wieder kein bekanntes Gesicht. Jetzt fühlte ich mich schon etwas verlassen. Ich holte mir noch von Passanten die Beschreibung zu meinem Ziel. Das war, zu Fuß, nicht weit. Etwa 10 Minuten.

Auf mein Klingeln öffnete sich keine Tür. Auch Stunden später nicht. Erst um 23 Uhr traf meine Schwester ein. Na ja, wir hatten uns verpasst. Was hatte ich versäumt? Eigentlich wenig. Ein Abendbrot vielleicht. Mit meinem Geld war Einkaufen tabu.

Am nächsten Morgen war erst einmal das übliche Frage-und-Antwort-Spiel. Wir hatten uns seit dem Mauerbau erst einmal vorher gesehen. Am Wichtigsten war meiner Schwester das Verwunderliche, das ich eine Besuchserlaubnis bekommen hatte. „Ich denke du arbeitest nur mit geheimen Drucksachen?"

Ja, das war einmal. Bereits fünfzehn Jahre vorher hatte ich den Grundstein gelegt, um einmal meine Verwandten in Westdeutschland zu besuchen. Ich hatte mehrmals die Arbeitsstellen gewechselt. Außer der Bezahlung war nur noch eines wichtig. Ich wollte nie wieder eine Verpflichtung unterschreiben, dass ich keine Verbindungen ins westliche Ausland unterhalte. Das gelang mir jetzt. Die Wartefristen für mich waren abgelaufen und die politische Entwicklung nahm gerade einen stürmischen Verlauf.

Meine Schwester erzählte von ihrer ehrenamtlichen Arbeit. Sie half Verfolgten des Stalin-Regimes Fuß zu fassen, wenn sie in Hattingen ankamen. Aber auch Verfolgten aus anderen Ländern, die als Asylbewerber in die Stadt kamen.

Beratung und Behördengänge. Hilfe bei Wohnungssuche und die ersten Hürden niedriger halten. Das machte sie schon sehr lange mit Überzeugung. Sie selbst und auch ihr Mann hatten unter der Verfolgung durch die Staatssicherheit-Behörden in der DDR gelitten. In drei Ordnern mit Kopien aus der „Gauck-Behörde" konnte ich mich Jahre später davon überzeugen.

„Was willst du heute machen?" Mein Schwager fragte. Ich hatte zwar ein Ziel, aber hier wiegelte ich erst einmal ab.

„Ich zeige dir mal etwas die Umgebung." Wir fuhren mit dem Auto nach Bochum. Ich sah alte, verrußte Wohnhäuser der Zeche. Wenige, schlecht gekleidete Menschen begegneten uns. Klar. Zechenschließungen! Das war mir klar. Ich war schließlich informiert.

Aber das wollte mir mein Schwager gar nicht zeigen.

Wir bogen rechts von der Straße ab und hielten an einem Bauzaun. Container standen hier. Zwanzig? Dreißig? Ich weiß nicht. Es war eine kleine Stadt. Nur ein alter, geschwärzter Backsteinbau stand noch in der Nähe.

Wir passierten einen Einlass. Aber eine Eintrittskarte brauchten wir nicht. Jetzt wurde es bunt. Nicht die Container. Es waren die Mädchen und Frauen, die aus den Fenstern blickten oder vor den Türen standen und uns in vielen Sprachen der Welt ansprachen.

Wir durchquerten das Areal und landeten am Backsteinhaus.

„Hast du ‚ne Mark?" Ich verneinte und umklammerte mein Geld in der Hosentasche.

„Mann, hier ist es billig. 10 Minuten „Piep-Show" nur eine Mark. Musst du ja zuhause nicht erzählen", grinste er. Ich hatte wirklich keine Lust. Etwas verstimmt bugsierte mich mein Schwager wieder zum Auto. An diesem Tag, wie auch an allen Weiteren war ich abgemeldet. Ich war ein Spielverderber, wie mir ein Neffe meines Schwagers aus Ostberlin erzählte, als er beschwingt von einem Ausflug mit dem Auto zurückkam.

Aber der kommende Tag ist nur für mich. Das beschloss ich für mich. Somit blockte ich wahrscheinlich alle weiteren Ausflüge in die Umgebung von Hattingen ab. Mit einer Ausnahme. Wir besuchten noch gemeinsam Wuppertal. Schon morgens schnappte ich mir meinen kleinen, schwarzen Lederkoffer mit der Fotoausrüstung. Auf nach Essen. Zwanzig Minuten mit der Schnellbahn. Ich landete am Hauptbahnhof und damit auch gleich in der Fußgängerzone. Geschäft an Geschäft. Es blitzte und blinkte. Dass ich nicht in die wundersame Verzückung verfiel, die später so viele ehemalige DDR-Bewohner beschrieben, muss wohl an meinem Alter gelegen haben, oder doch vielleicht, weil ich Westberlin schon aus den Jahren vor den Mauerbau kannte.

Das erste Fotogeschäft steuerte ich an. „"Foto-Porst – Bilder sofort". Drinnen war alles voll mit gebrauchten und neuen Kameras. Mein Angebot erstaunte den Herrn hinter dem Tisch schon etwas. „So etwas verkauft man doch nicht! Das sind ja Schätze". Ein kurzer Blick reichte ihm wohl. „Dreitausend!" Er reichte die Hand über den Tisch. Ich schlug nicht ein, sondern bat um eine

Bedenkzeit. Er kannte das wohl. „Wenn sie kein besseres Angebot bekommen, schauen sie später noch einmal rein".

Einige Ecken weiter gab es ein großes Fotogeschäft. Wenig Reklame. Es sah seriös aus. Die Dame prüfte kurz meinen Kofferinhalt und holte dann eine gültige Preisliste. Sie wie mich auf die Amtlichkeit und das aktuelle Datum hin. Jetzt überprüften wir gemeinsam die Echtheit meiner Ware und die Richtigkeit der Ankaufspreise.

Richtig handelseinig waren wir aber erst, als ich mich einverstanden erklärte ihr ein gutes Blitzgerät abzukaufen. Ich war erleichtert. Das Blitzlicht war Klasse, mein Koffer leer. Jetzt ging ich bummeln.

Für den nächsten Tag machte ich schon wieder meine eigenen Pläne. Als aus der Familie keine Angebote kamen, fuhr ich kurz entschlossen wieder nach Essen. Jetzt war die Stadtbesichtigung dran. Was dem Kurztouristen so ins Auge fiel, sah ich mir an. Erst viele Jahre später besichtigte ich die Zeche und fuhr ein. Aber die Stadt gefiel mir. Die Altbauviertel waren restauriert und schön farbig anzusehen.

Ich setzte mich auf eine Parkbank und blickte in die Runde. Jetzt kam ich erst langsam zur Ruhe. Ich war wohl angekommen.

Eine alte Dame setzte sich zu mir. Sie wohnte schräg gegenüber, wie sie mir mitteilsam erzählte. Aber mit ihrer Wohnsituation sei sie nicht mehr zufrieden. „Überall nur Ausländer. Hauptsächlich Türken. Ganze Straßenzüge kaufe die hier auf. Und dann die dicken Frauen mit ihren Kopftüchern. Selbst die hübschen Mädchen tragen schon Kopftücher. Damals hätte sie lieber ihre Naturlocken gezeigt murmelte sie verärgert. Jedenfalls als sie so alt war wie die Mädels hier. Und kochen können sie auch nicht. Das stinkt im ganzen Treppenflur. Die Männer, ach wer weiß, was die so machen. Sind den ganzen Tag zuhause und rauchen ohne Ende. Wovon leben die eigentlich? Meine Rente reicht gerade für die Miete. Ich glaube, dass ich bald ausziehen muss. Wenn jetzt die alle aus der Ostzone kommen. Das werden ja immer mehr. Ganze Züge voll rollen jetzt an. Wer ernährt die alle? Erst Italiener, dann Spanier, dann Türken nun noch die. Woher kommen sie eigentlich? Wohnen sie hier auch in der Gegend? Ich habe sie hier noch nie gesehen.

„Ich komme aus dem Osten. Besuche meine Schwester."

„Quatsch! Jetzt wollen sie mich aber veralbern."

Als ich ihr nach einigem Hin und Her meinen blauen Ausweis zeigte, verstummte sie für lange Zeit. Als sie ging, wünschten wir uns noch einen guten Tag.

Ich klapperte so auch Hattingen, Oberhausen und Herne ab. Dann hatte ich, was ich brauchte. „Venus" hieß der Supermarkt. Auch nähe Bochum. Kaufte deswegen mein Schwager hier so gern ein? Jedenfalls sagte er das, als ich mich laut über das reichhaltige Technik-Angebot freute.

Vierzehn Tage sind nicht viel, wenn man eine Stadt und ihre Umgebung kennenlernen will. Die Besuchsreise ging dem Ende zu.

„Was willst du deiner Frau als Mitbringsel kaufen? Machst du doch? Oder?"

„Ich werde mich mal umschauen".

„Guck mal hier in Hattingen. In der Fußgängerzone sind schöne Läden". Das versprach ich. Ich verabschiedete mich bis zum Abend. Wie täglich. Meine Schwester gab mir zwei D-Mark. „Kann ja sein, dass du hier nichts bekommst. Dann musst du bis Essen. Hier hast du Fahrgeld". Ich dankte und zog los. 1,40 DM für eine Fahrt in eine Richtung. Meine Schwester war schon lange aus der Schule. Ich hätte beinahe laut gelacht auf der Straße.

Nach dem Abendbrot erkundigte sie sich aber angelegentlich, ob ich in Hattingen ein Geschenk bekommen habe.

„Nein, ich habe in Bochum etwas gekauft".

„Ach der graue Kasten im kleinen Koffer?"

„Ja"".

„Was soll sie damit? Kann sie damit etwas anfangen?"

„Das ist ein Computer. Ein „Commodore 128D". Gibt es noch nicht lange auf dem Markt. In der DDR gibt es nur den „K1". Mit dem kannst du fast nichts anfangen. Der kostet dann auch noch 4.000 Mark."

„Ach so teuer sind Computer? Was macht ihr damit?"

„Meine Frau wird damit zuhause Texte schreiben. Sie ist ja jetzt wegen Invalidität nicht mehr arbeitsfähig. So kommt noch etwas Geld ins Haus. Ein Verdiener ist immer zu wenig."

„Ja, das kenne ich. Ich gehe ja auch noch putzen. Hier im Westen ist alles so teuer. Ich dachte nicht, dass es bei euch auch so ist. Aber dort sind doch die Mieten so niedrig?" Sie blickte mich fragend an. Ich nickte.

Dann holte ich den Computer aus dem kleinen Koffer und schloss ihn mit einem Adapter an den Fernseher an. Jetzt strahlte wohl nicht nur der Bildschirm grün.

Dann, einige Tage später, kam das Übliche. Viele Grüße an zuhause. Küsschen links – Küsschen rechts. Die 10 Minuten bis zur Schnellbahn schaffte ich locker mit den beiden Koffern zu Fuß. Etwas aufgeregt war ich schon, als ich in Essen wieder in den Interzonenzug stieg.

In Marienborn war die Hölle los. Die Grenzer hetzten wie aufgescheuchte Hühner über den Bahnhof. Sorgevoll dachte ich an meinen kleinen schwarzen Koffer im Gepäcknetz.

Die Frau mir gegenüber hatte ihre dick gepackte Tasche fest in der Hand. Auch sie sah immer sorgenvoll durch die Abteiltür.

Die Tür wurde aufgerissen und ein Grenzer mit dem Bauchladen stempelte unsere Pässe. Der Zoll betrat kurz darauf das Abteil. Wortlos blickte er in die Runde und ging zum nächsten Abteil. Ein Mitreisender schob die Abteiltür zu. Jetzt begannen wieder die üblichen Gespräche unter den Mitreisenden.

Und schon ruckte der Zug an.

ఐ

Verleihung einiger Verdienstmedaillen der DDR

Hurra, da hatte ich meinen Fotoauftrag!

Ich, der Amateurfotograf, durfte die Zeremonie der Verleihung von Verdienst-
medaillen der Deutschen Demokratischen Republik fotografieren.

Der Minister für „Wasserwirtschaft und Umweltschutz" hatte höchst selbst eine
Einladung verschickt.

Sausten sonst die Minister und andere Honoratioren im Tschaika, SIM oder SIL
ungebremst an mir vorbei, wenn ich mein Papierfähnchen mit Schwarz-Rot-
Gold und Ährenkranz heftig am ausgestreckten Arm schwang, so durfte ich
jetzt einem einzelnen Minister ganz nahe sein. Atmen mit ihm, im gleichen
Raum. Sein Gesicht meinem unbestechlichen Kameraobjektiv aussetzen.

Natürlich atmete ich erst einmal tief durch. Dann sichtete ich meine Fotoausrüstung. Entschuldigung, ich bin ein Mann. Da kommt die Kleiderordnung erst
am Tag des Ereignisses.

Pentacon-six mit Innenmessung, Weitwinkel, Normalobjektiv – das müsste reichen. Zum Glück hatte ich mir durch Kettentausch – das ist wenn man eine Sache und die nächste Sache und wieder die Nächste solange tauscht, bis man das
Gewünschte hat – einen „Metz-Blitz" mit der Leitzahl 60 ergattert. Besseres hatten die Fotoreporter von der „Märkischen Allgemeinen Zeitung" auch nicht.
Dass es bei mir nicht zur „Nikon-Kamera" reichte, lag an den fehlenden Devisen. Nicht nur mein Land, in dem ich wohnte, auch ich hatte keine Dollars oder
D-Mark. So war die „Nikon" im Intershop am Parkplatz Michendorf eine Fata
Morgana, die ich immer schnell wegwischte, wenn ich die Baracken dort ver-
ließ. „Das hier ist Anschauungsmaterial mein liebes Kind" sagte ich immer zur
Ältesten.

„Du liest es doch täglich in der Zeitung. Lerne gut und spare mit jeder Minute
und jedem Gramm, dann kommen diese Dinge auch in unseren Laden".

Was sagt die freche Göre? „Also Papa, wenn wir hier rumstehen und uns die
Dinge ansehen, die du mir nie kaufen wirst, ist das Zeitverschwendung. Also,
lass uns endlich gehen!"

In „Präsent 20" gehüllt und dann so kess! Kinder, Kinder!

So ist es, wenn man etwas erzählt. Immer fallen einem die Episoden am Rande
ein, die eigentlich nichts mit der Erzählung zu tun haben.

Ich stelle jedenfalls fest, dass ich für den Genossen Minister gut gerüstet war.
Brav lernte ich auch die Anrede „Genosse Minister". Das war mir ungewohnt
auf der Zunge. Ich war parteilos und alles, was Jugendweihe oder Konfirmation
hatte, war Herr oder Frau für mich.

Nobel, nobel. Der Dienstwagen meines Direktors holte mich ab. Direktor bitte! Nicht Genosse Leiter. Er war noch alte Schule und immer einen Schritt hinter den Gepflogenheiten seiner Partei.

Die Fahrt zur Fahrländer Mühle am Stadtrand von Potsdam kam mir etwas zu kurz vor. Ich hatte mich gerade in die tiefen Polster der hinteren Sitzbank versenkt und wollte die Fahrt genießen, als wir schon von zwei zivilisierten Genossen des Ministeriums für Staatsicherheit angehalten wurden. Entschuldigung, zivilisiert ist keine Wertung. Ich meine damit, dass sie nicht uniformiert waren.

Kurz die Einladungen vorzeigen und ohne Stempel oder Gesichtskontrolle konnten der Fahrer und ich das Allerheiligste betreten. Also hier muss ich zurückrudern. Der Fahrer durfte nicht mit hinein. Er wurde zu den Personenschützern ins Nebengebäude geschickt.

Drinnen sah ich kaum die Hand vor Augen. Meine Augen mussten sich erst adaptieren. Draußen grelles Sonnenlicht und hier zappenduster. Nur trübe Funzeln erhellten die Tischplatten.

„Sie sitzen da drüben" wies mich ein Personenschützer ein. Noch sah ich nur seinen Arm, der in die Ferne wies, aber mit leichtem Druck im Rücken erreichte ich doch noch meinen Tisch.

Ich war etwas früh hier. Als sich meine Augen an das Umgebungslicht gewöhnt hatten, konnte ich mehrere 6er-Tische erkennen. Sie standen im Halbkreis. Ein Tisch stand diesen gegenüber. Dort sollte wohl die Hauptperson sitzen.

Wer war hier eigentlich die Hauptperson? Der Minister oder die Personen, die hier ausgezeichnet werden sollten?

Ehe ich mich ins Grübeln versenkte, nahm ich lieber meine Fototechnik aus dem Koffer und lief im Raum auf und ab um die Blickwinkel zu testen, die ich später einfangen wollte.

Der Personenschützer sah mir gelangweilt zu. Er zuckte nur einmal zusammen, als ich scherzhaft mit dem riesigen Weitwinkelobjektiv auf sein Gesicht zielte. Ehe er etwas sagen konnte, lachte ich ihn an und er war wieder beruhigt. Schade eigentlich. Er hatte zwei Härchen an seiner Warze im Gesicht. „Gutes Objektiv" lobte ich mich selbst.

Jetzt waren doch alle Tische besetzt. Das ging aber schnell. Alles preußisch korrekt. Preußisch? Nein, nein! Ich meine pünktlich. Preußen war ja untergegangen.

Jetzt trat der Genosse Minister ein. Trotz meiner Aufregung konnte ich erkennen, dass er recht gewöhnlich gekleidet war. Genau diesen Anzug hatte ich auch im Schrank. Nur heute wollte ich ihn nicht tragen, da ich ihn im „Konsument-Warenhaus" gekauft hatte und er nahezu schon volkstümlich war. Er hing damals wohl als Neunter in der Reihe gleichartiger und gleichfarbiger Anzüge der Größe 48 auf der Stange im ersten Stock im „Karstadt", wie das Warenhaus immer noch im Volksmund hieß.

Einer aus unserer Mitte erhob sich und hieß den Genossen Minister willkommen. Wohlgesetzt waren seine Worte, die er vom kleinen Blatt ablas.

Hatte ich jetzt ein Dreifaches „Hurra, hurra, hurra" erwartet? Mir fehlte wohl die Erfahrung, wie ich gerade bemerkte.

Der Genosse Minister erhob sich etwas schwerfällig. Man sah es, er hatte etwas mit dem Knie. War es sein Gewicht, das seine Kniegelenke geschädigt hatte, oder war es nur die Abnutzung, die das Alter mitbringt. Der Jüngste war er nämlich nicht mehr.
Sein Adlatus las einzelne Namen vor. Dazu würdigte er die Verdienste des jetzt in die Raummitte tretenden.
Dann zauberte er aus einem Kästchen, wie sie beim Goldschmied für guten Schmuck verwendet werden eine Medaille hervor.
Der Genosse Minister hefte jetzt dem zu ehrenden die Medaille an. Immer an das Revers. Es wurden nämlich heute nur Männer ausgezeichnet. Da waren kleine Peinlichkeiten mit der Nadel ausgeschlossen.
Husch, husch, drei Blitze und drei Aufnahmestandpunkte je Ausgezeichneten und ich huschte wieder auf meinen Platz.
Zum Schluss hatte ich das Kommando für die Gruppenaufnahme. Sie sahen alle etwas verlegen aus. Das konnte ich hinterher auf den Fotos erkennen.
Ich wollte noch ein Portrait des Genossen Ministers machen, er winkte aber ab. „Ganz gut dachte ich mir. Wenn das Foto in die Presse gelangt wäre, hätte es Ärger gegeben. Der Genosse Minister war nämlich knallrot im Gesicht und pustete nur so. So konnte ich schon mit meiner Nase den Alkoholgehalt seines Blutes messen.
Auch seine Aussprache hatte etwas Langsames, Bedächtiges.

Mit einem Rehbraten und guten Wein aus Sachsen schloss die Veranstaltung. Zum Schluss stellten wir uns alle in einer Linie auf. Der Genosse Minister reichte jedem von uns die Hand. Das ging ohne Worte vor sich. Als Letzter sprach ich vorlaut ein „Danke für die Einladung, Genosse Minister".
Hoppla. Das war wohl nicht nach Protokoll. Der Genosse Minister zuckte nämlich zusammen und hielt darum meine Hand etwas länger. Der Genosse Minister verließ uns jetzt.
Leise, wie wir gekommen waren, entfernten wir uns wieder.

Zuhause ging es jetzt mit der Arbeit erst richtig los. Ich entwickelte die Filme, trocknete sie sofort und machte Abzüge im Format 18x20 cm. Ich hatte nämlich eine eigene Dunkelkammer. Die Fotos kamen dann in Fotomappen, die ich vorher angefertigt hatte.
Am nächsten Morgen war ich fix und fertig und konnte die Mappen an der vorgeschriebenen Stelle abgeben. Dazu natürlich alle Filme. Ich versicherte dazu noch schriftlich, dass ich weder Abzüge noch Filmmaterial dieser Veranstaltung zurückbehalten habe.
Hatte ich jetzt dienstfrei?

Natürlich nicht. Wir wollten schließlich den Sozialismus aufbauen und da musste man schon mit jeder Minute Arbeitszeit geizen. Also schnellstens zu Arbeit in die Firma.

Das Honorar?
Ach ja. Es entsprach, damals im Jahr 1985, der geltenden Honorarordnung der DDR. Für eine „Nikon" reichte es wieder nicht.
୬

Wann kann ich meine sozialen Leistungen genießen?

Eine wahre Begebenheit

Wenn so ein Jüngelchen, wie ich es war, am Beginn der 1960er Jahre Fragen hatte so fasste man sich ein Herz und fragte die Älteren. Jeder schöpft doch gern aus der Lebenserfahrung der älteren Generation. Man muss ja nicht alles aus eigenen Fehlern lernen.

Mit den Antworten war das so eine Sache. Waren sie wahr, so glaubte man es meist nicht. Hatte man das Gefühl man wird mit Ausreden abgespeist ging man unzufrieden zum Nächsten und stellte die gleiche Frage präziser.

So war es auch einmal mit meiner Frage an meinen Vorgesetzten in der Firma. Da er immer wieder betonte wie hervorragend die Rolle der „Sozialistischen Einheitspartei Deutschlands" in unserer Firma und darüber hinaus in der Volkswirtschaft der DDR und somit auch für unser Volk ist.

Ich war zu jung und unerfahren um über dieses umfassende Wissen zu verfügen das mich in die Lage versetzte die Parteiprogramme der gerade existierenden Parteien zu unterscheiden.

Mein Vorgesetzter hielt mich in seinem Büro fest indem er begann, mir die Vorteile seiner Ideologie verständlich zu machen. Meinen Einwand dass ich „Nach Akkord" bezahlt werde und das auch „Ausbeutung des Menschen durch den Menschen" bedeutet, wischte er lässig weg. „Das ist kein Akkordlohn, sondern Leistungslohn". Ich solle nicht immer an das Geld denken, wenn es hier um das Wesentliche geht.

Dreißig Minuten wagte ich nicht zu mucksen. Brillant erklärte er mir seinen Weg vom Hitlerjungen und Flakhelfer bis zum Schnellstudent an der Fachschule. Über den sozialistischen Jugendverband zur Arbeiter- und Bauernpartei.

„Und jetzt bin ich Parteisekretär in unserem Betrieb".

Ich schwieg verdutzt. Ich hatte bisher versucht meine Arbeit ordentlich zu machen, alle Normen erfüllt und übererfüllt und auf Gehaltserhöhungen gewartet. War das falsch?

Unerschrocken stellte ich diese Frage.

Nach weiteren dreißig Minuten hatte ich Klarheit.

Hier die Zusammenfassung seiner Ausführungen:

„Wir, die Genossen, haben bis heute die Last des Aufbaus unserer Deutschen Demokratischen Republik getragen. Jetzt sind wir zwar noch voll im Berufsleben, aber können schon einige Früchte unserer Arbeit ernten. Ihr müsst euch diesen Stand erst erarbeiten.

Das sieht dann so aus: Du stellst dir einen voll beladenen Bollerwagen vor. Vorn sind die Genossen. Sie haben die Schultergurte um und ziehen aus aller Kraft. Es geht bergauf. Du bist hinten. Noch unentschlossen fasst du die hintere Ladeklappe und versuchst zu schieben. Das gelingt dir aber noch nicht. Du hast nicht unsere Erfahrung und unser Können. Wenn wir Genossen ein kleines Quäntchen mehr zum Genießen haben ist das wohl nicht verkehrt? Oder?"

Nachtrag: Lieber Werner J. Ich habe deine Worte fest im Gedächtnis behalten. Wie könnte ich sie sonst so genau wieder geben. Solltest du alle privaten und parteilichen Schicksalsschläge überlebt haben, so genieße dein Restguthaben, das dir deine Genossen nach deinen Verdiensten zumessen. Ich habe die erklärende Arbeitsstunde nachgearbeitet, wie du es mir aufgetragen hattest. Sonst hätte ich weniger Lohn bekommen. Ich wurde nämlich nach „Leistungslohn" bezahlt.

৪৩

Was ich der mit der Staatssicherheit erlebte

So begann es.

Die DEFA, auch eine Abkürzung für ein wichtiges DDR-Filmunternehmen, brauchte sehr oft Utensilien, die in den Filmen eine wichtige Rolle spielten. Etwa Dollarscheine, Bieruntersetzer westlicher Brauereien oder Servietten für Tabletts bayerischer Brauereien. Einfach einkaufen ging doch nicht. Die Devisen fehlten. Welcher DDR-Staatssekretär hätte der DEFA dafür westliche Devisen gegeben?

So liefen die Mitarbeiter des Fundus der DEFA von Druckerei zu Druckerei. Klar bekamen sie Absagen. Drucken ohne Druckgenehmigung? Das war ein großes Verbrechen. Die Druckereileiter hatten alle den gleichen Grund diese kleinen Bitten abzuschlagen. „Wir haben kein Kontingent dafür vom „Amt für Wirtschaft", beim „Rat des Bezirkes" bekommen". So war die häufigste abschlägige Antwort.

Durch Flüsterpropaganda kamen die DEFA-Leute doch immer wieder an Leute, die helfen wollten.

In einem großen Gebäude, mit vielen wichtigen Amtsträgern gab es eine winzige Druckerei. Sie hatte die Aufgabe in die Welt zu tragen, was die großen Würdenträger zu sagen hatten. Aus diesem Grund brauchte diese kleine Druckerei nicht ständig eine neue Druckgenehmigungsnummer für jedes Pamphlet zu beantragen. Es gab eine „Generelle Druckgenehmigung".

So wurde, flüsternd, der Druckereileiter gebeten, doch dem DEFA-Fundus zu helfen. Man zahle, wie immer in solchen Fällen bar.

Das klang dem Druckereileiter, einem ehemaligen Justitiar, überzeugend.

Da er selbst nicht die geringste Ahnung vom Drucken hatte und in diesem riesigen Gebäude die „Ormig-Maschine" bediente frage er den Drucker. Der nickte nur zustimmend. Schließlich hatte er nichts zu verantworten. Chef, Justitiar und Genosse über ihn, was sollte dem kleinen Drucker da passieren? Alles ging klar. Die DEFA bekam ihre blau-weißen Tablett-Servietten mit dem Aufdruck „Hofbräuhaus" und andere Artikel für die Filmausstattung.

Anschließend verteilte der Chef das Schwarzgeld zu gleichen Teilen an die Mitarbeiter. Alle waren stillschweigend zufrieden.

Einige Jahre später bestand wieder die Notwendigkeit einen DEFA-Film auszustatten. Wer einmal in den Genuss von Hilfe kam, vergisst die Adresse natürlich nicht wieder, wo ihm geholfen wurde.

Der ehemalige Leiter war verstorben, der Drucker war auch nicht mehr da. Aber jemand wusste, wo der Drucker abgeblieben war.

So kamen die DEFA-Leute zu mir.

Wieder eine große Verwaltung mit großen Aufgaben. Darin wieder eine kleine Druckerei. Und ich als kleiner Chef.

Natürlich bereitete mir, rein technisch gesehen, der Wunsch der DEFA-Leute keine Schwierigkeiten.

Etwas rückversichern kann aber nicht schaden, dachte ich mir. Also auf in die erste Etage.

Mein Chef besah sich das Druckmuster. Hm. Unverfänglich. Keine Druckgenehmigung? Aber wir haben doch eine Generelle? Ich nickte. Na, mach mal! Ich legte los. Wegen der geforderten Qualität druckte ich den Auftrag allein. Meine Mitarbeiterinnen guckten interessiert zu, wie im Sekunden-Takt Hunderte Dollar-Noten die Maschine verließen. Sie waren aber nur einseitig bedruckt.

„Hab' ich noch nie gesehen!" Das war die einhellige Aussage.
Noch auf Format schneiden und ein Waschkorb voller Dollars verließ das Haus. Der eingenommene Barbetrag war bemerkenswert. Ich teilte ihn zu gleichen Teilen auf.
Meinem Vorgesetzten meldete ich nur den Vollzug und zeigte ihm ein Druckmuster. Er nickte nur.

Nach einigen Wochen wollte mich sein Vorgesetzter sprechen. Das kam öfter vor. Je höher die Dienststellung, je mehr Wünsche „Unter der Hand" an das Personal. Das kannte ich schon. Und wer weiß, was ein Drucker alles kann, kann ermessen, wie hilfreich er sein kann.
Im Büro wurde ich freundlich begrüßt. Der hohe Chef stellte mir zwei gut gekleidete Herren vor.
Jetzt bekam ich heiße Ohren und ging mein langes Sündenregister durch. Was nur, um Himmels willen, hatte ich noch nicht gebeichtet?
Aber die Herren wussten schon von meinen Sünden. Jemand hatte für mich gebeichtet, aber nicht meine Sünden übernommen.
„Aber wir sind ja kein Unmenschen" grinste ein Herr von „Horch und Guck" (Ministerium für Staatssicherheit" im Volksmund). Zeigen sie uns nur die Muster von der illegalen Drucksache.
Ich flitzte diensteifrig in mein Büro und holte die Druckmuster. Die beiden Herren guckten etwas irritiert.
„Blau?" meinte der eine.
„Und einseitig?" wunderte sich die Zweite. Sie schüttelten den Kopf, nahmen sich ein Muster. Sie flüsterten etwas untereinander, dann baten sie mich darum immer gut darauf zu achten, was meine Kollegen der polygraphischen Zunft in der Stadt so nebenbei machen.
„Da können wir nicht einfach nicht rein sehen. Die halten zusammen wie Pech und Schwefel."
Jetzt hatte sogar mein hoher Chef lobende Worte für mich.
„Genossen, Kollege Müller arbeitet schon viele Jahrzehnte in diesem verantwortungsvollen Beruf. Jetzt sogar als Leiter für die Druckerei in unserem Be-

trieb. Trotzdem er kein Genosse unserer Partei ist würde ich ihn als guten Bürger der Deutschen Demokratischen Republik bezeichnen, der immer die Ziele unserer Partei im Auge hat.
Die Situation war zu ernst. Aber ich hatte jetzt wirklich etwas im Auge. Verlegen schnäuzte ich mir die Nase.
Die beiden Herren traten den Dienstweg an. Oder den Heimweg?
Im Falle, dass noch etwas sein könnte, würden sie sich melden.

Nach einigen Wochen sprach mich ein Mitarbeiter aus dem großen Kreis der Angestellten an, um mir mitzuteilen, dass gegen mich nichts vorliegt.
„Aha, der also auch, das wusste ich noch nicht". Es hieß ja auch immer „Wir sind viele".
Ach, nimm es der Frau S. nicht übel. Sie ist leider etwas ...," Er machte eine Handbewegung in Richtung seiner Stirn. Ich nickte.
Nun sah ich erst, woher der Wind so wehte. Das Geld hatte sie aber bei der Verteilung nicht abgelehnt. Das war bestimmt wegen der Tarnung.
Sie hatte ihren Mann informiert, der eine sehr hohe Dienststellung bei den sogenannten bewaffneten Organen innehatte.
Vom „Ministerium für Staatssicherheit" kam also nichts mehr. Dafür drehten die Genossen im Betrieb am Karussell.
„Unvereinbar mit der Dienststellung als Fachingenieur!, Betrug!, Ablösung! waren die geringsten Vorwürfe. Nach vier Wochen luden sie mich ein, an einer internen Sitzung der Parteigenossen teilzunehmen.
Sie hatten keinen Beschluss fassen können. Das gab es noch nie. Unerhört!
Noch einmal erklärte ich die Zusammenhänge, zeigte die Druckmuster. Die Empörung legte sich erst, als ein Mitarbeiter meinte, dass es im Betrieb doch eigentlich schon fast normal wäre, kleine Beträge für geringe Leistungen anzunehmen, die nicht im Arbeitsvertrag standen. Er kenne Beispiele.
Nach einem betretenen Schweigen wurde ich noch einmal aufgefordert, etwas dazu zu sagen. Ich war jetzt reumütig. Aber sie möchten bitte auch an meine Familie denken. Eine Ablösung aus meiner Funktion war ein sofortiges Berufsverbot. Als Drucker konnte ich dann nie wieder arbeiten.
Aha. Dieses Wort kannten sie: Berufsverbot! Einige in diesem Betrieb hatte es schon erwischt. Mit ihrer speziellen Ausbildung war dann ein Betriebswechsel fast nicht mehr möglich. Wir hatten einige dieser „Ruheständler" in den Abteilungen.
Wie ging es jetzt bis zum Ende?
Trotzdem vom „Ministerium für Staatssicherheit" niemals irgendwelche Bedenken kamen wurde mein unmittelbarer Vorgesetzter in eine sehr wichtige Funktion der Regierung des Bezirkes Potsdam berufen. Eine Gehaltsstufe höher.
Ich bekam auch wichtige Aufgaben. In Anbetracht der beengten Unterbringung und der knappen personellen Situation und den völlig veralteten Maschinen

wurde ich beauftragt eine neue, größere Druckerei zu projektieren, aufzubauen und das Personal dafür zu finden oder auszubilden.

Das waren weitere Abenteuer, die später noch einige Funktionsträger beschäftigen sollte.

෩

Wie Abkürzungen mein Leben steuerten

Kaum zu glauben, aber wir versuchen, alles in eine Abkürzung zu pressen. Nicht nur unsere Wege, nein auch die Sprache. Selbst ganze Sätze werden gekürzt. Besonders die elektronischen Medien forcieren das in atemberaubendem Tempo.

Schon in der Schule gab es für mich diese Abkürzungen. Schaute ich in den Duden, war eine der ersten Seiten die Seite der Erklärungen für Abkürzungen. Viele Abkürzungen gibt es mehrmals, aber immer mit anderer Bedeutung.

In einem kleinen Karton, bei mir zuhause, liegen alte Dokumente, die meinen Lebensweg beschreiben, ohne dass ich auch nur ein Wort sprechen muss.

Ein kleiner blauer Ausweis beweist, dass ich „Junger Pionier" war. „JP" kreuzte ich später in den Personalbögen an.
Wie wurde ich Pionier?
Im Jahr 1954 kam eine Frau in unsere Klasse und erklärte uns, dass wir jetzt „Junge Pioniere" sind. Verdutzte Ruhe in der Klasse.
Der Unterricht war aus der Bahn. Die Frau verteilte jetzt kleine blaue Ausweise und erzählte uns, welche Aufgaben wir damit übernehmen. Wir können ja noch einmal alles in den „Gesetzen der Jungen Pioniere", im Pionierausweis nachlesen.
Freundlich wies sie uns noch darauf hin, dass der Fotograf am Unterrichtsende noch ein Foto von uns anfertigen wird. Dazu sollen wir unbedingt noch das blaue Halstuch anlegen. Flugs zeigte sie uns noch an einem frischgebackenen Jungpionier, wie der spezielle Knoten geht. Dann rauschte sie wieder aus dem Klassenzimmer.
So kam es, dass mich in meinem Pionierausweis ein „Junger Pionier" mit Halstuch anblickt.

FDJ. Darf ich das so sagen? Die FDJ wird heute belächelt, sogar verlacht und eigentlich hatte sie, nach heutigen Biografien, fast keine Mitglieder.
Ich war in der FDJ. „Freie Deutsche Jungend". Wir grübelten darüber, warum es eine „unfreie" und eine „freie" Jugend gibt. Und das ausgerechnet von Ländergrenzen begrenzt. Ja, damals durfte man noch nachdenken!
Es war leicht in die FDJ einzutreten. Es gab eine automatische Übernahme von den Jungen Pionieren, wenn kein Widerspruch erfolgte.
Bei mir war es noch plötzlicher.
Als ich endlich, nach mehreren Absagen, einen meiner gewünschten Berufswege beschreiten durfte, wurde mir der Hinweis gegeben, noch schnell den Antrag für die FDJ abzugeben.

„Das macht sich besser im Antrag auf deinen Studienplatz". Das war einleuchtend. Ich wollte unbedingt studieren, da ich für handwerkliche Berufe nicht zugelassen wurde.

Ich kam also als FDJler in meine Heimatstadt Berlin zurück. Vorher war ich weit weg von Nachrichten über Ost und West.
Aber ich spürte täglich, dass ich in der SBZ (Sowjetische Besatzungszone) wohnte. Die Abkürzung DDR hatte sich in meiner Verwandtschaft noch nicht im Sprachgebrauch gefestigt.
Meine Ortsveränderungen, zu Fuß oder per Bahn, verliefen also immer von Ostberlin nach Westberlin. Die Sektorengrenze? Die war für die Besucher aus Sachsen, Mecklenburg und Thüringen. Ich nahm sie selten zur Kenntnis.
Sowjetische Besatzungszone oder Deutsche Demokratische Republik. Ich hielt das für eine Laune der Besatzungsmächte. Ein geteiltes Deutschland konnte ich mir nicht vorstellen.

Ein Berufswechsel brachte mir eine Wartezeit mit Tätigkeiten, die nicht meinen Berufszielen entsprachen.
Einige Zeit war ich mit Hilfsarbeiten bei der Parteihochschule beim ZK der SED beschäftigt. Bei einem Stundenlohn von 1,49 Mark lernte ich wie die Regierung redet und die Altkommunisten denken. Denn hier arbeiteten die Veteranen der Kommunistischen Partei Deutschlands in ihren erlernten Berufen. Sie waren im KZ gewesen. Sie hatten kein Geld für eine Auswanderung. Sie hatten nur ihre Weltanschauung 12 Jahre verdeckt gelebt.
„Das habe ich nicht gewollt" war ihre einhellige Meinung, wenn sie wieder über die Betriebslautsprecher Walter Ulbricht referieren hörten. Er dozierte oft in dieser Einrichtung. Dann gab es für uns viele Überstunden und ein Arbeitstag ohne Vorgesetzte. Sie waren schließlich Lehrer, die einer Lehre anhingen, die ihr Lehrer im Seminarsaal gerade acht Stunden erläuterte.

Dann kam die DVP. Deutsche Volkspolizei. Auch VP oder VOPO genannt. In Westberlin hieß diese Sparte „Stupo". Stumm-Polizei. Benannt nach dem damaligen Polizeipräsidenten Westberlins.
Das war eine fixe Idee meiner Familie.
„Kannst doch etwas machen, was dir eine gute Rente bringt. Dann bist du doch Beamter!"
Polizei kannte ich. In Berlin nannte man sie Bordkantenlatscher oder Schupo. Die Anrede lautete Herr Wachtmeister. Bullen hatten keine grüne Uniform.
In der Polizeischule lernte ich, außer dem Umgang mit dem Bürger noch Gesetze, Waffenkunde, Grüßen, Stadtkunde und die Funktion der Sektorengrenze. Eine Abkürzung geisterte ständig durch die Polizeischule: „KVP". Die Werber kamen täglich. Es waren meist junge Menschen, die südlich von Berlin ihre Herkunft hatten, die der Werbung glaubten.

Das mit der VP gefiel mir von einem Tag auf dem Anderen nicht mehr. Der Grund war einleuchtend für mich.
Trotz frischem Lametta auf den Schulterstücken passierte eines Tages etwas, das mich veranlasste, um meine sofortige Entlassung zu bitten.
Eines Morgens fuhren Schützenpanzerwagen auf den Hof unserer Polizeischule. Im Schlepp hatten sie Infanteriegeschütze.
Ich war erschüttert. Klar hatte ich die übliche Ausbildung zum Auflösen von Versammlungen oder unerlaubte Demonstrationen. Aber wozu Geschütze?
Nur ein inszeniertes Dienstvergehen brachte mich wieder ins Zivilleben zurück. Fünf Tage Arrest im Polizeipräsidium in Berlin-Mitte. Dann war es überstanden.

Jetzt aber zielgerichtet in den gewünschten Beruf. Alles klappte wunderbar. Nur ein anerkannter Freund der Sowjetunion war ich noch nicht. Das war aber erforderlich für eine Einstellung. Ganz freiwillig konnte man eintreten in die „Deutsch-Sowjetische-Freundschaft" „DSF).
Ich war nicht dazu erzogen freundschaftliche Beziehungen zu einem Staat aufzunehmen, deren Offiziere meiner Mutter und mir, übel mitgespielt, hatten. Ich war aber bereit für meinen Traumberuf jedes Hindernis aus dem Weg zu räumen.
1968 war es, als wieder einmal meine Erziehung zur Wahrheit und Ehrlichkeit aufmuckte. Ich trat mit einer schriftlichen Erklärung aus der DSF aus.

Nach einigen Monaten kam die Weisung aus der 1. Etage, ich sollte sofort zum Abteilungseiter kommen.
Die Einleitung des Gesprächs eröffnete mir, dass die Regierung der DDR missbilligend zur Kenntnis genommen hat, dass es besonders im Jahr 1968 gehäuft Austritte aus der DSF gab.
Ich solle doch erklären, wie ich dazu stehe. Noch einmal meine Gründe für den Austritt darlegen.
Ein Mitarbeiter aus meinem Bereich war als sogenannter Beisitzer ebenfalls anwesend. Er sagte in der gesamten Zeit nicht ein Wort. Ich wusste, dass seine Mutter in Prag wohnte.
Nach eineinhalb Stunden nahm ich meinen Austritt aus der DSF zurück. Ich war also wieder ein Freund der Sowjetunion. Selbst meine Jahresendprämie war nur um einhundert Mark gekürzt. Mein Abteilungsleiter hatte seine Drohung nur zur Hälfte wahr gemacht.

FDGB. „Freier Deutscher Gewerkschaftsbund". Der Gewerkschaft gehörte ich mein ganzes Arbeitsleben an. Ich hatte hier auch Funktionen inne. Einige Jahre war ich sogar Mitglied einer Betriebsgewerkschaftsleitung, BGL (heute Betriebsrat).
Hier lernte ich erkennen, welchen Erholungsbedarf Reisekader, Leiter aller Ebenen und Parteisekretäre der SED hatten. Ihnen standen die meisten Wege für

Fernreisen offen. Besonders die preiswerten Reiseziele des „Freien Gewerk-schaftsbundes".

Immer gab es wichtige Gründe diesen fleißigen Menschen einen von der Ge-werkschaft oder dem „Ministerium des Innern" finanzierten, also preisgünsti-gen Ferienplatz zuzusprechen.

„Das musst du doch einsehen Kollege" hörte ich jedes Jahr in fast 40 Arbeitsjah-ren. Nicht zum Sonnenstrand, nicht zum Balaton, nicht mit dem Urlauberschiff kreuzen oder in den Ural oder Kaukasus. Zuhause stellten wir uns jedes Jahr aufs Neue die Frage ob die Urlaubsorte in der damaligen DDR Familie Müller nicht haben wollten. Es fuhren immer die gleichen wichtigen Kollegen in die Urlaubsheime.

Was ich in der BGL dagegen tun konnte? Zwanzig Stimmen für die Vergabe, eine Stimme dagegen.

Soli. Solidarität? Ich war immer solidarisch. Mit der Sowjetunion, mit Korea, mit Vietnam, mit ganz Afrika, dann noch mit Kuba, Chile und vielen ungenann-ten Staaten. Tausende Mark habe ich gespendet, wie man allen meinen Mit-gliedausweisen entnehmen kann. In den Filmreportagen, die aus diesen be-freundeten Ländern zu sehen waren, konnte ich die gleichen Waffen sehen, die das Dritte Reich nicht mehr verwerten konnte und der Bundesrepublik, sowie der Deutschen Demokratischen Republik noch zu gut zum Wegwerfen waren. Karabiner 89k in Kinderhand? „Kalaschnikow" zur Hungerbewältigung? Das nenne ich Hilfe zur Selbsthilfe.

Ich bin abgeschweift. Aber das Kleben der Solidaritätsmarken war oberste Pflicht eines Mitglieds. „Dir geht es doch viel besser als den Armen dort". Das waren doch überzeugende Argumente. Jetzt bin ich auch arm. Aber jetzt wird Armut neu definiert.

Die SED führte und lenkte mich. Überall in den Betrieben, in denen ich arbeitete, hatte die SED die Führung inne. Selbst, wenn von 250 Mitarbeitern nur sech-zehn in der SED waren. Oder von 120 Mitarbeitern nur drei. So konnte ich mich von der führenden Rolle der Arbeiterklasse in allen Leitungsebenen überzeu-gen.

Als Massenorganisation hatte ich die SED nie erlebt. Aber sie hat, nachweislich die Massen bewegt. Stillstand sollte es in der DDR nicht geben.

Da wäre noch die NVA. Eine „Nationale Volksarmee".

Ich war jahrelang „unabkömmlich". Unsere Eltern nannten das wohl „uk". Mit einem Alter von 26 Jahren schied ich endlich aus der Wehrpflicht aus. Es herrschte große Freude an diesem Geburtstag in meiner kleinen Familie.

Auch mit dem „Ministerium für Staatssicherheit" hatte ich eine kurze Liaison.
Also mehr sie mit mir als ich mit ihr.
StaSi? Nach heutigen Ansichten waren wohl alle Bewohner der ehemaligen Ostzone irgendwie Mitglied der StaSi.
Einige waren es dennoch nicht, sonst gäbe es keine Opfer. Aber hier unterschei-
det der Bürger nicht so sehr.
Etwas erinnert mich doch an die Vergangenheit, wenn ich die Nachrichten ver-
folge, die sich mit der Staatssicherheit er DDR beschäftigen.
Da gab es damals, nach dem verpatzten Endsieg so etwas wie eine Entnazifizie-
rung. Wenn ich die Heimkehrer aus der Kriegsgefangenschaft sprechen hörte,
so erwähnten sie oft, dass sie entnazifiziert wurden. Das war keine Entlausung,
sondern eine Gehirnwäsche. So wurde es mir damals erklärt. Danach waren die
Entnazifizierten wieder Menschen wie du und ich. Sie hatten sogar ein Papier
darüber. Und sie waren wieder in Amt und Würden.
Und die Mitarbeiter der Staatssicherheit?
Sie werden nie wieder Menschen. Sie sind Schergen, Spione und sonst noch alles Üble. Kein Wunder, wenn sie sich ducken und lieber im alten Amt bleiben,
als aufzufallen.
Also dieses ganze Dilemma mal aus politischer Sicht: Im Westen gab es den
Bundesnachrichtendienst und im Osten das Ministerium für Staatssicherheit.
Über die Unterschiede werden wir noch eine Generation diskutieren. Eines hat
die ehemalige Staatssicherheit dem Bundesnachrichtendienst aber voraus. Sie
hat mit ihren Erkenntnissen aus der Zeit der DDR in den USA noch gutes Geld
verdient. Der Bundesnachrichtendienst gibt jetzt noch viel Geld aus, um in den
USA an dieses Wissen zu gelangen.
Und was hatte ich nun damit zu tun?
Ich sollte damals Wissen preisgeben. So wollte es die StaSi. Als ich nichts
wusste, bot man mir an wenigstens noch in Zukunft besser auf meine Mitmenschen zu achten. Das könnte ich dann ja erzählen.
Es wurde nichts mit einer Zusammenarbeit. Ich gebe zu, dass ich Schuld daran
hatte.

Nach der DDR kam die BRD. Jetzt musste ich neue Abkürzungen lernen. Aber
der Duden half mir wieder.
Ich habe bestimmt wichtige Abkürzungen weggelassen, die mein Leben steuer-
ten.
Die Wichtigsten waren wohl: DR, SU, USA, SBZ, DDR, BRD, D
Die Deutungen kenne ich. Ich muss sie nicht nachschlagen.
଼

Ich bin eine Frühgeburt

Ich wurde im vorigen Jahrhundert, nein Jahrtausend geboren. Also schon länger her. Keine Sturzgeburt oder „Mutterns Schreck", nein völlig normal im Gewicht und in der Größe. Aber an einem Sonntag und ... der Letztgeborene von „Fünfen". Ich bin, genauer gesagt ein Frühgeborener. Das sage ich immer so, wenn ich nach meinem Lebensalter gefragt werde.

Komisch, danach fragen die Menschen. Niemand fragt nach meiner Lebenserfahrung. Nicht einmal der eigene Nachwuchs.

Und Lebenserfahrung ist das Einzige was ich in den ganzen Jahren erwerben konnte. Meinen Reichtum haben Andere ergattert. Kommt davon, wenn man nicht aufpasst und ehrlich durchs Leben will.

Im Dritten Reich machte ich in die Windeln. Die waren aus Baumwollstoff und waren nach dem Ende des Reiches als „Friedensware" bei den jungen Muttis heiß begehrt. Gut gewaschen, im „Wäschetopf" gekocht und von Hand gewaschen wurden sie vererbt. Es gab ja nichts Neues.

Außer im letzten Kriegsjahr, bin ich fröhlich und unbeschwert gewesen. Es mangelte mir an nichts.

Als die Bomber weg waren kam die Zeit der Besatzungsmächte. Komisch, die hinterließen bei mir nachdrückliche Erinnerungen. Allerdings ist keine davon erfreulich. Sie waren ja auch Mächte. Und ihre Macht spürte ich jeden Tag. In der Hauptstadt übertrafen sie sich mit Heldentum auf fast allen Gebieten. Das letzte einschneidende Erlebnis war eine versuchte Vergewaltigung meiner Mutter in meinem Beisein. Meine Mutter hatte Glück, weil ein deutscher Bürger keine Angst zeigte und die zwei Waffenträger in die Flucht jagte. Da hatten wir bereits das Jahr 1949.

Ostberlin, Westberlin. Für Berliner eine Unsinnigkeit, für die Machthaber aller Couleur eine einzige Freude. Sie zeigten Muskeln und der Berliner hatte in jeder Besatzungszone ein anderes Gesicht zu zeigen. Aber bitte nicht das Falsche.

Die neuen Republiken wurden gegründet. Jetzt wurde der Unsinn auf die Spitze getrieben. Immer trennender wurden die Sektorengrenzen und Zonengrenzen. Die Besatzungsmächte zogen sich in Ghettos zurück und hielten die beiden deutschen Regierungen im Rahmen neuer Gesetze am Faden.

So ging es für mich weiter. „Berlin-Blockade" mit amerikanischen Bombern über den Kopf. Und das jede Minute. Fünfzehn Meter über meinem Kopf. Ich war zu jung um keine Angst davor zu haben. Es waren wohl die Erinnerungen an das letzte Kriegsjahr.

Schule beendet, Studium, Beruf. Das Leben wurde komplizierter. Niemand ordnete etwas für mich. Immer wieder politische Grenzen. Ständig stieß ich mich daran. Die Besatzungsmächte hatten sich jetzt in Freunde umbenannt. Im Osten Deutschlands hatte ich jetzt 2,5 Millionen neue Freunde. Um das zu dokumentieren ordnete mein Arbeitgeber an, dass ich deshalb in eine Organisation eintreten muss, die diese Freundschaft organisiert. Ich brauchte nicht einmal selbst entscheiden. Über die westlichen Freunde sollte ich jetzt abfällig reden. Das waren bestimmt auch noch über 2,5 Millionen oder mehr und dazu noch 23 „Westverwandte".

Geld? Irgendwie hatte ich nie welches. Deutschlands Osten bezahlte „Reparationen". Ost und West bezahlten die Aufwandsentschädigungen für ihre Freunde.

Familie. Damit fing das Leben an kompliziert zu werden. Jedes Kind halbiert das Einkommen? Ich kann's bestätigen. An Reisen war nicht zu denken. An allen Seiten standen Mauern.

Die Ostdeutschen wollten ihre Regierung nicht mehr. Die Westdeutschen konnten endlich ihre Sehnsucht nach den Brüdern und Schwestern im Osten stillen. Aber damit blieben immer noch die Mauern in den Köpfen. In Ost und West.

Meine Brüder und Schwestern im Westen haben mich nach wenigen Kontakten ausgeladen. „Unverträglichkeit" lautete das Urteil.

Ich kann es nicht verstehen. Ich habe doch nie von ihnen Päckchen mit Puddingpulver gefordert. Selbst nach Bananen für meinen Nachwuchs stellte ich mich hartnäckig an. Vergangen.

Für mich ist Deutschland schöner geworden

Ach ja. Schön ist es in der Vergangenheit zu sinnen. Einzelnes ist so nah. Wie gerade erlebt. Ich werde es aufschreiben. Vielleicht liest es irgendein Urenkel meinen Kindern vor, wenn sie im Pflegeheim liegen. Dann erfahren sie etwas in meinem Leben schöner war als in ihrem. Denn, jetzt hat Niemand eine Frage an mich.

ଔ

Teil V

1. 50 plus
2. Alles uniform?
3. Altstoffsammlung
4. Die Angst vor Fotos
5. Die Witwerbank
6. Eine aussterbende Spezies
7. Erlebter „Aufbau Ost"
8. Gab es eine Subkultur in Potsdam
9. Gestern im Supermarkt
10. Hallo Marco
11. Hatte ich jemals einen Freund?
12. He, ich bin erst 70
13. Heute habe ich Schnupfen
14. Heute ist wieder ein schöner Tag
15. Holen wir sie aus der Wohnung!
16. Identitätskrise
17. Jetzt lebe ich in Deutschland
18. Mein hundertster Geburtstag
19. Opa, bist du überhaupt ein Deutscher?
20. Verkaufsstrategien
21. So plötzlich weg
22. Vergessen
23. Warum wurde ich eigentlich 70 Jahr alt?
24. Wie die DDR die BRD besiegte
25. Wieder vereint?
26. Stoßseufzer eines alternden Sohnes

50 plus

Das mit dem Älter werden ist schwierig. Bisher kümmerte es mich nicht so sehr. Weil ich aber schon älter geworden bin ohne besonders darauf zu achten, fange ich an darüber nachzudenken.

Die letzten Jahre im Berufsleben war ich 50plus. Sogar ein Radiosender kümmerte sich um mich. Er begleitet mich bis heute. Damals noch „Dampfradio" kann ich ihn heute über W-Lan hören.
Damit nicht zu viele Menschen eingegrenzt werden um ausgegrenzt zu werden haben die Radio- und Fernsehsender eine neue Katalogisierung gefunden, Es gibt jetzt Musik der 40er, der 50er, der 60er und so weiter. Im Moment sind sie bei den 90ern. Gab es danach keine neue Musik mehr, die man heute hören will? Oder haben sie ausprobiert, wie sich das schreibt? 0er (äh: Nuller), 10er.

Das Leben kennt keinen Stillstand. Ich wurde älter. Jetzt war ich „Grauer Panther". Nicht politisch – das sind die anderen Älteren. Das merkte auch die Industrie und nannte mich Silversurfer. Zu Deutsch: Silberner Wellenreiter = Senioren-Netzsurfer. Jetzt gab es Lehrgänge für mich in denen Halbgebildete mit verballhorntem Englisch den 50plus-Menschen die Handhabung einer Maus erklärten. Kindgerecht – versteht sich.

Jetzt hat es mich auch noch bei den Verkehrsbetrieben erwischt. Dort heiße ich 65+. Dafür kann ich in meinem Bundesland mit fast allen Verkehrsmitteln preiswert verkehren. Hatte ich vorher nichts mit dem öffentlichen Verkehr am Hut, weil ich Autobesitzer war, so finde ich den Akt heute als solchen, gut.

Ich werde in Zukunft weiter beobachtet und entsprechend meinem Lebensalter mit immer neuen Bezeichnungen tituliert, damit ich in eine Kategorie der Verkaufsstrategen passe.

Begriffe wie „Alter Knacker" sind nicht auf mich gemünzt. Das war früher einmal. Da knackte es in den Knochen der Älteren. Bei mir knackt es höchstens, wenn ich mich auf das Eis begebe. Früher ein Spargel-Tarzan bin ich heute ein Senior mit Gewicht.

Aha, auch noch eine Bezeichnung für mich. Früher war ein Senior der Papa vom Junior.
Wie A. Müller sen. Ich habe aber nur weibliche Kinder gezeugt. Wie kann ich nun Senior werden? Berechtigt schon das Alter zu diesem würdevollen Titel? Ich selbst bezeichne mich als Rentner. Klingt nach Sozialfürsorge, so sichere ich aber meinen Lebensunterhalt.
In einem Nachbarland haben sie Rentiers (Plural). Geschrieben: Rentier. Man sieht das blöd aus wie das hier so steht. Wenn ich es beim Sprechen etwas falsch betone gucken mir doch alle auf den Kopf.

Alles uniform?

Ist heute noch jemand ohne Uniform?
Es sind nur noch Wenige, die heute keine Uniform tragen.
Jeder Klub, jeder Sportverein, jedes Restaurant, sogar jede Imbissbude hat jetzt Uniformierte.
Ohne hier in der Geschichte der Uniform zu kramen stelle ich fest, dass heute nichts mehr ohne Uniform geht. Selbst Firmen uniformieren ihre Mitarbeiter. Beim Dienstleister ist es der einheitliche Arbeitsanzug Kennzeichen und Arbeitsschutzkleidung. In der Bank oder Firmen mit Kundenbesuch ist es eine „vorschriftsmäßige" Kleidung.

Bin ich in der Zeit der Mittagspause im Banken- und Geschäftsviertel einer Stadt unterwegs strömen gut gekleidete und perfekt einheitlich kolorierte Menschen in die Schnellrestaurants.
Sie sehen sich zum Verwechseln ähnlich. Kleidung, Schminke, Lächeln perfekt gedrillt. Ich kann sie nur an den Essgewohnheiten unterscheiden. Mit vollem Mund sprechen oder lachen. Den Teller leer schaufeln oder das Essen bedächtig genießen – so unterscheide ich noch Charaktere.
Sonst sind sie austauschbar. Deswegen tragen heute fast alle ein Namensschild. Das hat der Firmenchef schlau gemacht. So kann er wenigstens noch seine Mitarbeiter auseinander halten.

Ich bin auch nicht besser. Gehe ich zum Amt oder einem Dienstleister starre ich sofort auf das Namensschild. So habe ich sofort die perfekte Anrede. Zeit ist Geld. Und mein Gegenüber hat schon eine schlechte Bezahlung.
Nicht mehr soweit schweifend wie früher: „Frau Schindler, heute haben sie aber wunderschöne Ohrringe. Neu?"
Das nannte ich früher ein Einführungsgespräch. Lockerte die Atmosphäre und lenkte davon ab, dass ich Frau Schindler mit sehr ärgerlichen Dingen konfrontieren musste.
Frau Schindler lächelte jedes Mal dankbar ehe wir zum Thema kamen.

Über das Militär sage ich hier nichts. Dort dient die Uniform wohl dazu, dass Überläufer besser zu erkennen sind. Bei den heutigen Tarn-Uniformen kaum noch möglich. Außer ein Wüstenkämpfer landet im Dschungel.

Banker, Punker, Gothiks, Linke, Rechte, Grüne, Schüler, Studenten, Obst und Gemüse - nur noch uniform.
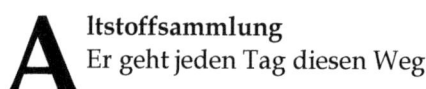

Altstoffsammlung

Er geht jeden Tag diesen Weg.

Leicht auf einen Stock gestützt, weil sein Bein nicht mehr den früheren festen Tritt hat.

Wie jeden Tag genießt er die frische Luft am Morgen. Wenn nicht gerade ein Auto vor seiner Tür startet hat er das Gefühl das der Wald zu ihm gekommen ist. Sogar das Gezwitscher der Vögel ist aus einem Baum vor seinem Haus zu hören.

Genussvoll zieht er die kühle Luft ein.

Er wohnt in einem Neubauviertel. Alles ist abgezirkelt. Zufällig sind nur die Gräser, die aus den Fugen der Pflasterung des Gehweges sprießen.

Neubau?

Das sind doch keine Neubauten mehr. Er wohnt doch schon vierzig Jahre hier. Rechts und links immer noch die gleichen Nachbarn. Alles fast unverändert.

Aber nur fast.

Das Lachen und das Geschrei der Kinder fehlen. Damals kreischten auch seine Kinder mittendrin in der ausgelassenen Schar.

Keine Mutter ruft mehr aus dem Fenster „Kerstin, Jonas – das Essen ist fertig."

Es ist still geworden zwischen den Wohnblöcken.

Alfred vom Nebenaufgang grüßt lässig, indem er die Hand hebt. Ein kurzes Nicken zurück. Man kennt sich auch schon vierzig Jahre.

Mit wenigen Ausnahmen wohnen hier noch die aus der ersten Stunde.

Öfter sind jetzt die Wagen der Lebensrettung vor den Eingängen zu sehen. So wie die kleinen Flitzer der Altenpflege. Trifft man sich auf dem Weg zum Einkauf oder am Müllcontainer wird über die möglichen Erkrankungen gesprochen zu denen die Helfer unterwegs sind. Man kennt sich und weiß Bescheid.

So ein Wohnblock ist auch nur wie ein Dorf. Meist gibt es hier auch nur die gleiche Anzahl Bewohner wie in einem Dorf.

Auffällig ist die Häufung von Ablagestellen für Sperrmüll.

Er sieht immer öfter alte Möbel vor den Hauseingängen aufgehäuft. Manches Möbelstück weckt Erinnerungen.

Auch er hatte dieses Modell einer Couch. Nur der Bezug war nicht so geblümt. Das mag er nämlich nicht. Seine Couch war einfarbig. Sie war damals schwer zu bekommen.

Lange ging er mit seiner Hanni am Schaufenster des Möbelhauses vorbei. Und lange haben sie gespart, bis sie sich diese Couch kaufen konnten. „Nur auf Bestellung" meinte der Verkäufer".

„Und wie lange ist die Lieferzeit?"

„Kommt darauf an."

„Worauf kommt es an?"

„Ob sie eine Anzahlung leisten wollen."

Hanni guckte streng.

„Dann haben sie die Couch in zirka vier bis sechs Monaten."

„Zu lange!" Hanni wurde ungeduldig.

„Tja. Der Hersteller kommt nicht hinterher. Zu viele Neubauten im Moment. Sie sind ja nicht die Einzigen hier. Aber wir haben bald Dekorationswechsel. Vielleicht könnte ich ihnen die Couch reservieren."

„Das wäre möglich?"

„Eigentlich schon."

„Was ist eigentlich? Sie müssen doch wissen ob das geht."

„Na, ja. Wir dürfen keine Privatgespräche von unseren Diensttelefonen führen. Der Chef schimpft dann jedes Mal."

„Aber sie können mich doch Privat anrufen?"

„Ja, das ginge. Aber sie wissen wie das so ist. Rufe ich jeden Kunden an bin ich bald mein Gehalt los."

„Aber es sind doch nur zwanzig Pfennige."

„Zwanzig hier, zwanzig da. Es läppert sich."

„Ich verstehe. Jetzt übernahm er wieder das Gespräch, während er seiner Hanni einen kurzen Blick zuwarf.

„Ich habe leider kein Kleingeld. Aber der Schein hier macht es ja auch."

Er nahm, unter den wütenden Blicken seiner Hanni, einen Fünfzig-Mark-Schein vom Spargeld und reichte ihn dem Verkäufer.

„Ich kann aber nicht wechseln. Und dann brauche ich aber noch ihre Telefonnummer".

Der Verkäufer buckelte fast.

„Privat habe ich kein Telefon. So wichtig war ich noch nicht. Aber ich gebe ihnen die Nummer von meiner Arbeitsstelle."

Er nannte noch seinen Namen und verabschiedete sich per Handschlag vom Verkäufer. Beide lächelten sie sich an. Man verstand sich.

Nur seine Hanni sprach an diesem Tag sehr wenig mit ihm.

Nach zwei Tagen kam der Anruf vom Möbelhaus.

„Sie haben Glück. Ich habe mir die letzte Inventurliste zur Brust genommen und, siehe da. Da musste noch ein Exemplar im Außenlager sein. Also ich nichts wie hin. Und nun stellen sie sich vor, welches Glück sie haben. Sogar in ihrer gewünschten Farbe steht dort ihre Couch. Sie sind ein echter Glückspilz. Benötigen sie auch noch zwei passende Sessel?"

Er stimmte hocherfreut auch noch den Sesseln zu. Woher das Geld dazu herkam wusste er in diesem Augenblick noch nicht.

Hanni hatte damals schnell wieder Ruhe gegeben, als sie den Besuchern das Goldstück samt Sesseln vorführen konnte.

„Und so schnell!" wunderten die sich. Ihr habt wirklich Glück.

Er ging jetzt dicht an der abgelegten Couch vorbei. Dabei strich er mit der Hand über die Rückenlehne. Gleich würde die Stadtentsorgung kommen und sie abholen.

Ein kurzer Knacks in der Hydraulikpresse und das Leben der Couch ist beendet.

Vierzig Jahre dauerte ihr Leben.

Er selbst war schon Jahrzehnte älter. War er auch schon Altstoff? Oder blieben ihm noch viele Jahre mit seiner Hanni auf ihrer neuen Couch?

Neu? Sie war ebenso wenig neu wie diese Häuser hier. Auch diese Couch zählte schon Jahre. Neu war nur die Zeit.

Jeden Tag neu.

Er sog noch einmal die frische Luft durch die Nase und begann seinen morgendlichen Spaziergang.

ଅଚ

Die Angst vor Fotos

Gestern im Supermarkt. Ich hatte ernste Absichten. Wirklich. Ich wendete mich an eine Mitarbeiterin des Supermarktes: „Darf ich einige Fotos machen? Ich möchte einige Zeilen schreiben. Ein-zwei Fotos dazu wären gut. „Ich frage mal den Chef." „Klar" sagte ich. Fotoerlaubnis und so. „Wissen Sie, die Zentrale sieht so etwas nicht gern. Es gab schon Fotos und die waren mit herabwürdigenden Texten veröffentlicht worden."
„Klar". Verstand ich. Wer liest schon gern eine Kritik über sich?
Warum ist das mir so wichtig dass es mir diese Zeilen wert sind?
Erinnerungen.
In den 1984ern. In Potsdam erstrahlten endlich alle restaurierten Häuser in der „Brandenburger" in frischer Farbe. Die Geschäfte hatten sich auch innen herausgeputzt. Jedes Geschäft war nach seinem Angebot gestaltet. Auch der neue Bäckerladen. Dort verkaufte eine Großbäckerei ihre Backwaren. Alles frisch. Die Ausstattung des Geschäfts regte mich an davon ein Foto zu machen. Ich fragte eine Verkäuferin, die blickte zur Chefin und ich bekam meine Fotoerlaubnis. „Klick" und ich hatte mein Foto.
„Vielleicht warten sie noch einen Augenblick?" Das war die Chefin. Wir gingen in ihr Büro. Das war zwar kein Büro, aber hier lag der gesamte Nachschub an Backwaren. Und es gab zwei Stühle. Ich rufe jetzt die Polizei an. Wenn sie bitte warten würden?" „Aber sie haben doch eine Erlaubnis erteilt?" „Ja, aber so zur Sicherheit. Ich will ja keinen Ärger". Sie rief die Polizei an. Nach 20 Minuten kamen zwei Wachtmeister. Ich wies mich mit meinem Personalausweis aus. Ein Wachtmeister ging zum Streifenwagen und überprüfte telefonisch meine Personalien. „Ist alles in Ordnung. Sie können gehen".
Der ganze Vorgang hatte nur 45 Minuten gedauert. „Aber man kann ja nicht vorsichtig genug sein. Die aus dem Westen wollen hier immer alles fotografieren". Sie verstehen doch? Ich verstand.

In der Gutenbergstraße ertönte auch schon Baulärm. Einige Häuser wurden abgerissen, andere entkernt. Besonders auf den ehemaligen Hinterhöfen hackte die Spitzhacke kräftig.
Als Angehöriger eines Fotozirkels bekam ich eine Fotoerlaubnis. Die Veränderungen zur Rekonstruktion der Gutenbergstraße sollten dokumentiert werden. Mit einer 6x6-Kamera ging ich nun öfter in die Gutenbergstraße und fotografierte Haus für Haus und Hof für Hof.
Die Fotodokumentation machte Fortschritte. Doch plötzlich gab es einen Stopp. In der Gutenbergstraße, nahe der Lindenstraße wurde gerade ein großer Schornstein einer ehemaligen Bäckerei entfernt. Ebenso alle Nebengebäude. Eine riesige Brache tat sich auf.
Also das Stativ aufgebaut und die Kamera aufgeschraubt. Einige Fotos und mehrere Objektivwechsel weiter ereilte mich das Schicksal. Ein Wachmann des Gefängnisses in der Lindenstraße erkundigte sich, was ich hier fotografierte.

Vorzeigen der städtischen Fotoerlaubnis und Erklärungen welche Aufgabe ich hier erfüllte beruhigten ihn wohl. Er wies auf die Überwachungskameras an der rot geklinkerten Hauswand des Gefängnisses der Staatssicherheit und meinte noch „Wir haben sie hier gesehen. Machen sie bitte keine Aufnahmen von unserem Haus."

Ich versprach es. So konnte ich meinen Fotoauftrag in den folgenden Jahren weiterhin ungestört ausführen.

Fotos haben auf Vorgesetzte wohl eine negative Wirkung. Haben die etwas zu verbergen?

ೞ

Die Witwerbank

Die Witwerbank
Diese Bank steht schon Jahrzehnte dort. Die Holzlatten sind zerkratzt und etwas verwittert. Marco hinterließ ein geschnitztes Herz für Janina und auch die Sprayer versuchten sich hier schon mit ihren Tags.
Meist war die Bank unbeachtet. Manchmal konnte ich sehen, wie Frau Wollis aus dem Nebenhaus hier ihre schweren Taschen abstellte, um sich startklar zu machen für den Aufstieg in die fünfte Etage des Hauses.
Seit einiger Zeit geschieht dort aber mehr.
Wenn ich vormittags vorbei komme, sitzt dort bereits ein älterer Mann. Beide Hände hat er auf einen Krückstock gestützt. So, wie ich es schon in den Dörfern gesehen habe. Auch dort stand früher vor jedem Hof eine Bank für die Altbauern. Hier genossen sie ihr Altenteil.
In der großen Stadt ist so etwas selten zu sehen. Die riesigen Neubauten haben wohl keinen Platz für Bänke gelassen. Die Halbstarken duldeten diese kleinen Oasen auch nicht. Sie zerstörten die aufgestellten Bänke in den Jahren im denen sie heranwuchsen. So kamen diese kleinen Nachbarschaftstreffs bald in Vergessenheit.
Aber hier gab es noch dieses Relikt der Vergangenheit. Und seit einiger Zeit auch einen permanenten Nutzer. Die Vorbeikommenden grüßten freundlich. Er grüßte zurück. Wochenlang kann ich dieses Ritual beobachten.
Etwas verwundert sah ich eines Tages schon zwei Herren auf der Bank sitzen. Beide fast in gleicher Haltung. Die Blickrichtung war auch die Gleiche, nämlich in die Richtung Vorbeikommender. Kein Wort fiel zwischen beiden.
An einem Tag mit leichtem Nieselregen saßen bereits drei bemützte Männer dort. Das Wetter schien sie nicht zu interessieren. Ich stoppte meinen Fuß: „Ich glaube sie wollen noch wachsen" stellte ich grinsend fest.
„Da wird wohl nichts draus" murmelte einer und blickte in die vorbei ziehende Regenwolke. Ich setzte mich dazu. Wir schwiegen eine Runde. Nach einiger Zeit verabschiedete ich mich. Einer tippte an seine Mütze, als ich ging. So wie es Arbeiter tun.
Von jetzt an blieb ich öfter mal stehen oder setzte mich. Ein kleiner Wortwechsel über das Wetter und ich zottelte weiter.
„Was schleppst du da immer? Jeden Tag immer einen Beutel voll. Ich wollte schon immer wissen, was da drin sein könnte."
„Ach, nur so. Mein täglicher Einkauf für meine Frau und für mich. Für das Mittagessen und Getränke. Ich kaufe lieber täglich ein, seit wir das Auto verkauft haben. Und als Rentner habe ich etwas mehr Zeit dafür."
»Aha, noch verheiratet! Das war ich auch. Jetzt ist meine Lisbeth schon über ein Jahr unter der Erde. Sie kochte immer gut". Er strich sich über seinen mageren Bauch.
„Ich kann nicht kochen. Mal so ein Rührei oder ein Schnitzel, mehr geht nicht. Allein schmeckt's doch nicht."
Er verfiel wieder ins Schweigen.

Langsam mutierte die Bank zum Informationszentrum. Wir tauschten die Neu-igkeiten aus. Sprachen über „die da oben" oder bedauerten andere Anwohner, die plötzlich mit Gehhilfen oder Krückstöcken vorbei kamen. Manchmal reich-ten die Plätze nicht. Immer wieder blieben Leute stehen, um einige Worte zu wechseln.

Im Winter wischte man einfach den Schnee von der Bank herunter. Die Kälte störte niemand.

Es wurde munterer in der Runde. Jeder schwärmte von seiner Holden. Was er für ein Glück hatte genau „Diese" zu erwischen. Aber er hatte sich natürlich auch sehr bemüht. Goldene Hochzeit hatten sie noch gefeiert, ehe sie ging. Die Kinder und Enkel alle gut gelungen. Man hatte im Rückblick doch alles richtig gemacht.

Streit? Ach, Streit musste auch mal sein. Aber im Bett war dann alles, wie immer — grinste einer. Was sie alles an Weiber verpasst hatten, erfuhr ich natürlich auch. Zum Schluss blieben sie allerdings bei ihrer Perle.

Fremdgehen? Aber doch nicht, wenn man so ein Schmuckstück zuhause hatte. Klar doch Ich wohnte auch so lange in diesem Viertel wie diese Helden hier. Aus manchem Fenster hatte ich empörte Frauenstimmen vernommen. Wozu jetzt daran erinnern? Hier sortierte man alles Schöne im Leben.

Es gab auch Neuigkeiten zu erfahren. Jetzt wusste ich endlich, was der eine oder andere gearbeitet hatte. Man grüßte sich zwar Jahrzehnte, aber man wusste nicht viel vom Anderen.

Viele interessante Berufe kamen zu Vorschein. Einem Erzähler hatte ich diese hohe Qualifikation nie zugetraut. Er erweckte immer den Anschein, dass er nicht bis drei zählen könnte.

Mein Hochmut wurde hier abgestraft.

Von jetzt an blieb ich öfter mal stehen oder setzte mich. Ein kleiner Wortwechsel über das Wetter und ich zottelte weiter.

Alle einte eine Erkenntnis nach den vielen Arbeitsjahren. Ohne sie wäre ihre Firma nie so weit gekommen. Sie waren eben die „Helden der Arbeit".

Ich blieb der Außenseiter. Immer noch schleppte ich meinen Einkauf bis zur Bank, verweilte für einige Wortwechsel und ging dann nach Hause

Zuhause wurde gekocht. Ich bekam mein gutes Essen.

Das weckte natürlich etwas Neid bei den „Bänklern". Sie forderten mich immer wieder auf meine Frau gut zu pflegen, sonst ginge es mir wie ihnen. Ich nickte jedes Mal zustimmend, wenn wieder eine Ermahnung kam.

Es gab aber auch Schwund" auf der Bank, wie einer besonders witzig bemerkte. Manchmal war für einen von Ihnen die Lebenszeit zu Ende.

Oder wie man einhellig zustimmte, wenn einer sagte: „Allein auf der Welt macht auch keinen Spaß mehr."

Allein?

Auf dieser Bank war man nicht allein. Hier saßen doch immer Gleichgesinnte, deren Lebenslauf fast übereinstimmte.

ဆ

Eine aussterbende Spezies

Gelbe Briefkästen.
Über hundert Jahre genießen sie schon unser Vertrauen.
Fast an jeder Straßenkreuzung stand oder hing so ein Kasten. Als Kind rannte ich immer hin, wenn der Radfahrer mit dem Schnappsack aus Leder kam, den Sack in eine Schiene unten am Briefkasten schob und mit einem Kantschlüssel die Klappe öffnete.
Es rauschte und plumpste in den Sack. Immer war ich traurig, dass ich nicht den Inhalt sehen konnte. Bis mir endlich mal ein „Postbriefkastenentleerer" (oder wie hießen die?) einen Blick in den Ledersack gewährte.
Die Leute schrieben viele Briefe und Karten. Der Krieg hatte wohl viele Familien getrennt. Als noch größeres Wunder sah ich aber das Fahrrad des Postlers an. Es war immer das Einzige im ganzen Viertel. Alle anderen Fahrräder standen in den Kellern um sie vor Augen der vier Schutzmächte zu schützen. Und es war gelb. Vielleicht eine Schutzfarbe?

Langsam aber unbeirrt verkrümeln sich diese kleinen und großen Bewahrer von Geheimnissen aus dem Stadtbild. Der moderne Nutzer von Postbriefkästen verschickt kaum noch liebe Grüße - außer er befindet sich im Ausland und schreibt: „Hier war ich auch".
Dieser Gruß erreicht den Empfänger zwar 14 Tage später. Der Schreiber war schon lange wieder im Arbeitstrott, aber es ist Post.
Ach ja, Ämter und Rechnungssteller benutzen noch den Postweg. Aber sie benötigen keinen Postbriefkasten.
Jetzt gibt es noch rote, blaue und grüne Kästen. Auch sie werden sterben.

Taubenzüchter! Eure Stunde naht! Trainiert mal schon!
ૹ

E
rlebter „Aufbau Ost"

1990. Die „Mauerspechte" klopften fleißig um den „Antifaschistischen Schutzwall" zu zerkleinern und in Plastiktüten zu verpacken. Eine neue Geldquelle war erschlossen. Die Firmen in der BRD machten sich auf um den Osten mit ihren Produkten zu versorgen. Jede bessere Firma in der BRD kreierte einen „Verkäufer Ost" oder wenn es größer sein konnte – eine „Abteilung Ost". Schon Mitte der 1980er dachte ich an eine Firmengründung. Eine ganze Regierung war dagegen. Ich durfte, im Rahmen der geltenden Gesetze selbstständig arbeiten, aber nicht „Selbstständiger" sein.

Die Mauer fiel - endlich konnte ich als „Selbstständiger" starten. Die Kredite waren bestätigt, die Produktionsräume angemietet. Nun konnte ich Lieferfirmen ansprechen und Maschinen und Geräte bestellen. Die Lieferfirmen kümmerten sich rührend um mich. Sie wollten alle mein Bestes. Richtig ins Schwärmen kamen die Außendienstmitarbeiter, wenn sie mir die Vorzüge von Produkten erklären konnten. Fast immer endete das Verkaufsgespräch mit der Einschätzung „Sie müssen sich nun nicht mehr mit ihren schlechten Erzeugnissen rumschlagen. Hiermit geht fast alles von alleine."
Ich strahlte sie dann immer an und wir gingen in die Preisverhandlung. Er schätzte dann noch zusammenfassend ein: „Ich denke, wenn sie ihren Mitarbeitern beibringen wie das hier alles funktioniert können sie gute Produkte herstellen. Notfalls helfen wir auch gern mit unserem Wissen. Gegen einen DM-Betrag kommt unser Instrukteur und lernt ihr Personal an."
Ein freundlicher Händedruck und jeder von uns beiden dachte, er hat heute ein gutes Geschäft gemacht.

Alles wurde schnell und pünktlich geliefert. Es war ja noch Goldgräberzeit und die Firmen verkauften Ladenhüter und Überproduktion. Später spürte ich dann die echten Lieferzeiten. Gut lief mein Laden. Die Aufträge kamen rein; ich produzierte und zahlte Löhne. Immer wieder Verhandlungen mit den Lieferanten um Einkaufspreise. Mein Einkauf erfolgte zu realen „Westpreisen" und mein Verkauf zu „Ostpreisen". „Bei ihren Lohnkosten ist es das beste Geschäft, was sie machen können. Kommen sie zu uns. Da könnten sie nicht existieren bei den hohen Löhnen." Danach dauerten die Preisverhandlungen eben zwei Tassen Kaffee länger. Na gut, ich kam über die Runden.

Auch bei den Lieferanten trat nun das Verstehen ein, dass man Geschäfte lieber langsam macht. In dieser Zeit wurden in konzertierter Aktion die restlichen funktionierenden Firmen im Osten zerschlagen. So fielen mir auch die letzten Ostlieferanten weg. Jahre vergehen schnell, wenn eine Firma noch jung ist. Aber Maschinen werden alt. Der Reparaturservice der Lieferanten musste ran. Auch Garantien mussten eingefordert werden. Es breitete sich Entsetzen auf der Seite des Service aus. Bevor ein Monteur überhaupt mit seiner Arbeit begann, belehrte er mich und den zuständigen Facharbeiter erst einmal, wie diese Maschine und jenes Gerät zu bedienen ist. Und wiederkäuend: „Sollten sie eine

Unterweisung benötigen, so machen wir das gern. Es kostet sie nur ein paar Mark".

Meine Mitarbeiter versuchten, sich immer vor diesen Prozeduren zu drücken. Jeder hatte schließlich, außer seinem Gesellenbrief noch weitere Qualifikationen und jahrelange Praxis.

Ein Außendienstmitarbeiter aus Nürnberg brachte es dann auf den Punkt, als ich eine neue Maschine benötigte: „Für diese Maschine ist es wohl besser, wenn sie gelerntes Personal einstellen."

Meine Angestellte konnte die darauf folgende zu lange Pause im Gespräch nur mit der Frage nach einem Imbiss beenden.

Richtig besorgt um mich waren aber meine Kunden. Kamen sie aus der BRD, begann die Anfrage immer mit dem Satz: „Können sie auch ...". Sie wunderten sich dann immer über unsere Heiterkeit. Letztendlich konnte ich ihre Besorgnisse ausräumen und oft auch den Auftrag an Land ziehen.

Eine Frage wurde mir aber sehr häufig flüsternd gestellt: „Sagen sie mal, war das in der Ostzone befohlen, dass alle Autos rückwärts eingeparkt werden mussten?"

Das war eine Episode aus einer längst vergangenen Zeit. Es war einmal...
જી

Gab es eine Subkultur in Potsdam

Alles war geregelt. Von der Wiege bis zur Bahre... Kaum geboren wussten die Eltern schon was ihr Sprössling in 15 oder 20 Jahren machen wird. Sie bestellten den Trabbi, Kindergarten, Schule, Pionierorganisation, Freie Deutsche Jugend, Arbeitsgemeinschaften, Sportgemeinschaften, Berufsausbildung, Militärdienst, Studium. Den Rest musste man bis zur Rente selbst erledigen.
Aber bitte im Rahmen!

War dieser Rahmen wirklich so eng, wie Kritiker immer behaupten? Waren der Kulturbund, die Partei, der Staatssicherheitsdienst immer dabei?
Waren sie! Wer das nicht bemerkte, wollte es nicht bemerken.
Es gab in Potsdam die Arbeitszeit, die Freizeit und eine Tageszeit, die nicht immer einsehbar war.
Literaten und Künstler – auch Welche die sich dafür hielten - wurden in ihrer Freizeit aktiv und versuchten ihre Träume zu verwirklichen.
Besonders die Literaten versuchten über Verwandtschaften und Bekanntschaften ihr künstlerisches Schaffen in die BRD zu bringen. Ihre Texte wollten sie nicht in der DDR veröffentlichen oder sie durften es nicht.
Woher kamen die Menschen, die fast nie etwas veröffentlichten, trotzdem sie fleißig schafften?
Meist waren es keine Potsdamer. Es waren junge Menschen, denen ihre Stadt oder ihr Dorf zu eng war. Alles war zu straff geregelt. Ständig lastete der Blick der „Staatsorgane" auf sie. Sie wollten weiter kommen. Sie wollten nach Berlin.
In Berlin hatte man Erfolg. Von dort kamen die bekanntesten Künstler, die besten Bands.
Aber der Zuzug nach Berlin war ohne Genehmigung nicht möglich. Es gab eine Sperre. Aber Berlin-Nähe war möglich. Das betraf alle Orte um Berlin.
Potsdam wirkte da wie ein Magnet. Kulturell war hier schon immer viel los. In der Zeit der DDR schmückte sich Potsdam immer mit dem Zusatz: „Stadt der Wissenschaft und Kultur". Das war auch so. In der Liste der größeren Arbeitgeber gab es aber nur 27 Firmen.
In den Kulturhäusern fand der „offizielle" Teil statt. Dort konnte jeder Potsdamer mit einem kleinen Unkostenbeitrag alles Bewährte und Neue sehen und hören; aber auch in den Arbeitsgemeinschaften des Kulturbundes, die unter dem Dach der Kulturhäuser tagten, sein Schaffen vorstellen.

Und trotzdem. Es gab Kunst, die bekamen nur Wenige zu sehen. Nur Vertraute.
Im „Holländischen Viertel" wohnten die Neuankömmlinge. In Berlin nicht angenommen oder aufgenommen, wohnten sie hier meist ohne Mietvertrag und ohne polizeiliche Anmeldung. Meist in Häusern, die nahe am Verfall ihren letzten Tagen entgegen sahen. Auch in der Gutenbergstraße fanden sich viele solcher besetzten Häuser.

Besetzt? Gab es in der DDR Hausbesetzer?

Doch, es gab sie. Und nicht einmal vereinzelt.
Die „Staatlichen Organe" duldeten sie. Auch der Staatssicherheitsdienst.
Man kannte sich! Und man respektierte sich. Die Besetzer erfüllten nämlich einige wichtige Aufgaben im Viertel. Sie bewohnten ein Haus, pflegten es mit einfachen Mitteln und waren den letzten Bewohnern, meist sehr alten Leuten, eine Hilfe. Einkaufen, Besorgungen, Heizen. Diese Aufgaben übernahmen sie ohne Aufforderung. Es gab kein Entgelt dafür.
Dafür gab es leere Wohnungen für Ateliers und Wohnen. Mietfrei!
Oft fanden Hoffeste statt, bei denen man „Unter sich" feierte und Gedanken austauschte. Ohne Einladung kein Zutritt.

In unregelmäßigen Abständen guckte ein Mitarbeiter des „Staatssicherheitsdienstes" vorbei, zählte seine „Schäfchen" und merkte sich die „Neuen".
Aber auch „Einbestellungen" bekannter Personen gab es. Dann erfolgte ein „Gedankenaustausch" in den Amtsräumen.

Leben und leben lassen?
Eines war sicher bei dieser Symbiose. Der Vorteil war zweiseitig: der Staatssicherheitsdienst konnte leichter Kontrollen durchführen wo sich Widerstand gegen das „System" bildete; der „Besetzer" konnte sich künstlerisch betätigen ohne dass er der staatlichen Kontrolle unterlag.
Die Wenigsten waren „subversiv". Sie wollten ihre Ruhe. Künstler sein - ohne Aufsicht.
ಐ

Gestern im Supermarkt

Ich hatte ernste Absichten. Wirklich!

Ich wendete mich an eine Mitarbeiterin des Supermarktes: „Darf ich einige Fotos machen? Ich möchte einige Zeilen für meinen Blog schreiben. Ein-zwei Fotos dazu wären gut".

„Ich frage mal den Chef" nickte sie.

„Klar" sagte ich. Fotoerlaubnis und so.

„Wissen Sie, die Zentrale sieht so etwas nicht gern. Es gab schon Fotos und die wurden mit herabsetzenden Texten veröffentlicht."

„Klar". Verstand ich. „Wer liest schon gern eine Kritik über sich?"

Warum ist das mir so wichtig dass es mir diese Zeilen wert sind?

Es sind Erinnerungen.

In den 1980ern. In Potsdam erstrahlen endlich alle restaurierten Häuser in der „Brandenburger" in frischer Farbe. Die Geschäfte haben sich innen herausge-putzt. Jedes Geschäft war nach seinem Angebot innen und außen gestaltet. Auch der neue Bäckerladen. Dort verkaufte eine Großbäckerei ihre Backwaren. Alles frisch.

Die Ausstattung des Geschäfts regte mich an davon ein Foto zu machen. Ich fragte eine Verkäuferin, die blickte zur Chefin und ich bekam meine Fotoerlaub-nis.

-Klick-

„Vielleicht warten sie noch einen Augenblick?" Das war die Chefin. Wir gingen in ihr Büro. Ich rufe jetzt die Polizei an. Wenn sie bitte warten würden?"

„Aber sie haben doch eine Erlaubnis erteilt?"

„Ja, aber so zur Sicherheit. Ich will ja keinen Ärger".

Sie rief die Polizei an. Nach 20 Minuten kamen zwei Wachtmeister (Der Dienst-grad stimmt). Ich wies mich mit meinem Personalausweis aus. Ein Wachtmeis-ter ging zum Streifenwagen und überprüfte telefonisch meine Personalien.

Ist alles in Ordnung. Sie können gehen. Der ganze Vorgang hatte nur 45 Minu-ten gedauert, stellte ich fest. .

„Aber man kann ja nicht vorsichtig genug sein. Die aus dem Westen wollen hier immer alles fotografieren".

Ich verstand.

ဆ

Hallo Marco

Du gehst nun auch schon auf die dreißig zu. Ein „schwacher Dreißiger", wie der Volksmund lästert.
Ich wollte Dir mal schreiben. Wir sehen uns manchmal monatelang nicht. Selten höre ich
von Dir; außer wenn Deine Mutti einige Sätze erzählt.
Weißt Du, meine Mutti sagte immer: „Wenn du von Deinen Kindern nichts hörst, geht es
Ihnen gut". Trifft das auch auf Enkel zu?

Wird Dich die 30 treffen? Viele jammern über eine Null am Lebensalter. Du auch? Ich weiß noch, wie du unbedingt niemals achtzehn werden wolltest.
„Dann habe ich ja für alles die Verantwortung, was ich mache".
Ja, die Achtzehn konntest Du nicht vermeiden. Bestimmt machst Du jetzt weniger Unsinn
als damals. Aber weiß ich es nicht so genau. Ich hoffe es jedenfalls.

Wenn ich in mein Fotoalbum sehe, klaffen immer große Lücken bei den Bildern von Dir.
Schade eigentlich. Man kann kein Foto nachholen.
Familienfeiern sind selten bei uns. Es fehlt wohl jemand der mal alle zusammentrommelt.
Dann die Bewirtung. Kostet Mühe. Dann noch die heimlichen Antipathien untereinander.
Wie in jeder Familie eben.
Wäre doch schön, wenn ein „Man sieht sich" oder „Wir telefonieren mal" sagen könnte.
Unverbindlich, aber doch ein Hoffnungsschimmer.

Du arbeitest. Ich bin Rentner. Kommen wir deshalb nicht zusammen?
War ich schon einmal zu Deinem Geburtstag bei Dir eingeladen? Ach ja, eingeladen war
ich schon einmal. Da hattest du damals eine neue Wohnung bezogen. Stolz hast du sie uns präsentiert.
Was war eigentlich inzwischen? Zwei Zufallstreffen, drei Geburtstage zu denen wir beide
eingeladen waren.
Vor vielen Monden (so würde der Dichter sagen) saßen wir beide Mal in einem Auto
zusammen. Da fiel Dir auf, dass das Leben keine Unendlichkeit ist. Jedenfalls fragtest Du
mich nach Vergangenem. Und ob das Radio schon erfunden war, als ich geboren wurde.

Ich konnte etwas Erlebtes erzählen. Aber die Fahrt war doch zu kurz um ein Leben zu erzählen.

In anderen Familien werden solche Lebensberichte zwischen Sauerbraten und Kirschtorte
erzählt. Und die Jungen hören zu, wenn sie etwas interessiert. Auf diese Art konnte ich
auch etwas aus meiner Vergangenheit erfahren.
Dir kann ich gar nichts erzählen. Du kannst auch nichts fragen. Wie es damals war als du
noch ein keiner Bengel warst. Familiengeschichte ist nicht immer langweilig. Aber wie dein Opa in der Geschichte lebte, wirst Du so nicht erfahren. Ich zähle schon jedes neue Lebensjahr mit. Ich habe zwar ein "Lebenslänglich", aber nicht „Unendlich" zugebilligt bekommen.

Es ist doch einfach: Will jemand etwas über mich und mein Leben erfahren sollte er mich doch heute fragen. Oder?
Die Alten erzählen doch immer den gleichen Mist? Immer dieselbe Leier? Stimmt. Ist aber
keine Nostalgie oder das Schwelgen in der Vergangenheit. Es sind Lebensbeichten. Wer zuhört kann sogar feststellen dass Alte ihr Leben auch sehr kritisch betrachten. Sie erzählen, damit ihr Leben nicht vergessen wird.

Es gibt aber jetzt noch die Möglichkeit etwas aus meiner Lebenszeit zu erfahren. Ganz authentisch. Ich kann es dir erzählen.
Später sitzt du als Rentner vor der Glotze und guckst Filmchen auf Filmchen aus dem vergangenen Jahrtausend. Da spiele ich aber nicht mit.

Über mich und meine winzige Rolle, in der Geschichte, erfährst Du dann nichts mehr.
Auf alle Fälle rufe ich Dich zu Deinem Geburtstag an. Oder ist eine SMS besser? Du hast
doch wenig Zeit.
80

Hatte ich jemals einen Freund?

Diese Frage stelle ich mir schon. Wenn ich meine Gedanken in die Vergangenheit schweifen lasse ist das eines der Themen die ich durchgehe. Langsam spult vor meinem inneren Auge ein Film ab.

Da waren noch die Kinderjahre.
„Pass auf, da draußen sind wirklich viele Rüpel!" Muttis Warnung.
Sie zog mich „fein" an und ich ging das erste Mal auf die Straße um zu spielen. Es brannten keine Häuser mehr. Die Sirenen heulten auch nicht alle Stunde. Ich hatte gedrängelt und genörgelt, dass ich endlich raus durfte. Es hatte geschneit. Winter 1945/46. Ich zog meinen Schlitten über zwei Hinterhöfe und betrat die Straße. Es dunkelte schon etwas. Auf den Bürgersteigen war der Schnee schon gefegt. Die Fahrbahn war noch schneebedeckt.
„He, was willst du denn jetzt noch?" Die Kinder lachten. „Siehst ja schnieke aus. Wie ein „Lackaffe". Mutti hat dich aber fein gemacht!"
Sie hatten lange Maco-Strümpfe an. Unter kurzen Hosen sah ich die Strumpfhalter. Dazu kurze Jäckchen, ausgelatschte Schuhe – meist zu groß. Ich musste ja auffallen mit meinen blauen, hohen Stiefelchen und dem Mantel mit den schicken weißen Knöpfen.
Ich rannte und warf mich auf den Schlitten. Er rutschte einige Meter. Immer wieder. Endlich merkte ich, saß ich allein auf der Straße war. Ich zog den Schlitten wieder nach Hause. Am nächsten Tag war der Schnee weg.

Wir zogen um. In eine bessere Gegend. Sozialer Wohnungsbau Ende der 1930er Jahre.
Schöne Mietergärten, kleine Straßen, Häuser mit nur drei Stockwerken. Viel Platz zum Spielen und Toben.
Mutti arbeitete. Ich musste nicht mehr betteln um „raus" zu gehen. Ich war ein Schlüsselkind.
Auf der Straße trafen wir uns, um damals übliche Spiele zu veranstalten. Mit den Mädchen „Hopse", mit den Jungs „Murmeln", Räuber und Gendarm", „Ruinen nach Buntmetall absuchen", „Karbid-Bomben" bauen und in die stillen Häuser werfen..
Das war schön. Wir waren fast 200 „Gören" in der Straße. Immer war jemand da, mit dem man spielen konnte.
„Pass auf, wen du zum Freund hast! Die meinen es nicht immer so wie sie es sagen! Zum Schluss lügen sie doch!" Ich war wachsam. Ich hatte Spielgefährten, Kumpels, Mitwisser, Klassenkameraden. Wie war das mit der Freundschaft?
„Das ist etwas ganz Seltenes! Meist hast du nur einen Freund im Leben!" Hatte ich bei so vielen Kindern keinen Freund?

Später, im Kinderheim waren wir 120 fast Gleichaltrige. Wir hatten einen kameradschaftlichen Umgang. Prügeleien? Neid? Habe ich nicht erlebt. Nicht mal wegen der Mädels.

Kräfte messen gab es auf dem Fußballplatz, beim Schwimmen oder bei den Klassenarbeiten in der Schule. So etwas ergab die Hackordnung.

Wenn ich mich so erinnere war das die friedlichste Zeit in meinem Leben. Anerkennung durch Leistung sagt man heute.

Ich habe aus dieser Zeit keinen Freund. Selbst die Namen entfallen mir immer mehr. Die Gesichter habe ich noch.

Im Beruf ging alles ohne diese Ruhe. Leistung schafft wenig Freunde. Ich hatte Kollegen. Man kam miteinander aus. Wir waren ein „Team". Sagt man heute.

Als ich die Firma verließ, in der ich sehr lange arbeitete sagte mir der Personalchef wer was wann über mich gesagt hatte. Die größeren Unwahrheiten konnte ich dann später in der Personalakte und der „Stasi-Akte" nachlesen. „Man grüßt sich!"

Meine weitere berufliche Tätigkeit als Firmenchef lasse ich aus. Chef hat Freunde?

„Man trifft sich ab und zu".

Welche Freunde habe ich nach vielen Jahren?

Wäre ich es nach Muttis warnenden Worten gegangen, was wäre passiert?

Aber ich habe eine Freundin gefunden. 50 Jahre durch Dick und Dünn. Gemeinsam geheult und gelacht.

EINE ist ja nicht viel. Aber brauche ich mehr?

Tausende Menschen sind mir in meinem Leben begegnet oder waren an meiner Seite. Warum ist nur eine Freundin übrig?

Nur? Ich denke es reicht. Sollte jeder Mensch wenigstens eine Freundin oder einen Freund haben. So hat er immer eine Stütze. Einen Kirchturm um den er sich drehen kann?

ଚ୦

He, ich bin erst 70

Ich schäme mich ja so. Jetzt habe ich fast das statistische Mannesalter erreicht.

Waren das noch Zeiten als ich 18 wurde. Ein inneres Aufatmen. Vor Gesundheit strotzend. Manchmal grübelnd ob erst eine Familie zu gründen wäre oder erst einmal studieren bis eine Freundin so nervt das man in eine Heirat einwilligt. Viele Entscheidungen wurden mir abgenommen. Regierung, Parteien, Ämter, Vorgesetzte. So ordnete sich mein Leben fast ohne mein Zutun.

Aber das mit meiner Gesundheit musste ich selbst regeln. Alle rieten mir, aber niemand regelte wie gesund ich zu sein habe. Selbst zwangsweise angeordnete Reihenuntersuchungen stellten nur meinen Zustand fest, aber sie sorgten sich nicht um mich. So hatte ich mein körperliches Wohlergehen in meiner Hand. Alle Entscheidungen waren nicht richtig. Zum Beispiel damals der eine Schnaps über den Durst. Das fette Essen zum Fest. Ich habe auch nur zwei Sportleistungsabzeichen abgelegt.

Das sind nicht die Dinge die mich belasten. Ich grüble über die nächsten Jahre nach.

Sterbe ich in den nächsten vier Jahren habe ich ein gutes Gewissen. Ich habe der Gesellschaft nicht geschadet. Nicht mal meiner Krankenkasse. Ich habe nur meine Statistik mit Leben erfüllt. Mit Leben erfüllen? Geht das wenn man stirbt?

Sterbe ich früher, ist das in der Demografie unseres Landes etwas Positives. Das senkt glatt das Durchschnittsalter unserer Bevölkerung. Und meinen Nachgeborenen erspart es vielleicht einen Euro Krankenkassenbeitrag. Natürlich monatlich, hoffe ich.

Das hat aber den Nachteil, dass sich nun die Bevölkerungsstruktur zugunsten von in Deutschland lebenden Ausländern verschiebt. Kurz: ein Deutscher weniger!

Jetzt zum Fall, dass ich die 74 Jahre überschreite. Statistisch wäre das ein Gau. Finanziell für die arbeitende Bevölkerung ein Supergau.

Ich habe doch nur 45 Jahre eingezahlt. Wer muss mein langes Leben jetzt finanzieren? Es gibt bereits erfolgreiche Versuche durch Senkung der staatlichen Beteiligung an meiner Rente und heftiger Erhöhung meiner Krankenkassenbeiträge meine Rente zu kürzen. Das gelingt!

Die Rente wird kleiner, mein Leben länger, die Krankenkasse verbraucht meine Rente...

Ich schäme mich so. Niemals wollte ich jemand im Alter zur Last fallen.

Ich werde zwar kein Erbe hinterlassen, aber einen kleinen Zettel:

„Lieber arbeitender Beitragszahler der Krankenkasse!

Bitte entschuldige meine zu lange Anwesenheit in dieser Welt. Ich wollte ja sterben, aber das Gesetz hat die Ärzte verpflichtet mich immer bei guter Gesundheit zu halten. Ich hatte mich in den letzten Jahrzehnten vom Alkohol fern gehalten und auch zu fettes Essen bekam mir nicht. Ich bitte dich für jedes Lebensjahr über 74 tausendfach um Verzeihung. Ob im Himmel oder in der Hölle. Du darfst neben mir sitzen wenn du kommst. Ich halte deinen Platz frei.

Soviel Ehre gebührt dir.

&

Heute habe ich Schnupfen

Erst war es ein sanftes Kribbeln in der Nase. Das war nicht so übel. Also nichts Gefährliches. Ist es nicht schön, wenn es mal kribbelt? Ich bin längst über 70 Jahre alt und davon 50 Jahre verheiratet. Nur zur Erläuterung, wer hier die Geschichte erzählt.

Das Kibbeln! Etwas war anders, wie es jetzt kribbelte. Es kribbelte nämlich in der Nase. Mit zwei, drei Niesern war das erledigt. Befriedigt ging ich weiter meinem fest eingeteilten Senioren-Alltag weiter.

Zwischendurch einige kleine Nieser und jeder Tag endete zufriedenstellend. Bis, ja bis eines Morgens das böse Erwachen kam.

Hier muss ich eine kleine Korrektur einfügen: Nicht das Erwachen war böse, sondern die Luftlosigkeit. Luftlosigkeit ist für meine Nase, was der Doktor Atembeschwerden nennt. Lustlosigkeit, falls das jemand verstanden hat, ist die Abwesenheit von Kribbeln. Das hatte ich gerade erst erklärt.

Ich ging ins Bad, ich ging in die Küche – immer schnappte ich wie ein Karpfen; zwischen jedem Happen vom Butterbrot holte hörbar Luft.

Meine Frau guckte etwas irritiert. Das kannte sie kaum von mir. So schwer atmete ich nur, wenn sie mich zum Müllcontainer schickte. Also ich meine vorher. Hinterher war ich natürlich wie ausgepumpt. Mir blieb immer wieder die Luft weg, wenn ich erzählen sollte, wen ich im Treppenhaus getroffen hatte. Und die ganzen Neuigkeiten, die ich dort hörte.

„Lass dir doch nicht immer alles aus der Nase ziehen", drängte sie manchmal. Würde sie es heute einmal sagen. Meine Nase war wie ein Wasserschlauch, auf den jemand getreten war. Ich musste durch den Mund atmen, um am Leben zu bleiben.

„Hast du dir einen Schnupfen geholt?" Klang das besorgt? Ich lauschte ihrer Stimme nach. Innerlich ging ich natürlich voll auf Abwehr. In den vielen Jahrzehnten meines Hierseins habe ich mir noch nie eine Krankheit geholt. Geholt! Immer kam sie ungewollt. Immer hatte mich ein Schnupfen ereilt, erfasst oder übermannt. Ich glaube der letzte Ausdruck trifft es annähernd. Ich fühlte mich bei Schnupfen immer wehrlos. Unterstützung erhielt ich selten einmal.

In der Kindheit bemerkte meine Mutter meinen Schnupfen nur, wenn ich wieder einmal den Ärmel benutzt hatte. „Junge, nimm endlich ein Taschentuch!" kam dann prompt die Erziehung zum fehlerfreien Menschen.

Taschentuch. Das kannte ich. Das nutzten manche Erwachsene. Aber auch nur dann, wenn sie mit Hut auf die Straße gingen. Nachkriegszeit. Wer gab schon seine Punktekarte für Taschentücher?

Mädchen hatten Taschentücher. Die trugen sie in einem gehäkelten Beutel um den Hals. Und darin war ein winziges Taschentuch mit Häkelrand. Das reichte nie für einen ausgewachsenen Schnupfen. Meist trockneten die Mädchen damit auch nur demonstrativ die Tränen, wenn ein Junge beim „Hopse"-spielen gewann.

Da fällt mir noch etwas ein, was ich wundersam fand.

Spielten wir mit Murmeln, so verlor ich manches Mal fast alle Murmeln. Mädchen gingen immer mit vollem Murmelbeutel nachhause. Sie gaben nach Spielende erst Ruhe, bis sie alle verlorenen Murmeln wieder eingesammelt hatten. Ihr Taschentuch war danach so in Mitleidenschaft gezogen, dass die Mütter oft aus dem Haus rasten und uns „Taugenichtse", „Rotzlöffel" oder Schlimmeres schimpften. Nein, wir waren keine hinterlistigen Jungen, wir waren gewitzt. Höchstens mal etwas listig.

So spielten diese quadratischen Tücher bereits in meiner Kindheit eine große Rolle. Ich hatte aber keine Taschentücher. Rannte ich zu oft mit „Kerzen" unter der Nase herum, so zerriss meine Mutter ein altes Hemd und gab mir ein Stück als Taschentuch. Einige Tage ging das auch gut. Aber ich fiel doch in der Clique auf, wenn ich immer eine ausgebeulte Hosentasche hatte. Immer fragte jemand grinsend, was ich dort heimlich herumschleppe. Als doch lieber den Ärmel nehmen, bis zur nächsten Erziehungsmaßnahme.

Typisch. Ich bin wieder in die Kindheit abgeschweift.

„Ja, ich habe wohl einen Schnupfen" erklärte ich mit kratziger Stimme.

„Steck' mich nur nicht an. Nimm die Papiertaschentücher, die helfen gegen Wieder-Ansteckung. Mach' dir ein Dampfbad. Eine Tablette schadet auch nichts. Guck' mal im Verbandskasten nach. Sind bestimmt noch welche von Jackie da, als sie erkältet war".

Das prasselte nur so auf mich herab. Ich hielt mir gerade ein Taschentuch unter die Nase, trotzdem es an meinen Augen bestimmt höhere Aufgaben verrichtet hätte.

Ich kämpfte mich jetzt nacheinander durch meine Aufgaben.

Zum Schluss kam das Dampfbad. Das tat gut. Die Dampfwolke mit ihrem Kräutergeruch hüllte meinen Kopf ein. Wohlig ließ ich das Kondenswasser von meinem Gesicht tropfen. Ich dachte an früher. Da waren wieder diese Bilder mit den vielen Federbetten über mich. Dann ein sogenannter Lichtkasten. Ein Holzkasten mit vielen Glühbirnen, der mir über den Kopf gestülpt war. War das schon die Hölle?

Nicht immer an früher denken. Ich sollte jetzt genesen. Ich zog den Dampf durch Mund und Nase. Ich hustete und röchelte. Dann ließ der Druck im Kopf langsam nach. Meine Dampfwolke waberte. Einen Wunsch äußerte ich noch. Ich wünschte mir einen kleinen Königskuchen. Den bekam ich nur, wenn ich ernsthaft krank war. Er kostete nur eine Mark und war dann immer nur für mich. Angina wurde dann richtig schön. Ich lag im Bett und aß meinen Kuchen. Dazwischen immer in kleinen Schlückchen etwas vom Salbeitee. Der süße Kuchen machte ihn erträglich.

Wohlig räkele ich mich. Viele Bilder ziehen an meinem inneren Auge vorbei. Ein Lächeln erreicht mich. Dann ein Kuss auf die Stirn, ich ziehe die Bettdecke bis an mein Kinn und dämmere in einen Halbschlaf.

Plötzlich wird mein Kopf kalt. Brrr, das ist grässlich. Ich schlage die Augen auf und erblicke meine Frau.

„Sag mal, hast du Marihuana für dein Dampfbad genommen? Du hängst hier schon eine Stunde über der Schüssel. Wolltest du nicht etwas gegen deinen Schnupfen tun? So wird das nichts mein Lieber. Ich reibe dir jetzt die Brust und den Rücken ein und dann legst du dich ins Bett und deckst dich fest zu. Du solltest jetzt schwitzen."

Genau das mache ich jetzt. Irgendwie traue ich mich nicht, nach dem kleinen Königskuchen zu fragen.

Jetzt ziehe ich die Bettdecke bis an mein Kinn und dämmere im Halbschlaf vor mich hin.

Ich habe Schnupfen.

൦ɔ

Heute ist wieder ein schöner Tag

Ich beginne mich zu räkeln. Langsam werden meine Gliedmaßen wieder belebt.
Ein Auge öffnen und auf die Armbanduhr blinzeln, wie jeden Morgen. Ach, ja. Die Nacht ist herum. Ich beginne mich zu orientieren. Vom Fenster scheint es halbdunkel. Zwar ist die Jalousie noch dicht, aber wenn die Sonne scheinen würde wäre es wesentlich heller im Raum.

November. Da ist nicht unbedingt mit Sonne zu rechnen. Manchmal verkriecht sie sich fast einen November lang, sagt mir meine Erfahrung. In diesem Jahr ist das anders. Wenn auch nicht täglich, so ist die Sonne in diesem Jahr öfter zu sehen.

Noch einmal räkeln. Richtig lang machen im Bett. Das zweite Auge geht jetzt auch auf. Es ist gar nicht so dunkel, wie es anfänglich aussah. Die Leute haben Recht – mit dem zweiten Auge sieht man besser. Nein – mit beiden Augen sieht man besser. Das andere ist Werbung.
Heute? Was wird denn heute? Aus dem Gedächtnis krame ich Stück für Stück meine Vorhaben heraus, die ich am Vortag dort eingelagert hatte. Sind nicht viele. Wenn ich diese erledige bleibt sogar noch Zeit frei. Freizeit.
Freizeit ist auch nur sinnvoll, wenn man in dieser Zeit etwas tut. Ist es dann trotzdem Freizeit?
Erst einmal die Beine aus dem Bett. Alles gemächlich. Ich muss mich schließlich nicht mehr nach dem Wecker richten. Die Erledigungen im Bad und der Tag wird schön. Ich recke mich noch einmal kräftig.

Jetzt kommen die Annehmlichkeiten des Tages.
Ich beginne mit dem Frühstück. Mein Lieblingssender spielt meine Lieblingsmusik. Ich kann sogar jedes Wort des Textes verstehen. Das machen die dort im Sender, damit es mein Lieblingssender bleibt. Sehr geschickt!
Zeitung zum Frühstück? Bei mir nicht! Ich will nicht süßes Honigbrötchen mit blutigen Berichten von der Front, von der Autobahn und aus dem Milieu. Alles zusammen schmeckt mir einfach nicht. Da hänge ich lieber meinen Gedanken nach. Es wird wieder ein schöner Tag heute – stelle ich fest.

Beim zweiten Mocca sehe ich wie eine dicke, schwarze Wolke über das Haus hinweg zieht. Warum jetzt ausgerechnet die Krähe auf dem kahlen Ast des Baumes, mir gegenüber, landet ist mir ein Rätsel. Von oben kann ich nämlich sehen, wie manche Leute ihren Regenschirm aufspannen. Was nutzt ihr ein nasses Federkleid? Sie kann nicht, so wie ich, mal schnell den Mantel ausschütteln und ihn an den Ofen hängen. Mit lautem Krächzen fliegt sie davon. Auch die Wolke ist weg. Der Wind hat sie vertrieben.

Vor mir liegen noch meine Tabletten. Mein Doktor meint es gut mit mir. Hätte ich diese Menge an Tabletten bei meiner Mutter gesehen, wäre ich ernsthaft besorgt über ihre zu erwartende Lebenszeit gewesen.

„Wie ging es ihnen seit dem letzten Mal?" Ein Griff zum Rezeptstapel und ich brauche nicht zu antworten. Er ist ein ganz Netter. Da kann ich nicht meckern. Nur einmal guckte er irritiert als ich fragte: „Ist das Medizin oder Nahrungsergänzung?" Er konnte aber seinen Unmut unterdrücken.

Ich benötige nämlich schon eine ganze Tasse Flüssigkeit um meine Tabletten hinunter zu würgen. Und damit meine ich nur die für morgens.

Flutsch! Weg war sie! Eine von den kleinen Dingern liegt auf dem Boden. Das Bücken bringt mir doch noch einige Unannehmlichkeiten. Das ziept und zerrt im Kniegelenk. Rheuma. Eine von den kleinen bunten Biestern vor mir soll das Rheuma in Schach halten. Immer klappt das nicht.

Hoppla. Hat sich das Wetter geirrt? Es ist heute wie im April. Regen und Nebel war angesagt und plötzlich bis zum Horizont alles blau am Himmel. Die Vögel zwitschern und trällern. Heute wird ein schöner Tag.

Den Parka übergeworfen und hinaus zum Einkauf. Den Einkauf erledige ich gern täglich. Selbst sonntags würde ich einkaufen gehen. Aber wenn Kirche und Gewerkschaft nicht wollen kann ich eben nicht einkaufen gehen. Jeden Tag einige Kleinigkeiten kaufen. Ein Schwätzchen mit dem Schätzchen oder einen Scherz an der Kasse. Alle haben plötzlich hellere Gesichter. Sogar die Rabattmarken übertreffen den Wert meines Einkaufs um ein Mehrfaches.

Dieser Tag entpuppt sich langsam zu einem guten Tag.

Ich schrecke hoch. Ach, die Frau Nachbarin. Ich war gemeint. „Guten Tag" hat sie mir gewünscht. Das kann ich bestätigen. Wir stellten es dann auch gemeinsam fest. Egal ob Herr B. erst nach dem Frühstück von der wichtigen Reparatur bei Frau Z., die er gestern abends begann, wieder in seine Wohnung ging oder der Pudel wieder in die Schuhe von Frau W. gepinkelt hat – es lohnt sich einen „Guten Tag" zu wünschen. In Süddeutschland sagt man so etwas nicht? Aber wir benötigen doch jeden Tag einen guten Tag!

Mittagessen! Die Mitte des Tages und der eigentliche Höhepunkt des Tages. Mittagessen könnte den ganzen Tag dauern. Jede Gabel, jeder Löffel fischt täglich etwas Besonderes vom Teller. Besonders in Gesellschaft schmeckt so ein Essen. Man spricht nicht mit vollem Mund? Aber doch – in der Familie geht das schon. Dann dauert das Essen etwas länger, aber man kennt alles Neue aus der Familie und der Nachbarschaft.

Ich sitze beim Essen wieder am Fenster. Die wechselnde Bewölkung ist faszinierend. Auch die Vögel haben wohl ihre Mittagspause. Mir gefällt dieser Tag.

Da war ich wohl etwas eingenickt. Selbst der stramme Mocca nutzte da nichts. Passiert mir jetzt ab und zu. Nur sitze ich dabei nicht im Lehnstuhl oder Schaukelstuhl. Diesen Anblick kenne ich nur aus Märchenbüchern oder alten Filmen. So ein Schaukelstuhl ist praktisch, denke ich mir. Jetzt gibt es so etwas auch wieder zu kaufen. Für meine kurzen Nickerchen kann ich in meiner kleinen Wohnung keinen zusätzlichen Platz frei machen.

Etwas die Augen reiben und zum täglichen Spaziergang an die Luft. Manchmal ist dabei auch noch etwas zu erledigen. Das Gehen tut gut. Ich sehe auch mehr, als wenn ich immer die Verkehrsmittel benutze. Schlechtes Wetter? So etwas haben die Eiligen.
Es nieselt jetzt. Schöne bunte Schirme beleben den Weg. Ich zücke die Kamera. Es müssen nicht immer Blüten sein. Bunte Schirme im Herbst bilden auch eine bunte Welt.
Die Schirme als Blüten des Novembers?
Ich habe auch einen Schirm. Nur so für alle Fälle. Er zeigt als Muster ein Gewitter. Mit Blitz und dicker Wolke. Ich sollte mir einmal einen bunten Schirm zulegen.

Bei Regen eine kleine Runde. Bei trockenem Wetter eine große Runde oder sogar mit dem Fahrrad. So wird es ein schöner Tag.
Etwas Besonderes ist immer ein Spaziergang in einen der vielen Parks um mich herum. Manchen Weg, oder sogar manchen Abschnitt des Parks, habe ich für mich allein. Es raschelt im nassen Laub. Auch die Vögel sind hier nicht so scheu. Sie kennen das Menschengewimmel.
Auf einer Bank sitzt ein Herr mit Hut. Ich kenne ihn schon lange. Kennen? Wir haben uns bisher nur einen „Guten Tag" gewünscht. Dieser Herr füttert immer das Kleingetier. Es ist ihm egal welche Tierart ihn aus der Hand frisst. Vogel oder Eichhörnchen. Auch Mäuse bekommen ihren Teil. Vor seinen Füssen liegt auch immer etwas Futter. Dort picken die Spatzen und Tauben.

Die Parkwächter ignorieren ihn. Niemand von ihnen spricht ihn an.
Heute breche ich den Bann. Ich setze mich zu ihm. „Guten Tag". Noch einmal. Er blickt kurz zur Seite.
„Na, heute alleine?" fragt er verwundert. Ja, allein. Sonst sind wir um diese Zeit immer im Doppelpack unterwegs. Aber meine Begleitung kann heute nicht so gut laufen. Ich erzähle im das. Er sitzt unentwegt mit ausgestreckter Hand auf der das Futter liegt.

„Ich wünsche ihr gute Besserung. Meine Luise konnte auch so schlecht laufen. Voriges Jahr ließ sie mich für immer allein. Schade, dass sie das hier nicht mehr sehen kann. Sie immer war gern hier."
Wir schweigen lange.
„Es ist ein schöner Tag heute" meine ich zu ihm, dann ging ich langsam weiter.

„Ja", hörte ich nach einer Weile hinter mir. „Ein schöner Tag".

Dann abends. Abendbrot ist vorbei. Alles an diesem Tag wurde erledigt. Ich will das Neueste vom Tage hören und mache den Fernseher an.
In den Berichten verlief dieser Tag so völlig anders. Vierzig Tote bei einem Sprengstoffanschlag. Ein Minister legt sein Amt nieder. Er wurde bestochen. Wieder einige Firmen pleite. Eine Bank braucht neues Geld. Warum eigentlich? Sie haben doch meines und das Millionen Anderer. Die zwölf Autos auf der Autobahn sind zerfetzt. Wie die Menschen die darin saßen. Ein Selbstmörder nutzte die Autobahn in der falschen Richtung. Warum sollten die Anderen mit ihm sterben? Es gab noch ein eingestürztes Haus und eine schwere Überschwemmung.
Die Berichterstatterin lächelte am Ende der Sendung. Sie wünschte mir einen schönen Abend.

Ich klapperte schon mit den Augenlidern. Der Film schaffte es nicht mich wach zu halten.
Regeln müssen sein. Erst als die Uhr die übliche Zeit zeigte rückte ich ab zur Abendtoilette.
Dann in mein Bett kuscheln und Licht aus.
Hatte ich einen schönen Tag heute?
Ich beschließe einschlummernd: Es war ein schöner Tag.
৪৩

Holen wir sie aus der Wohnung!
Beim letzten Hoffest waren sie alle wieder da. Alle, die sonst auch immer bei jedem Treff dabei sind. Sie bringen uns ihren selbstgebackenen Kuchen, den Nudelsalat und ihre unnachahmliche Limonade. Der Kartoffelsalat schmeckt, wie wir ihn von unserer Oma kennen.
Nach einigen aufgeregten Begrüßungen und den Fragen nach dem Wohlergehen sitzen wir wieder zusammen und tauschen uns über die frechen Gören in der Nachbarschaft aus, über Friedhelm, der beim letzten Mal so herrliche Witze erzählte, aber nun leider schon einige Monate auf dem Friedhof liegt. Seine Frau Elfie sieht aus dem Fenster unserem lustigen Treiben zu. Sie ist schlecht zu Fuß, sagte sie Letztens. Ich winke ihr, aus der Mitte unserer lustigen Schar, fröhlich zu. Dazu kichern wir über Elfie. Wie eine Elfe sieht sie wirklich nicht aus. Sie hat schon einige Pfunde zu viel. Hat das nun ihren Kniegelenken so geschadet, dass sie kaum noch laufen kann? Diese fünf Etagen haben es wirklich in sich. Das habe ich schon pustend und schnaufend festgestellt, wenn ich wieder einmal meine zwei Einkaufsbeutel nach oben schleppte.

Der Kaffee kann heute auch wieder kein Wässerchen trüben witzelt Gertrud. Ingrid ist der Meinung, das ist Bodensee-Kaffee. Weil man den Boden der Tasse sieht, wenn sie voll ist, grinst sie.
Und schon geht das Witzeerzählen wieder los.
Der ganze Hof hallt von unserem Gekicher und Gegacker wieder. Das Tellergeklapper ist dadurch fast nicht zu hören.
Die Zwiegespräche gehen schon mal über viele Köpfe hinweg.
Als es langsam dunkler wird, zünden wir die Teelichte an. Gerd holt das Akkordeon von Ingeborg. Sie hatte ihm vertrauensvoll ihren Wohnungsschlüssel gegeben. Man kennt sich eben.
Jetzt zieht sie den Balg weit aus und los geht es vom Volkslied bis zum Schlager. Keiner kennt die dritten Strophen, aber alle summen wenigstens noch mit.
Wo kamen die vielen Flaschen Bier und Wein, die plötzlich auf dem Tisch standen? Die Parterre-Bewohner holten schnell Gläser und es konnte angestoßen werden. Die Stimmung stieg und damit der Lärmpegel.

Zwei Blau-uniformierte guckten dann mal vorbei. Eine Einladung zum Mitfeiern schlugen sie aber aus. Dienst ist Dienst, auch ohne Schnaps, meinten sie.
Aus den Fenstern guckten jetzt viele Köpfe. Bestimmt störten wir ihre Nachtruhe. Aber unserem Winken und lautstarken Einladungen folgten sie auch nicht.
Schade. Eigentlich hätten unserer lustigen Runde noch einige Mitstreiter gut getan.
Aber beim nächsten Mal – ist die allgemeine Meinung – da holen wir sie ab. Wir klingeln beim Nachbarn und holen ihn persönlich aus der Wohnung.
Bis zum nächsten Mal – auf gute Nachbarschaft.

ଛ

Identitätskrise

Ich fahre gern mit der Straßenbahn (Für Sprachunkundige: Tram). Ich nehme jetzt die international übliche Bezeichnung auch für die Potsdamer Straßenbahn und schreibe im Folgenden TRAM.

Also, ich fahre gerne Tram. Fast täglich fahre ich Richtung Kirschallee und zurück. Es macht Freude die Zu- und Aussteigenden zu beobachten. Kichernde Gymnasiastinnen, die immer zu den Jungs gucken und dann wieder kichernd die Köpfe zusammenstecken. Oder Omi mit ihren „Rollator". Der muss immer etwas angehoben werden wenn sie einsteigen will. Das macht Probleme mit dem Gleichgewicht. Wenn sie es unendlich langsam geschafft hat können endlich die hinter ihr Wartenden vorbei huschen und die letzten freien Plätze besetzen. Noch schnell die Ohrhörer einstecken und „Heavy Metal" scheppert durch die Tram.
Ein Tag wie jeder andere. Und eigentlich nie ein Tag wie jeder andere. Gestern stieg ein junges Pärchen ein. Sie strahlend schön, ganz in weiß gekleidet. Zum Anbeißen. Er ein Kerl wie ein Baum, die Haut glänzt. Oh, waren die schwarz. Ich war in Afrika, aber wo waren dort diese schwarzen Kerle gewesen? Ich sah so etwas erst hier.

Dieser riesige Mann schob einen Kinderwagen in die Bahn und griff hinein. Ein winziges Bündelchen griff er heraus und reichte es seiner Begleitung. Sie legte sich das Kleine Bündel so an den Körper, dass der Kopf über ihre Schulter guckte. Jetzt guckten mich zwei kohlrabenschwarze Kulleraugen an. Das Bündelchen entpuppte sich als Kopie der Mama. Ich war hin und weg.
Soviel Mann bin ich ja: Ich begann mit dem kleinem Gesichtchen zu schäkern. Meine Frau fragte scheel. „Flirtest du schon wieder?"

Ein kleines Händchen griff nach meiner Brille. Diesen Effekt kenne ich. Goldrandbrille! Damit habe ich bisher jedes Kleinkind beeindruckt.
Jetzt entspann sich ein kleines Spiel: Kleine Händchen nehmen die Brille ab – große setzen sie wieder auf. Zwischendurch glucksendes Lachen. Einige Stationen ging das so. Mein Puls ging schneller. Wir lachten uns beide an.
Der große Schwarze erhob sich, griff das kleine Bündel und alle stiegen aus. Ich zog den Bauch ein und fühlte mich in Hochstimmung.
Zwei „Halbstarke" stiegen ein. Entschuldigung. Ich weiß den neuen Begriff nicht. Jedenfalls sahen sie nicht stark aus.
Sie blieben in der Tür stehen, während die Bahn fuhr. Laut gestikulierend unterhielten sie sich. Zwischendurch wiederholten sie öfter das Ritual mit dem Hand an Hand klatschen: „Give me five". Kennt ja jeder, der die deutsche Sprache beherrscht.

Sie sahen sich nicht ähnlich, trotzdem sie den gleichen Namen hatten: „Alder".
So redeten sie sich ständig an. Jeder Satz begann mit: „Eh Alder...". Ich hörte
gespannt zu. Sogar meine süße Kleine von vorhin hatte ich fast vergessen. Ich
erzähle hier nicht wieder welches Thema sie hatten, aber es musste ums Essen
gehen. Sie redeten von „Schnitte" und „Torte".
Etwas fesselte mich an dem einem „Alden". Ich muss das hier einfach mal erzählen.
Also: auf dem Kopf ein schwarzes Basecap, in den Ohren weiße Ohrhörer, etwas Akne im Gesicht, keine Andeutung von Bartwuchs, das T-Shirt schwarz
mit einer riesigen weißen Schrift in „Fraktur" (Kann heute fast niemand mehr
lesen - ich konnte es, will aber den Text hier nicht wieder geben, weil mich sonst
der Staatsschutz besucht), breiter Gürtel mit Ketten, eine Hose, Hosenträger!
Leute, ich schreibe hier dieses unbedeutende kurze Wort „Hose". Was dieser
„Spacki" da trug war keine Hose – das war ein Monument!
Zum Vergleich: ich trage so eine Hose worin mein süßer „Knackarsch" immer
so recht zur Geltung kommt. Alles hauteng. Keine Hosenträger. Da gibt es nicht
viel Platz drin. Nur mal so gesagt.

Ich konnte die Augen nicht mehr von dem „Beinkleid" lassen. In meinem Kopf
lief ein Kaleidoskop von Bildern ab. Kein „Knackarsch", aber was wir so land-
läufig als „Schritt" bezeichnen" hing in den Kniekehlen. „Herrgott du bist ungerecht! Immer bekommt einer alles und ich gehe leer aus!"
Mein stilles Stoßgebet.
Und der „Spacki" war noch nicht mal ausgewachsen! Wenn sich die Mode nicht
allzu sehr ändert wird er später Rock tragen, knöchellang. Die lieben alten Damen, die, die solche erotische Unterwäsche stricken, sollten schon Maß nehmen
und das auf das jährliche Wachstum für zehn Jahre umrechnen. Ich sackte auf
meinem Sitz zusammen.

Ich hatte meine Station erreicht. Vorsichtig erheben, damit niemand das Kna-
cken der Gelenke hört und Richtung Ausgang gehen. Die Tür sprang auf und
ich zwängte mich zwischen die Beiden durch. Dabei blieb meine Jacke am Rucksack des Einen hängen doch ich drängte trotzdem weiter nach vorn. Da passierte es: Der Rucksack plumpste zu Boden. Jetzt holte der Betroffene tief Luft:
„Eh, biste matschig inne Birne? Pass uff sonst.. äh.. äh.. eh bist du alt".
Autsch!

Die Tür der Tram schlug zu. Sie fuhr ab. Zurück blieb ich mit nur noch ein Wort
im Kopf: „ALT".
Ich radle, ich rodle, ich skate, ich rocke, ich kenne den Unterschied zwischen
Johann Strauss und Mark Medlock. Mich hat es eiskalt erwischt. Ich bin alt!
Meine Identitätskrise hat begonnen. Ich werde jetzt zu Hosenträgern greifen.
✌

Jetzt lebe ich in Deutschland

Das ist für mich keine neue Erkenntnis.

Auf Nachfrage habe ich mich immer und überall als Deutscher zu erkennen gegeben. Selbst dann, wenn ich mich innerhalb einer deutschen Reisegruppe in Griechenland befand, die sich lautstark über das vermisste deutsche Bier unterhielt, während der einheimische Reiseführer mit weit ausholenden Armbewegungen den historischen Hintergrund erläuterte wie es dazu kam, dass hier so viele Ruinen stehen.

Es begann bestimmt in meiner Kindheit, dass ich ein bewusster Deutscher wurde.

Der Weltkrieg war gerade zu Ende. Die Erwachsenen räumten ihr zurück gebliebenes Leben auf, wenn sie davon noch Reste fanden.

Auch ihre Gedanken ordneten sich.

Oft hörte ich den Satz: „Hitler, das war nicht Deutschland."

In Erzählungen kamen oft die neuen Schwierigkeiten beim Reisen ins Gespräch. „Es ist ja schwieriger von Deutschland nach Deutschland zu reisen als früher von einem Land in ein anderes. Sektoren und Zonen teilten Deutschland. Die Machtverhältnisse in der Welt – und der Machtkampf der Systeme – regierte uns Deutsche. Viel wusste ich noch nicht von den Unterschieden deutscher Geschichte.

Erst in der dritten Klasse der Volksschule, als das Thema „Heimatkunde" überwunden war konnte ich in die deutsche Geschichte eindringen. Fünfhundert Jahre deutsche Geschichte wurden mir jetzt zum auswendig lernen angeboten. Viel Vergangenes es wurde mir offenbart.

Es gab Völkerwanderungen, es gab große Schlachten, große Niederlagen und heroische Siege. Alle Daten habe ich bis heute nicht behalten. Ich habe aber verstanden, wie sich Deutschland daraus entwickelte.

Selbst, als wir Jungen mit selbst gebastelten Holzschwertern die Schlachten nachahmten erkannten wir immer noch nicht, dass die Kriege nur Grenzen Deutschlands festlegten, aber nicht Deutschland wirklich ausmachten.

Mit den Fächern Literatur und denen der Naturwissenschaften wurde mir erst klar, wie Deutschland wurde.

Es waren die Dichter und Denker, die Erfinder und Forscher, die Deutschland einen großen Namen brachten.

Mit den Eltern und Lehrern und deren Lehren wurde mir natürlich auch die Liebe zu meinem Vaterland vermittelt. Selbst die kriegsmüden, verbitterten Erwachsenen hielten daran fest, dass Deutschland viel mehr ist als das Land, das nur Krieg führte.

So lernte ich sogar, dass Deutschland einhundert Jahre ununterbrochen keinen Krieg führte. In dieser Zeit erblühte Deutschland. Es brachte große Erfindungen und große Geister hervor. Deutschland erreichte Anerkennung in der damaligen Welt.

Später dann, in den Zeitungen und den Filmen erfuhr ich, dass Deutschland ein Land der Kriegsverbrecher und Kriegstreiber sei. Ich als Deutscher hatte nur Glück, dass ich überlebte. Letzteres stimmte natürlich. Ich hatte wirklich viel Glück, dass mich kein Einschlag aus den alliierten Bombenteppichen traf.

Die große Politik erfand endlich zwei Deutschlands.
Wie wurden sie offiziell unterschieden?
In einem Deutschland lebten alle Friedfertigen. Sie bezahlten fleißig ihre Schuld aus der Vergangenheit mit Geld und Verzicht. Sie probten wie man vom Ich zum Wir kommt.
In dem anderen Deutschland lebten die ewig Gestrigen. Sie hatten keine Schulden aus der Vergangenheit. Deshalb erlebten sie auch ein Wunder. Sie konnten sich persönlich bereichern, während ich und meine Deutschen lernten, dass der Einzelne ein Nichts und die Gesamtheit alles ist.
Alles Trennende wurde besonders bejubelt. Nur noch wenige Deutsche konnten sich ein Deutschland vorstellen, dass die ganze deutsche Nation erfasste. Eine einzige deutsche Nation? War das nicht ein Rückfall in die Vergangenheit?

Es gab doch schon Unterschiede in der Sprache. Auch das überlieferte Kulturgut wurde unterschiedlich bewertet. Unsere selbst ernannten Freunde lehrten uns, dass wir als ein Volk und ein Staat wieder nur eine Gefahr für die Welt werden. Ein einiges Deutschland?
Ich glaubte daran. Erzählte ich davon stieß ich fast immer auf Ungläubigkeit.

Mit mir mussten wohl noch andere an ein einiges Deutschland geglaubt haben. Vielleicht hatten die Großeltern einen Anteil daran, dass die doktrinären Lehren nicht den gewünschten Erfolg brachten.
Jetzt lebe ich wieder in Deutschland.
ଅ

Mein hundertster Geburtstag
Am Sonnabend ist es soweit. Ich feiere da hundertstes Jubiläum meines Erden-Daseins. Bis hierher war es einfach. Hunderte Jahre vergehen schnell, wenn man nur arbeitet.
Meist war der Arbeitstag länger als der restliche Tag. Ich muss mir das mal ausrechnen lassen, wie viel Stunden damals ein Tag hatte.

Jedenfalls war er lang. Morgens die Kohlen aus dem Keller holen, dann den Ofen anfeuern, jetzt noch schnell den Kindern das Frühstück bereiten.

Nun aber los, ab mit ihnen in den Kindergarten oder in die Schule. Wenn ich Schichtdienst hatte, lief dieses Programm auch so ab, nur hektischer.
Etwas Ruinen wegräumen, etwas Neues aufbauen, etwas Qualifizierung nach der Berufsausbildung. Mein Leben war sehr vielseitig.
Das alles sehe ich, wenn ich zurückblicke.

Heute blicke ich nach vorn. Der Blick zurück stimmt mich sonst melancholisch.
Also am Sonnabend habe ich meinen großen Tag.
Wen habe ich alles zurückgelassen bis ich diesen Tag erreicht habe? Ach, lass das Arno! Melancholie steht dir wirklich nicht. Alle wollten dich immer lachen sehen.
Sonnabend!

Ich werde natürlich ein ausgedehntes Frühstück zu mir nehmen. Heute leiste ich mir noch ein Gläschen Champagner dazu.
Meiner Altenpflegerin mache ich ihren Platz mit einer Decke weich und kuschelig. Ich lege ihr noch eine Decke über die Knie. Die Arme klagt immer so über Arthrose in den Gelenken. Dann noch die Essschürze. Perfekt.
Ach wie behände war sie doch, als sie mir zugeteilt wurde. Kniff ich ihr früher in den Po, kicherte sie und lachte: "Ach lass das Arno!"
Heute meckert sie: „Lass das Arno, das gibt nur wieder blaue Flecke!"

Nach dem Frühstück drücke ich noch die Hände der Gratulanten. Es wird traurig sein anzusehen, wie sie mit ihren Rollatoren oder wie die vierrädrigen Sitzplätze heißen, aus ihren Zimmern schlurfen. Nur Inge ist noch behände. Sie kommt immer strahlend auf mich zu. Wie eine Sonne leuchtet ihr Gesicht. Unsere Begrüßung fällt immer etwas länger und herzlicher aus, was oft den Neid von Brunhilde und Hannelore hervorruft. Ihr wisst doch: Männer sind in Altenheimen Mangelware. Inge lässt auch gern mal ihre Unterarmgehhilfen fallen, wenn ich in der Nähe bin. Natürlich hebe ich die Dinger schnell auf. Und jetzt lobt sie laut meine Eigenschaften als Kavalier und Gentlemen.

So etwas fordert direkt den Missmut der Anderen herauf, die mit Geh-Gestellen ausgerüstet sind.
Aber trotzdem sind wir eine lustige Truppe. Oft erzählen wir Witze. Immer wieder schön, wenn Erwin sich auf die Schenkel klopft und seinen Witz, ich glaube es ist der einzige den er behalten hat, zu erzählen beginnt. Leider bekommt er dabei immer einen Hustenanfall vor Lachen. So haben wir noch nie die Pointe erfahren.

Ich will euch aber nicht mit meinen Schilderungen aus meinem Zuhause langweilen.
Heute ist mein großer Tag.
Ein kleines Programm habe ich mir schon im Kopf zurecht gebastelt.

Ich werde zur Direktion gehen und dort allen gratulieren, dass sie so gut für mich sorgten. Mein Trostwort wird sie aufmuntern:
„Keine Sorge, die anderen Besetzungen hier im Altersinstitut sind alle erleichtert in den Ruhestand gegangen."
Vielleicht sage ich nicht erleichtert? Ich werde „leicht" sagen oder noch besser „beflügelt".

Sie haben es schwer mit uns. Früher, ja früher war das anders. Heute stirbt doch niemand mehr freiwillig, wenn er so gut umsorgt wird. Unser Gedächtnis ist allerdings nicht mehr das Beste. So passiert es unseren Udo immer wieder, dass er in einen knackigen Po kneift und leise „Mimi" flüstert, dabei weiß jeder hier, dass Mimi inzwischen schon Gerda, Karin, Melanie und Susanne hieß. Ja, das Personal wechselt oft. Schade eigentlich.

Rollerblades oder Rennrad? Beides macht Spaß.
Es ist doch nur eine Frage der Einstellung wen man gerade Ärgern will. Rollerblades in der Einkaufsstraße ist einfach ein Hit.
Oder immer mit dem Fahrrad in der 30er Zone die Autos überholen ist auch nicht ohne. Dann an der Ampel noch als erster stehen. Polposition nennt man so was.

An den vielen Mitbewohnern vorbei spaziere ich dann im hautengen Outdoor-Anzug für Pedalos vorbei. Ich ignoriere ihre offenen Münder, in denen manche heute die Zähne vergessen haben, winke ihnen lässig zu und schwinge mich auf meinen Drahtesel. Wie immer werden wohl einige der betagten Damen in Ohnmacht fallen.
Da grinse ich immer. „Schlecht eingestellter Herzschrittmacher" kann ich da nur sagen.

Schade, heute habe ich kein Bild von mir dabei.
Also: Das sieht so aus. Ein Fahrradhelm, der züngelnde Flammen an den Seiten zeigt. Der Kinnriemen ist straff gespannt, so wie ich es früher bei der „Truppe" gelernt hatte. Dadurch kommt auch mein markantes Gesicht besser zur Geltung und das kleine Doppelkinn fällt fast nicht auf.
Jacke und Hose trug man früher. Heute trage ich so ein schwarz-rotes, eng anliegendes Teil, das alles nach außen transportiert, was ich ausscheide. So erklärte es mir jedenfalls der nette Verkäufer. Schweiß und so.
Meine Mitstreiter in meinem Wohnhaus oder Wohnheim? Also Wohnhaus, nein Wohnsitz; sie fragen immer, wann ich das Kondom mal verborge. Sie hätten dann mehr Schmiss bei den Weibern. Rüpel eben!
Das Schöne an dieser Bekleidung ist natürlich der gepolsterte Schutz im Schritt. Heti setzt sich immer eine Brille auf, um zu sehen, was ich da trage. Einmal sagte sie flüsternd: „Deine Frau hat aber Glück gehabt, wenn ich da so an meinen Erwin denke. Nichts in der Hose, aber Flausen im Kopf."

Ab den Knien natürlich nackt. „Stachelbeerwade" natur. Auf die Fragen, wann ich mir mal eine Wachskur mache, reagiere ich erst gar nicht.

Die Schuhe wieder in Schwarz-Rot. So mehr in Richtung Bauchpieker. Rüpel sagen hinter meinen Rücken: „Wenn der Arno jemand damit in den Hintern tritt, bleibt er bestimmt stecken".

Wer keine Neider hat, der lebt auch nicht.

Für den Nachmittag wird der Oberbürgermeister kommen. Ob er dieses Mal besser laufen kann? Letztens kam er im Rollstuhl. Er ließ sich von zwei Begleitern schieben.

Gleich, als er durch die Drehtür war, hob er die Linke zur Faust geballt. Nach seinem Wahlsieg helfen wir ihm jetzt alle, die zweite Periode des Aufbaus des Sozialismus zu durchleben. Ihn kannte ich nicht aus der Jugendbewegung. Er ist ein Spätgeborener. So nenne ich alle, denen ich etwas aus der Vergangenheit erzählen kann, ohne dass sie sagen „Das habe ich doch alles selbst erlebt, du Spinner"

Die üblichen Blumen und ein kleines Büchlein wird es geben. Die anderen vor mir haben immer eine Broschüre mit Lebenserinnerungen von den „Zeitzeugen" bekommen. Irgendwie lustig diese Geschichten. Das Meiste hätte ich auch erleben können, wenn man mich gelassen hätte.

Der Kaffeeklatsch am Nachmittag wird, wie immer, großartig. Erwin wird wieder einen Lachanfall bekommen bei seinem Witz. Trudchen mag so gern Kuchenkrümel. Ich werde ihr einige auf meinem Teller lassen.

Natürlich werden sie mich hochleben lassen. Das machen wir alle gern. Dann kommt nämlich meist jemand von der Direktion und spendiert ein Prickelwasser. Jeder bekommt ein halbes Glas von dem Zeugs. „Sieht nach nichts aus und schmeckt nach nichts" konstatiert Bruno jedes Mal. Das da jemand seine Urinprobe abgegeben hat halte ich für totale Übertreibung. Das hätte ich herausgeschmeckt. Hier haben nämlich fast alle Diabetes.

Schade. Auch ein Geburtstag geht nur einen Tag lang. 24 Stunden reichen nicht für einen Hundertjährigen zum Feiern.

Ich habe mir aber überlegt, dass ich mir den Rollstuhl von Kitty leihe, dann fahre ich im Speiseraum auf und ab und singe „Heut' geh' ich ins Maxim, da ist es sehr intim". Dazu werde ich eine Unterarm-Gehilfe schwingen und alle grölen mit.

Dieses Lied ist über hundert Jahre alt und wird jeden Musikgeschmack, auch der Jüngeren treffen.

„Er hatte ein erfülltes Leben" wird man mir hinterher rufen, wenn ich es beende. Bis dahin werde ich mir weitere Geburtstage nach dem „Hundertsten" ausmalen.

Opa, bist du überhaupt ein Deutscher?
„Klar Mädel. Ich bin in Deutschland geboren, also bin ich Deutscher."
„Ja, aber du hast da noch einen kleinen blauen Ausweis liegen da steht drin du gehörst zur „Deutschen Demokratischen Republik". War das die DDR?"
„Ja, aber ich gehöre doch nicht zur DDR – ich bin Deutscher."
„Stimmt. Hast Recht Opa. Da steht ja: Nationalität deutsch. Also bist du doch ein Deutscher. Aber du kennst doch Hitler?"
„Spinnst du? Woher soll ich Hitler kennen?"
„Na, als der 1945 tot ging warst du doch schon auf der Welt."
„Ja. Aber den kenne ich nicht. Außerdem war das ja das „Deutsche Reich"."
„Wie jetzt?"
„Ganz einfach Mädel. Ich habe zwei Staaten überlebt und lebe jetzt im dritten Staat."
„Im Dritten Reich?"
„Staat!!!"
„Reg' dich ab Opa. Will ja nur wat wissen. Die Lehrerin ist doof. Die erklärt das nicht richtig.
Und wie bist du nun nach Deutschland gekommen?"
„Ich war doch immer hier."
„Aber du warst doch auch in der „DDR" und im „Deutschen Reich"!"
„Ja."
„Haben sie dich gekauft?"
„Mädel!!"
„Das kam von der Wiedervereinigung. Als die Mauer 1989 weg war bin ich auch wieder mit meinem Heimatland vereint worden."
„Du erklärst das so einfach. Hätte die Lehrerin ja auch machen können. Jetzt hat die aber noch was von Rückkehrern erzählt. Sind das noch Kriegsgefangene von den Russen?"
„Kannst du nicht einmal im Unterricht aufpassen? Aber nein, immer mit dem Handy spielen. Das sind auch Deutsche".
„Und die haben gewartet bis Deutschland wieder vereint ist und sind dann erst gekommen?"
„Ja"
Durften die nicht vorher?"
„Nee."
„Aber warum sind die damals nach Russland gekommen?"
„Vor vielen hundert Jahren. Da war in Deutschland kein Platz mehr und es gab Hungersnöte. Da sind sie ausgewandert."
„Aber sie haben Russland nicht besetzt?"
„So kann man das auch nicht sagen"
„Warum haben wir die nach der Wiedervereinigung gekauft?"

„Haben wir nicht. Wir kaufen keine Menschen. Das waren schon immer Deutsche. Sie wollten wieder nach Deutschland zurück. Aber vorher durften sie nicht. Die hatten auch so eine Art Mauer in der „Sowjetunion"."

„Aber Deutschland hat denen doch ganze Dörfer in Russland gebaut. Und die ziehen nicht in die Wohnungen ein, sondern kommen hier her."

„Ist eben ihre Heimat. Ihre Vorfahren stammen doch aus Deutschland."

„Küsschen Opa. Bist der Beste. Nun weiß ich endlich was ich in meiner Niederschrift schreiben kann. Die Lehrerin will wissen was Heimat ist. Wenn die so alt wie du weiß sie es. Denke ich jedenfalls."

&

Verkaufsstrategien

Da war sie nun, die D-Mark!
Sie zu verdienen war nicht einfacher als die Mark in der DDR. Aber Sparen hatte ich verinnerlicht. So stand bald ein fabrikneues Auto vor der Tür. Und mich piekte wieder einmal die Reiselust. Was kannte ich bisher von der Welt? Ehrlich?
Es waren die schwarz-weißen Bilder aus den Schulbüchern. Die haben damals meine Lehrer mit Erinnerungen von Ihren Reisen wunderbar koloriert.
In den Nachkriegsjahren verreiste man weniger. Man fuhr Verwandte besuchen, die man Ewigkeiten nicht gesehen hatte, weil sie auf dem Flüchtlingstreck verschollen waren.
Verreisen war also mehr eine Familienzusammenführung.

Jetzt, Mitte der 1990er hatte es wieder so viele Familienzusammenführungen gegeben.
Nun konnte man auch wieder an sich denken.
Mit dem Auto war das jetzt wesentlich einfacher. Hatten beide Partner einen Führerschein, war eine Reise sogar noch eine Erholung.

Ich wollte nun die Welt sehen, wie sie mir in der Schule ausgebreitet, aber dann schlagartig wieder eingerollt wurde. Man hatte mir einfach mit einer Mauer die Sicht versperrt.
Viel brauchte ich nicht dazu. Die Geldwährung war angeglichen. Ich hatte jetzt nur noch die Hälfte meines Sparguthabens, aber ein Auskommen.
„Du solltest dir aber noch etwas Vernünftiges zum Anziehen kaufen. Was du jetzt anhast, damit kannst du dich nicht sehen lassen".
Schatzi hatte Recht.
Also auf den Weg gemacht nach Berlin-Spandau. Ich wollte nicht in einen „Klamottenladen". Ein Herrenausstatter musste es schon sein.
Ich war der einzige Kunde im Laden. Suchend ging mein Blick an den Kleiderstangen entlang. Dabei kam auch der Verkäufer in mein Blickfeld. Der legte gerade Hosen zusammen, die er ausgepackt hatte.
Langsam schritt ich alle Regalreihen ab. Was ich suchte, war nicht dabei. Jetzt versuchte ich, den Blick des Verkäufers einzufangen. Erst mein leichtes Hüsteln veranlasste ihn, in meine Richtung zu sehen.
„Was suchen Sie denn?" Er lächelte mich an.
„Ich hätte gern eine Weste. Ohne Futterstoff im Rücken" äußerte ich meinen Wunsch.
„Junger Mann. Westen sind im Westen schon lange out. In ganz Westberlin werden sie so etwas nicht mehr finden."
„Aber sie tragen doch auch eine Weste" wies ich mich wissend aus.
„Die sind immer bei den Anzügen dabei. Möchten Sie einen Anzug?" Er zog einige Jackenärmel aus der Regalreihe heraus.

„Danke. Aber nein. Anzüge habe ich ausreichend."
Er fasste meinen Sakkoärmel. „Präsent 20?"
„Nee, C&A 1. Etage"
Ich wandte mich dem Ausgang zu.
Der Verkäufer faltete wieder Hosen.
Zwei Querstraßen weiter bekam ich zwei schicke Westen nach meinen Wünschen. Und wählen, aus dem reichhaltigen Angebot, konnte ich auch noch.

Eine unserer Fernfahrten führte uns nach Hamburg. Nein, nicht die Reeperbahn wollte ich sehen. Auch nicht den Hafen. Ich sah mich in der Stadt um. Die Backsteinhäuser imponierten mir. Ganze Straßenzüge gab es davon. Das neue Hamburg kannte ich nur aus dem Fernsehen.
Zuletzt landete ich natürlich in der Einkaufsmeile. Viel Glas, viel Licht. Das Warenangebot konnte ich in den meisten Geschäften nicht sehen. Der Eingangsbereich war gestaltete Ladenkunst, worin ein oder zwei Menschen telefonierend in Sesseln saßen. Ihr Blick ging geistesabwesend in die Richtung der Straße. Alles weißer Marmor und Messing.
Ich blickte auf die Geschäftsfront, um zu erkennen, was hier verkauft werden sollte. Auf einer Glastafel waren alle Modelabels aufgeführt, die ich kannte oder später noch kennenlernen sollte.
Aha. Hier konnte ich mich modisch einkleiden. Trenchcoat war wieder im Kommen. Meinen alten Trenchcoat aus den 1950er Jahren, echt Popeline, hatte ich schon lange ausgemustert.
Ich drückte die Messingklinke. Langsam schritten ein Verkäufer und ich aufeinander zu. Jeder blickte gespannt, ob er ungeteilte Aufmerksamkeit bekam.
„Sie wünschen bitte?" eröffnete der Verkäufer das Gespräch.
„Ich möchte mich mal umsehen, wenn das geht."
Er führte mich in einen großen Nebenraum. Grelle Halogenbeleuchtung ließ keinen Schatten zu.
Die Wände waren zweireihig mit Vorhängen bedeckt. In einer Ecke stand eine Schaufensterpuppe, die mit einem Trenchcoat dekoriert war.
Ich ging darauf zu, während der Verkäufer abwartend im Hintergrund blieb.
Ich fühlte den Stoff, sah mir die Anzahl der Innentaschen an. Auch eine Handytasche fand ich. Alles dran. Sogar der obligatorische unendlich lange Gürtel war da. Ich hätte mit diesem Mantel ausgesehen wie Humphrey Bogart.
Sorgfältig die Worte setzend fragte ich nach, welchen Geldwert dieser Mantel besitzen würde.
„Den können Sie sich doch nicht leisten!" war die knappe Antwort.
Wie konnte er erkennen, dass ich aus der ehemaligen Ostzone komme? Ich hatte doch gar nicht, beim Betreten des Geschäfts, gefragt: „Haben Sie auch Trenchcoats?"
Ich guckte etwas gelangweilt durch den leer anmutenden Raum. Die Stille dauerte schon etwas lange.
Da wachte der Verkäufer noch einmal auf.

„Wenn Sie möchten, kann ich Ihnen in der ersten Etage noch etwas zeigen."
„Ja, bitte".
Wie stiegen hinauf. Der Verkäufer holte zielsicher einen Trenchcoat aus dem Regal hinter den Vorhängen und legte ihn auf einen Tisch.
„750 D-Mark" merkte er an.
Ich war entsetzt. Nicht wegen des Preises. Dieses Stück sollte Herrenoberbekleidung sein? Der Trenchcoat sah aus wie ein ausgemusterter Militärmantel. Ich lehnte freundlich ab.
Ich wünschte mir meinen ausrangierten Trenchcoat wieder her.

Beim Verlassen des Marmortempels kam ich sofort auf den Ost-West-Vergleich. In der DDR lautete immer die Antwort des Verkaufspersonals „Ham wa nich!" Im Westen waren sie doch besser ausgebildet. Zugeben, dass sie etwas nicht verkaufen wollen, kam nicht infrage.
Aussuchen, an wen sie etwas verkaufen, das war bei beiden gleich.
ഔ

So plötzlich weg

Gestern war ich wieder bei Ilse. Sie kam mir, wie immer, mit ihrem strahlenden Lächeln entgegen. Schon auf den Treppenabsatz entschuldigte sie sich für das Ungemach, dass sie mir angetan hatte.

Ungemach? Sie hatte mich doch nur angerufen um mal wieder nach ihrem PC zu sehen.

„Da muss einer drinsitzen. Immer macht der kleine Teufel darin das Gegenteil von dem, was ich ihm sage". Sie lachte laut.

Ich hatte schließlich mein Kommen zugesagt, versuchte ich sie zu beruhigen. Und auf eine Tasse Kaffee mit ihr hatte ich mich so sehr gefreut.

Jetzt grinste ich etwas verschmitzt.

„Dann mach ich mal schnell einen Kaffee. Sie können ja schon loslegen. Sie wissen doch wo der PC steht".

Ich hatte den PC noch nicht mal ganz hochgefahren, da stand schon der dampfend heiße Kaffee neben mir. Den hatte Ilse bestimmt schon vor meinem Kommen fertig. Sie kannte mein kleines Laster.

Die kleine Macke hatte ich dem PC schnell ausgetrieben. Wir kamen ins Plauschen, während ich ihr zeigte, wie sie die kleinen Teufelchen zähmt.

Ilse erzählte jetzt von ihrer Kurzreise nach Bad Schandau.

„Wir sind wieder durch die engen Felsgänge gewandert. Trotzdem mein Knie nicht so recht wollte habe ich durchgehalten. Aber Ralf hat mich angetrieben. Er ging immer hinter mir. Immer hatte ich sein Schnaufen und Pusten in meinem Genick. Wissen Sie, er klettert ja so gerne. So manches Mal musste er alleine in die Berge fahren. Die Kinder waren noch so klein. Das konnte ich ihnen nicht zumuten. Und ehrlich. Mir war die Mecklenburger Seenplatte allemal lieber. Noch einen Kaffee?"

Sie blickte mich fragend an.

Ich nickte nur.

Beim Eingießen zitterte ihre Hand plötzlich. Etwas Kaffee ging neben die Tasse. Schnell legte sie eine Papierserviette über den Fleck.

„Hoffentlich merkt das Ralf nicht. Er bedient immer die Waschmaschine. Mit der modernen Technik habe ich es nicht so. Deshalb habe ich auch keine elektrischen Küchenmaschinen. Ralf will mir immer welche schenken. Aber was soll ich damit. Durchschlag, Sieb, Reibekeule und „Flotte Lotte". Das meiste habe ich noch zu unserer Hochzeit bekommen. Damals hatten wir auch noch Emailletöpfe. Ralf musste einen Topf mal flicken. Es gab da solche Dinger, die man mit einer Schraube und zwei Platten festmachte.

Ralf ist sehr geschickt. Nicht mal unser Junge hat das drauf, was Ralf macht. Trotzdem der studiert hat."

Es war wie immer, Ilse kam vom Hundertsten ins Tausendste. Zwischendurch goss sie uns Kaffee nach. Dann guckte sie immer unter die Serviette und seufzte. „Nehmen sie es mir nicht übel. Ich muss langsam das Essen aufstellen. Wenn sie es nicht stört, kommen sie einfach mit in die Küche. Ich habe so selten Besuch. Und Ralf wird ja auch bald kommen. Da kann ich nicht meckern. Er ist immer pünktlich".

Ich guckte heimlich auf meine Armbanduhr. Für mich war es auch höchste Zeit heimwärts zu ziehen. Schließlich lobte mich meine Frau auch immer, wenn ich pünktlich war und sie nicht das Essen warmhalten musste.

Wortreich bedankte sich Ilse für meine kleine Hilfeleistung. Sie brachte mich noch zur Wohnungstür. Sie sah so beschäftigt aus mit ihrer Küchenschürze. In der linken Hand noch eine halb geschälte Kartoffel in der rechten Hand das kleine Schälmesser.
Und wieder ihr hinreißendes Lächeln zum Abschied.
Ich zog die Wohnungstür hinter mir zu.

Ilses Nachbarin kam gerade, schwer bepackt mit zwei Einkaufstaschen, die Treppen hoch.
„Waren sie bei Ilse?"
Ich grüßte und nickte.
„Ach das ist schön, dass sie wieder Besuch hatte. Sie lebt dann immer richtig auf. Ich kann ja auch nicht immer bei ihr klingeln. Meine Enkel und Urenkel wollen auch ihr Recht. Sie wissen ja: „Oma ist die Beste". Ich muss dann immer backen oder ihr Lieblingsgericht kochen. Mein Günther starb viel zu früh. Nun kümmere ich mich um die kleinen Nervtöter".
Sie lachte.

„Ja, die Ilse. Sie ist nicht mehr dieselbe. Ihr Ralf starb schon vor zehn Jahren. Ich finde das war viel zu früh. Die Beiden konnten nicht mal eine lange Zeit zu zweit genießen.
Jetzt muss ich aber rein. Die Waschmaschine wird wohl schon alles fertig haben."
Wir verabschiedeten uns.
Auf dem Weg nach Hause hatte ich doch einiges zum Denken. Aber spätestens als ich meine Wohnung betrat wischte ich alles weg.
Jetzt konnten wir uns zu zweit an den Tisch setzen und beim Essen das Erlebte austauschen.

Vergessen
Vergessen ist eine Form der Freiheit. Diesen Satz habe ich gelesen.
Der kurze Schluss aus diesem Satz: Ich bin nicht frei.

Über Freiheit musste ich nie so richtig nachdenken. Ich hatte lebenslang Vorschriften beachtet. Ich lebte in einem freien Land, in dem sogar mein Umgang mit meinen Mitmenschen geregelt war.

Das begann schon zuhause. Die Verbote und Regeln hagelten nur so, wenn ich nicht den richtigen Spielgefährten hatte.

In der Schule wurden mir alle Führer unserer Nation aufgezählt und wie sie uns Deutschen in Unfreiheit ließen.

Dazu kamen noch die neuen Führer. Sie sollten mir das Siegen beibringen. Das habe ich leider nicht gelernt. Auch ihre Sprachen nicht. Wenigsten die musste ich nicht vergessen, aber es haften viele Erinnerungen daran.

Aber frei? Bin ich jetzt frei?

Klar habe ich viel vergessen.

Vergessen habe ich aber nicht die Höhepunkte oder die Tiefpunkte in meinem Leben.

Sie sind mein eigentliches Leben. Sie sind so wie ein Baum. Ich kann mich anlehnen und meine Erinnerungen genießen. Ich kann aber auch von oben auf sie herabblicken. Da ist der Abstand größer. Sie sind rissig, aber sie leiten meinen Lebenswillen, wie die Borke das Regenwasser.

Wenn ich das nun alles vergesse? Bin ich dann frei?

Was geht dann in meinem Kopf, in meinem Körper vor?

Bin ich dann immer glücklich? Dann würde ich nur noch glücklich lächelnd meine Umwelt ansehen?

Wie sieht meine Mitwelt mich dann? Der Mann ohne Erinnerung?

„Der hat es gut, der weiß von nichts?"

Ich erinnere mich an Beleidigungen, an Zurücksetzungen, an Schurigeln. An Strafen. Ich erinnere mich an Episoden, die voller Freude waren. Voller Lachen und glücklich sein. Ich hätte fliegen können in diesen Situationen. Aber ich hatte mich erinnert – ich kann nicht fliegen. Ich war nicht frei.

Jetzt habe ich mein Lebensalter fast erreicht. Ich kann zurückblicken. Ich kann mich erinnern, was mein Leben ausmachte. Ich kann es weiter erzählen. Ich kann mir sogar ein Lächeln auf die Lippen zaubern aus meinen Erinnerungen.

Und die Erinnerungen, die nicht so schön sind?

Ich habe viele davon verdrängt. Abgelegt in einen Karteikasten. Nur manchmal hole ich sie hervor. Ich teile sie dann anderen mit, weil sie danach gefragt haben. Aber dann schließe ich sie schnell wieder weg. Den Schlüssel wegwerfen. Sich nicht mehr erinnern?

Vergessen?

Vergessen ist eine Form von Freiheit hatte ich gelesen.

Hätte ich dann überhaupt gelebt?

Warum wurde ich eigentlich 70 Jahr alt?
Das frage ich mich jetzt öfter. Wie konnte das passieren?
Ich habe doch wissentlich alle guten Ratschläge in den Wind geschlagen, die mir zuhause zuteilwurden.

„Junge, iss nicht immer alles Obst ungewaschen!"
Ja, da sind viele Krankheitserreger auf der Schale. Und alles ist mit Giften gespritzt.
Wenn mir mein Magen den Befehl gab, ich solle gefälligst wieder etwas essen, fackelte ich nicht lange. Ran an den Baum und die schönste Frucht gepflückt. Oder auf den Rieselfeldern. Wenn ich in den ausgetrockneten Wasserläufen lag, um mich vor dem Bauer zu verstecken, knabberte ich natürlich an der gestohlenen Mohrrübe. Igitt. Daran darf ich heute nicht mehr denken.
Und geschenktes Gemüse? Ich wusste doch, dass die Nachbarn einen Eimer in der Toilette stehen hatten. Wer konnte es sich leisten, Naturdünger in die Kanalisation zu spülen? Igitt, wenn ich heute daran nur denke …!

„Junge, klettere nicht immer in den Ruinen herum!"
Ja, das war einleuchtend. Fast täglich war in den Zeitungen zu lesen, dass wieder jemand umgekommen ist, weil eine Ruine ohne Vorwarnung einstürzte. Aber was sollte ich sonst tun? Die Bleirohre der ehemaligen Wasserleitungen waren in den unteren Etagen schon lange abgeräumt worden. Buntmetall brachte gutes Geld.
Natürlich hatte ich ab sofort meinen Kumpel nur geholfen, die Bleirohre zu transportieren. Ich gehorchte doch fast immer Muttis Anordnungen.

„Man prügelt sich nicht!"
Das brachte Schwierigkeiten in unserer Straße. Hier gab es täglich von Rangeleien bis zu Prügeleien alles, was blaue Flecken oder blutige Nasen brachte. Kam ich wieder einmal lädiert nach Hause, so hörte ich: „Lass' dir doch nicht alles gefallen. Du musst dich auch einmal wehren!"
Bitte, wie geht das? Defensiv zuschlagen? So werden heute doch alle Kriege verloren.

„Wasch' dir die Hände, bevor du dich an den Tisch setzt!"
Gerade von einem wichtigen Spiel herein gerufen und mit Händewaschen die Zeit vertrödeln? Draußen warten sie doch auf mich. Diesen Satz hörte ich so oft, dass ich ihn auch an meine Kinder weiter geben konnte.
Aber er hat weder mir noch meinen Kindern geholfen. Nur unsere Handtücher waren schneller schmutzig.

„Man schlägt keine Mädchen!"

Was sollte das? Gab es einen Streit mit einem Mädchen, konnte ich eigentlich nur stumm zuhören. Sie kannten mehr Schimpfwörter und Kraftausdrücke als ich. Und sie sprachen schneller als ich. Wie sollte ich mich da wehren? Streit mit einem Jungen war schneller beigelegt.

„Du musst immer gut in der Schule lernen, dann hast du später viel Geld!" Zu Hause gab es nur die Bibel als einzige Literatur. Ich nutzte also die Tageszeitungen zur Bildung. In der Schule lernte ich, bis auf das eine Jahr, für das ich mich schäme, immer gut. Meist war ich Klassenbester. Ein „Streber". Später, im Beruf, kam ich nie über ein durchschnittliches Gehalt hinaus. Halbgebildete Dummschwätzer hatten ein höheres Einkommen und größere Aufstiegschancen. Bildung lohnt sich?
Um nichts verkehrt zu machen, trichterte ich meinen Kindern aber genau diesen Satz ein. Auch für sie hat es sich bis heute nicht gelohnt.

„In der Bahn stehst du für Frauen und ältere Menschen auf!" Diesen Tipp für mein Leben habe ich bestimmt nur für mich allein bekommen. Meist klappte das auch ganz gut. Nur einmal lehnte eine Dame ab: „Danke für einen angewärmten Platz!"

„Spare in der Zeit, so hast du in der Not!" War das der häufigste Satz meiner Mutter? Sie selbst kam mit ihrem Einkommen nie bis Ultimo. Ein Vorbild fehlt mir bis heute. Sie vergaß auch zu erwähnen, wie das mit den Zinsen und der Inflationsrate geht. Ich würde es heute so formulieren: „Nur wer Geld hat, kann sparen!"

„Suche dir einen Beruf, bei dem du nicht so schmutzige Sachen mit nach Hause bringst!" Ich wollte nie Autoschlosser werden. Also ging das jahrelang gut. Später, wenn ich dann zwar doch schmutzige Arbeitskleidung von der Arbeit mitbrachte, hatte ich eine Waschmaschine.
Zur Berufsfindung bekam ich leider keine Ratschläge. So leistete ich mir einen Irrtum. Das ging aber gut aus.

„Ein Tropfen reicht schon!" Dieser Satz bringt doch nur Fragezeichen hervor. Antworten bekam ich leider nicht. Was er bedeutete, erfuhr ich einige Jahre später von meiner Verlobten. Ja, so war das mit der sexuellen Aufklärung.

„Pass auf!" Immer, wenn ich die Wohnung verließ, bekam ich diesen Satz hinterher gerufen. Damit war alles gemeint. Wenn ich über die Straße ging, sollte ich erst nach links, dann nach rechts sehen. Ich sollte nicht von der Straßenbahn abspringen.

Ich sollte mich nicht erwischen lassen, wenn ich mich mal wieder nicht so gesetzestreu verhielt, wie sie es mir vorhielt. „Pass auf!" war immer eine Einschränkung. Deshalb richtete ich mich selten danach. Es lehrte mich aber, Risiken abzuwägen.

„Nimm' dir nur eine Frau, die Kochen und nähen kann. Das spart Geld!"
So oft ich es hörte, so oft nickte ich nur. Konnten nicht alle Frauen kochen und nähen? Mutter konnte es doch auch. Und ich lernte es auch gerade. Aber über Löcher in meinen Strümpfen stopfen kam ich nie hinaus.
Es kam so, dass meine spätere Frau so gut nähen konnte, wie ich kochte. Wir konnten voneinander lernen. Aber wo ist jetzt das gesparte Geld?

„Wenn du alles aufisst, wirst du groß und stark."
Ich habe immer aufgegessen. Ich hatte doch immer Hunger. Mir wurde auch im ersten Personalausweis bestätigt, dass ich groß sei. Aber was passierte? Die Statistik versaute mir meinen Status. Jetzt bin ich nur noch mittelgroß.
Wie stark wurde ich eigentlich? Ich habe mich eigentlich nie richtig geprügelt. Sollte ich ja nicht, wie Mutter meinte. Aber ich habe meinen Umzug in meine jetzige Wohnung, mit Sack und Pack, geschafft. Fünfte Etage, ohne Fahrstuhl. Nur die Kinder mussten an diesem Tag alleine diese Höhe erklimmen. Ich hatte mich standhaft geweigert, sie hinauf zu tragen. Ja, ja, ich weiß – böser Papa!
୫୬

Wie die DDR die BRD besiegte

Wer oder was, bitteschön, ist eine BRD?
Ich werde es kurz erklären, wie ich es aus meinen Lebenserinnerungen zusammensetzen kann.

Also, da war ein großer Krieg. Der zweite große Krieg übrigens. Die Tausende anderen Kriege, vorher und nachher, waren alle kleiner oder sind es noch. Im Moment sollen es noch 40 kleine Kriege sein, die es noch auf der Welt gibt. Aber da ist keine BRD dabei.

Noch einmal: Also – da ging ein großer Krieg verloren. Viele Völker weinten ob der vielen Toten.
Aber es gab nicht nur Verlierer. Es gab auch Sieger. Nach allen Streitereien blieben noch vier Sieger übrig. Sie nannten sich jetzt die Siegermächte.
Nun teilten sie, jetzt wieder nach langen Streitereien, das besiegte Land in auf. Es sollten 23 Teile werden, aber so viele Könige gab es nicht mehr, die man als Stellvertreter einsetzen konnte. Und die Könige der früheren Kleinstaaterei waren auch schon alle besiegt.
Warum nicht selbst herrschen?

Vier Sieger, vier besiegte Staaten. Viel zu bombastisch. Man hatte gerade alles klein gebombt. Geht nicht! Das meinten wohl alle Sieger. Sie machten vier Zonen. Und jeder Sieger bekommt die beste Zone. Abgemacht und beschlossen in Potsdam.
Die vier Zonen wurden gegründet und die Sieger nannten sich jetzt Besatzungsmächte.
Seit dieser Zeit ging einiges schief.
Die Sieger hatten nun selbst große Probleme in ihren eigenen Ländern.

Amerika hatte eine riesige Heerschar von Arbeitslosen. Entlassene Soldaten, freigestellte Hausfrauen, die in der Rüstungsindustrie geholfen hatten. Kurz: Der Absatz fehlte, weil das Geld alle war. Es drohte Verarmung.

Die Franzosen hatten ein kaputtes Land und mussten es wieder aufbauen. Es fehlte Geld und es fehlten die jungen Arbeitskräfte, die im großen Krieg gestorben waren. Was sollte da eine Zone, die auch nur Arbeit machte?

Die Engländer hatten nun neues Land, das sie nur Kraft und Geld kostete und sie davon ablenkte, ihre Kolonien im Zaum zu halten.

Die Sowjetunion hatte endlich wieder viel neues Land, das jetzt bis zur Elbe reichte, aber sie wollte dieses Land auch nicht ernähren.

Jeder Sieger dachte sich seinen Teil, aber drei Sieger hatten eine gemeinsame Idee.

Die Amerikaner, die Franzosen und die Engländer lösten einfach ihre unattraktiven Zonen auf und gründeten ein neues Land. Sie stimmten der Namensgebung „Bundesrepublik" zu. Und weil dieses Land in Deutschland lag, hieß es jetzt offiziell „Bundesrepublik Deutschland" – kurz BRD.

Und jetzt ging die Saat auf. Es gab doch noch einen Staat.

Die Amerikaner scheffelten Millionen von Dollars in die BRD, damit dort die Grundlagen für einen Markt entstehen konnten. Der Absatz der Amerikaner nahm einen ungeahnten Aufschwung. Die BRD hatte jetzt Amerika gerettet. Sie schaffte das, was Großdeutschland nie gelungen wäre. Deutschland als Eroberer Amerikas. Als größtes Exportgut lieferte die BRD junge deutsche Mädchen, die deutsche Pünktlichkeit, deutsche Treue und deutschen Fleiß mitnahmen. Preußische Tugenden für Amerika. Wer Amerikas Geschichte etwas kennt, der weiß, dass es so etwas Jahrhunderte vorher schon einmal gab. Damals schickte man allerdings Soldaten.

Die Dollar-Hilfe nannte sich übrigens „Marshall-Plan". Und heute flüstert man, dass die Millionen Dollars aus den Tresoren des Verlierer-Landes stammten. Gerüchte kann jeder streuen.

England und Frankreich waren ihre ungeliebten Zonen los und konnten sich eigenen Interessen widmen. Uniformen zeigten sie nur noch zu Feierlichkeiten.

Zusammengefasst hießen jetzt die Amerikaner, Franzosen und Engländer nicht mehr Siegermächte oder Besatzungsmächte, sondern nur noch Freunde. Freunde bewirtet man. Das neue Deutschland macht das immer noch gern.

„Die Geschichte kennt keine Sieger?" Ein Zitat.

Die Sowjetunion hatte aber auch gesiegt.

Was nur tun mit einer so kleinen Zone, die nur aus Landwirtschaft bestand? Erst einmal alles abbauen, was sich transportieren lässt, dann das Abgebaute in den Weiten der Sowjetunion lagern. So konnten die restlichen Deutschen nie wieder einen Krieg anfangen.

Dann machten sie aus der sowjetischen Besatzungszone auch einen Staat. Der nannte sich „Deutsche Demokratische Republik".

Um etwas von der sowjetischen Ideologie in die DDR zu transportieren, hatte man während des letzten großen Krieges viele fleißige Menschen ausgebildet, die jetzt begannen, diesen neuen Staat zu regieren.

Außerdem transportierte man jetzt noch zwei neue Sprachen in die neue DDR: Russisch und Sächsisch. Jetzt konnte die Einheitspartei ihr Land erst einheitlich regieren. Auch dieses deutsche Land ließ seine selbst ernannten Freunde am Tisch mitessen.

Irgendetwas lief schief in den beiden deutschen Staaten. Sie kamen nicht zusammen, wie es das Volk eigentlich wollte.

Beide verpassten den Friedensvertrag. Beide entwickelten sich unterschiedlich. Getreu der Gedanken ihrer Gründer.

Es musste endlich einen Ruck geben.

Die BRD nahm jetzt die Geschicke der DDR-Bürger in die Hand und erklärte sie zu Schwestern und Brüder. So konnte man Verwandtenpäckchen steuerfrei schicken. Das bewahrte 17 Millionen Menschen im „Ostblock" vor dem Verhungern.

Natürlich wurmte das die Oberen in der DDR. Sie suchten nach Mitteln es der BRD gleich zu tun. Hatte die Methode „Von der Sowjetunion lernen heißt siegen lernen" nicht gefruchtet, so wurde jetzt die Losung ausgegeben: „Wir werden die BRD überholen, ohne sie einzuholen".

Damit der Weg dorthin auch jedem klar wurde, mauerte man die Gegend an der Seite, wo die BRD begann, einfach zu. Das hatten sie nun davon. Ständig glotzten sie über die grüne Grenze, um zu sehen wie die DDR-Bürger mit jeder Mark, jeder Minute und aus jedem Gramm Material einen höheren Nutzeffekt erzielten.

Es half alles nichts. Das Volk stand auf. Dieses Mal griff es zum Wort statt zur Waffe. Im reinsten sächsisch und etwas hochdeutsch verkündete es nun, dass es an der Zeit ist, die BRD zu erobern. Es brach ein Sturm los. Niemand benutzte russische Redewendungen. Trotzdem Russisch doch Pflichtsprache war.

Als Erstes wurde die Mauer eingerissen. Die DDR–Bürger wollten jetzt zeigen, wer sie wirklich sind. Dann eroberten sie die Supermärkte in der BRD. Weil das die Wirtschaft ankurbelt, gab die BRD auch so eine Art Marshall-Hilfe. Es wurde „Begrüßungsgeld" genannt, half aber nicht im Geringsten den „Produktionsüberlauf", der in riesigen Hallen entlang der Autobahnen lagerte, abzubauen.

Jetzt erkämpften sich die DDR-Bürger auch noch das Recht, die D-Mark zu verdienen und auszugeben. Damit war ein wichtiger Schritt zur Inbesitznahme der BRD-Rechte erreicht. Die Bürger der BRD waren verblüfft, als sie plötzlich in Deutschland aufwachten. Fast alles ging an sie vorüber. Sie hatten verpasst, dass DDR-Bürger auch Deutsche waren, sie hatten vergessen, dass Ostdeutsche auch eine Bildung hatten, die sie heimlich, hinter der Mauer, erworben hatten. Und sie hatten vergessen, dass nicht alle Ostdeutschen Schwestern und Brüder waren, sondern Konkurrenten.

Wie sagt man? „Egal wohin du gehst – ein Sachse war schon dort".

Geschickt hatte man die „Treuhandgesellschaft" gewähren lassen die maroden Firmen der DDR für eine Mark zu verschachern. Ehe es die Neudeutschen aus der BRD begriffen hatten, bauten die Ostdeutschen schon längst mit Bankkrediten der ehemaligen BRD-Banken eigene Firmen auf. Sie verdrängten BRD-Arbeiter aus ihren Betrieben, indem sie einfach weniger Geld forderten.

So ging das Jahrzehnte weiter. Position auf Position ging an ehemalige DDR-Bürger. Mit Geschick besetzen sie hohe Ämter im neuen Deutschland. Sie haben auch mit viel Geschick das offizielle Zentralorgan der DDR eingeschmuggelt. Der größte Coup gelang aber mit der wunderbaren, wandelbaren Regierungspartei der ehemaligen DDR. Sie hatte schon immer damit geworben, dass es den DDR-Bürgern besser gehen wird als den Bürgern der BRD.

Was blieb nun von den vier Besatzungszonen?
Zusammengefasst:
Die sowjetischen Besatzungstruppen sind aus Deutschland verschwunden, kommen aber als Handelstreibende wieder. Ihre Waffen tragen sie jetzt unter der Jacke. Mit ihren schweren Waffen nahmen sie auch die gesamte Inneneinrichtung der Unterkünfte in der ehemaligen DDR mit nach Russland. So heiß die geschrumpfte Sowjetunion heute.

Die Franzosen sind jetzt unsere guten Freunde und bestreiten zusammen mit Deutschland die friedliche Umgestaltung Europas, solange es nur Geld kostet.

Die Engländer besuchen hier nur noch die Friedhöfe ihrer Kriegstoten und zeigen ihre Uniformen zu Gedenktagen.

Die Amerikaner bezeichnen uns Deutsche als ihre besonderen Freunde. Sie helfen uns, unser Geld für den bewaffneten Kampf um Erdölquellen auszugeben. Sie exportieren ihre Krisen und ihre modernen Kriegsmaschinen in unser Land. Sie nutzen uns freundlich als fest installierten Flugzeugträger und Atomwaffenlager. So wie es besondere Freunde eben tun.

Was wünsche ich mir nun für das neue Deutschland?
Möge es nie wieder eine neu erbaute Straße oder Brücke in Deutschland geben, in der schon der Architekt das Loch für einen Sprengsatz projektiert hat.
Es sollen in Deutschland nie wieder Raketenwaffen stationiert werden. Schon gar nicht, wenn sie nur eine Reichweite von 120 Kilometern haben.
Mein innigster Wunsch ist es aber, dass sich Deutschland endlich wieder seine Freunde aussuchen kann.
൪൦

Wieder vereint?

Der 3. Oktober ist amtlich festgelegt ein „Tag der Einheit".
Da ich schon immer konträr zu Staatsfeiertagen war kann ich diesen Tag auch nicht richtig würdigen. Aber bin ich nun gegen die Einheit Deutschlands?

Die Auflösung der DDR kam ja nicht überraschend. Wer alt genug war und schon als Kind lernte, das Staatssysteme immer sterben, wenn die Bürger nicht fähig sind - oder nicht in der Lage - das System ständig zu erneuern.

Während einer Pflichtschulung für Gewerkschaftsmitglieder im Jahr 1974 äußerte der Lektor – auf die Frage ob es nun im Sozialistischem Lager auch chinesische Verhältnisse geben wird: „Dazu gibt es noch keine genauen Erkenntnisse. Die Sozialistische Einheitspartei ist im Moment nicht in der Lage wichtige politische und wirtschaftliche Ziele für die Regierung der DDR vorzugeben".

Dieser Lektor war Dozent an der „Akademie für Staat und Recht" in Potsdam. Hier wurden Wirtschats- und Staatsfunktionäre ausgebildet.

Er sprach mir aus dem Herzen. Ich sah auch kein Ziel, dass die DDR ansteuern konnte. Im Kollegenkreis machte sich diese Orientierungslosigkeit hautnah bemerkbar. Viele versuchten Reiseanträge in den Westen zu stellen oder beantragten sogar die Ausreise. Ein Kollege sagte zu mir: „Egal wohin. Ich wandere aus. Hier kommt man nicht weiter".

Er ging in die damalige Sowjetunion, genauer Turkmenien.

Mit Familie und durchschnittlichem Einkommen wollte ich nicht auswandern. Ich glaubte das, was ich während meiner Kindheit und Jugend ständig hörte: „Ein Volk lässt sich nicht teilen".

Wie es zur Einheit Deutschlands kam weiß inzwischen fast jeder. Das Danach ist wieder wichtig.

Beruflich nutzte ich in den 1990er Jahren täglich das Internet. So lernte ich auch Chats kennen.

„He Neuer, wo kommste her?"

„Potsdam"

„Wo issn det?"

„Gleich neben Berlin".

„Äh, is dat Osten oder Westen?"

„Osten"

„Und ihr habt Computer?"

„Ja".

„Kannst doch russisch oder?"

„Njet"

„Herzlich willkommen. Chatter nehmt den Neuen auf."

„Wann biste jeborn?"

„Noch im 'Deutschen Reich'"

„Und wann war det?
In Chats gab es diese Fragen nicht lange. Der Nick und das Anliegen zählten.

Einige, die ich aus der Vergangenheit wieder getroffen habe, fragten mich: „Wie konntest du das wissen mit der Wiedervereinigung? Du hast immer behauptet, dass du noch vor deiner Rente in den Westen fährst.
„Ein Volk lässt sich nicht teilen."
Ich glaube es heute noch.
ಬಂ

Stoßseufzer eines alternden Sohnes

1. Stoßseufzer.

Liebe Mutti. Ich bedanke mich für meine Geburt. Tausend Entschuldigungen von mir, dass ich dir solche Schmerzen dabei bereitete.

Du selbst hast aber immer gesagt: "Wer Großes will, muss keine Mühe scheuen". So kam es. Ich war ein großes Baby. Als Ursache hast du immer meinen Vater angegeben. Er war auch schon über die Einmeterachtzig.

Ich habe nur ein Foto gesehen, auf dem ihr beide nebeneinander abgebildet wart.

Schade, dass du mir nie die Frage beantwortet hast, die ich als Kind stellte: „Bist du immer unter Papas Armen durchgelaufen?"

2. Stoßseufzer.

Schade, dass ich dir immer eine Last war. Schon als Kleinkind war ich bei Pflegeeltern, weil du Geld für dein und mein Leben verdienen musstest. Das erkenne ich heute an. Aber?

Ja, für mich blieb immer ein Aber.

Ich danke dir, dass ich nie Hunger leiden musste, auch wenn in der Zeit meiner frühen Kindheit ein großer Krieg herrschte. Da ich das Letzte deiner sechs Kinder war, hatte ich das Glück die besten Happen zu erwischen.

„Der Kleine braucht das!" Damit wehrtest du alle Versuche meiner älteren Geschwister ab, mir etwas von meinem Essen zu nehmen.

3. Stoßseufzer.

Danke, dass ich im dunklen Luftschutzkeller deine Wärme spüren konnte. Aber warum hast du nie den Arm um mich gelegt, während die Erde bebte?

Aber danach. Da gab es immer eine warme Mehlsuppe. Dann durfte ich wieder in mein Bett.

4. Stoßseufzer.

Danke, dass du es möglich gemacht hast, dass ich zur Einschulung einen Schulranzen hatte. Er war aus Pappe, aber es war ein Schulranzen. Leider konntest du kein Schreibpapier auftreiben. Die dumme Schiefertafel quietschte immer sehr.

5. Stoßseufzer.

Danke, dass du mir doch noch Schuhe besorgt hast, damit die Lehrerin endlich Ruhe gab. Sie schimpfte immer, wenn ich mit schmutzigen Füssen, vom barfuß laufen, in die Klasse kam. Es tat auch sehr weh, wenn sie deshalb die Linealkante auf meine Finger schlug.

6. Stoßseufzer.

Danke, dass du in diesen schlechten Zeiten für mein Essen gesorgt hast. Dafür hast du jahrelang in einer Großküche gearbeitet. „Da fällt immer etwas ab!" war dein Standardsatz.

Schließlich war es Diebstahl!

7. Stoßseufzer.

Schade, dass dein Wissen nicht reichte, um mein Wissen zu bereichern. Du erzähltest immer nur von schwerer Arbeit und Sorgen. Gern erinnere ich mich aber an deine Stimme, wenn wir alle Lieder sangen, die du kanntest oder die gerade im Radio gespielt wurden. So lernte ich Lieder, die ich mit deinen Enkeln und Urenkeln singen konnte.

8. Stoßseufzer.

Völlig überfordert konntest du alle deine Kinder nicht selbst aufziehen. Die ganze Familie um einen Tisch habe ich nur einige Male erlebt. Ich hatte Glück. Ich konnte einige Jahre mehr als meine Geschwister ein Zuhause erleben.

Mit meiner Pubertät konntest du nichts beginnen. Vielleicht kanntest du dieses Wort auch nicht. So danke ich dir heute noch oft, dass du meinen Wunsch erfülltest mir einen Aufenthalt im Kinderheim ermöglicht hast.

„Die schönsten Jahre meines Lebens?" Es gibt Tage, an denen ich das bejahe.

Für mich bleibt immer noch die alte Frage, die ich dir damals schon stellte: „Warum hast du mich nur zweimal in fünf Jahren im Heim besucht?" Ich war nur eineinhalb Fahrstunden entfernt.

9. Stoßseufzer.

Danke, dass du mir mein Studium ermöglicht hast. Immerhin hätte ich in dieser Zeit schon zu unserem Unterhalt beitragen können.

Für alle Irrungen und Wirrungen danach kannst du nichts. Du hast mir nur Lebensregeln vermittelt. Viele davon waren richtig. Hättest du mir nur noch mehr Mut mit auf den Weg mitgegeben.

10. Stoßseufzer.

Du hast später an einer schweren Krankheit gelitten, die dir auch das Leben nahm. Viel zu früh.

So konntest du nicht sehen, was deine Kinder und Enkel aus deinen Lebensweisheiten gemacht haben. Du konntest auch nicht sehen, wie die Welt um dich herum wieder aus den Ruinen erstanden ist.

Für fast alle deine Kinder schien wieder die Sonne.

Ich entschuldige mich noch oft in meinen Gedanken, dass ich dich in dieser Zeit zu wenig besucht habe, als du an das Bett gefesselt warst.

Ich hatte dafür viele Gründe und Ausreden. Auch ich war nur drei Stunden Bahnfahrt von dir entfernt.

Im Gedenken an dich: Du hattest verfügt, dass keines deiner Kinder zu deinem Begräbnis erscheinen soll. Dein Wunsch wurde erfüllt.

Einige Jahre später erfuhr ich doch noch deinen Sterbetag und wo deine letzte Ruhe war. Ich habe dich dort besucht. Ich habe Deiner gedacht.

Heute, als alternder Sohn, weiß ich aus Erfahrung welche Mühe es macht das eigene Leben und das seiner Kinder zu gestalten.

Ich habe dir nicht alles verziehen. Aber ich habe verstehen gelernt.

ℰℴ

Der Autor

Jahrgang 1939.
Nach dem Lehrerstudium arbeitet er als Fahrstuhlführer, Küchenhelfer und als Hilfskraft in einer kleinen Druckerei. Mit einen Wechsel der Arbeitsstelle gelingt ihm eine Ausbildung zum Offsetdrucker in der Abendschule und später zum Ablegen des Meisterbriefes.
Einige Jahre später wagt er den Schritt in die Selbstständigkeit und eröffnet eine Druckerei.
Jetzt befindet sich der Autor im Unruhestand.

Vom Autor erschien im gleichen Verlag bereits:

„Mein Leben mit Schatzi" 160 Seiten
Printbook oder eBook

Der Autor Arno E. Müller beschreibt hier in Kurzgeschichten ein Eheleben, das bereits über 50 Jahre andauert.
Humorvoll und kurz sind die Geschichten.

ISBN 9 783 735 751 102